NA ORLA DO OCASO

NA ORLA DO OCASO

(MEMÓRIAS DE VIDA E LITERATURA)

RUY ESPINHEIRA FILHO

FARIAESILVA

Rio de Janeiro, 2025

Na orla do ocaso: memórias de vida e literatura

Faria e Silva é uma empresa do Grupo Editorial Alta Books (STARLIN ALTA EDITORA E CONSULTORIA LTDA).

ISBN: 978-65-6025-200-4

Impresso no Brasil — 1ª Edição, 2025 — Edição revisada conforme o Acordo Ortográfico da Língua Portuguesa de 2009.

Dados Internacionais de Catalogação na Publicação (CIP)
(BENITEZ Catalogação Ass. Editorial, MS, Brasil)

E77n
1.ed. Espinheira Filho, Ruy
Na orla do ocaso: memórias de vida e literatura / Ruy Espinheira Filho. - 1.ed. - Rio de Janeiro: Faria e Silva, 2025.
432 p.; 13,5 x 20,5 cm.

ISBN 978-65-6025-200-4

1. Romance autobiográfico brasileiro. I. Título.

Índice para catálogo sistemático:
1. Romance autobiográfico : Literatura brasileira B869.3082
Aline Graziele Benitez - Bibliotecária - CRB-1/3129

Faria e Silva é uma Editora do Grupo Editorial Alta Books

Produção Editorial: Grupo Editorial Alta Books
Diretor Editorial: Anderson Vieira
Editor da Obra: Rodrigo Faria e Silva
Vendas Governamentais: Cristiane Mutüs
Gerência Comercial: Claudio Lima

Produtora Editorial: Milena Soares
Revisão: Beatriz Medina; Renan Amorim
Diagramação: Junior Santos
Capa: Beatriz Frohe

ALTA BOOKS
GRUPO EDITORIAL

Rua Viúva Cláudio, 291 — Bairro Industrial do Jacaré
CEP: 20.970-031 — Rio de Janeiro (RJ)
Tels.: (21) 3278-8069 / 3278-8419
www.altabooks.com.br — altabooks@altabooks.com.br
Ouvidoria: ouvidoria@altabooks.com.br

Editora **afiliada à:**
ASSOCIADO

O LIVRO E A OBRA

Este é um livro de memórias, como enunciado no subtítulo, o que só causa admiração por ser um volume em prosa (embora com algumas irrupções em versos, como se verá), expressamente dedicado às lembranças, porque, na verdade, o autor já foi definido como poeta, sobretudo da memória, por críticos como Ivan Junqueira, Alexei Bueno, Miguel Sanches Neto, entre outros.

Mário de Andrade dizia que arte se faz com carne, sangue, espírito e tumulto de amor. Assim é feita a obra literária, e especialmente a poética, de Ruy Espinheira Filho, que nasceu em Salvador, Bahia, em 12 de dezembro de 1942. Seu primeiro livro individual, *Heléboro*, de 1974, foi definido como "poesia concentrada e de sutil expressão" por Carlos Drummond de Andrade, que, oito anos depois, classificou *As sombras luminosas* como "concentrada e funda poesia". Com o aparecimento desses e de outros livros, inclusive de ensaio e ficção, o autor veio conquistando leitores e alguns dos principais prêmios literários do país — como o Prêmio Nacional de Poesia Cruz e Sousa (As sombras luminosas, 1981), o Prêmio Rio de Literatura (Ângelo Sobral desce aos infernos, romance, 2º lugar, 1985), o Prêmio Ribeiro Couto - UBE-RJ (*Memória da chuva*, 1997, poesia), o Prêmio de Poesia da Academia Brasileira de Letras (*Elegia de agosto e outros poemas*, 2006) e o Prêmio Jabuti - 2º lugar (*Elegia de agosto*, 2006) —, tendo sido ainda três vezes finalista do Jabuti (*Memória da chuva*, 1997; *Tumulto de amor e outros tumultos: criação e arte em Mário de Andrade*, ensaio, 2002; e *Sob o céu de Samarcanda*, poesia, 2010), mais duas do Prêmio Nestlé (*O rei Artur vai à guerra*, 1986, novela juvenil; e *Memória da chuva*, 1997) e do Prêmio Rio de Literatura, em 2018 (*Babilônia & outros poemas*), além de indicado quatro vezes ao Prêmio Portugal Telecom (*Um rio corre na Lua*, 2008; *De paixões e de vampiros*, 2009, ambos romances; *Sob o céu de Samarcanda*, 2010; e *A casa dos nove pinheiros*, 2013, poesia). *A antologia Para onde vamos é sempre ontem* (2014), organizada por Leo Cunha, foi considerada, pela Fundação Nacional do Livro Infantil e Juvenil, uma das melhores publicadas no Brasil naquele ano, participando do catálogo da Feira do Livro de Bologna e incluída no acervo básico da FNLIJ e, em 2018, selecionada pelo Programa Nacional do Livro e do Material Didático (PNLD). Em 1998, Ruy foi eleito um dos vinte poetas contemporâneos mais importantes do Brasil, consulta feita pela Fundação Biblioteca Nacional a escritores, críticos, professores e jornalistas de Cultura de todo o país. Em 2007, foi enviado, pela Fundação Biblioteca Nacional, como representante do Brasil na Feira do Livro de Frankfurt. Em 2008, enviado também pela Fundação Biblioteca Nacional, presidiu, em Lisboa, o júri do Prêmio Camões, concedido a João Ubaldo Ribeiro. Em 2009, no Rio, novamente o Camões, atribuído a Armênio Vieira. Em 2017, foi escolhido como Autor Homenageado da FLICA - Festa Literária Internacional de Cachoeira, Bahia. Em 2020, foi o Poeta Homenageado em Volta Redonda. Acadêmico da Academia de Letras de Jequié (BA), 1997, e da Academia de Letras da Bahia, 2000, passa a pertencer também, em 2023, à Academia de Letras do Brasil, com sede em Brasília. Em 2022, recebe uma homenagem na Flipelô - Feira do Livro Internacional do Pelourinho, pela literatura e pelos próximos 80 anos, na companhia do poeta Florisvaldo Mattos, também pela literatura e pelos 90 anos. Em 2023, uma homenagem similar é feita aos dois pela Fundação Cultural Casa de Jorge Amado e no Sarau do Museu da Justiça, com depoimentos de Miguel Sanches Neto e Ricardo Vieira Lima (RJ). No mesmo ano, é publicado *A invenção da poesia & outros poemas*. RJ: Record. E nova homenagem ao autor, na Academia de Letras da Bahia, com participação crítica de Ricardo Vieira Lima, também pelos 80 anos e obra literária. Crítica de Miguel Sanches Neto: "O poeta aos oitenta", sobre *A invenção da poesia & outros poemas*.

RETRATO DE RUY ESPINHEIRA FILHO

POR JANAINA SEIXAS, 2019.

Para Mario, meu filho,
que me desafiou,
e minha filha, Matilde,
que reforçou o desafio.

À memória de
Iracema Espinheira
e Ruy Espinheira,
meus pais,
que me trouxeram à aventura de viver.

A
André Seffrin,
por sua grandeza de intelectual
e amizade.

Já sobre a fronte vã se me acinzenta
O cabelo do jovem que perdi.
Ricardo Reis (11-6-1926)

Tienes que comenzar a perder tu memoria, aunque solo sea em partes, para darte cuenta de que la memoria es lo que hace vuestra vida. La vida sin memoria no es vida en absoluto.
Luis Buñuel

Vemos o mundo uma única vez, na infância.
O resto é memória.
Louise Glück

...há sempre um copo de mar
para um homem navegar
Jorge de Lima – Invenção de Orfeu

... não é só beleza (...), é feita com carne, sangue, espírito e tumulto de amor.
Mário de Andrade sobre arte. *Cartas a Anita Malfatti.* Edição organizada por Marta Rossetti Batista. RJ; Forense, 1989, p. 145-146.

SUMÁRIO

1
O ESCRITOR E O TEMPO

Pedro Nava inicia seu *Baú de ossos* dizendo ser "um pobre homem do Caminho Novo das Minas dos Matos Gerais". Está, claro, como se vê na epígrafe, cirandando, digamos, com uma frase célebre de Eça de Queiroz em carta a Pinheiro Chagas: "Eu sou um pobre homem da Póvoa de Varzim". E, na página anterior, epígrafe de *Le livre de Mon Ami*, de Anatole France: *Ainsi, il me paraît, en ce moment, que la mémoire est une faculté merveilleuse et que le don de faire apparaître le passé est aussi étonnant et bien meilleur que le don de voir l'avenir.*

Revelar o passado, sim, com ele conviver profundamente, que fabulosa magia... Magia, sonho... *O que é o nosso passado senão uma série de sonhos? Que diferença pode haver entre recordar sonhos e recordar o passado? Perguntas de Jorge Luis Borges em O livro.*

Bem, se Nava era aquele pobre homem do interior mineiro, e o Eça era um pobre homem da Póvoa de Varzim, sou eu o quê? Um pobre homem da primeira capital do Brasil? Por nascimento, sim, como veremos. Mas minha infância, adolescência e início da juventude foram bem mais de menino, adolescente e jovem do interior da Bahia, pois somente ainda no início na juventude retornei à terra natal. E, sem dúvida, a maior parte de minha vida foi mesmo em Salvador, a partir de 1961. Dessa forma, as memórias aqui se dividem por esses espaços e tempos, em uma vasta colcha de retalhos.

Tudo começa, neste livro, com o meu nascimento, que é contado pela minha avó paterna, como veremos; porém, quase de imediato, há o salto para Poções; depois a passagem para Jequié, com idas e vindas; e só depois de anos, o regresso definitivo a Salvador. Assim, sou pessoa de memórias diversas, em diversos lugares e tempos. No início da vida, tudo se modifica rapidamente, pois a criança se transforma em adolescente, e o adolescente em jovem. Bom, um ser é a criança, outro o adolescente, outro o jovem e, depois, bem, o lento amadurecimento, as novas vivências, o mergulho definitivo na (para relembrarmos a frase de Nelson Rodrigues) vida como ela é. Como ela é de incontáveis maneiras... Assim, evocando o passado, encontramos pessoas diferentes com o nosso nome.

Há quem costume dizer que sempre foi como é. Ledo engano. Nem no momento em que faz tal afirmação ele é o que pensa que é, e pior: o que acha que foi. Porque, repito, a criança não é um adolescente; o adolescente não é um jovem; o jovem não é maduro; o que chega à madureza ("essa terrível prenda", como escreveu Drummond...), bem, caso viva, um dia será velho. E nenhum desses será a mesma pessoa, embora com o mesmo nome. Então, essa evocação é uma experiência muito complexa. Muitas vezes, ao me recordar em um momento do passado, costumo pensar que aquele não era eu. Não me reconheço. Porque a verdade é que somos, todos nós, trezentos, trezentos-e-cinquenta, como dizia Mário de Andrade. E trezentos-e-cinquenta são mesmo muito pouco para as nossas, digamos, encarnações...

Não posso, portanto, lastimar as falhas que talvez estejam nestas páginas que escrevi, porque não é tarefa tranquila colhermos a nós mesmos no passar da vida. A verdade é que muitos de nós não sabem como essa tarefa é árdua. Normalmente, a gente nem se conhece. Vivi uma experiência que me desnorteou algumas vezes: quando resolvi fazer uma cronologia da minha vida e obra. No início, tudo bem, achei que seria fácil. Avançando, porém, descobri que era uma tarefa muito complicada. Teria tudo aquilo me acontecido? Teria eu mesmo feito todas aquelas coisas? Difícil de acreditar. Mas fui em frente e, ao final, achava que toda aquela história parecia algo meio inverossímil. Vejam, no fim do volume, essa cronologia. Será mesmo um registro da minha vida? Sim, tenho que aceitar, é um dos registros que podem ser feitos de minha vida. Apenas um, pois muitos outros poderiam ser feitos. Tudo que lá está me aconteceu, ou eu fiz, ou perdi (inclusive amores e pessoas), ou consegui ganhar. No mais, como sempre, os sonhos, como alguns poderão perceber. Porque todos nós sonhamos. E também somos sonhos. Talvez até sonho de uma sombra, como dizia Píndaro...

Quanto aos que talvez achem que não sou importante o suficiente para pretender escrever memórias, respondo que me acho tão importante quanto os demais humanos, pois penso que todo mundo deveria escrever suas memórias, como já escrevi em muitos textos de poesia e ficção, porque não há duas histórias semelhantes, duas vidas iguais, e todas, mesmo as mais humildes, têm coisas importantes para nos contar e ensinar.

E o impulso do ser humano para expressar seus pensamentos, sentimentos e experiências da vida é forte desde os primeiros tempos. Daí as pedras marcadas em muitos lugares do mundo e, em arte maior, as pinturas nas cavernas. Não conhecendo ainda a escrita, a humanidade tentava outros meios para transmitir pensamentos, sentimentos e experiências da sua aventura de viver. As pinturas das cavernas falam claramente; as marcas nas pedras, menos artísticas, se prestam a interpretações e suposições variadas, como as religiosas. Sim, por que o que ali parece ser uma estrela não seria a representação de uma estrela? E não poderia ser um planeta? E o que lembra o Sol não seria o Sol? E o que poderia ser a Lua não seria a Lua? E aquele animal mal traçado não nos lembra outros que ainda vivem entre nós? E aquele outro sinal misterioso não seria a marcação de um evento amoroso? De repente uma paixão que se queria gravada na pedra...

Interpretações, suposições... O que sabemos mesmo? Certa vez, li um estudioso lamentando que não se escrevem mais diários como antigamente, o que muito auxiliava o conhecimento de certos costumes e condições de vida em outras épocas e ambientes. De resto, hoje nem mesmo cartas são escritas, e sabemos como muitas cartas foram e são importantes para a história da nossa cultura e da nossa existência particular e social. O que estamos perdendo...

Bem, penso que aqui superei possíveis falhas, não só tratando de coisas, fatos e pessoas, mas também, no caso das pessoas, aproveitando as importantes produções delas mesmas, enriquecendo bastante a narrativa com o talento de seres que habitam estas páginas e que certamente elevam o valor da leitura. E peguei até textos meus de outros tempos para mostrar situações e eventos de variadas épocas, esclarecedores do momento abordado, entre personagens que, aqui e ali, me alegraram, ou me honraram, ou me comoveram, ou me indignaram, ou exumaram tristezas, ou passaram com indiferença etc. E aqui recordo uns versos de Camilo Pessanha:

> Que eu, desde a partida,
> Não sei onde vou.
> Roteiro da vida,
> Quem é que o traçou?

Bom, há sempre aqueles traços do próprio vivente, mas a maioria vem da vida, em sua passagem. Porque é ela, a vida, e é assim que ela é.

* * *

Levei alguns dias para encontrar um título adequado a esta colcha de retalhos que aqui apresento. Buscando, hesitando, descartando os que me ocorriam, e eis que de súbito me vem à mente o verso de abertura de um poema de Fernando Pessoa que me acompanha desde a adolescência:

Aqui na orla da praia, mudo e contente do mar...

É uma de suas composições de que mais gosto, sabendo-a de cor. Trata da vida, como muitas outras do autor. Nela, na segunda estrofe, lemos:

A vida é como uma sombra que passa por sobre um rio
Ou como um passo na alfombra de um quarto que jaz vazio;
O amor é um sono que chega para o pouco ser que se é;
A glória concede e nega; não tem verdades a fé.

Estava ele ali, na orla da praia. Eu não estava, mas me ocorreu que estava também em uma orla... uma orla... Da vida? Sim, sim... a do Ocaso! Afinal, seria obra de autor na curva dos 80 anos. E *NA ORLA DO OCASO* me soava bem.

No início, fiquei triste por não poder usar o título de um poema meu, do livro *Memória da chuva*, dedicado ao amigo Roniwalter Jatobá, escritor e boêmio, capaz de compreender bem o seu sentido. Vou transcrevê-lo a seguir.

CANÇÃO DE DEPOIS DE TANTO

a Roniwalter Jatobá

Vamos beber qualquer coisa,
que a vida está um deserto
e o coração só me pulsa
sombras do Ido e do Incerto.

Vamos beber qualquer coisa,
que a lua avança no mar
e há salobros fantasmas
que não quero visitar.

Vamos beber qualquer coisa
amarga, rascante, rude,
brindando sobre o já frio
cadáver da juventude.

Vamos beber qualquer coisa.
O que for. Vamos beber.
Mesmo porque não há mais
o que se possa fazer.

"Canção de depois de tanto" seria mesmo um bom título para memórias, mas pertence a um poema já editado e reeditado muitas vezes, além de gravado em CD, com música de Durval Burgos, em 2011. E até lido por mim, também em CD, no início de 2000, abrindo as 48 composições de *Poemas*. Eu era bem mais moço na época em que escrevi essa canção, mas, desde o meu primeiro livro, certas temáticas são próprias para idade maior, e, por isso, disseram críticos que eu havia estreado com uma obra já madura. Bom, eu não sou um poeta romântico, dos que morrem aos 20 anos, como Álvares de Azevedo, ou aos 24, como Castro Alves, deixando obras de alta qualidade. Estreei, na verdade, com *Heléboro*, em 1974, aos 31 anos, idade da estreia de Manuel Bandeira com *A cinza das horas*. E tive a sorte de ser pobre, não podendo pagar impressão de livro, senão, devido à ansiedade, teria começado com uma obra ainda mais imperfeita, o que aconteceu a muitos autores, inclusive entre os melhores.

Bom, como eu gostara de *Na orla do ocaso*, podia considerar o título resolvido. E como terá nascido este texto que apresento aqui? Vários críticos já disseram que sou um "poeta da memória". E, quando alguém me falava disto, eu sempre perguntava: e qual não é? Porque, segundo a minha vida e as minhas leituras, a grande força da qualquer poesia vem frequentemente da memória, do passado, da juventude, da infância. Quem lê os poetas sabe disso. E não só os poetas: todos os artistas vão sempre à memória. E não só os artistas:

todos os seres humanos. Aos meus alunos da universidade, eu às vezes dizia que o que realmente temos é de nosso passado, porque o presente é uma iluminação fugaz, e o futuro mera especulação. O passado é algo que realmente houve e continua vivo em nós, embora possa também se transformar em ficção, ao menos parcialmente, porque a memória às vezes imagina... Conseguem conceber um ser humano sem lembranças da vida? O que terá ele de seu, sobretudo no avançar da idade? Vazio. Um grande vazio. Sim, o que fará dele um ser tristemente desabitado.

Felizmente, fui sempre, além de poeta, também um prosador da memória. Porque nela, na memória, é que tenho vivido grande parte de minha existência. Que pode não ser grande coisa, mas jamais me senti um ser tristemente desabitado.

* * *

Começo a escrever estas palavras porque meu filho, Mario, me sugeriu a tarefa — o que foi logo apoiado por minha filha, Matilde — de escrever uma autobiografia. Ora, jamais pensara no assunto, e lhes respondi que a minha biografia está em grande parte de tudo que escrevi e publiquei. Eles concordaram, mas disseram que se eu escrevesse alguma coisa da minha biografia, além do que está em minha ficção e em meus poemas, facilitaria a vida de quem quisesse escrever sobre mim. E acrescentaram que poderia também fazer crescer o interesse dos leitores em minha obra. Respondi que não acreditava que alguém quisesse escrever sobre mim, mas insistiram: não precisaria mesmo ser uma autobiografia, com obrigações de fidelidade, pesquisas, mas umas lembranças de certos casos da vida, questões de formação, de escolhas, de projetos, de trabalhos, de vivência com a família, os amigos, os companheiros da literatura, as conquistas, os tropeços, as tristezas, as comemorações, as alegrias, o amor, o desamor e o bom humor. E, já que falamos em bom humor, naquela noite, recordei a eles algumas histórias engraçadas, ou mais ou menos engraçadas, que soube ou foram vividas por mim. E os filhos, rindo no contra-ataque:

— Veja, qualquer um gostaria de ler coisas assim. Por que não escreve sobre elas?

— De várias já falei, como disse, em ficção e poesia. Não seria o suficiente? — insisti.

Bem, eles acharam que não, e eu comecei a ficar meio pensativo... E o resultado é esta colcha de retalhos que lhes apresento.

* * *

Como escrevia com o que vinha chegando de lembranças eventuais, não se poderia mesmo exigir exatidões, criticar lacunas, omissões e que tais. Por isso, muitos nomes não foram citados, não teria tais obrigações (que acabariam sendo meras artificializações, digamos assim, só para alguns agrados...), pois o objetivo não era uma rigorosa autobiografia. Assim, que não me acusem de indiferença com pessoas, por exemplo. Digo isso pensando sobretudo nos amigos, inclusive alguns dos maiores. Não, não há indiferença alguma, pois o livro é assim mesmo: a colcha de retalhos de que falei. No mais, como estou tratando da vida de um escritor, creio que esta colcha ficaria mais viva, como disse, se recebesse também a literatura mesma, ou seja, momentos da minha própria escrita ao longo da vida, como também da de outros, com autorização, mesmo porque foi com a literatura que eu vivi o tempo todo. Falei disso com os filhos. Eles acharam que sim, enriqueceriam a narração.

Embora seja grande leitor de biografias e autobiografias, jamais encontrei alguém que já tenha feito algo desta maneira. Se é ousadia demasiada, ou apenas tolice, me perdoem.

* * *

Anos de vida e trabalhos que exigiram esforço e paciência. Seu conteúdo e seu estilo (recordemos a "colcha de retalhos") estariam à altura? Valeriam a pena? Pessoa dizia que tudo vale a pena se a alma não é pequena, com o que sempre concordei. A vida acaba sendo mesmo uma colcha de retalhos, por mais organizados que possamos ser, como foi — e de maneira bem mais ampla, como se sabe — a do próprio Pessoa. Uma colcha de retalhos em que encontramos os quatro maiores poetas de Portugal do século XX: Alberto Caeiro, Álvaro de Campos, Ricardo Reis e o próprio Fernando Pessoa. Sim, uma colcha de retalhos é também produto da inteligência, da organização e, em certos casos, até de um talento genial.

No meu caso, esqueçamos o talento, mas certamente houve algum esforço. Como a intenção, já disse, não era fazer uma autobiografia, a escrita fluiu com total liberdade na recepção do que me ia sendo dirigido pelas variadas lembranças, onde navegamos por toda a existência, aos ventos das esperanças, das revoltas, dos remorsos, dos amores e desamores, das saudades e, claro, dos sonhos. *Que diferença pode haver entre recordar sonhos e recordar o passado?*, perguntava Borges, como vimos. E antes já perguntara: *O que é o nosso passado senão uma série de sonhos?* Porque o passado, enfim, está sempre sonhando em nós. E nós... Lembremos Shakespeare em *A tempestade*: "Nós somos do tecido de que são feitos os sonhos."

Colcha de retalhos... Se não me engano, Monteiro Lobato tem um belo conto com esse título. Ou, mais exatamente: *A colcha de retalhos*. Um conto, literatura mesmo, o que está em outro patamar.

E agora vamos à nossa navegação.

2
PRINCÍPIOS DA INFÂNCIA

Como encetaria a sugerida viagem? Primeira providência: tentar não criar, sobretudo não mentir. Nada de bancar o mitômano. Em algum lugar dos Salmos está dito que todo homem é mentiroso, o que é bem mais, acrescento, do que o fingidor do poema de Fernando Pessoa, que também fingia que fingia, chegando a fingir que era dor a dor que deveras sentia...

Apenas o fingimento não era mentira; sim, uma das magias da arte.

* * *

Enfim, vamos às lembranças que vieram chegando. Começando do começo, ou seja, da infância. E conto com um auxílio precioso: o que a professora Valdomira de Assis Espinheira, minha avó paterna, escreveu no meu *O livro de bêbê,* do qual já falei no poema "80 anos", de A invenção da poesia & outros poemas. Transcrevo uma parte daquele texto.

...o meu O livro de bêbê
(assim, com o de e os dois circunflexos),
e que minha avó paterna preencheu até
a página 90, ficando as outras 142
sem qualquer anotação
(devido, sem dúvida, ao fato de termos nos mudado
da capital para Poções, no sudoeste baiano,
por volta de 1945,
e eu perdendo o trono
de filho único,

pois já havia nascido o segundo
e mais cinco esperavam na fila).

Tomo o café da manhã, escovo os dentes,
pego o livro na biblioteca.
É um volume poderoso, de capa dura
e cores nas páginas.
E textos de vários autores,
como Mateus e Marcos
colhendo palavras de Jesus sobre os pequeninos,
uma certa Mrs. Dupanloup, um Dr. Donnadieu,
um Ellick Morn, um Dr. Von Ammon,
São Francisco de Sales,
entre outros.

Um livro histórico. Por ele fico sabendo
que nasci no dia 12 de dezembro de 1942,
um sábado, às 18 horas e 45 minutos,
na casa 231 do Amparo do Tororó, em Salvador.
Que meu primeiro banho foi no mesmo dia,
dado por Dona Augusta de Oliveira Mendes,
com assessoria das avós.
Que no nascimento tinha 52 centímetros,
no fim de dezembro 54,
em fevereiro do ano seguinte 63,
chegando a 85 em dezembro de 1944.
De lá para cá, acrescento, consegui apenas
aumentar até um metro e 61,
hoje certamente já não chegando mais a tanto.

Também é relatado que eu, ainda de colo,
ao sair com minha mãe para o ponto do bonde,
sorri, olhando para ela e ("maneirosamente",
como escreveu minha avó)
arranquei de sua cabeça o torço que usava,
caindo na gargalhada.
Já começava assim...

(Casa 231. A mesma avó,
quando eu era ainda menino,
disse-me que ela, a casa
onde eu havia nascido,

já não existia mais.
A casa se fora. E eu estava indo.
Foi a minha primeira comoção
do efêmero.)

Assim, o livro iniciava a minha história... O poema me surgira uns meses antes dos 80 anos, idade que eu jamais pensara atingir. Como nunca pensara iniciar uma prosa assim, sobre coisas da minha existência, como estou fazendo agora, e com admirável ajuda do volume com as anotações de minha avó. Não fosse ele, estariam para sempre perdidos os meus primeiros momentos. Inclusive o que fiz, "maneirosamente", para arrancar o torço de minha mãe e me divertir com a molecagem. E depois, bom, depois foi a infância se formando na nova e pequena cidade.

Muito bem na memória se destaca um acontecimento de 1947, quando eu tinha 4 anos: o eclipse total do Sol, o que vocês podem ler no poema "O presente da Lua e do Sol", também do meu livro há pouco citado. Era 20 de maio, o primeiro aniversário do segundo irmão, Gey, 3,5 anos mais novo do que eu, mas eu me senti especialmente homenageado, como se o evento me transformasse em uma espécie de Príncipe Encantado...

Recordo meu pai distribuindo negativos de filmes para podermos olhar o fenômeno, mas sem demora, com o Sol não se brinca. Ele já nos havia dado explicações a respeito do eclipse. Na cidade, porém, ao que parecia, ninguém tinha explicado nada, ou explicado mal, porque logo ouvíamos gritos de espanto e até um homem berrando que o mundo ia se acabar. E os passarinhos sumiram, os cachorros latiram e as galinhas se recolheram educadamente aos poleiros. E veio a escuridão. E a espera, a espera... e então a luz começou lentamente a voltar... E os cães latiam mais e pulavam de contentamento, os passarinhos voavam e cantavam e as galinhas desceram apressadamente dos poleiros. A cidade parecia respirar em paz, a vida continuava...

* * *

A uma criança tudo é permitido quanto aos sonhos. Sobretudo se ela ama ouvir histórias e já começa a lidar com as leituras. Fui alfabetizado por minha mãe, chegando à escola aos 6 anos já como leitor apaixonado. Disse que fui alfabetizado por minha mãe, o que é verdade, mas sempre tive a impressão de que aprendi sozinho, porque a mais remota memória me apresenta já como leitor. Recordo, por exemplo, dificuldades com a matemática, que minha mãe tentava enfiar à força em minha cabeça aérea, mas nada disso a respeito da leitura. Surgiu ela como se me fosse algo natural, como a visão, a audição, o paladar. A leitura, as palavras, os sons, os ritmos, os significados... Aí eu me movia muito bem, sentindo grande prazer. O que não conseguia sentir na hora da gramática. Para dizer a verdade, nunca estudei mesmo gramática, sou um ignorante gramatical. Tudo o que me valeu foi a leitura, a leitura e a releitura. Os gramáticos que me perdoem, mas os bons textos são o que há de melhor para alfabetizar qualquer um. Lendo *Escrever é muito perigoso*, da Prêmio Nobel Olga Tokarczuc, aprendi que, se um indivíduo não tiver sentido aquele prazer quase erótico decorrente da leitura entre 9 e 16 anos, nunca se tornará um autêntico leitor. Não conseguirá viver de fato o prazer da leitura, a realidade mais real da obra ficcional. E ela dá exemplo de uma leitora verdadeira, como a de Nova Heloísa, de Jean-Jacques Rousseau, que escreveu uma carta ao marido dizendo que acabava de reler aquele livro pela quarta ou quinta vez e ainda tinha a impressão de que tratava os personagens do romance como se fossem pessoas de verdade.

Bem, como senti aquele prazer, e ainda bem antes dos 9 anos, seria leitor por excelência. Porque, para mim, a literatura sempre foi da realidade mais real.

Falei da matemática, e vejam esta história. Já adulto, com livros publicados em boas edições, prêmios, conversando com meu pai, que era craque também na matemática, resolvi dizer que eu não tinha cabeça matemática. Ele me fitou sério, depois sorriu e falou:

— Olhe, jamais diga coisa assim. É bobagem. É claro que você tem cabeça matemática. Porque, se não tivesse, nunca poderia fazer um verso aproveitável.

Vi na hora que ele tinha razão. Eu é que não percebera que certas habilidades desenvolvidas por mim tinham a ver com a matemática, que está presente, na verdade, em todas as artes, como em tudo. Assim, nunca mais falei que não tinha cabeça matemática. Ao menos para a minha literatura eu tinha que ter, senão acabaria assassinando os meus escritos.

***

Dos textos propriamente infantis, passei, através das revistas em quadrinhos, para um autor que me fascinou de imediato: Monteiro Lobato. Exatamente como aconteceu com Clarice Lispector, como se vê no conto Felicidade clandestina. Lendo as aventuras do Sítio do Picapau Amarelo, quis mais e mais. Insistia em pedidos de livros do Lobato, o que não era fácil em Poções, onde não havia livraria, apenas uma lojinha que vendia revistas em quadrinhos e para moças românticas (e qual não é?) e senhoras. Por falar nessa lojinha, certa vez, fizeram por lá um sorteio para clientes, e eu era um por causa dos quadrinhos e revistas para minha mãe. Acabou não dando outra: fui sorteado. Encheram-me de revistas de todos os tipos, sobretudo para senhoras, o que descarreguei em casa. Não passou muito, e fizeram outro sorteio. Resultado: venci novamente. Uma pessoa me disse que eu estava gastando minha sorte com coisas sem importância. O que parecia verdade mesmo, pois, adiante, minha mãe me deu uma moeda, eu a apliquei no jogo do bicho e ganhei cinco cruzeiros! Meu pai não queria saber de jogos, mas apenas deu risada. Entreguei o dinheiro à minha mãe, é claro, já que ela sempre se queixava da carestia de tudo. Porque éramos pobres, sim; meu pai, muito jovem, estava no início da advocacia. E voltando à sorte: já adulto e casado, fiz uma fezinha na Loteria Esportiva e ganhei! Fiquei contente, mas logo, examinando o caso, percebi que não havia acontecido nenhuma zebra, deduzindo que muita gente teria acertado. O que logo se confirmou. Depois fui à Caixa Econômica pegar a graninha, que na verdade só deu mesmo para umas quatro prestações do apartamento. Eu continuava estragando a sorte...

3
OS PAIS

Aqui abro espaço para umas notas sobre meus pais. Minha mãe, Iracema D'Andrea Espinheira, nascera em Poções, em 1920, filha de Matilde Sarno D'Andrea e Giuseppe D'Andrea, que vieram de Trecchina, Itália, para o Brasil em 1914, início da Primeira Guerra Mundial. Minha avó, Matilde, morou conosco por toda a vida, pois enviuvou cedo, quando minha mãe tinha uns 6 anos de idade. Contavam que meu avô era um grande comerciante, dos melhores entre os imigrantes, mas com sua morte (parece que por diabetes), minha avó foi perdendo o que tinha, inclusive por enganos de malandros que percebiam sua ingenuidade. Assim, pobre já era ela quando meu pai (que também era pobre) conheceu minha mãe. Penso às vezes que, se não tivesse morrido tão cedo meu avô, eu poderia ser hoje um herdeiro bem arrumado na vida...

Meu pai, de Amargosa, era o filho mais velho da professora Valdomira (os outros filhos foram Itamar, João — morto muito cedo — e Geraldo) e do cirurgião-dentista Antonio Coimbra Espinheira, que também fazia alguma política, tendo sido prefeito de Amargosa e interventor em Jequié no movimento integralista (de que depois se arrependeria muito, como me disse certa vez, mas deixando foto também na prefeitura de lá, como se tivesse sido mesmo prefeito eleito pelo povo).

Bem, minha mãe nascera em Poções, sim, mas era uma autêntica italiana. Administrava a casa com vigor e sabedoria, mesmo porque seu marido, o Dr. Ruy Alberto de Assis Espinheira, trabalhava o tempo todo, inclusive fora da cidade, pois sua clientela se estendia por vários lugares, diversos municípios. Assim sendo, ela tinha de cuidar de tudo: marido, mãe (que também a ajudava) e, com o correr do tempo, sete filhos homens, além de pelo menos umas duas empregadas e mais aderentes de mandados, recados, que serviam também para vigiar os meninos, que viviam soltos na rua. Havia na casa um vasto quintal, com um também vasto tamarindeiro, onde eles também brincavam, mas sempre davam um jeito de escapar para o mundo que, mesmo apenas o de uma cidadezinha, parecia-lhes imenso e repleto de promessas de aventuras (o que haveria além daqueles morros azuis ao longe...?), mas que era, na verdade, muito tranquilo, com suas ruas de areia, ou lama, por onde circulavam raríssimos carros e, guiados por meninos, bem mais jegues (sobretudo os que levavam carotes de água, apanhada em fontes distantes, porque não havia outra maneira de se ter água em casa; só muito depois, já na casa nova que a família construíra em meados do anos 1950 — da qual tenho na parede uma bela foto tirada por meu filho —, de um poço, a água podia ser enviada a uma imponente caixa d'água que atendia a todas as nossas necessidades). Além dos jegues, havia também mulas, cavalos, pedestres humanos, cachorros, gatos, urubus rondantes, passarinhos. E muriçocas, claro; todos dormiam com mosquiteiros, que chamávamos de "cortinados". E à noite, às vezes acordávamos pensando estar vendo e escutando sombras e uivos de lobisomens e galopes da Mula Sem Cabeça, que, mesmo não tendo cabeça, botava fogo pelas ventas... Fosse como fosse, apesar dos habitantes das trevas, era uma cidade que nos pertencia com nossos piões, nossas bolas de gude e nosso joguinho de futebol que arruinava sapatos e sandálias. Os mais pobres jogavam descalços, mesmo porque não tinham sapatos nem sandálias. Nós achávamos muito bom e queríamos também jogar descalços, mas a habitual proteção dos pés nos fazia acabar desistindo. Sim, melhor ouvir sermões em casa do que arruinar os dedos e as unhas.

Os jogadores eram misturados, como já viram, de várias origens. Os lugares preferidos eram o beco entre o Cine Glória e a casa do Sr. Corinto Sarno e D. Anina — ele, primo de minha avó, e ambos, padrinhos de minha mãe —, e a Praça da Liberdade, enfeitada por belas e sonorosas casuarinas. Certa vez, uma moradora da praça, Juracy, casada com Fidelis Sarno, primo de minha mãe, me perguntara se eu sabia que as casuarinas cantavam ao vento. Sim, eu sabia, já as escutara muitas vezes (e, na verdade, ainda as escuto hoje, quando já não existem mais...). No futebol, tínhamos como companheiros os nossos primos descendentes de italianos, da família Sarno, os irmãos Zé Fidelis e Eduardo, filhos do Sr. Corinto e D. Anina. Mais tarde, Eduardo tentou ser padre, mas desistiu. Havia também Luizito, também da família Sarno, que morava acima da ladeira da Rua da Itália, quase na Praça da Liberdade. E Vincenzo, que chegara da Itália menino e era uns dois anos mais velho do que eu, já se aproximando da adolescência e, portanto, além das nossas brincadeiras infantis. E foi ele que, já no internato de Jequié, me animou a ir para lá, contando histórias engraçadas de seus colegas.

Grandes craques do beco e da praça, saudades.

***

Disse que minha mãe administrava a casa com vigor e sabedoria, o que era verdade, mas certamente herdara alguma ingenuidade da mãe. Certa vez, por exemplo, um cliente agradecido de meu pai levou de presente um tatu que conseguira apanhar. Minha mãe estranhou o tatu, mas, como era um presente, tomou as providências necessárias. Quando meu pai chegou, ela lhe falou do presente, e ele lhe perguntou o que fizera. Ela respondeu de pronto: mandei prender no quintal. Meu pai, sorrindo, lhe deu os parabéns por libertar o tatu. Ela lhe respondeu que não, que ele estava preso no quintal. Meu pai continuava sorrindo:

— Verdade? Então vamos todos conhecer o tatu.

E fomos, procuramos por todos os cantos do quintal, e nada. Agora meu pai ria abertamente: não vão achar mesmo, pois Iracema fez bem: libertou o tatu. Aí minha mãe percebeu que a história era outra: tatu preso em quintal de terra vai logo fazer um buraco e partir para o mundo grande... E logo estávamos todos rindo. Daí em diante, quando minha mãe nos acusava de fazer alguma besteira, nós lhe lembrávamos o tatu, definitivamente famoso na família...

Outra de minha mãe: em dado momento, meu pai, a exemplo do seu próprio pai, se meteu em política. Sempre pondo a ética em primeiro lugar, logo avisou a todos que ninguém desse nenhum dinheiro quando alguém viesse dizer que queria votar nele, mas estava necessitando de alguma graninha de ajuda, porque ele não comprava voto. Lembro-me de que a cantada se deu comigo umas duas vezes, e não dei nada (devido à orientação do pai, e também porque não tinha grana, ou só uma moedinha que não daria mesmo a ninguém, pois era toda a minha "riqueza"...). E então aconteceu alguma coisa que vale relatar. Meu pai estava regressando de uma viagem e, como sempre, foi recebido festivamente pela mulher, pelos filhos e pela sogra. Mal descarregou a bagagem e minha mãe lhe perguntou:

— O que vamos fazer com o jegue, Ruy?

— Jegue? — perguntou meu pai, estranhando. — Que jegue?

— Ora, o jegue que você mandou comprar!

— E eu mandei você comprar um jegue, Iracema?! — exclamou, espantado. — Que história é essa?

E ela contou. Acontece que um homem, trabalhador da roça, chegara montado em um jegue, dizendo que era cabo eleitoral de meu pai, que lhe agradecera a dedicação e, como o homem havia arranjado um jegue para o serviço, dissera-lhe que fosse até a sua casa e o vendesse à sua mulher. Era por isso que ele estava ali, para vender o jegue. Minha mãe não queria acreditar, disse que não sabia nada daquilo, mas o homem insistiu, dizendo que precisava de dinheiro para voltar para a sua terrinha, que o jegue era baratinho mesmo e que o entregaria por qualquer coisa. Bem, ela não dispunha de dinheiro para comprar jegue nenhum, mas o homem foi abatendo no preço, abatendo, abatendo, abatendo... E chegou a um ponto que minha mãe fez uns cálculos e pagou pelo jegue. O homem agradeceu e se foi. E agora? O que fazer com o jegue? Não era um tatu, de modo que podia prendê-lo no quintal. E era lá que estava ele. Meu pai queria ver? Ele quis — e fomos todos, como da vez anterior. E lá estava o hóspede traçando tranquilamente uma bela braçada de capim. Meu pai se aproximou dele:

— Ainda bem que o estão alimentando... E agora, Iracema?

— Agora o quê, Ruy?

— O que vai fazer com ele?

— Você é que sabe...

— Eu? Mas eu não comprei jegue nenhum!

— Mandou comprar.

— Não mandei.

— O homem disse que...

— Era um mentiroso. E eu não falei que não compro voto?

— Falou, mas não era voto... era um jegue! E foi baratinho.

— Baratinho como?

— Quase o preço de uma galinha...

— De uma galinha? E o que vai fazer com ele? Um prato ao molho pardo, um...

— Não diga isso, Ruy. Não vou matar o pobre jegue! — falou minha mãe, horrorizada.

— Nem eu — respondeu meu pai. — Mas também não podemos ter um jegue morando no quintal. Tome uma providência.

Em pouco tempo o jegue não estava mais lá. Entre os servidores da casa, não faltou quem quisesse herdar um jeguinho...

De tempos em tempos, um de nós chegava para a mãe e dizia:

— Tem um homem aí trazendo um tatu...

Ou:

— Tem um homem aí vendendo um jeguinho baratinho...

Ela fingia indignação, dizia que éramos uns bestas e ria...

Minha mãe era uma pessoa muito simples, correta e amorosa. E inteligente, com um belo senso de humor. E não guardava raiva: se um filho aprontava alguma coisa merecedora de umas chineladas, o que ele precisava fazer era escapar e dar um tempinho para ela esquecer. Recordo de mim trepado em um galho do tamarindeiro, aguardando um clima melhor... Nada tinha de emproada, tratava todo mundo do mesmo jeito, fosse pobre ou rico, preto ou branco. A lavadeira de nossa casa, que vinha de longe para levar e trazer as roupas, era uma negra chamada Rosa, que todos os filhos de minha mãe tratavam como tia Rosa, como foram ensinados por ela. E a tia Rosa tinha um filho, Salvador, que fazia mandados e que, muitos anos depois, reencontrei em Poções, quando foi logo me pedindo que lhe pagasse uma cachaça. Era claro: estava em um estado adiantado de alcoolismo. Das outras vezes que lá voltei, não o encontrei mais.

Mas já me esquecia do papagaio. Sim, tínhamos um papagaio em casa. Um dia, não o encontramos mais. Sumira. Era um ser elegante, mesmo orgulhoso de sua condição. Certa vez, a Gatona, de quem falaremos adiante, estava deitada no corredor. O papagaio ia caminhando, caminhando e, ao chegar junto a ela, simplesmente escalou a selva de pelos e saiu do outro lado, nem se voltando para ver o que a Gatona achara de sua façanha. E então eis que ele desaparecera. Ficamos todos tristes. Até que, um dia, estando minha mãe em uma janela da casa, viu um roceiro que se aproximava com um papagaio. Era uma manhã de sábado, dia da grande feira da cidade, quando os produtores dos campos desaguavam para a venda de seus produtos de colheita, de elaboração e até de caçadas. Seria natural que alguém tivesse um papagaio para vender, mas minha mãe chamou o homem, ficou olhando a mercadoria e a considerou muito parecida com o nosso papagaio. E foi o que disse ao homem, que se mostrou consternado, jurando que o havia apanhado na roça para vender, que era um papagaio do mato. Mas minha mãe insistia dizendo que era igualzinho ao dela, que... Mas aí meu pai ouviu a conversa e foi lá. Minha mãe mostrava a ele, dizendo que o bico era igualzinho ao do papagaio que sumira. Aí meu pai sorriu, dizendo a ela que todos os papagaios tinham um bico igual e que aquele papagaio devia ser mesmo do homem, que precisava de uns trocados. Via-se que era pessoa honesta, vendedor da feira, que pegara mesmo o papagaio na roça. E, como minha mãe quisesse insistir em suas razões, meu pai se voltou para o homem e disse que sim, que aquele papagaio era igualzinho aos que eles tiveram e, sorrindo ainda mais, perguntou ao vendedor quanto queria pelo bichinho. Era muito igual ao outro para não ser comprado. O homem, meio atrapalhado, deu seu preço. Meu pai passou-lhe o dinheiro e pegou o papagaio. Minha mãe, ainda meio desconfiada, logo estava alimentando e acariciando o papagaio, que agora era nosso, sempre se parecendo muito, em suas cores e seu bico, com o nosso que fugira...

Agora, casos de duas perseguições: uma na infância e outra já nesta minha alta idade. Vamos lá.

Quando chegou a grande mesa de refeições, que impressionou a todos da casa, minha mãe tratou logo de definir os lugares e seus ocupantes para evitar eventuais disputas entre os filhos. Destacou logo uma cabeceira para seu marido, dois lugares para ela e sua mãe e o resto de acordo com o tamanho da meninada. A mim, coube, como filho mais velho, a outra cabeceira, o que fez com que eu me sentisse honrado e com a vantagem de não ter que ficar passando coisas para os demais, o que sempre acontece aos que se sentam ao longo das mesas e é muito chato. Ainda ouço a cantilena: passe-me o feijão, passe-me a carne, passe-me a farinha, passe-me a água, passe-me o serrote... Como todos falavam alto, certa vez, minha mãe disse que ainda bem que os vizinhos não podiam escutar, pois poderiam pensar que estávamos pedindo o serrote para serrar alguém ou a própria casa como um todo. Rimos. E continuamos a pedir o serrote aos brados. Menos quando meu pai estava à mesa, pois era o nosso ídolo maior e merecia respeito especial. E também, claro, não aprovava barulheira à mesa...

Pois é, recebi o direito àquela posição na mesa, e foi exatamente dali que acompanhei o caso da perseguição da cristaleira. Sim, somente eu vi tudo, porque os demais estavam, no almoço, de lado ou de costas para a cristaleira, que ficava junto à parede que ficava bem diante de mim. Sim, percebi que a grande gata peluda, aquela escalada pelo papagaio, mais conhecida como Gatona, conseguira, em um salto magnífico, pousar no alto da cristaleira. Pousou e não achou que era o suficiente, pois logo ficou claro que queria atravessar para o outro canto do móvel. Ora, ora, coisa bem menos complicada do que o salto que dera há pouco. Sim, mas eis que havia, no meio do caminho, um bonito jarro de vidro onde, às vezes, encontrávamos algum salgadinho, bolachinhas, chocolatinhos etc. E que naquele instante estava, pelo que recordo, inteiramente vazio. Alguns devoradores já tinham passado por ali...

Pés ante pés, a Gatona se aproximou, examinou o jarro, fez cálculos e concluiu que não havia espaço suficiente para um salto sobre ele. Se a cristaleira fosse mais larga... O que fazer? Fosse leitora de Drummond, com certeza recordaria da pedra no meio do caminho, mas Drummond jamais tivera leitores na família dos felídeos. Assim, ela examinou o jarro mais uma vez e decidiu que poderia encontrar espaço entre ele e a parede. Jeitosa ela era, assim... Aproximou-se suavemente e, então, de súbito, vi o que vi: a Gatona em um mergulho agudo para escapar do jarro de vidro, que também mergulhava em sua perseguição. Foi tudo rapidíssimo: a Gatona bateu no chão e, no mesmo impulso, saltou para a frente, escapando de receber o jarro nas costas ou na cabeça. Foi então que, escutando o barulho, os demais comensais se voltaram para o acontecido. A Gatona escapando de fininho pelo corredor e cacos de vidro espalhados por todos os cantos... Então contei a todos o que testemunhara. Sim, a única testemunha ocular de todo o evento. Graças ao fato de estar sentado àquela cabeceira da mesa...

Muitos e muitos anos depois aconteceu um fato que me devolveu de imediato ao caso da Gatona x Jarro de Vidro. Eis que uma cachorra, recentemente adotada na casa, ainda mal saída da infância, cismou com algo que passara pela rua e queria sair em perseguição. O que não seria possível, pois todo o terreno é cercado, mas ela insistia. Como fosse — e ainda é — muito veloz (tendo recebido o otimista nome de Brisa, embora eu continue a chamá-la de Pé de Vento), minha filha a amarrou em uma pesada cadeira de madeira da varanda. O que não resolveu, pois ela saiu puxando a cadeira com dificuldade. E vendo-a olhar para trás com expressão de terror, percebi que a história se repetia:

ela achava que a cadeira a perseguia. Foi logo socorrida, mas, depois, quando circulava na varanda, sempre fazia uma volta ao chegar perto da cadeira. Que estranho bicho era aquele? As voltas continuaram, até que, um dia, ela se aproximou com todos os cuidados e cheirou um pé da cadeira. Mesmo assim, a desconfiança prosseguiu ainda por um bom tempo. Hoje, ela já parece achar improvável que a cadeira vá se transformar novamente em um monstro perseguidor... Mas, por via das dúvidas, todo cuidado é pouco...

Outra figura bem nítida em minha memória é a velha Praxedes, que, de vez em quando, vinha para rezar minha mãe com suas folhagens ondeadas com uma reza incompreensível sobre os pés da "paciente". Certa vez, escrevi um poema, que está em *A cidade e os sonhos*, recordando-a. Leiamo-lo.

FADA

Chamava-se Praxedes.
Caminhava léguas,
preta e alta,
magra e velha,
trazendo folhagens de exorcizar
malefícios.

Esgrime sua arte,
rezando mistérios.
Olho-a com espanto
e vago receio.
Penso que vem
de muito mais longe.
Que vem de outro tempo,
onde talvez seja
sempre bela e jovem
e honre cavaleiros
com aventuras e espadas

prodigiosas.

Nada pede, essa fada,
pelos altos serviços,
senão uma mortalha
simples,
com que possa se vestir
na hora.

Essa mesma mortalha
que minha mãe vai tecendo,
lentamente,
ao longo das tardes e de um silêncio
luminoso de sortilégios.

4
O PAI E LEITURAS

Enquanto minha mãe administrava a casa e as pessoas, meu pai, como já disse, trabalhava duramente para garantir a sobrevivência e alguns confortos à família. Há pouco falei de Monteiro Lobato, e agora recordo que, certa vez, foi feita uma edição de *Os doze trabalhos de Hércules* em também doze volumezinhos. Fiquei sabendo e ambicionando a maravilha, mesmo porque ainda não havia lido tais aventuras. E, como meu pai viajava, fiz com que prometesse procurar os livros para mim. Bem, logo na primeira viagem vinha o primeiro trabalho do herói, e em breve eu já possuía toda a coleção. Pois meu pai jamais esqueceria os meus pedidos, os quais, claro, muito lhe agradavam também. Já pensaram o que é um grande leitor descobrir que tem um filho também leitor?

O que me leva a outra lembrança. Eis que eu, já adolescente, estava lendo um livro, do qual, não me lembro, nem do autor, nem do título, e meu pai, olhando rapidamente para ele, ergueu-se da mesa e foi ao escritório, retornando de imediato com um volume que pôs diante do meu rosto, dizendo que eu já tinha idade para ler coisas melhores. Li o título e ri: que coisa é essa de homem rouco? Não estou entendendo. Ao que ele respondeu:

— Você vai saber, se largar esse livro tolo e ler este.

Bem, meu respeito por meu pai era infinito. Larguei o livro que lia e peguei o outro, que logo fui ler, embora sem muita vontade. E o resultado: em poucas horas estava procurando, na biblioteca do pai, outro livro daquele autor, tornando-me seu leitor de vida inteira.

E aconteceu que, muitos anos depois, em 1984, estando no Rio para o lançamento de *Morte secreta e poesia anterior* (quando conheci pessoalmente o poeta e tradutor Geir Campos, cujo livro *Canto claro e poemas anteriores*, Prêmio Olavo Bilac, cativara meu pai e a mim, também estava autografando e me disse estar interessado na minha poesia devido a elogios do Ênio Silveira), fui, na companhia de meu irmão, Paulo, em um encontro agendado pelo pintor Adilson Santos, ao belo apartamento de cobertura, arborizado com muito gosto, de Rubem Braga, em Ipanema. Entre uma coisa e outra, contei-lhe esta história. Ele gostou muito, sorriu e, na saída, autografou e nos ofereceu — ao Paulo, a meu pai e a mim — exemplares de obras suas, entre as quais o admirável *O homem rouco*...

Pois é, estivemos lá. Rubem Braga parecia muito bem. Falamos de literatura, e ele nos apresentou às árvores e a outras plantas do seu pomar aéreo, dando-nos pitangas para provar e contando-nos que uma vizinha de baixo tinha criado problema por causa de uma frutinha que caíra em sua varanda. Respondi-lhe dizendo que dedicasse à vizinha o plantio de uma jaqueira... Ele gostou da ideia, mas não sei se a pôs em prática. Depois, com meu irmão, que era geólogo, conversamos sobre algumas pedras que o Rubem colecionava.

Sim, estava muito bem. Mas no início de 1990, fazendo exame de rotina para a TV Globo, chegou-lhe o diagnóstico de câncer de laringe. Seu biógrafo, Marco Antonio de Carvalho, disse que ele apenas comentou: “É de amargar.” Bem sabia que se tratava de uma sentença de morte, mas não queria fazer alarde. Sempre fora um homem discreto, contido. Como desde jovem havia decidido ser cremado, queria evitar que o enterrassem. O biógrafo destaca uma frase sua: “Ao invés de apodrecer vilmente embaixo do chão, eu seria transformado em suave cinza e espalhado aos ventos.” Mas para tanto, como no Rio não havia crematório, necessitaria ir a São Paulo, Vila Alpina. Retornamos ao biógrafo: “Vai à Vila

Alpina, assina o que é necessário, paga com antecedência e, ao final da conversa, a funcionária pergunta sobre o cadáver. Rubem explica que ela teria que esperar, porque o morto seria ele mesmo."

Na verdade, ele não foi "espalhado aos ventos". Obediente ao seu pedido, o filho, Roberto, com sua mulher, Maria do Carmo, e o sobrinho Edson, de Rubem, entregaram suas cinzas ao rio em Cachoeiro de Itapemirim, sua terra natal. Era o cronista e poeta fazendo sua última viagem à infância tão relembrada em páginas magistrais.

Outro cronista e poeta que pensei visitar foi o Paulo Mendes Campos, que admirava desde a juventude. Geniais crônicas, como a sobre *Grande sertão: veredas*, de intensa sensibilidade e valor crítico. E poemas de alta qualidade, como "Infância", de que sei de memória um trecho que costumo repetir às vezes:

> *A besta era serena e atendia*
> *Pelo suave nome de Suzana.*
> *Em nossa mão à tarde ela comia*
> *O sal e a palha da ternura humana.*
> *O cavalo Joaquim era vermelho,*
> *Com duas rosas brancas no abdômen.*
> *À noite o vi comer um girassol.*
> *Era um cavalo estranho feito um homem.*

É um longo poema, com outras passagens belas, mas sempre achei que estes oito versos já eram suficientes para expressar toda a magia de uma infância.

Mário da Silva Brito prometeu-me conseguir um encontro com ele, mas, quando cheguei ao Rio, disse-me, quase pedindo desculpas (era um homem extremamente gentil), que PMC havia viajado. Ficamos de tentar em outra oportunidade, o que nunca aconteceu. Mas, como verão, já havia conhecido o José Carlos Oliveira, também da minha admiração.

5
AUTORES E LIVROS

Histórias em quadrinhos, Lobato, outras leituras variadas e, inexplicavelmente, o impulso de também querer escrever. De onde vinha tal coisa? Eu não sabia. Na verdade, até hoje não sei. O que sei é que comecei a levar para os cadernos escolares tentativas de contar uma história ou compor um poema. Não mostrava nada a ninguém, é claro. O que pensariam de mim? Já contaram que um amigo do jovem Vinícius de Moraes certa vez o advertiu dizendo que tomasse cuidado, porque algumas pessoas o estavam acusando de ser poeta... Não, não ficava nada bem. Assim, o máximo de sigilo, tal como observei naqueles tempos, muito antes de conhecer o episódio de Vinicius. E, inúmeras vezes, enquanto os companheiros brincavam lá fora, ali ficava eu, em meu quarto, de porta fechada, tentando traçar coisas em um papel que parecia recusar tudo, embora, de raro em raro, algo parecesse ser de boa qualidade, estimulante, até comovedor, exercícios que pratiquei por toda a vida e continuo praticando ainda hoje. Porque a atividade artística, criando algo soberbo ou mesmo inferioridades, jamais tem fim.

Na escola, onde cheguei, como disse, já alfabetizado, tínhamos que ler um livro repleto de textos variados — contos, crônicas, versos —, o que me encantava. Inclusive certos poemas parnasianos que, mais adiante, eu viria, em parte, descartar. Na verdade, foi ali que comecei a aprender com os melhores parnasianos, que praticavam uma forma que eu precisaria atingir para escrever coisas com tal rigor. As sonoridades, os ritmos, a métrica... Creio que tenho um bom ouvido para a música. E o que é a poesia senão, sobretudo, música? Verlaine sabia bem disso. *De la musique avant toute chose.* Sim, sem qualidade rítmica e musical não pode haver poema — nem prosa — que se aproveite, o que vale para todas as outras artes. Digo isso hoje, nesta altura da idade, mas percebi esse fato ainda naquele tempo. E o livro citado (não recordo mais o título) trazia também muitas coisas dos poetas românticos, que tanto me embalavam. E aqui e ali um moderno: ou muito me engano, ou foi nele que li, pela primeira vez, a "Balada do rei das sereias" de Manuel Bandeira, ao lado de "A Carolina", de Machado de Assis:

Querida, ao pé do leito derradeiro
Em que descansas desta longa lida,
Aqui venho e virei, pobre querida,
Trazer-te o coração de companheiro...

e **"Nel mezzo del cammin"**, de Bilac:

Cheguei. Chegaste. Vinhas fatigada
E triste, e triste e fatigado eu vinha,
Tinhas a alma de sonhos povoada
E a alma de sonhos povoada eu tinha...

Esses, embora tristes e fatigados, ainda tinham as almas de sonhos povoadas. Carolina já sonhara todos os seus sonhos... Dois poemas que até hoje sei de cor. Ah, sim, conta-me a memória que, logo adiante, aos 8 anos de idade, eu declamei "Meus oito anos", de Casimiro de Abreu, já em outra escola. "Oh! Que saudades que tenho..." O que fez certo sucesso a ponto de me levarem a dizer o poema no serviço de alto-falantes da cidade...

Se Carolina já havia sonhado todos os seus sonhos, Machado se despedira de quase todos. Na verdade, já se considerava também morto: "Que ora mortos nos deixa e separados." Sim, "*nos* deixa...". Ainda publica, à beira da morte, quatro anos depois da partida de sua mulher, *Memorial de Aires*, mas sempre abatido, mesmo tentando manter seus compromissos e relações pessoais, sempre escrevendo aos amigos e não deixando cartas sem resposta, mas sabendo que a morte estava com ele a todo instante. E houve um relato dramático no primeiro relato de Dona Francisca de Basto Cordeiro, em 1839, *Machado de Assis que conheci menina*. O moribundo se alegrara com a visita do Barão do Rio Branco, que lhe disse estas palavras: "'Então que é isso, Machado? Está melhor, não é? Amanhã voltarei a vê-lo de novo.' E, esquivando-se ao último abraço, apertou-lhe a mão e, sem demorar-se, retirou-se." Já no segundo relato, publicado em 1961, *Machado de Assis que eu vi*, o drama é bem maior. Sim, o barão se retirou às pressas. Mas logo que saiu, foi a uma pia que havia no corredor, justo na parede junto à cama, para lavar as mãos. E Machado escutando tudo. "No rosto esquálido se fixara com trágica expressão a dolorosa máscara. Voltou-se para a parede num último gesto de pudor. Não falou mais. A matéria corpórea continuava, palpitante ainda, mas Machado de Assis deixara de existir." Ele morreu mesmo logo, poucas horas depois, na madrugada de 29 de setembro. (Magalhães Júnior, R. *Vida e obra de Machado de Assis*, volume 4, *Apogeu*. RJ: Civilização Brasileira/INL-MEC, 1981.)

Olavo Bilac se foi dez anos depois de Machado de Assis, mas tendo vivido bem menos: 53 anos. Nos últimos tempos, porém, já aguardava a morte, que lhe apresentava os primeiros sinais. Quando sentiu que ela se aproximava mesmo, pediu que a irmã chamasse Amélia de Oliveira, sua noiva há muitos anos, desde 1887, irmã de seu amigo poeta Alberto de Oliveira. Conta-se que, na madrugada de 28 de dezembro de 1918, ele se acomoda em uma poltrona dizendo às pessoas que o rodeiam: "Já está amanhecendo... deem-me café, papel e pena... eu vou escrever..." Em seguida, apoiando a pena sobre o papel, morre. Houve quem ridicularizasse tal cena, mas muitos acham que assim se foi Olavo Bilac, no que prefiro também acreditar, bem de acordo com e sua elegante poesia, assim como creio nas homenagens prestadas pela noiva ao noivo morto, visitando-o e cobrindo seu túmulo sempre de rosas vermelhas, até quase os 80 anos de idade. Ela morreu em 1945. (Jorge, Fernando. *Vida e poesia de Olavo Bilac*. SP: T.A. Queiroz, Editor, 4ª edição revista e aumentada, 1992.)

Não sei se ela o fez, mas assim, levando as suas rosas, bem poderia ter pronunciado o primeiro terceto de Machado de Assis:

Trago-te flores — restos arrancados
Da terra que nos viu passar unidos
E ora mortos nos deixa e separados.

Flores de Machado e de Amélia, e que também serviriam a milhões de seres humanos em seus milênios de vida e morte...

De cor... De coração... Eram assim feitas as minhas leituras, tal como continuam sendo, porque o homem se edifica a partir da infância. Relembro algo que marquei em *As palavras*, de Jean-Paul Sartre: "Todo homem tem seu lugar natural; nem o orgulho, nem o valor lhe fixam a altitude: a infância é que decide." E foi na infância que encontrei mais vastas leituras, tendo descoberto, na casa de meus avós paternos, quando lá passei uns tempos, em edição de luxo, *O tesouro da juventude*, que era mesmo um tesouro repleto de histórias, variadas informações culturais e, evidentemente, poesia... Aliás, recentemente descobri, na biografia de Fernando Pessoa escrita por Richard Zenith, que ele fora um dos seus tradutores do inglês para o português, que talvez até tenha acrescentado à obra alguma criação original sua, o que, naquela época, é óbvio que eu não teria observado, mesmo porque ainda não ouvira falar em Pessoa. Quando meus filhos nasceram, comprei para eles uma edição do *Tesouro*, planejando inclusive voltar à sua leitura, o que jamais aconteceu. Mas aqui está a memória devolvendo-o a mim...

Foi na época dessas leituras que ouvi no rádio a notícia do suicídio do presidente Getúlio Vargas, com tiro de revólver, em seu quarto do Palácio do Catete. De imediato, transmiti a notícia à minha avó paterna, que respondeu com um muxoxo: o que aquele menino estava inventando? Eu tinha 11 anos, mas logo me vingaria do desprezo com novas notícias que, em entonações e ritmos dramáticos, já vinham também pelo rádio, inclusive noticiando grandes manifestações de protestos por todo o país. Aí, a avó ficou mesmo espantada, parada no meio da sala. A mim mesmo aquilo não dizia grande coisa. Eu estava com o rádio ligado por causa das músicas — boleros, sambas, guarânias — que gostava de ouvir, sobretudo as serestas de Sílvio Caldas, que conheci pessoalmente, muitos anos depois, em Salvador, no Clube Português da Pituba, de que meu tio Itamar era sócio. Aliás, foi ele, meu tio, que ligou para o apartamento vizinho (ainda não tínhamos telefone em casa), onde morava um casal conhecido, pedindo que eu fosse chamado e me comunicando a presença de Sílvio Caldas. Claro que saí de imediato. Peguei um ônibus e logo estava chegando ao clube. E lá, em uma mesa, estava o cantor, a quem fui apresentado pelo meu tio como seu grande fã. No palco estava um rapaz, também chamado Sílvio, Sílvio Lamenha, em sua conhecida imitação de Dalva de Oliveira. Logo depois, Sílvio Caldas me chamou para irmos ao bar tomar umas cangibrinas, palavra que conheci naquele momento. E lá fomos, bebemos e conversamos. Depois, ele subiu ao palco e soltou a bela voz, acompanhando-se ao violão. Já era homem de certa idade, mas forte. Ainda levou anos fazendo despedidas que eram repetidas por anos a fio. Morreu em 1998, aos 90 anos maravilhosamente vividos. Sim, bebi com o grande Sílvio Caldas. Que poderia desejar mais naquela humilde e dispersiva juventude? Sim, foi uma das vezes em que os deuses mostraram consideração por mim...

6
PIRATAS, ARRAIAS, BALÕES, AVIÃO E DINOSSAUROS

E lá vinham mais livros, inclusive sobre piratas e outras aventuras do vasto mar que banhava a terra natal e que eu conhecera quando meus pais resolveram passar uns dias em Mar Grande, Itaparica. De tal ocasião principalmente recordo — deveria ter uns 3 anos de idade — a bela viagem de saveiro, a partir de Salvador (não sei se na volta também tomamos saveiro), tendo meu pai comprado dois barquinhos de madeira que eu e meu irmão, Tuna, puxávamos em meio ao deslocamento de água da silenciosa, poderosa e bela embarcação. Assim, falar do mar era um encantamento — e eu esperava sempre um retorno àquelas férias, o que jamais aconteceu. Meus pais sempre prometiam: "Para o ano, para o ano..." Mas nada, não havia folgas de dinheiro. Pelo menos acontecera aquela vez, que relembrávamos sempre.

Como relembro a primeira vez que li, presente também de meu pai, *A ilha do tesouro*, de Robert Louis Stevenson, a fabulosa aventura do menino Jim Hawkins, que foi relida várias vezes, ficando eu sempre tentando criar uma melodia para a letra que era cantada pelos piratas:

> *Vinte homens na arca do morto/*
> *Iô-ho-ho e uma garrafa de rum!*

A palavra *rum* já encontrara em outros textos, mas aqueles vinte homens na arca do morto eram mesmo de arrepiar... E eis que, então, quando já estava um pouco mais velho, pronto para trocar a escola primária pelo ginásio em Jequié (significava mudar de cidade, o que não me agradava nada; eu adorava Poções), eis que o Cine Glória, que ficava em frente à nossa casa, anunciou o filme *A ilha do tesouro*! Seria possível? Difícil de acreditar! Mas lá estava o cartaz na porta do cinema. E seria logo, um dia depois.

Ainda bem, respirei, porque dois dias depois eu viajaria para a nova vida no internato do Ginásio de Jequié. Bem, em 1955, eu estava na casa dos avós paternos, e meu pai fora me buscar para o exame de admissão, e com uma grande notícia: iríamos de Salvador a Jequié de avião! De avião, o que eu jamais esperaria que acontecesse tão cedo! O pai era mesmo milagroso! Em outra ocasião, já me levara a passear na Festa da Juventude — acho que era este o nome —, que acontecia na área do estádio da Fonte Nova (que não sei se já existia, pois cheguei a ver ao menos um jogo no campinho da Graça, depois desaparecido), quando demos um belo passeio nos carrinhos tipo bate-bate. Bela lembrança, mas agora era o avião... E então saímos para passear, pegando o bonde no largo do Tororó. Fomos aqui e ali e, de repente, entrávamos em uma livraria. Fiquei encantado, e bem mais quando meu pai comprou para mim um volume intitulado *Os cavaleiros da távola redonda*. Sim, eu já conhecia a história, mas agora, com aquele livro de 209 páginas, seria bem melhor. E ele, da Editora Vecchi, ainda está em minha biblioteca, surrado pelo tempo (quase setenta anos!), mas ainda perfeitamente legível. Quando o mostrei ao meu filho, grande leitor, disse-me que o guardasse com cuidado, pois era um volume "histórico" — vejam só onde cheguei... A coleção se chamava "Os Audazes", na capa dizendo que se tratava de um romance e, na página de rosto, falando em lenda inglesa. Na capa, em tinta vagamente azul, minha tentativa de compor uma assinatura própria, o que se repetia também na página de rosto. Meu sonho era fazer algo contido e elegante, como a assinatura de meu pai, porém jamais consegui sequer uma meramente razoável imitação. Guardo sua assinatura em alguns volumes que dele herdei, como a obra poética de Fernando Pessoa, da José Aguilar, edição de 1960. E meu pai ainda veio a me presentear com outra, de 1969, mas sem assinatura. Lembro-me que lhe disse que a edição dele estava comigo. Ele respondeu que sabia, mas comprara aquela para mim. Na primeira está a sua bela assinatura, o local e a data da compra (Bahia, fevereiro de 1961) e, no alto, a anotação do preço: Cr$ 1.200,00.

Um ou dois dias depois fomos para o aeroporto, meu pai chamando minha atenção para a bela entrada com bambus de ambos os lados. E logo estávamos indo à pista, onde nos aguardava o avião. Fiquei espantado. Era maior do que eu esperava. Tinha na cabeça um teco-teco de uma só hélice, e lá estava aquela beleza de quatro, duas em cada asa. Meu pai esclareceu: era um quadrimotor. E explicou as letras gravadas na lateral: TAS – Transportes Aéreos Salvador. E logo estávamos nas poltronas, eu sempre segurando o livro que ganhara. Então meu pai perguntou por que eu não o pusera na bagagem. Respondi que era para ler durante o voo. Ele sorriu e respondeu:

— Você vai ter tempo para ler depois. Aproveite para apreciar a paisagem quando estivermos voando. Não perca esta oportunidade.

E eu não perdi. E foi uma bela paisagem, sempre, pois o avião não voava muito alto, e as nuvens eram poucas e leves. Recordo até uma cidade que mais parecia um brinquedinho de crianças. Não me lembro da chegada, mas ficamos em Jequié uns dois dias para o meu exame, que me rendeu aprovação com uma nota medíocre, e depois, seguimos pela estrada Rio-Bahia (que era sempre esburacada e, às vezes, a depender do tempo, poeirenta ou lamacenta) até Poções, onde fiquei glorioso entre os irmãos e os amigos por ter viajado de avião.

***

Ginásio, internato... Eu me acostumaria? Nunca antes estivera internado em parte nenhuma. Minha família era pura democracia, e a cidade inteiramente livre para nós. Mas que fazer se ali não havia curso ginasial? Seria um sacrifício, sim, mas necessário. E então comemorei: daria para ver o filme daquele livro que tanto me cativara! No dia seguinte, eu viajaria, mas antes uma grande felicidade. E passei a contar as horas, os minutos...

E lá estava eu em uma das cadeiras de madeira do cinema. E já começava a filme, avançava a aventura. Em dado momento, o menino estava na escada de um mastro, perseguido por um pirata furioso que levava uma faca entre os dentes. E ia se aproximando, se aproximando e... puf! O motor do cinema parou de funcionar. Protestos gerais.

Pedidos de desculpas foram dirigidos ao público, e a porta do cinema aberta, mas, como de hábito (de vez em quando aquele motor pifava mesmo), ninguém foi embora, todo mundo se dirigiu à casa da máquina, que ficava nos fundos do cinema, onde alguns já tentavam reanimá-la. Aperta isto e aquilo, empurra ali, puxa lá, gira aqui; a máquina ronronou, suspirou... e mais nada. Nada de nada. Mas o gerente do cinema anunciou: no dia seguinte todos poderiam voltar. O motor seria consertado até então e ninguém pagaria novo ingresso. Tudo bem, tudo bem... mas não para mim, que já não estaria na cidade. Sim, eu sabia o que aconteceria, mas, no cinema, é outra coisa. E então fiquei com aquele filme atravessado na garganta, tanto que já contei essa história em outros escritos.

E quando pude finalmente ver o filme? Muitos anos depois, por puro acaso, mexendo no controle da TV, milagre muito distante da minha infância. Televisão, telefone... Meus filhos ficavam espantados quando eu lhes dizia que tais coisas não existiam então. Rádio, sim, havendo eletricidade. Lembro-me particularmente de um rádio bem grande que nos fitava com um também bem grande olho verde. E a radiola que meu pai comprara, tendo esculpido em madeira um móvel para ela, na qual ouvíamos música popular brasileira, tangos e, às vezes, um trecho de ópera. Ainda relembro Caruso cantando com uma voz que parecia sair de um buraco fundo. Por falta de eletricidade, meu pai comprou uma bateria de carro, com a qual acendia a radiola e fazia girar os discos. Posso ver ainda a bateria no canto da sala e os fios que saíam dela para o milagre das melodias. Na cidade, quase sempre sem eletricidade, um luxo. O que me faz também rever a primeira geladeira, que funcionava a partir de uma espécie de candeeiro aceso na parte de baixo. Meus filhos se espantaram até quando lhes mostrei a máquina de escrever Remington, que fora de meu pai, na qual ele trabalhou por muitos anos e na qual eu também escrevi bastante depois. Ela está em sua caixa, acima de um meu arquivo de aço, à direita da maravilhosa escrivaninha de granito verde Ubatuba em que escrevo agora e que também foi encomendada por meu pai. Era um homem de gosto requintado.

A falta de eletricidade me fez descobrir um aparelhinho que me deixou entusiasmado. Foi na casa do Sr. Corinto Sarno e D. Anina, donos da casa antiga em que moramos até que meu pai a comprou e construiu uma nova. Bem, lá estávamos todos à mesa quando apareceu a novidade. Parecia com o que seria o liquidificador elétrico, que conheci depois, mas era movido a manivela e chamada de "batedeira". A mesma estrutura do liquidificador, mas para quem não possuía eletricidade. Vi, então, frutas sendo cortadas, misturadas a um liquido (não sei se leite ou água) e sendo liquidificadas pela pequena manivela, girada sem maior esforço, até com alegria, pela própria dona da casa. Para mim, uma invenção fabulosa. E da família, fui o primeiro a saber dela, pois em casa descobri que ninguém conhecia o aparelhinho, do qual não compramos exemplar, talvez por economia, passando diretamente, adiante, ao elétrico. Era grande avanço, sim, mas continuei preferindo o outro, mais elegante, com sua manivela e quase sem ruído.

Bom, os tempos sem eletricidade vigoraram até que, um dia, o pai comprou um motorzinho que gerava luz para a casa e mais umas duas de parentes italianos. E outras pessoas, testemunhando o milagre (iam lá em casa para se convencerem), partiram para comprar seus próprios motorzinhos. Depois, já na adolescência, em Jequié, o rádio portátil e o telefone (recordo ainda o nosso número: 12-51), em que falávamos com a telefonista e pedíamos a ligação para um número (lembro-me de quando, adolescente, depois de ver o filme *Os dez mandamentos*, fazia minhas ligações de trote para um cidadão chamado Moisés dizendo que Deus queria acertar umas contas com ele, pois o considerava um traidor, e, em certa altura, ele só fazia rir, como eu também, bons tempos aqueles...). A TV, só foi vista anos depois, quando eu já estava de volta a Salvador, fazendo o Curso Clássico no Colégio Central da Bahia. Mas somente víamos TV em fins de semana, na casa de meu tio Itamar, que tinha um pequeno aparelho, o qual, às vezes, só funcionava depois de levar uns tapas e cascudos e onde eu assistia ao “Escada para o Sucesso”, um programa musical no qual cantavam as meninas Cylene e Cynara, que deram início ao Quarteto em Cy, e se exibia o bandolinista Armandinho Macedo, menino mágico naquelas cordas. A TV de meus avós só aconteceu depois, um presente de meu pai, para grande surpresa deles, que nem sonhavam em ter um televisor. E mais tarde, já morando em Salvador, todas as semanas, meu pai providenciava supermercado também para seus pais, embora eles protestassem, dizendo que não deveria fazer aquelas despesas. Mas ele não ligava. Era tão bom filho quanto bom pai.

Meu pai era como um irmão mais velho, participando das nossas brincadeiras, como nos ventos de agosto, quando fazia arraias para os filhos e para ele mesmo. As nossas eram comuns ou estreladas. As dele eram imensos couros-de-boi em papel bem mais resistente. Porque apanhavam mais vento, claro. Lembro-me de um dia em que, brincando, ele me pediu para segurar a sua arraia. Mesmo temeroso, avancei a mão e peguei a linha, que também era mais grossa do que as nossas. Peguei a linha e comecei a ser arrastado, com meu pai se adiantando, me segurando pelos ombros, pedindo calma e tomando a linha de volta. Foi mesmo um susto. Mas, uma noite, sonhei que meu pai não interferia e eu voava com a arraia para além das nuvens. Como de vez em quando sonhava voando, o que acontece ainda, não tive susto nenhum. Pelo contrário, foi um sonho mais suave do que os que antes sonhara.

Nos ventos de agosto. Mas antes vinha junho e o São João. Meu pai sentava-se à grande mesa de refeições e, com papéis, tesoura, cola e régua, construía balões coloridos, de que os meninos tanto gostavam. E, na noite da festa, apareciam também os fogos, poucos para adultos e vários para crianças. E havia a fogueira à porta da casa. Vi, muitos anos depois, a fotografia da Rua da Itália preparada para a comemoração, com uma fogueira à espera em cada porta de casa pela chegada da noite, a qual recordo com chamas, fumaça, balões subindo, fogos troando e iluminando. Sempre uma bela emoção. De vez em quando, uma queimadurazinha, bobagem. Licores para os adultos (menos para minha mãe, que não alimentava o hábito e, certa vez, aceitando um licor oferecido por seu padrinho Corinto, acabou sendo vitimada por cólica, fazendo-a perder uma festa a que já estava pronta para ir), sucos e doces para os pequenos. E música de Luiz Gonzaga, sempre. Tudo sob a regência alegre do pai, o mesmo que eu conheceria depois como o grande advogado, orador precioso, homem de muitas leituras, um pensador, indo elegantemente da filosofia à poesia. Ah, sim, foi o melhor leitor de poesia que eu já encontrei. E excelente declamador de autores como, dos seus preferidos, Sosígenes Costa e Fernando Pessoa, para os quais me dirigi logo que pude, pois o que vinha do pai era sempre uma irresistível iluminação.

Falei do pai brincando com o os filhos, e houve uma brincadeira especialmente inesquecível: levou-nos (a mim e ao meu irmão Tuna, um ano mais novo do que eu) uma noite para assistir ao filme *O ladrão de Bagdá*. Não em uma matinê comum, mas em sessão noturna, que menino nenhum frequentava. Mas era o Dr. Ruy, que todos conheciam e muito consideravam. E lá fomos nós ao Cine Poções, ficando protegidos em uma parte traseira das cadeiras, também conhecida como "galinheiro", para maior discrição. Crianças em cinema noturno... E foi mesmo um alumbramento. Jamais poderíamos nos esquecer do gênio que escapava de uma garrafa e começava a praticar suas façanhas geniais. E recordo ainda uma espécie de deusa que ficava em uma parede e era também uma gigantesca e aterradora aranha. O filme devia ser o que fora lançado no Brasil em 1941, depois ganhador de três prêmios Oscar. Sim, repito, um alumbramento. Eu e meu irmão jamais o esqueceríamos. E creio que teve uma importância maior para Tuna, que acabou sendo cineasta.

A visita a *O ladrão de Bagdá* foi um prêmio especial aos dois primeiros filhos, mas o pai sempre gostou muito de conversar com todos os filhos que iam chegando, como contei em um soneto:

UM SONETO FELIZ

à memória de Dr. Ruy Espinheira,
o pai

O bom, na mesa, era o pai falando
de coisas deste mundo e de outros mundos,
como de bichos de tempos profundos
antes do tempo humano. E ia mostrando

as páginas de livros ilustrados
que os meninos seguiam, encantados,
ouvindo dinossauros no jardim.
Ah, uma história que não tinha fim...

Infelizmente havia uma outra história
que aguardava o pai no Cine Glória,
cuja sirene já cortava o ar.

Achávamos bem chato, mas que jeito?
Já era hora também do nosso leito,
onde continuaríamos a sonhar...

Várias pessoas sabiam também que ele gostava de dizer poemas e, sempre que podiam, o provocavam: "Dr. Ruy, diga um daqueles poemas bonitos." E meu pai aceitava, com um sorriso, a provocação. Recordo, quando já adolescente, que houve uma festa e, em uma mesa de amigos, um grande amigo de meu pai fez a provocação, e meu pai respondeu com dois ou três belos sonetos. Aí, o grande amigo se virou para mim: "E você, menino, não pode me dizer também uns versos bonitos?" E eu podia, sim, como posso até hoje, o que entusiasmou o homem, que acabou declarando que eu era mesmo filho de meu pai. Aquele homem, aquele grande amigo... Passo a contar a história de tal amizade.

7
GRANDE AMIZADE

Naquele tempo, eu ainda era bem pequeno, e meu pai era um jovem advogado que começava a fazer nome na região. Certa vez, em período eleitoral, um grupo de cidadãos foi pedir a ele que inaugurasse e garantisse um ponto de votação, pois sobre ele pairava uma ameaça. Ou seja: quem ali votasse estava se arriscando. Havia quem não queria votação ali. Meu pai ouviu a história e aceitou a tarefa. Então saiu, foi ao local, organizou as urnas, orientou os funcionários responsáveis e abriu bem as portas para os eleitores. Como era ainda cedo, voltou à casa, que ficava nas proximidades, mas logo retornou ao ponto, onde ficou perplexo: nenhum eleitor votara ainda. Todos estavam com medo de desagradar um fazendeiro da região, homem conhecido como valente, de voz alta e revólver na cintura. E, ali por perto, devia haver algum pistoleiro dele ou talvez a quadrilha inteira... Meu pai se indignou, foi à porta e falou para os que hesitavam nas proximidades que viessem e fossem votar, que ali haveria votação, sim. Estavam em um país livre. Ninguém deveria temer ameaças. Ele estava ali para garantir o direito do voto.

Uns menos medrosos se aproximaram e votaram, o que deu coragem a mais alguns, que também se adiantaram e votaram, transmitindo mais coragem. Então, outras pessoas foram chegando, chegando, chegando... Nenhum pistoleiro à vista. Um dos eleitores até perguntou a meu pai se ele não tinha medo de que o homem aparecesse com a quadrilha. "Bom", respondeu meu pai, "eu não estou aqui para ter medo, mas para cumprir minha obrigação." E cumpriu, permanecendo no local até o final. E o homem temido não apareceu. Nem qualquer dos seus pistoleiros. A eleição transcorreu tranquila.

O tempo passou e passou, até que, um dia, em um evento qualquer, meu pai viu a figura com seu chapelão, casaco de homem do campo e revólver na cintura. Foi ver o homem, e o homem estava olhando para ele. Olhou, olhou, afastou algumas pessoas próximas e caminhou até o meu pai. As pessoas baixaram as vozes. Fez-se silêncio no ambiente. O que poderia acontecer? Por que o doutor, já tão respeitado, com família para criar, fora bancar o imprudente? O que se poderia fazer? E o homem marchava diretamente para o meu pai. Chegando diante dele, com voz forte, se apresentou, dizendo que sabia quem meu pai era. Meu pai respondeu que também o conhecia de nome. E então o outro riu, riu com vontade, e disse: "Vim aqui apertar sua mão, doutor, porque o senhor é um moço de coragem, de muita coragem, e eu admiro homens de coragem. Assim, vim aqui para lhe dizer isto e lhe oferecer a minha mão de amizade, de amizade sincera." Estendeu a mão, e meu pai a apertou. Dali saíram para um barzinho e, com algumas cervejas, conversaram, conversaram longamente, e passaram a ser amigos de vida inteira. Afinal, o homem não era nenhum bandido, apenas um fazendeiro que tinha voz grossa, coragem pessoal e um revólver habitualmente na cintura, mas que jamais atirara em ninguém. E muito menos tinha quadrilha, apenas alguns vaqueiros para cuidar do gado.

Grande amizade aquela. E o homem era aquele que me pediu para lhe recitar uns versos bonitos depois de escutar meu pai. Um grandalhão de muita sensibilidade, conversa inteligente, adorando poesia e boa música. Quando veio o golpe de 1964, assumiu a proteção de Tuna. Mas seu nome continuava assustando alguns. Quando foi casar uma filha (não sei se tinha mais de uma), dirigiu-se à nossa casa e convidou meu pai e minha mãe para serem padrinhos do casamento. Convite aceito com alegria. Dali, o homem voltou à sua casa, onde estavam a filha e o noivo. E, de imediato, fitou o rapaz, que se chamava Tavinho (diminutivo de Otávio, como soube depois), e anunciou que os padrinhos eram Dr. Ruy e D. Iracema. E acrescentou, encarando de jeito feroz o pretendente:

— Alguma coisa contra?!

Não, o noivo não tinha nada contra. De forma alguma. Muito pelo contrário...

8
CORAGEM E DELAÇÕES

Já em Jequié, o golpe militar acabou em prisão de meu pai — que assumira como suplente de deputado estadual e estava devolvendo o cargo ao titular — por mais de cinquenta dias, devido à delação de um comerciante fascista, um latifundiário idem e mais uns dois da mesma escória. Sem falar de um corrupto de que tratarei adiante. Certa vez, fui visitá-lo na prisão do 19 BC, em Salvador. Olhou-me com preocupação, pois sabia que eu também poderia ser procurado pelos golpistas, e perguntou o que eu estava fazendo ali. Disse-lhe que queria ver como ele estava (achei-o mais magro) e lhe trazia um livro para ler. Era uma reunião poética de Carlos Drummond de Andrade, que depois ele me disse ter lido e gostado muito. Ao sair daquela visita (que não demorou muito, meu pai queria que eu saísse logo dali), estava me sentindo muito mal. E até hoje me sinto, nessa recordação.

Anos mais tarde, primeira volta de meu pai a Jequié, na onda de um lançamento de livro meu, com muitas pessoas que sabiam de sua presença juntando-se no local, um certo sujeito se adiantou e estendeu a mão para ele, ao que meu pai respondeu, a voz tranquila e bem clara:

— Não aperto mão de delator.

Por que meu pai foi delatado? Por ser um homem decente e corajoso a ponto de desagradar a alguns. Os igualmente decentes o admiravam (por essa época, as melhores pessoas se juntaram para assinar um documento em seu favor). Mas a escória, que desde os primeiros sinais do golpe correu para denunciar pessoas bem melhores do que ela, não poderia deixar escapar a grande oportunidade. E, travestida de salvadora da pátria, logo se pôs a exercer o sórdido ofício da delação. O que essa gente tinha mesmo contra o advogado? Ora, tratava-se de um livre pensador que costumava dizer o que pensava e de um democrata convicto. Assim, só podia ser subversivo... Tenho comigo um artigo escrito por ele que mostra bem o homem que era. Saiu no jornal *Debate*, de Jequié, em 31/1/1958. Transcrevo-o a seguir.

Malhando em Ferro Frio

Perdoe-me o leitor se eu insisto, ainda desta vez falando da polícia. Que fazer, porém, se a violência continua impune e revoltante, cada vez mais odiosa, sob a indiferença de quase todos e, até, com o aplauso de alguns?

Contarei, nesta crônica, mais outra história. Contá-la-ei daqui a pouco. Mas, antes, quero dizer algo mais aos que me leem: Nada se ouve repetir tanto, e como coisa absolutamente certa, do que as alusões à "força da imprensa". Pois bem, eu começo a desconfiar de tal "força". Ocorre-me uma analogia: as ideias, as campanhas que a imprensa propale, os protestos que a imprensa levante, são como o som, não se propagam no vácuo.

Via-se, na experiência dos tempos de ginásio, a campainha funcionando, dentro do vidro de que se extraíra o ar. Via-se, mas não se ouvia coisa alguma. É assim, com a imprensa: se aquilo que ela publica só vai encontrar o vazio da indiferença, nenhum resultado se produz. A imprensa, nesse caso, é tão inútil, tão sem sentido, como o livro para o analfabeto ou a beleza das cores para o cego. Vivemos, em teoria, numa sociedade organizada. A cumeeira de qualquer organização social civilizada tem que ser o direito, a lei, assegurando a liberdade e, ao mesmo tempo, limitando-a.

Haverá autoridades constituídas para a guarda da lei e para a administração do direito. Por consequência, quando, de público, se faz denúncia e mais outra e outra mais, sem que uma voz ao menos se erga, sem que uma providência ao menos se tome, sem que uma única reação se esboce — ou a denúncia é mentirosa, ou o fato denunciado é lícito, ou as autoridades são indiferentes.

Ora, temos aqui um Delegado de Polícia, a quem estão afetos os serviços, inclusive os preventivos, de manutenção da ordem pública. A polícia, porém, que ele chefia, está praticando e continua a praticar os mais condenáveis e brutais excessos. Então, ou S.S. é conivente ou S.S. não tem conhecimento do que se passa ou S.S. não pode conter os seus policiadores. Assumo a responsabilidade de afastar a segunda hipótese: S.S. tem conhecimento ao menos de alguns dos atos lamentáveis e criminosos que os policiadores têm cometido. Quanto às duas outras, não me compete sustentar ou afastar qualquer delas. Isso é dever do Sr. Delegado. Entendo que S.S. precisa vir de público desmentir que tenha havido excessos ou dizer que assume a responsabilidade pelos mesmos, ou declarar que providenciou a punição dos policiadores arbitrários. Em silêncio é que não pode permanecer. Ou melhor: pode, mas não deve.

Entretanto, o silêncio continua e continuam os espancamentos, as prisões arbitrárias, chegou-se, mesmo, à ordem para o fechamento de casa comercial.

Como se vê, escrever, insistir, repisar, tudo é inútil, tudo é tolice, tudo é perda de tempo — tal qual malhar em ferro frio.

Não pense o leitor que exagero. Vejamos, por exemplo, o caso mais novo. Sábado último, duas irmãs, mocinha uma e ainda menina outra, vieram da roça, vender flores, na feira. Uma mulher que lhes fora comprar "margaridas" deu por falta da bolsa. Acusou as meninas. A polícia as fez prender e as espancou a bolos, a essas criaturas que não tinham furtado coisa alguma, que não tinham ninguém por si, que eram frágeis sob todos os aspectos, inclusive por serem menores e mulheres.

Certo professor universitário que tive, tecendo considerações sobre a Civilização, apontou, dentre muitas, uma característica marcante, sem a qual uma sociedade qualquer não se pode considerar civilizada: o respeito e o cuidado assegurados ao que ele chamou "as três debilidades": o velho, a mulher e a criança.

Aqui, porém, por sua polícia, o Estado, em vez de amparar, maltrata; em vez de assistir, persegue; em vez de respeitar e fazer respeitar, espanca. Afinal, se é certo que cada povo tem o governo que merece, menos certo será que há de ter a polícia que mereça... Que polícia, pois, merece o povo de Jequié?

Pois não há, nesta bela cidade, associações representativas — Sindicatos, Associação Rural, Associação Comercial, Loja Maçônica, Rotary Club, Clubes Sociais? Não há Diretórios de partidos políticos? Não haverá, sobretudo, um legislativo municipal? Tantas tão diversas agremiações hão de permanecer indiferentes a tais desrespeitos, a tantas violências, a tamanhas barbaridades? Sendo, como não podem deixar de ser, entidades representativas, refletem, sem qualquer dúvida, o caráter do povo que representam. Se, pois, não falam, se não protestam, se não reagem, com serenidade, mas com firmeza, é que representam gente submissa, gente amorfa, gente amedrontada, gente egoísta, gente indiferente — bom material para um rebanho, mas absolutamente imprestável para constituir sociedade democrática, por isto mesmo livre, por isto mesmo corajosa, por isto mesmo consciente dos seus direitos e generosa, em consequência.

Pois em Jequié se espancam duas meninas, duas pobres tabaroas que vêm à feira vender flores e ninguém diz nada?!

Eu sou, como diria Rubem Braga, "um pobre diabo particular". Um protesto meu, está visto e demonstrado por tão numerosos espancamentos, de nada vale. Não será solução nem remédio, mas tão somente uma atitude, uma definição.

Para terminar, como prometi, anoto mais um artigo do Código Penal que a polícia executa em Jequié:

Art. 3º - Alegar, alguém, que não furtou.

Pena: prisão, por algumas horas, e duas dúzias de bolos.

Parágrafo único – Não importa que o agente seja menor e mulher."

9
CORRUPÇÃO E GOLPE

É a segunda vez que publico este artigo do Dr. Ruy Espinheira. Da primeira, foi para que fosse lembrado em *Cem anos de poesia e prosa*, antologia organizada por Dermival Rios, edição comemorativa dos cem anos de emancipação de Jequié (1897-1997) e ligada à abertura da Academia de Letras. E a emoção agora é a mesma de quando o li pela primeira vez, em jornal. Certo dia, o dei para a leitura do meu amigo James Amado, que o considerou um texto soberbo. Agora, qual o efeito que teve em Jequié? Tirante uns raros de melhor consciência e formação, que não eram autoridades, ninguém se incomodou. Aquela foi uma época em que a Polícia Militar imperou na cidade, que se deixou dominar sem qualquer reação social. E meu pai era, então, uma voz corajosa e cálida que quase ninguém ouvia. Assim, os absurdos continuaram, para alegria daqueles que, em breve, poderiam denunciar aos militares golpistas, pessoas que cometiam o crime de amor à decência e à democracia.

Em Poções e Jequié, como em toda a sua vida, meu pai jamais abriu mão da coragem e da generosidade. Assim, certa vez, foi obrigado a denunciar à justiça um promotor público que estava utilizando sua autoridade para roubar terras de pequenos produtores que ficavam com medo de enfrentá-lo. Sim, tinham medo, mas alguns foram procurar meu pai, que não admitiria nada semelhante. Foi investigar e não viu outro caminho: tinha que responsabilizar o homem. E partiu para providências na justiça. Lembro-me desse homem sendo antes bem recebido por meu pai, almoçando em nossa casa mais de uma vez. E então, depois das providências de meu pai, eis que, em uma Festa do Divino, em Poções, ele foi chamado em casa, porque o homem estava na praça com cartazes difamando a ele e aos melhores cidadãos da cidade. E com dois revólveres pendurados sob o sovaco. Dois revólveres? Meu pai pegou a pistolinha automática e se foi.

E lá estava o corrupto em sua grossa palhaçada. Era bem menor que meu pai e, quando o viu caminhar em sua direção, tentou pegar um dos revólveres. De imediato, porém, um amigo nosso, Valmir Andrade, se acercou dele e segurou-o por trás, apertando-o de maneira que não pudesse sacar as armas. Então, as pessoas, que estavam aterrorizadas, lhe tomaram os revólveres e acompanharam meu pai, que foi entregá-lo ao juiz. O juiz escutou, ficou com as armas, fez umas anotações e liberou o promotor.

Bem, passados dois dias, o maior jornal do estado publicou uma vasta matéria com o bandido se dizendo agredido por um grupo de desordeiros liderado por meu pai e mostrando sinais da violência que dizia ter sofrido, ou seja, umas pequenas marcas debaixo dos magros braços que lhe ficaram quando o rapaz o segurou para impedir que houvesse um tiroteio, marcas de suas próprias armas. Fez grande barulho o sujeito, que não havia sido agredido em momento algum. E o que aconteceu? Veio depois o golpe militar, e o homenzinho se aproveitou para tirar vingança. Meu pai foi detido, certamente com alguma interferência dele também, que, depois diziam, circulava em um jipe com militares à cata dos filhos mais velhos de meu pai. Entre uma coisa e outra, eu já havia me protegido na casa de um cliente de meu pai, Seu Zezito, um fazendeiro que morava em Itabuna e tinha um filho que fora colega e amigo meu de internato e levava o apelido de Inguaxo, como no interior chamavam o guaxe, um passarinho também conhecido, entre outros nomes, como japiim-de-costas-vermelhas.

Fiquei um tempo escondido na cidade. Depois, fui passar uns dias na fazenda, sempre com livros e uma cadernetinha na qual poderia pôr alguma coisa que quisesse escrever.

E o tempo foi passando. Chegava o Dia das Mães. A saudade doía mais. Resolvi voltar a Jequié. Fui descendo da carona na porta de casa, e uma professora que estava de visita me pegou e me puxou porta adentro, dizendo que ninguém podia me ver. Meu pai havia sido preso, e eu era procurado pelo corrupto em um jipe com militares. Minha mãe estava muito nervosa, inclusive porque certas pessoas telefonavam para inventar histórias de assustar, gente que se afundara na canalhice. No dia seguinte, chegaram de carro meus tios Itamar e Geraldo e o antropólogo Vivaldo da Costa Lima, um velho amigo de meu pai, para dar apoio à família. Minha mãe acompanharia em outro carro a condução dos presos da cidade para Salvador, e eu seguiria com meus tios e Vivaldo.

Enquanto meu pai estava preso, minha mãe trabalhou muito na administração da casa e em tomar providências a respeito da situação do marido. Era procurada por amigos e advogados. Buscava providências inclusive com militares enquanto tratava de aluguel de apartamento em Salvador e da mudança da família, já que obviamente não voltaríamos a morar em Jequié. Foi uma grande batalhadora, como sempre. Mesmo depois que teve, nos anos 1970, um problema cerebral, ficou com dificuldades de fala e movimentos e já não sabia escrever, porque, algum tempo depois foi recuperando os movimentos e a fala e, um belo dia, estava escrevendo com facilidade na mesma bela caligrafia que está em sua antiga dedicatória do *Moby Dick*, de que falarei adiante.

Meu pai acabou liberado, cinquenta e poucos dias depois, voltou ao seu trabalho de chefe dos advogados no Baneb - Banco do Estado da Bahia (emprego garantido pelo governador Lomanto

Jr., que o nomeara e era seu admirador). O tempo foi passando. Meses, vários meses. E um dia chegou a notícia: o corrupto tinha sido assassinado com vários tiros em uma avenida que estava sendo construída em Salvador. O que se dizia: tentara tomar terras de outra pessoa. Pelo que sei, o seu executor fugira, parece que para fora do país, e jamais ouvi falar que fosse responsabilizado.

Estávamos morando no Rio Vermelho, rua Oswaldo Cruz, edifício Nasser Borges, e lá havia um apartamento alugado por militar, diante do qual não falávamos de nada. Aliás, naquele tempo, havia militar por toda parte, assim como civis que trabalhavam para eles, prestando-se a espionagem e delações, além de norte-americanos em penca, abrindo cursinhos de sua língua, badalando o *american way of life,* já que os Estados Unidos estavam por trás do golpe. Logo depois do Rio Vermelho, no sentido Itapuã, ficava o quartel de Amaralina, com velhos canhões apontados para o mar. E então, um dia, não tendo mais o que fazer, os militares resolveram utilizar os canhões para acertar alvos puxados nas ondas e, claro, homenagear a ditadura. Certa vez, de um morro próximo, fiquei acompanhado a operação, e não vi acerto nenhum. Péssima pontaria. O pior é que, às vezes, começavam essa brava operação quando as pessoas ainda estavam dormindo, e os prédios estremeciam, acordando todo mundo. Eu mesmo fui despertado mais de uma vez com a cama tremendo.

Fosse como fosse, continuamos a frequentar a praia nas proximidades. E em uma dessas manhãs, fitando de longe os canhões ao sol, voltei para casa e escrevi um poema que viria a sair, uns oito anos depois, em meu primeiro livro, *Heléboro*. Tem feito seus sucessos e até foi musicado, também muitos anos mais tarde, por Walter Queiroz. Vejam a seguir.

MARINHA

Meus olhos testemunham
a invisibilidade das ondinas,
a lenta morte dos arrecifes
e os canhões de Amaralina.

Vou, a passo gnominado,
pisando a areia fina
da praia.
Pombas sobrevoam
os canhões de Amaralina.

Parece a vida estar completa
na paz que o azul ensina.
A brisa ilude a vigilância
dos canhões de Amaralina.

Nem tua ausência, amor, perturba
esta alegria matutina
onde só há o claro e o suave...
(E os canhões de Amaralina?).

Tudo está certo: mar, coqueiros,
aquela nuvem pequenina...
Mas — o que querem na paisagem
os canhões de Amaralina?

Passados anos, depois da eleição de Waldir Pires e já naufragada a ditadura, Antonio Risério e eu fomos ao quartel para filmarmos os canhões ao som do poema, declamado por mim, para a TVE. Os soldados remanescentes nos olhavam de má vontade, mas cumprimos a missão. O que aconteceu com aquela filmagem não sei, mas parece que foi mesmo exibida durante um tempo e deve continuar nos arquivos da TVE. Naquela época, os canhões já não faziam mais tiroteios. Começávamos a respirar um novo tempo.

10
CERTAS HISTÓRIAS

Bem, os que conheciam meu pai sabiam quem ele era, especialmente os amigos. Com ele aconteciam histórias que viravam lendas — uma sendo a do assassino que por ele fora acusado em um júri e condenado. Passaram-se uns tempos, e a Justiça resolveu enviar o homem a novo júri. E quem foi o advogado de defesa chamado pela família? Meu pai, o antigo acusador. Sim, acreditavam nele. Seu argumento de defesa foi que o homem merecera a condenação e pagara pelo que havia cometido, de modo que não fazia nenhum sentido continuar preso. Ele precisava voltar para a família, que dele necessitava. E o homem foi libertado.

Ele sempre foi um sucesso no júri, preferindo atuar na defesa, que era do que mais gostava. Dizia que, como defensor, se sentia à vontade, mais longe de cometer alguma injustiça. E, em Poções e Jequié, fazia lotar as dependências dos fóruns — e amontoar na rua gente que fazia de tudo para ouvi-lo. Também soube de um grande sucesso em Minas Gerais, mas, infelizmente, não recordo detalhes, e as pessoas que eu poderia consultar a esse respeito já não estão mais aqui.

Mudando de tom, conto duas historinhas que mostram como ele era solicitado para resolver quaisquer problemas, inclusive os mais inesperados e malucos. Na primeira, dois amigos fazendeiros foram, um dia, inesperadamente, à sua casa, onde ele estava trabalhando no escritório. Bateram. Alguém abriu a porta, e eles entraram. O escritório era a primeira peça da casa, diante da sala principal, e meu pai logo os viu, levantando-se para recebê-los.

Um deles, era um de seus amigos de alguns anos. O outro, mais, um amigo desde a adolescência. Eles disseram que estavam com um problema e o trouxeram para que ele o solucionasse. Meu pai logo viu que não era bem coisa comum. Como o escritório estava tumultuado com livros e papéis, levou-os à segunda sala. A um, indicou uma das laterais da mesa e, ao outro, a outra lateral, sentando-se à cabeceira. Eu, adolescente, estava na sala, lendo, e fiquei interessado por aquela inesperada reunião. Meu pai esperou que eles falassem. Os dois se olharam, um disse que falasse ele. O outro recusou: "Não, fala você." Essa disputa se repetiu mais umas duas ou três vezes. Então meu pai interferiu, dizendo que escolheria, e designou o amigo mais velho, que na verdade era homem bem mais, digamos, equilibrado que o outro. E ele contou o caso.

— Bom, Ruy, você sabe que tenho aquela fazenda que você bem conhece. Terra com ótimo tratamento, modéstia à parte. É um sonho realizado de minha vida. Então, veja: um dia ele — apontou para o outro — foi lá me visitar, viu umas belas árvores das melhores madeiras, que trato como se fossem minhas filhas e meus filhos, e então me comunicou que voltaria lá, qualquer dia, para cortá-las e vendê-las, pois dariam o bom dinheiro de que estava necessitando. Respondi, então, que ele não iria cortar árvore nenhuma ali. E me perguntou por quê. E eu respondi: porque se vier eu lhe atiro. Você conhece, Ruy, aquela pistola que eu tenho, que mais parece um canhão, e que ele também conhece? Então fui claro: se você vier tirar minhas árvores, vai levar bala. E o que ele falou?

O outro deu um risinho:

— O que eu falei, Ruy, foi que se ele me atirasse eu atiraria nele. Ele sabe que eu sou bom nisso.

E meu pai perguntou:

— É esse o problema?

Os dois balançaram a cabeça dizendo que sim.

O dono da casa fitou os dois por alguns segundos, ergueu-se da mesa, foi até a cristaleira, apanhou uma garrafa e três copinhos, servindo-os com a bebida e pondo um copinho para si mesmo, e voltou a sentar-se. Então falou que os dois eram valentes. Todo mundo sabia, inclusive ele. Mas falou também valentia precisa ter motivo e hora, e aquele não era um caso de valentia, só de tolice. E continuou: se iriam se atirar, lamentava muito perder um ou mesmo os dois amigos. E amigos que matariam um ao outro... Abanou a cabeça, perguntando ao da esquerda, o que queria cortar as árvores:

— Você quer mesmo matar aquele nosso amigo ali? — Ele franziu a testa, fez que ia pegar e bebida e desistiu, abanando a cabeça. — Quer dizer não? — perguntou meu pai.

A resposta, meio engasgada, foi:

— É... sim.

A mesma pergunta foi feita ao da direita, o dono da fazenda, que hesitou:

— Só se ele... — E parou.

Meu pai pareceu aborrecido, disse que esperava uma resposta direita, séria, não aquela bobagem. E o outro falou que não, não queria.

— Bem — disse meu pai —, essas eram as respostas que eu já esperava. Nenhum de vocês é assassino. E mais: são amigos há muitos anos. Como são amigos meus e eu sou amigo de vocês. Assim, nada de cortar árvores, nada de tiroteios. Nada de amigos morrendo. Foi por isso que botei a bebida na mesa, para que pudéssemos brindar à grande amizade dos três. Vamos tomar o primeiro gole, apertar nossas mãos de amigos, depois beberemos o resto. E, se quiserem, podem continuar bebendo. Eu os acompanharei apenas um pouco, porque estou em meio a um trabalho que exige muito.

Tomaram o primeiro gole, apertaram-se as mãos, beberam o restante e, como o dono da casa falara no trabalho, encerram tudo ali. De onde eu estava, pude vê-los saindo à frente de meu pai, trocando tapinhas de amizade nos ombros.

E recordo outro caso, o qual, na verdade, não acompanhei pessoalmente como o anterior, mas que me foi narrado várias vezes por pessoas que o testemunharam. Estava também meu pai no escritório, mergulhado em seu trabalho, quando alguém invadiu a sala (muitas vezes, a porta da rua ficava aberta, eram outros tempos...) e, aos berros, suplicou a meu pai que fosse evitar uma tragédia. Perguntado pelo que estava havendo, o homem assombrado disse que Fulano (não revelarei o nome, mas era aquele que ameaçara cortar as árvores) estava dando tiros na Lanchonete e Bar Crystal, já tendo ferido alguém na barriga. Meu pai largou tudo, pegou o carro que estava na porta e lá se foi com o homem para o local.

Lá chegando, viu o fazendeiro sentado, bebendo sozinho, enquanto alguns presentes, visivelmente preocupados, o fitavam de alguma distância. Antes, porém, acontecera outra coisa também preocupante com o delegado, que já não estava mais ali. Contaram que ficara sabendo do tiro e fora correndo para a Crystal. Lá chegando, ouviu comentários e ficara sabendo que nada acontecera de grave; o alvo do tiro não fora atingido, apenas soltara a xícara de café que estava bebendo e saíra correndo com a explosão.

Ele conhecia bem o "atirador", um velho amigo seu. Mas como era delegado, teria que cumprir sua obrigação. Adiantou-se, sorriu para o fazendeiro, desculpou-se pelo que precisava fazer, mas fez: pediu-lhe que entregasse a arma. O outro olhou-o como se não acreditasse. Entregar a arma? Nunca entregara arma a ninguém. Sua arma era sua propriedade, o que precisava ser respeitado. E depois ele não atirara, sua mão batera por acaso no revólver, que disparara, a bala pegando no chão. O delegado que fosse examinar o local. E, esvaziando o copo, pediu outra cerveja ao atemorizado garçom.

Então o delegado (que não era aquele a que se referira o artigo de meu pai) se aproximou suavemente, sorrindo, e disse que o outro o estava desconhecendo, que ele era seu amigo, sim, mas também era delegado. Tinha que cumprir a lei, garantir a ordem. O que estava sentado ergueu mais o dorso e rosnou: "A ordem..." Gargalhou, encarou bem o delegado e disse que se ele queria sua arma, que fosse pegá-la, que não haveria problema, que ele não atiraria em um delegado. Então ele sorriu, o que animou o outro, que se adiantou mais e esticou o braço na direção do fazendeiro. Bem, é preciso dizer que o delegado era do tipo pequeno, franzino, enquanto que o outro era grande, encorpado. Mas lá se foi o braço do delegado, delicadamente. E o homem sentado se ergueu de súbito, puxou o outro pela camisa, sentou-se de novo, carregando o homem, fez com que se curvasse a passou a aplicar-lhe sonoras palmadas nas nádegas, dizendo que ele devia se comportar. Depois largou a presa, que recuou, levou a mão à cintura e... desistiu, saindo rapidamente por uma das portas.

Tal cena já havia acontecido há uns dez ou quinze minutos antes da chegada de meu pai. Lá, de imediato, alguém lhe passou o episódio do delegado. Meu pai não foi perguntar mais nada: marchou diretamente para o fazendeiro e pediu a arma, que o homem logo lhe estendeu. A um gesto firme do advogado, saíram os dois. Meu pai o levou no carro e lhe disse que, quando esfriasse a cabeça idiota, passasse na casa dele para pegar o revólver. Com o delegado, ele acertaria. O homem demorou para esfriar a cabeça idiota, pois levou quase um mês antes de ir pedir a arma de volta. Não sei bem o que meu pai conversou com o delegado, mas o caso foi abafado. Maneira de dizer, porque os que estavam presentes espalharam logo a história, e a cidade estava se divertindo com o pobre delegado.

11
POETA MALUCO E JIPE

Jequié era — e deve ainda ser, há anos não volto lá (em minhas últimas viagens, tirante raras vezes em hotel, ficava hospedado na casa de campo dos amigos Dalvito Rebouças e Lúcia Ribeiro Rebouças, depois na residência de Leonam Oliveira, em Jequiezinho) — uma cidade bela, como disse meu pai, e certamente muito rica ainda de moças bonitas, intelectuais melhores e piores, jornalistas e bebedores impenitentes, embora já sem o famoso doido agitado do Guito Guigó — que andava pedindo ajuda vigorosamente pelas casas, inclusive a nossa, onde procurava a "italiana", que tanto podia ser minha avó como minha mãe. Sem dúvida, porém, continua sendo hoje, também com alguns bebedores impenitentes, como foi Toninho Garrafão — tão magro e que durou bem pouco —, poetas de muitos tipos e seus novos malucos; antigamente, às vezes, poeta e maluco ao mesmo tempo, como o Poeta Desconhecido, que assim se assinava e estava sempre tentando publicar poemas em jornal. Era, dizia, um poema novo de amor que enviava. Como havia um espaço de tempo entre as composições, era natural que os jornais se enganassem e repetissem a colaboração. Porque, na verdade, em versos escritos em redondilha maior, a única coisa que os diferenciava era o nome da mulher homenageada. Por exemplo:

Em tua alma, Maria,
as amapolas florescem.
Deito-me à tua sombra
e os teus cabelos me aquecem.
Escuto elfos e gnomos

cantando salmos e preces,
e o luar beija a si mesmo
em tuas faces de neve.
Em tua alma, Maria,
As amapolas florescem!

Como era Maria, outras vezes foram Amélia, Aurora, Virgínia, Helena... Claro, só nomes que não ameaçassem atravessar a métrica. E elas teriam quer ser brancas, por causa das "faces de neve"...

E havia um que não era poeta mas era... um Jipe, ou seja, um Jeep. Enfim, todos pronunciavam de maneira certa e escreviam de maneira errada. Seja como for, ficamos com Jipe, que não era um homem, era mesmo um Jipe — andava e corria como um e, como um, o seu motor roncava. Só se aborrecia quando algum gaiato lhe pedia ou oferecia carona. Corria pela cidade inteira e contavam que já tinha sido visto várias vezes em outras cidades, inclusive distantes, até mesmo na divisa Bahia/Minas Gerais. Sempre obedecia a todas as regras do trânsito e jamais se envolvera em qualquer acidente. Para melhor explicá-lo, transcrevo trecho do *De paixões e de vampiros: uma história do tempo da Era*:

JUVENAL DESFAZ UM MAL-ENTENDIDO

Eu já o conhecia muito de nome e façanhas rodoviárias, mas só o vira uma ou duas vezes — de longe, e fugidio. É que ele pouco se demorava em Manacá da Serra, estando quase sempre em viagem entre as cidades da região, já tendo sido encontrado até na divisa Bahia / Minas Gerais.

Bem, naquele início de tarde, quando nos aproximamos da Sete de Setembro, deparamos com um ajuntamento.

— Imprensa! Imprensa! — berrou Juvenal, aplicando os cotovelos e chegando, comigo a reboque, ao cerne da ocorrência.

— Olá, Jipe — saudou ele —, o que é que está havendo?

— Ele — respondeu Jipe, apontando um guarda municipal.

— Esse homem é maluco — disse o guarda, que parecia angustiado.

— Eu não sou homem — protestou Jipe, acelerando aborrecido.

— Ele não é homem — confirmou Juvenal.

— Ele é Jipe — riu uma voz.

— Eu não sou homem, eu sou Jipe — disse Jipe.

— É maluco — insistiu o guarda. — Ficou atrás de mim roncando e... Apitando com essa coisa aí!

— Uém! Uém! — Jipe apertou a buzina presa à cintura. — Buzinei porque ele estava no meio da rua. Buzina é feita pra isso mesmo — pra buzinar!

— Pois é — apoiou Juvenal.

E, dirigindo-se ao guarda, perguntou:

— Se não fosse pra buzinar, para que existiria buzina?

— Bem — o guarda tirou o boné, coçou a cabeça —, o senhor não está entendendo. — Apontou para Jipe: — O senhor repare esse homem e diga se não é maluco!

— Vuuuuuuuuuummm! Vuuuuuuuuuuuuuuuuuuummmmmm mmmm! — Jipe acelerou, fazendo vibrar o bagageiro de madeira, amarrado no alto da bunda por tiras de couro que se prendiam à cintura.

O guarda recuou um passo:

— Eu não tô dizendo?!

Risada geral. Juvenal pousou a mão no ombro do guarda.

— Quer dizer, então — perguntou—, que o senhor não conhecia Jipe?

— Eu não!

— Todo mundo aqui conhece.

— Eu não sou daqui. Cheguei tem uma semana.

— Ah, bom... Pois eu faço as apresentações. Como é o seu nome?

— É João.

— Pois bem — Juvenal se formalizou. — Seu João, esse aí é Jipe. Jipe, este aqui é o guarda João, uma autoridade.

Jipe roncou amavelmente do fundo do motor. Ainda inseguro, o guarda fez um ligeiro cumprimento com a cabeça. Juvenal aproximou os dois, com alguma resistência do segundo — que fitava com suspeita a longa antena que o primeiro trazia na mão esquerda, assim como a lanterna elétrica que empunhava com a direita.

— Desta forma — disse Juvenal — começa uma bela amizade. Na verdade, seu João, o que Jipe fez foi salvar a sua vida, avisando-o do perigo de um atropelo.

— ...?!

— Companheiro — prosseguiu Juvenal —, Jipe sempre obedeceu a todas as regras do trânsito e jamais se envolveu em qualquer acidente. Seu comportamento é exemplar, não há sequer um caso de multa — e olhe que Jipe é Jipe desde garotinho! O senhor pode constatar os cuidados que ele tem, pois nunca roda sem checar tudo. Veja, por exemplo, os pneus (apontou as alpargatas de Jipe): estão praticamente novos; e aposto que não há problema com a parte elétrica (sorridente, Jipe acendeu três vezes a lanterna). O motor (vum-vum-vuuuuuuuuuummmmm! — Jipe acelerou com gosto) está cem por cento; e a buzina (uém! uém! uém!) o senhor já conhece... Portanto, está tudo em ordem.

— É... — O guarda fez um gesto de desânimo. — Puxa vida! Se eu não estivesse vendo...

— Vuuuuuuuuuummmmm! Vuuuuuuuuuuuuuuuuuuummmm mmmmmm! — acelerou Jipe, começando a arrancar.

—Já vai? — perguntou Juvenal.

— Já — Jipe se controlava na embreagem. — Preciso me reabastecer. Até logo. Uém! Uém! Uém!

Foi saindo devagar, as pessoas abrindo passagem, engrenou a segunda, ganhou velocidade, meteu a terceira, contornou o pequeno jardim da subida da rua da Itália, pisou mais fundo, pegou a descida, solto, o motor cantando alegremente.

12
O CANTOR

Outro não era poeta nem carro: era um cantor. Para falar melhor dele, vou a um conto que publiquei em *O sonho dos anjos: contos reunidos & inéditos*.

NOTAS SOBRE UM ARTISTA DO MEU TEMPO

1.

Acho que é a idade que está me fazendo lembrar cada vez mais de certas coisas e certos personagens. Assim, há pouco me encontrei recordando longamente Roberto Scania.

Que não se chamava Roberto Scania: era nome artístico, com o qual se apresentava a todo mundo, já preparando a notoriedade que com certeza viria a conquistar. O Roberto era retirado de um conhecido cantor de bobagens de sucesso; o Scania, de um tipo de imenso caminhão. Ante tantos nomes de artistas e bandas que encontramos hoje, até que não foi uma combinação de todo má.

2.

Scania era amigo meu e de meus irmãos. Para horror de minha mãe, que o considerava doido varrido, ou coisa pior, ia com frequência à nossa casa. Gostava em particular do telefone, novidade que não fazia ligação direta: tinha-se que tirá-lo do gancho, esperar pelo atendimento da telefonista e então solicitar-lhe o número desejado. Guardo ainda uma cadernetinha com alguns daqueles números, de amigos e esperanças românticas. Recordo o nosso número: 12-51. E o de uma deusa até hoje cintilante: 11-17...

E o que fazia Scania com o telefone? Toda vez a mesma coisa: pedia o número de sempre e, com voz de locutor, bem empostada, solicitava solenemente: toquem o Cauby, toquem o Cauby! Todos da Rádio Baiana conheciam o autor da ligação e atendiam seu pedido. Então ele se sentava junto ao rádio, aumentava o volume (o que levava minha mãe a dardejar olhares indignados contra ele e contra nós, seus filhos) e, com vasto sorriso alvar, lá ficava ouvindo Cauby Peixoto.

3.

Certa vez, levando um recado qualquer de sua mãe para minha mãe, chegou uma garota muito bonitinha, da vizinhança. Scania me chamou de lado, designou a garota com um olhar e movimentos de sobrancelhas e me revelou precioso segredo:

— É minha fã oculta.

Com o tempo, descobri que ele tinha uma verdadeira legião de fãs ocultas. Tão ocultas que não se sabiam suas fãs.

Como suas namoradas nada sabiam do namoro: ele as namorava à traição.

4.

Roberto Scania era um cantor inteiramente convencido do seu talento — pois não percebia que desafinava, como sempre acontece com os desafinados, o que é uma bênção para eles e uma maldição para quem tenha um mínimo de ouvido. Assim, não percebendo as desafinações, exibia os seus dotes sempre que tinha oportunidade. Menos nas nossas serestas, que acompanhava noite adentro, até o raiar do dia, quando encerrávamos as canções e íamos tomar uma média e pão com manteiga no Mercado Municipal.

Não, nós não o deixávamos cantar, não só pelos problemas de afinação quanto pela inadequação de suas preferências musicais. Mas ele nos seguia, bebendo valentemente da nossa mistura de rum e refrigerante. Recordo que se ia curvando pouco a pouco, chegando ao café matinal com as abas do paletó quase se arrastando no chão.

5.

Scania bebia com bravura, sem dúvida, mas não como o pai, que tinha uma farmácia e não observava nenhuma continência etílica. Contava-se que, quando chegavam representantes levando amostras de remédios, ele os conduzia primeiro a uma estante dos fundos em que se enfileiravam inúmeras marcas de cachaça. Os representantes lá deixavam suas amostras, anotavam os pedidos e partiam temerariamente para uma rua profissionalmente permissiva chamada Maracujá. Os menos bêbados escapavam de mais graves arrependimentos, conseguindo chegar às casas mais higiênicas de Lindaura Perninha (por ter uma perna um pouco atrofiada) e Isaura Pernão (cujas pernas sugeriam troncos de mármore negro).

Pois bem: um dia ele, o pai de Scania, depois de entornar várias doses, resolveu convidar amigos para beber um uísque que guardava no cofre. E os amigos foram, naturalmente, que uísque era coisa rara, mas depararam com cena no mínimo insólita: o dono da garrafa xingava o cofre e dava-lhe vigorosos pontapés. E então ouviram a explicação: tivera uma crise de amnésia alcoólica e não sabia mais qual era a combinação.

Lamentando aquela tragédia, os convidados foram embora sem o uísque — que seu proprietário, no dia seguinte, passada a crise mnemônica, e por certo esquecido do convite feito (esta, sim, uma bendita amnésia), deve ter bebido todo em deliciada solidão.

6

Animadíssimas as festas da família de Scania. Aliás, festa era o que não faltava, já que todo dia alguém arranjava motivo para uns brindes, mesmo não sabendo explicar de que motivação se tratava.

As mais movimentadas eram, sem dúvida, as comemorações do aniversário paterno. Certa vez o entusiasmo foi tão grande que ele, o festejado, foi erguido pelos filhos, aos gritos de "meu pai é um bom companheiro, meu pai é um bom companheiro!", e, não se sabe como, acabou lançado ao jardim por sobre a mureta da varanda. Por sorte, a altura não ia além de um metro — e o aniversariante logo se ergueu, de rosto vermelhíssimo, espanando-se de terra, folhas, gérberas machucadas, saudando todos em rica linguagem escatológica, e, embora ameaçasse ir embora pelo mundo, sem destino, logo regressou às comemorações.

7.

Havia um violonista, Saturnino, conhecido como Satur, que nos acompanhava nas serestas e nos ensinava violão. Homem pobre, muito simples, mas de alma iluminada. Suas cordas sonorosas e sua voz redonda intensificavam os luares das nossas madrugadas errantes. Um dia me procurou visivelmente perturbado.

— Não ensino mais àquele maluco — disse.

— Que maluco? — perguntei.

— Aquele Roberto Scania.

— O que houve?

Ora, eu estava mostrando uns acordes, e ele ficava me olhando e sorrindo daquele jeito esquisito. E aí, quando cheguei ao lá menor, o desgraçado enfiou dois dedos na minha boca e lascou!

— Lascou!?

— Ia lascar, se eu não desse um trompaço nele! E ficou rindo com aquela cara amarela de alma penada... Peguei o violão, fui embora, e o miserável ainda ficou me devendo três aulas! Mas não quero dinheiro, não, só quero distância do excomungado!

8.

Então deixei a cidade, fui estudar na capital. De vez em quando, chegavam-me algumas histórias de Scania. Contaram-me, por exemplo, que a família, não reconhecendo nele nenhum futuro como cantor (santo de casa não faz milagre, ou, melhor dito, ninguém é profeta em sua terra), confiou-lhe uma lojinha para vender parafusos, arruelas, pregos etc.

E ele lá ficava, na porta da lojinha, com seu sorriso, seu pimpão engomado, tipo Maracanã (que fazia grande sucesso entre as moças, embora não propriamente no caso de Scania), rodando um chaveiro folheado a ouro. Quando um possível cliente vinha vindo, ele se adiantava e, requebrando-se como um roqueiro, estalava os dedos e cantava:

— Quantos vai quereeer?... Quantos vaaaaaiiiii queeeeereeeeer?!

O cliente desistia — ainda mais rapidamente quando, em vez de estalar os dedos, ele volteava no ar uma chave de fenda ou um prego alentado, ou os dois — e Scania voltava ao seu riso, seu chaveiro e seu brilhante pimpão Maracanã.

Em momentos de maior inspiração, declamava para os clientes — ou simples passantes — estes versos:

Ah, só Deus é que pode
fazer de ti uma cabra
e de mim um bode.

Fácil imaginar o grande sucesso que foi o negócio.

9.

Um dia a família chegou a uma decisão extrema: internar Scania numa casa de saúde.

Sua cabeça estava merecendo alguma atenção mais aproximada.

E lá se foi ele, tranquilamente.

Passado algum tempo, um amigo foi vê-lo e voltou dizendo que o achara ótimo, mais forte e bronzeado.

— Verdade? — perguntei, incrédulo, pois jamais vira Scania se exercitar.

Mas, enfim, pensei, a ginástica podia fazer parte do tratamento, assim como banhos de sol.

E então, de súbito, estava ele de volta ao nosso meio, realmente mais forte e bronzeado. Fora expulso, e quase preso, pois descobriram que subia disfarçadamente a escada que levava ao teto, tirava a roupa, escalava uma escada menor — e caía no tanque que abastecia chuveiros, torneiras, moringas e filtros de uso de toda a instituição. Depois de exercícios e braçadas, estendia-se no chão e descansava ao sol dos justos. Ou seja: as pessoas não só lavavam coisas e corpos como bebiam do precioso líquido temperado pelo cantor Roberto Scania.

Muita gente se divertiu com a história, menos (sem falar dos que haviam utilizado aquelas águas) o personagem principal, que considerava a expulsão uma grande injustiça, certamente originária dos muitos invejosos de sua glória.

Nunca mais ninguém teve a ideia de interná-lo em instituição alguma.

10.

Foi difícil de acreditar quando me contaram que Scania havia se casado. Comentei com um amigo que, rindo, disse que mulher só não se casa com cobra porque não sabe qual é o macho.

Achei que Scania não merecia a frase, mas, enfim, é isso mesmo, a humanidade é cruel.

11.

Tempos depois soube que se havia desquitado. Mas não foi de graça: quando a mulher exigiu a separação, dando-lhe um documento para assinar, ele falou com firmeza:

— Assino, sim, mas só com a saideira.

— Que saideira? — ela perguntou.

Ele fez um gesto popular, e clássico, que todos conhecem desde a infância e os mais solenes traduzem como alusivo ao intercurso carnal.

E foi mais explícito:

— É, a saideira. Sem saideira não assino nada.

Assim foi. E, como o desquite realmente se deu sem maiores problemas, alguém deve ter dado.

12.

Senti muito quando, tempos depois, soube que havia morrido.

Com ele, uma bela parte da minha juventude.

Grande Roberto Scania! Deve estar cantando agora para os anjos — e com perfeita afinação, pois, segundo dizem, nesse mais alto território, todos os milagres são possíveis.

13. BEBIDA, POESIA E AMIZADE

Poetas, automóvel humano, cantores, bebedores... Quanto a esses, que eu às vezes acompanhava em um ou outro bar, se naquela época houvesse lido certas coisas, poderia apoiá-los com algumas leituras feitas muito depois. Este texto, por exemplo:

> Quando os egípcios abastados realizam festins em suas casas, têm o hábito de fazer levar à sala, depois do repasto, um esquife contendo uma figura de madeira trabalhada com perfeição e muito bem pintada, representando um morto. Essa figura, que mede de um a dois côvados de comprimento, é exibida a cada um dos convivas, acompanhada desta advertência: "Lança os olhos sobre este homem. Tu te parecerás com ele depois da morte. Bebe, pois, agora, e diverte-te."
>
> Heródoto. *História*. Livro II, Euterpe.
>
> Ou este de Miguel de Cervantes Saavedra no *D. Quixote*, segunda parte, Capítulo LIV:
>
> ...sobre o tempo em que se bebe, pouca jurisdição têm os cuidados.

Aqueles meus tempos, porém, eram bem mais ignorantes... Voltando aos poetas da cidade, um era muito amigo nosso e vivia fazendo versos. Chamava-se Antonio Carlos Leão, ou, como alguém me disse, Antonio Carmo Leão. Mas ele certamente tinha algo contra aquele Carmo e sempre se assinava como Carlos. Lia muito os românticos e, certa vez, se definiu como O Varella, depois de levar uns tempos com o Fagundes debaixo do braço. Nós, e o resto da cidade, o chamávamos de Tõe Leão, que ele aceitava e só exibia o Antonio na assinatura de um poema. Por falar em poema, eu considerava um deles bonito, com o poeta dizendo estar debaixo da ponte do Rio de Contas, perguntando, ao final, o que estava vindo, e respondendo: "É a nova aurora." Eu tive uma cópia dele, datilografada, mas, depois de tantas mudanças de casa, já não sei mais onde localizá-la, ou se ainda existe.

Ele falava em suicídio de vez em quando e, então... Contei suas últimas horas em versos.

UM POETA, UMA VEZ

para Tuna Espinheira
e Paulo Martins,
que se lembram.

(Sonho e memória me guiam
pelos passos desse dia.)

Descendo da rua alta,
eis o Poeta na tarde.

Franzino, moreno, único
no olhar acerado e rútilo.

Qualquer coisa de palhaço
em suas roupas sovadas,

nos sapatos carcomidos
e no andar à deriva.

Só quem o sabe de perto
tem a impressão correta:

uma ave em voo aberto,
sempre, e que sempre se eleva

à procura de mais vastos
espaços, os ares da alma.

Eis o Poeta trilhando
a praça de luz e sombras.

Entra um momento num bar
para reforçar o hálito.

O sol semeia faíscas
sobre os paralelepípedos

e o Poeta abre mais ao peito
a cinza camisa feia,

listrada de outro cinza
como uma lembrança puída.

O Poeta rima o poente
com uma fornalha ardente

(como outro poeta, ou tantos
— ele se sorri, sardônico).

Ali um banco vazio,
à sombra de um velho ficus:

o Poeta se senta e abre
a carta-todas-as-cartas.

A que será lida com
incredulidade e horror

(doce textura na mão,
lâmina no coração)

por uns; por outros, com pena,
ou não mais que indiferença;

e ainda haverá aquele
que abanará a cabeça

numa repreensão conspícua:
"Se houvessem chamado o hospício

a tempo...". O Poeta ri
a este pensamento e

acende um cigarro adunco,
tragando o fumo tão fundo

como jamais. E eis que sonha
no mormaço. Que estranha

essa coisa, o homem. E a vida,
carta mal lida e esquecida...

Ai que tudo é bem mais árduo
com este vício de metáforas

— suspira o Poeta. E puxa
a sua tragada rude.

Repõe a carta no bolso
e, num súbito tremor,

ergue-se do banco e cruza
o jardim, depois a rua.

A moça o atende logo
no balcão cheio de nódoas.

Sente o Poeta estar fingindo
esse pedido, o tinido

da caixa registradora
e as cédulas do troco.

Mas só um átimo: a vez
é aquela, não seu avesso.

O pacote sob o braço,
retoma seu lento passo.

Vence uma rua. Outra praça.
Bate à porta. Entra na casa.

Senta-se diante do amigo,
que escolhe um novo disco

e o faz girar na vitrola.
Que plenitude se evola,

pensa o Poeta. E diz: "Que belo
esse Cisne de Sibelius!".

Então pergunta o amigo:
o que ele leva consigo?

O Poeta ergue o pacote
e responde: "A minha morte."

O amigo se diverte
com o humor do Poeta.

E logo nada o ocupa
além da nuvem da música.

"Adeus" — lhe diz o Poeta,
tocando-lhe, suave, a testa.

(Só depois irá o amigo
pensar no que ele lhe disse

e fez: a palavra e o gesto
despercebidos, sem eco.)

E o Poeta vence outras ruas.
Em casa, na tábua nua

da mesa, abre o embrulho.
A lata cor de ferrugem

confessa, em letras intensas,
a sua alma violenta.

Mas o Poeta não se abala:
conhece sua própria alma.

Um gole — e já se contorce,
abrasa. Mal abre a porta

e tomba nas pedras ásperas
do alto da rua alta.

(Depois o vi: sem espanto,
sem qualquer sombra na fronte,

em seu caixão. — Eu, aquele
que lhe deixara sem eco

a despedida e o carinho,
numa névoa de violinos.

E mais vi: nenhum remorso
havia no Poeta — absorto

naquele vinho profundo —
por ter apagado o mundo.)

Estes versos saíram, muitos anos depois, em *A canção de Beatriz e outros poemas*. Inesquecível Tõe Leão.

Tenho que contar também histórias tristes assim aos meus filhos, outras malucas, como já contei, pois que falamos de lembranças. Mas é a vida, não estou inventando nada. Jamais invento ao contar a eles e a amigos aventuras de, por exemplo, determinadas festas. Como quando, recordo, estando na fazenda de Pedro Cardoso, em Jitaúna, convidado pelo seu filho, Ernando, meu amigo, inventaram um baile de São João do outro lado do rio. Bom, aquele rio não era dos mais fáceis, e ainda havia chovido bastante. Informaram que haveria uma balsa para a travessia. Mas como caminhar até a margem naquele lamaçal? Não havia jeito: teríamos que ir descalços, com os sapatos nas mãos. Foi o que fizemos. Mas como entrar na festa com aqueles pés imundos? De imediato, sem que ninguém desse ordem alguma, moças vieram em nosso socorro com panelas de água e sabonetes, e logo estávamos dançando ao som de uma bela sanfona. Aliás, arranjei até uma paquera naquela festa. A moça, toda vez que começava uma música, me pegava pelo braço:

— Ruy, vamos dançar?

Os amigos riam, zombando. Mas eu aceitava sempre o convite e íamos dançando, dançando, dançando...

Aquela doida festa de onde regressamos completamente bêbados, pois lá só havia mesmo cachaça, e servida com grande generosidade...

***

Então falei de Ernando, Ernando Cardoso, meu amigo desde o tempo do internato. Recordo que, certa vez, almoçamos, Gilka e eu, com ele e sua mulher, Evenice, em Salvador, em um bom restaurante português que não existe mais. Anos depois, peguei uma hospedagem na bela casa dele, com meu pai; adiante, voltei a almoçar com ele na casa de Leonam Oliveira, que então me hospedava em Jequié. E, indo novamente a Jequié, com Maria da Paixão, também nos hospedando na casa de Leonam, pensei em fazer-lhe uma visita. A casa ficava no mesmo bairro em que estávamos, Jequiezinho. Chegando, passamos pelo portão, que estava aberto, e vimos um rapaz que parecia estar cuidando de umas flores. Perguntamos se Ernando estava. "Sim, estava", respondeu ele, apontando para a porta principal da casa, amplamente aberta. Entramos, pois, e eis que, na sala, Ernando estava deitado em um sofá. Vendo-me, tentou erguer-se, mas logo recaiu, dizendo que havia quebrado uma perna. Evenice ajudou nas explicações: ele se levantara à noite, caminhara até a geladeira e caíra com a perna quebrada. Atenderam-no no hospital. Agora estava se recuperando e, acrescentou, fazendo hemodiálise três vezes por semana. Perguntei-me: o que tem uma perna quebrada a ver com hemodiálise? Bem, não sou médico e não disse nada. Já havia preocupações demais na família.

Conversamos bem, lembramos traquinagens antigas e ele ria animado. Quando saímos, eu levava comigo a preocupação. Voltamos para Salvador. O tempo foi passando, e eu, com frequência, me lembrava dele, que tinha sido um adolescente, um jovem e um adulto bem forte. Aí, um dia, encontrando no Facebook alguém falando de Jequié, entrei na conversa e perguntei se me podia dar alguma notícia de Ernando. A pessoa do comentário não respondeu, mas outra, uma mulher, pediu desculpas por entrar na conversa e disse que era vizinha de Ernando e que ele havia morrido uns quatro meses antes. Fiquei abalado, pois ele tinha mais ou menos a minha idade... E eu não tinha endereço da família nem telefone. Como poderia manifestar minhas condolências?

Acabei escrevendo um poema falando dele e de mim, "Claros meninos", e vim a publicá-lo em *Uma história do Paraíso & outros poemas*. Vejam a seguir.

CLAROS MENINOS

a
Ernando Cardoso,
in memoriam.

Aguardava boas notícias,
veio tua morte na tarde:
há cerca de quatro meses
repousas na eternidade...

Sim, já te sabia doente,
mas tinha a esperança forte
de reencontros como os de antes,
rememorando contigo

o tempo quente dos bailes
e das bravas aguardentes
bebidas com destemor
por nós, meninos valentes.

Também meninos perdidos,
como todos os meninos,
em tessituras de sonhos,
em amplidões de destinos.
Meninos, portanto, achados
e bem na essência da vida
de ruas, de praças, esquinas
em que íamos iluminados
pelos olhos das meninas.

Amigos sorriam das
nossas camisas iguais,
que minha mãe costurava,
cortadas do mesmo pano,
homenagem comovida
a esses dois adolescentes
que acreditavam ter todos
os rumos bem definidos
e os caminhos submissos
sob os seus passos ardentes.

E agora, já há quatro meses
repousas na eternidade.
Fomos vidas bem diversas
no longo passar dos anos.
Cada qual cumpriu a sua,
mas sempre em si resguardando
a fortuna dos afetos.

Repousas na eternidade.
Eu, ainda vago no efêmero.
Desejo pensar que em breve
nos iremos reencontrar.

Bem, não sei, nada se sabe
de coisas assim. Mas sei
do que fomos certa vez.

Dessa amizade constante,
dos grandes sóis do futuro,
das cirandas dos amores,
dos panoramas de sonhos
e de luares refulgentes.
História feita de histórias
que o tempo conta de nós,
claros meninos valentes.

Publicado o livro, que era também dedicado a Ernando, como enviá-lo a Evenice? Vali-me da grande amiga Lúcia Ribeiro Rebouças. Ela levou algumas horas e me mandou o endereço. Juntei uma cartinha ao exemplar, com e-mail e telefone, e, dias depois, recebia o agradecimento de Evenice em nome da toda a família, inclusive do filho mais velho de Ernando, conhecido como Cardosinho, de casamento anterior, que tomava conta da fazenda, todos muito emocionados. Como eu, que do mesmo jeito, já em outro tempo, transcrevo aqui esses versos.

14
DOS NATAIS

Voltando à infância, nem tudo eram risos e flores, porque, às vezes, o clima se tornava bélico. Certamente éramos uns bárbaros, e outros bárbaros não faltavam, especialmente na periferia da cidade. Não sei por que, mas tornamo-nos adversários nos jogos de futebol e, em seguida, inimigos de bodoque (que muitos chamavam badogue ou badoque) em punho. Havia alguns encontros eventuais, com pequenos grupos, mas, às vezes, eram planejados grandes ataques aos inimigos que estivessem reunidos em algum local. E a parada era sempre dura, com corpos machucados pelas balas de barro endurecido e cabeças quebradas (como aconteceu comigo duas vezes) por pedras eventuais. Mais adiante veremos.

Quero agora falar do Natal.

Dezembro era um mês de comemorações familiares. No dia 12, meu aniversário; no dia 19, o de minha mãe; no dia 26, o de Tuna. Enfim, espírito festivo sempre renovado. E ainda, claro, o Natal, alegria maior. Porque a família o comemorava com especiais comidas e bebidas e belos doces, tudo feito em casa, o que era coroado com os presentes de Papai Noel, que, na manhã seguinte, encontraríamos nos sapatos. Brinquedos simples, como era a nossa vida, mas recebidos com alegria, o que me recorda a aventura de um primo que recebera péssimas notas na escola e, no dia seguinte do Natal, só encontrou carvão no seu sapato! Sim, um saquinho de carvão: recompensa pela sua vagabundagem escolar. Revoltado, pegou o saquinho e o saiu distribuindo pela casa toda, pisando o carvão, casa que eu conhecia bem e admirava pela limpeza impecável. Um brinco. Não demorou, e os pais acordaram, ficando consternados. Então chamaram o filho, explicaram o motivo do carvão, que era apenas uma advertência, e lhe passaram os brinquedos do Papai Noel.

Não sei se aquele antigo garoto se lembra dessa história, mas eu a recordo bem.

Certa vez, meu pai comprou uma imensa árvore de Natal. Como quase não havia eletricidade, nos galhos eram acendidas pequeninas velas. Tudo muito bonito, um orgulho da casa. Não conhecíamos árvore tão grande e tão bonita. Até que, certa vez, não sei como, alguém esbarrou nela. As velas se desprenderam e, de imediato, a árvore se transformou em uma fogueira. Logo estava todo mundo jogando água para apagar as chamas. Mas o que sobrou era triste. Depois foi providenciada uma reforma, mas a árvore nunca mais foi a mesma. Era como um fantasma da anterior. E, embora tentássemos reembelezá-la em mais alguns Natais, as velinhas nunca mais foram acesas...

Havia também o *réveillon*, mas nada em casa. Meus pais saiam à noite para comemorar no clube social. Voltando ao Natal, recordo o primeiro em que, já em Jequié, não recebi brinquedo para criança. Bom, eu acabava de completar 15 anos, e então ganhei um presente que me acompanha até hoje: a belíssima edição, em dois volumes, lançamento da Livraria José Olympio Editora, tradução de Berenice Xavier, apresentação de Rachel de Queiroz, da obra-prima de Herman Melville, *Moby Dick*. Agora mesmo acabo da revê-la em uma estante, com dedicatória de minha mãe:

Ruy Alberto. Lembrança de Papai Noel. Jequié, 25-12-1957.

Natal emocionante, como sempre.

15
SOBRE POÇÕES

Ainda Poções, que continua vivíssimo em mim, como naquele tempo. Em meu primeiro livro, *Heléboro*, publiquei um poema que fiz em uma de minhas voltas à cidade:

POÇÕES REVISITADO: ALGUMAS NOTAS.

1 - Chegada
A rosa banhada em pranto,
confidenciada pela valsa antiga,
não mais perfuma o ar da tarde.

Mas há um trissar de andorinhas
seguido de andorinhas.
No céu, no céu
algum dia também estarei?

O que será que tanto me perturba:
as andorinhas? o canto da procissão?

Não e não.

É a sombra de Flash Gordon
voando ao planeta Mongo,
para nunca
nunca mais voltar
na próxima semana.

2 - O Beco
Desço o Beco dos Artistas,
que são todos alfaiates.
Ao curioso, as janelas

sempre abertas oferecem
a visão dos instrumentos
necessários: linha, agulha,
fita métrica, tesoura,
mais o pano que
submisso
se vai deixando moldar.

E se o tempo passou
pelo Beco dos Artistas,
apagando velhos rostos
e compondo gente nova,
só para os homens passou.
A arte viu com respeito:
conservou-a pura,
                                        a mesma
que neste Beco vestiu
(em data há muito perdida
no abismo) o primeiro gnomo.

3 - Autoridade
O Dr. Juiz de Direito
decidido
mandou prender o bêbado
mandou prender o desordeiro
mandou prender o assassino
e uma vez proibiu os bodoques
para proteger as vidraças.

Mas no fundo das noites
                                        os lobisomens
uivaram e vagaram impunemente
até o fim.

4 - Episódio
O louco mais temido,
Boqueirão,
certa vez me encurralou
entre a parede e o tijolo
em sua mão.

Mas apenas me olhou

longamente
e se afastou com lentidão.

Resolvera poupar-me, magnânimo.

Foi talvez uma loucura
de Boqueirão.

5 - Árvore (I)
O vento vai
faz a curva
e volta
para soprar os galhos do tamarindeiro.

Mas já não há tamarindeiro.

No fundo dos olhos
outros olhos
que pareciam mortos há vinte anos
seguem o vento
através da ausência do que se abria
em ramos folhas flores frutos

ontem
que é o mesmo que sonho.

6 - Árvore (II)
Quando tombou o grande eucalipto
meu irmão pequeno correu pra nos dizer
que havia caído o apocalipse.

7 - Árvore (III)
Ficaram as casuarinas
e acenam
quando o vento chega à praça
como se ainda existisse o menino
que entendia o seu código de ramos.

8 - Calçamento
Os paralelepípedos
recobrem as cinzas das fogueiras
a areia com as marcas dos nossos pés

os buracos do jogo de gude
e o círculo traçado no chão
onde os piões
zuniam
dançarinamente.

Os paralelepípedos
são firmes e duros sob os passos
recobrem a rua de modo limpo e ordenado
e sabem nada deixar filtrar
do chão subjacente
como nós
tantas vezes calçando a vida de novo
não sabemos saber.

Uma emoção de sempre. A cidade está na minha poesia e na minha prosa. Como em outros textos, inclusive dois romances, muitas crônicas e no conto "Aviões", do livro *O sonho dos anjos (contos reunidos e inéditos)*, que também transcrevo.

AVIÕES

Uma bela manhã. Meu pai perguntou se eu queria ir com ele, na carona de um jipe. Respondi que iria de bicicleta, havia combinado com alguns amigos. Eu tinha uma Raleigh azul, pequena, equipada com farol, campainha e porta-bagagem traseiro. Meu irmão mais novo tinha uma igual, verde. A de meu pai era grande, de tonalidade vinho, uma Norman. Certa vez tentei montá-la, porém mal consegui tocar os pedais com as pontas dos pés.

Juntei-me aos companheiros, dois primos e um vizinho, e fomos, subindo a rua da Itália, cruzando a praça da Liberdade, pegando a estrada encascalhada que levava ao Campo de Aviação. Era assim que dizíamos: Campo de Aviação. Que naquela manhã seria inaugurado, com a chegada de dois ou três aviões vindos da capital. Portanto, além de bela, aquela era uma manhã que prometia ser mágica.

E lá estava ele, o Campo de Aviação, aberto no meio da catinga. Era como uma estrada muito larga, de terra batida. Já o conhecíamos bem, meus amigos e eu, desde que ficara pronto o escolhêramos como pista das corridas de bicicleta. O chão vivia marcado pelos nossos pneus, agora receberia as marcas dos seus verdadeiros donos — os aviões.

Eu os imaginava como o que meu pai tinha em casa, sobre livros de uma prateleira alta da biblioteca. Ele o comprara em dezenas de peças soltas e delicadas, feitas em madeira muito leve, creio que balsa, e o montara pacientemente, com tesoura e cola, e uma tinta própria para pintar as asas e a fuselagem, dia após dia, sob o olhar admirado dos filhos. A última peça colocada foi a hélice, que era movida por um elástico. Na praça da Liberdade, meu pai pôs o avião no chão, segurou-o com uma das mãos, com a outra girou a hélice, até torcer ao máximo o elástico, e então liberou o aparelho. Que correu meio saltitante — e se ergueu do chão, voou, um vôo breve, mas elegante, saudado com exclamações e palmas, e pousou suavemente. Recordo outros vôos desse avião, em cujas asas se liam as letras PP-HNB, não tão felizes quanto o primeiro e mais alguns, pelo menos uma meia dúzia. Certa vez caiu torto, quebrou uma ou duas peças, que meu pai substituiu lixando madeira fina. A qual não devia ser tão leve quanto a original, tanto que logo aconteceu uma queda de muito mau jeito, com mais peças quebradas. Então o PP-HNB foi dormir definitivamente sobre os livros da estante, pois meu pai explicou que só poderia consertá-lo se tivesse madeira apropriada. Com a madeira de que ele dispunha, o avião cairia sempre — e talvez nem conseguisse sair do chão.

Bom, ficamos pedalando, de um lado para o outro, enquanto chegava gente. E chegava muita gente, era dia de festa. Meu pai fumava e conversava numa roda de amigos, inclusive o prefeito, que falava com grandes gestos, talvez já no ritmo do discurso que faria à chegada dos aviões. As saias das mulheres dançavam ao vento, às vezes nos brindando com uma nesga de coxa. Elas as seguravam, mas depois, gesticulando na conversa, eram apanhadas desprevenidas. Fingíamos não ver, mas víamos muito bem, estávamos prestando toda a atenção possível.

E ficamos pedalando, pedalando. E suando, e o sol batendo cada vez mais rudemente em nossos rostos. Quanto tempo já havia passado? Fui perguntar a meu pai se já não estava na hora de os aviões chegarem.

— Pelo que disseram, já deviam ter chegado. Mas é assim mesmo, às vezes algum imprevisto provoca atraso.

Voltei aos amigos, pedalamos mais, depois desistimos, estávamos com calor e sede. E o pior: não havia nenhuma sombra, tudo ali era matinho rasteiro. Os homens que tinham ido de paletó estavam agora em mangas de camisa. Algumas mulheres se protegiam com sombrinhas. E o vento foi amainando, amainando, logo não havia sequer uma brisa.

Segurando a bicicleta, juntei-me ao grupo de meu pai. De repente, erguendo o indicador, um homem disse:

— Acho que estou ouvindo.

— O quê?

— Motor de avião.

Todos olharam para cima, perscrutando as nuvens, os horizontes. Cheguei a me enganar com dois pontinhos distantes, que logo se revelaram urubus pairando muito alto.

— Também estou ouvindo — disse outro —, mas não é avião, é caminhão na estrada.

Apontou uma névoa longínqua de poeira.

Os homens se entreolharam, quem estava fumando puxou uma tragada, quem não estava procurou cigarro no bolso. Deu-me também vontade de fumar, mas eu só fumava escondido, roubando das carteiras de Astória de meu pai.

— Bem — falou o prefeito —, eles já estão atrasados duas horas, acho que não vêm mais.

— É, não vêm, não...

A concordância era geral. A decepção me bateu com força. Eu não veria os aviões pousando, depois de piruetas e vôos rasantes, como vira certa vez no cinema? Olhei para meu pai, que acendia outro cigarro. Não resisti:

— Se alguém fosse telefonar do correio...

Era onde havia um telefone, o único da cidade. Falava-se nele girando uma manivela. Ou melhor, não era fala: eram gritos. O funcionário exigia o máximo dos pulmões e das cordas vocais, acho que não devia ter mais forças para fazer nada depois de uma ligação. Mas, fosse como fosse, era um telefone, certamente se comunicava com a capital.

Meu pai sorriu:

— Do correio? Para os pilotos?

Uma resposta de duas perguntas. Mas ele acrescentou:

— Aquele telefone só serve mesmo para falar de uma agência do correio para outra.

O prefeito sacudiu o paletó, alisou-o, voltou a segurá-lo na curva do braço.

— É — disse —, parece que a inauguração está adiada, não se pode inaugurar aeroporto sem avião.

A palavra aeroporto ficou zumbindo em meus ouvidos. Achei-a elegante. Iria usá-la para impressionar os amigos, que certamente não a conheciam. E a usaria, sem dúvida, na primeira composição escolar que tivesse de escrever.

A volta foi melancólica. Pedalávamos sem ânimo, comendo a poeira dos carros. Olhei, já longe, para trás, na esperança de ver um avião baixar do céu. Mas nada, nada, nem mesmo um urubu.

Não me lembro do resto do dia, mas à noite sonhei com cintilantes aviões que voavam sobre a cidade e pousavam em fila, enquanto eu os acompanhava de bicicleta. Um sonho que se repetiu, com variantes (num deles eu era também piloto, via a cidade das alturas e dirigia o avião — manejando um guidom de bicicleta — por entre nuvens), inúmeras vezes.

E então viajei mesmo de avião. Não como piloto, mas com tudo o que podia sentir de emoção. Passara um tempo na capital, para onde fora em longa e poeirenta viagem de ônibus, e de lá voltava para fazer o exame de admissão no colégio em que acabaria estudando, por um ano e meio, como interno. E a viagem — para a cidade do colégio — foi num quadrimotor pequeno, de uma companhia chamada TAS. Assim, lá estava eu cortando as nuvens, vendo a paisagem de rios, morros, plantações e pequenas cidades, esquecido no colo um volume intitulado Os cavaleiros da távola redonda. Quando meu pai o comprara, no dia anterior, eu dissera que o leria durante o vôo. Meu pai sorrira:

— E vai perder a beleza da viagem? O livro você pode ler depois.

Meu pai estava certo, como sempre. E até hoje eu me lembro do que vi da janela do avião, como das aventuras do rei Artur e seus cavaleiros, que acompanhei nos dias seguintes.

Passaram-se meses.

Voltando para casa nas férias, peguei a bicicleta, subi a rua da Itália, atravessei a praça da Liberdade, segui o cascalho que levava ao Campo de Aviação. Eu havia usado e abusado de aeroporto, agora dizia de novo Campo de Aviação. Impressionara-me com o aeroporto da capital, com asfalto a perder de vista. Mas, se me impressionara com o aeroporto, continuava preferindo nosso Campo de Aviação. Não importa que não tivesse sido inaugurado oficialmente, com aviões. Nele corríamos de bicicleta, brincávamos, ele aparecia nos meus sonhos. Que a capital ficasse com seu belo aeroporto, eu ficava com o Campo de Aviação, que para mim possuía uma beleza superior, era um espaço de minha própria história e, quando eu estava distante, de uma saudade luminosa.

Então, peguei a bicicleta e lá me fui. Logo estava na pista, dando o máximo das pernas numa competição com o vento. Mas não *por muito tempo, outro ciclista se aproximava. Era um dos primos, que eu ainda não vira em meu retorno. Nos saudamos com gestos e sorrisos. E logo estávamos disputando uma corrida, que ele ganhou por muito pouco. Enquanto recuperávamos o fôlego, comentei:*

— Todo mundo pensa que este Campo de Aviação não foi inaugurado, mas nós já o inauguramos há muito tempo, com nossas corridas, hem? Desde que...

— Mas ele foi inaugurado — cortou meu primo.

— Pois é, nós...

Ele abanou a cabeça, parando a bicicleta:

— Não, não, ele foi inaugurado de verdade.

— De verdade? — eu também descera da bicicleta. — Quer dizer... Com aviões pousando aqui?

— É, chegaram três aviões, ficaram uns dois dias. Os pilotos trouxeram espingardas para caçar. Seu pai foi com eles.

Meu pai... E por que ninguém me havia dito nada? Não podia acreditar: eu naquele internato estúpido, tentando inutilmente decorar declinações latinas, e os belos aviões revoando sobre a cidade, pousando no meu Campo de Aviação... Como não haviam me avisado? Como tinham se esquecido de mim? Como puderam?! Meu pai deveria ter dito que sem mim não haveria inauguração alguma, seria impossível!

Deixei meu primo, pedalei para casa. Meu pai lia na sala, perguntei-lhe sobre a inauguração.

— Foi umas duas semanas depois de você ir para o internato — respondeu-me ele.

Ia pedir que me descrevesse a chegada dos aviões, tudo que acontecera no Campo de Aviação, na cidade, mas felizmente não perguntei nada: a inauguração já vivia em mim, nos meus sonhos, nenhuma descrição poderia ser melhor.

Nos meus sonhos... Porém, a partir daquele dia, nunca mais sonhei com aviões inaugurando o Campo de Aviação. Daquele tempo até hoje viajei de avião para muitos lugares, até para fora do país, do continente, mas nunca mais sonhei com aviões. Os sonhos continuam na memória, mas isso é outra coisa. Lembro deles, sim, como me lembro da bicicleta, dos cachorros da casa, de meu pai, de minha mãe, de minha avó, de meus irmãos, de muitas outras pessoas, dos companheiros de aventuras na cidade antiga.

Como me lembro daquele dia em que soube que o Campo de Aviação havia sido inaugurado sem mim. Especialmente daquele dia, quando a minha infância acabou.

Poções, terra mágica da minha infância, que eu estava abandonando...

O último poema que publiquei sobre Poções, em meu livro mais recente, *A invenção da poesia & outros poemas*, incluo abaixo.

DA FOTO DA IGREJA E DE OUTROS MUNDOS

À cidade de Poções
na eternidade

Está como sempre a vi
desde que à cidade cheguei,
aos três anos de idade.
Eterna, portanto, para mim
a pequena igreja,
que não era pequena e era a única,
só depois construíram a maior,
a Matriz.
Felizmente longe,
não fazendo nenhuma sombra
à primeira. Na qual, infelizmente,
com o tempo,
substituíram-lhe a brancura
por um marrom pecaminoso,
parece até que alteraram um tanto
a sua doce construção,

como vi numa foto que me enviaram,
mas não recordo bem os tristes detalhes,
minha memória costuma se defender.
Como ela está hoje, diante da praça, não sei.
Seja como for, só o que vejo é sua
eternidade original,
a que conheci quando cheguei à cidade
e que está na ampla fotografia
da parede de minha sala.
É a igreja como era
e como sempre será.
Em sua frente a cruz,
junto à qual certa vez me embolei
aos empurrões, tapas e socos,
com um menino de minha idade.
Eram tempos também de certas refregas...
(Ali onde também vi,
certo dia,
ao voltar da escola,
o caixãozinho branco
com a menininha branca,
toda vestida de branco,
para angélica entrada
no Céu,
como já contei em outros versos.)

Sim, lá está ela,
a igreja.
Fito-a da minha poltrona.
Na rua dos fundos, naquela casa
de muitas janelas, morava
o poeta Affonso Manta.
À esquerda do templo um muro branco,
certamente do bangalô em que viveram
meus tios Itamar e Núbia,
ele ainda bem antes de liberar seu forte lirismo
de pintor.

Não está à vista na foto, mas à esquerda
de quem olha a igreja
há um jardim. Com um coreto no qual
se apresentavam palhaços, mágicos e músicos

em épocas festivas,
como Carnaval e São João,
especialmente nas comemorações do
Divino Espírito Santo,
padroeiro da terra,
quando aconteciam missas e danças,
com fogos de artifícios
e a famosa chegada do alto tronco de árvore
em que tremularia a bandeira do Divino.

Depois da praça, uma rua.
Em seguida, uma ladeira,
que era a Rua da Itália onde moramos
na casa velha e na outra que a família construiu,
segundo desenhos e cálculos de meu pai,
em meados dos anos 50,
quando eu já chegava à adolescência.
No fundo das duas casas,
o quintal do tamarindeiro
que, nas ventanias,
parecia voar
como pássaro de grandes asas
e penas infinitas.
Continuando a ladeira, a praça
das longas e belas casuarinas,
muito antes do assassinato de todas,
ou quase todas, pela prefeitura.
Praça
que certa vez ouvi ser chamada de
da República,
mas que desde sempre eu já conhecia
como
da Liberdade.
Que é o seu nome em mim
para sempre.

Da igreja partia a cidade, que era o meu mundo
cheio de mundos.
Uns de aventuras
nos matos, no desafio
de cercas e muros,
no enfrentamento de espíritos noturnos,

sobretudo os uivantes
lobisomens.
E outros mundos iluminados
de princesinhas lindas, lindas, lindas,
que entoavam suas cantigas de roda
comovendo até neste instante
meu coração.

A foto captou a eternidade da igreja,
límpida eternidade que descobri
e cultuei
em meus primeiros anos,
como ainda hoje.
Também em mim a eternidade
de outros mundos,
como a da praça ao lado da igreja,
a da ladeira,
a das casas,
a da Praça da Liberdade
com as casuarinas que conversavam
ao vento,
a das princesinhas luminosas
na roda de suas cantigas
ladrilhando ruas com pedrinhas de brilhantes
para eu ver
para eu ver
meu bem passar.

Olho a fotografia como se abrisse
uma janela vasta
e profunda.
Nela está a igreja e a eternidade
do que ficou em mim
e me faz ter vontade
de chorar.

Mas lágrimas felizes
por todos os mundos
eternos
da infância.

16
CHUVA E BATALHA

A presença de Poções sempre foi forte em minha poesia, aparecendo em todos os livros. Já apresentei amostras dela em versos e no conto, mas surge também, fortemente, na novela juvenil *O rei Artur vai à guerra*. Em certa época, por exemplo, choveu muito, dias e noites, e a cidade começou a se preocupar com a segurança do açude. Se não resistisse, ao menos a parte baixa da cidade ficaria alagada. O que — vejam o que é a infância — me fez desejar que não resistisse, porque assim poderíamos mergulhar nas águas, como se fosse um pedaço do mar. Na novela há um capítulo sobre um alarme — a sirene do Cine Glória, bem em frente à nossa casa — que levou o povo a correr para liberar documentos e produtos de vendas das lojas. Mas prefiro aqui colocar um poema que escrevi muito tempo depois da novela. Deu título ao livro em que foi publicado.

MEMÓRIA DA CHUVA

Talvez o Espírito de Deus pairasse
sobre a face das águas,
mas só o que ele,
o menino insone,
viu
foi o escuro e as gotas que caíam
num murmúrio.
Foi só
o que viu
e ouviu,
além da sirene do Cine Glória

em seu alarme
e a avó falando baixinho à Virgem Santíssima,
e os lobisomens no vento,
e na imaginação o açude
solto nas ruas,
na praça,
subindo até tanger o sino da igreja
do Divino.

Talvez o Espírito de Deus pairasse
sobre as nuvens,
mas não estava lá quando veio a manhã
e as nuvens se esgarçaram
e o azul foi alagando
o céu,
e o açude respirava
serenamente
entre as margens pantanosas e a muralha de pedra.

E todos
estavam felizes.
Todos.
Menos um:
aquele,
o menino insone,
que perdera seu reino submerso.

Coisa de um ou dois anos atrás houve novo tempo de preocupações com o açude, pois caiu na região uma chuva longa e pesada. Circularam matérias preocupantes em jornais e TVs, mas o açude resistiu bravamente mais uma vez. Já em Jequié, não. Ali já acontecera um alagamento da cidade, provocado pelo Rio de Contas, mas décadas antes. Pude ver ruas e praças tomadas pelas águas em fotografias. E da última vez, ao tempo em que resistia o açude de Poções, houve alagamento sério na parte mais próxima ao rio. Muitos moradores ribeirinhos tiveram suas casas invadidas e fugiram às pressas. Só que, dessa vez, a culpa não foi do rio. Sim, a água vinha do Rio de Contas, mas era água liberada, em grande quantidade, pela Barragem de Pedra do Cavalo, a mesma que transformara o belo rio em uma infeliz espécie de água semimorta. Em minha memória é que ele continua bonito, sereno e com vastos trechos de areias brancas...

Novamente Poções. Meninos, vivíamos em sonhos, tempos de paz; mas também, como foi dito, em batalhas. Meu personagem guardava, prudentemente, sua identidade secreta de Rei Artur, cuja história conhecia e admirava. Tais batalhas eram comentadas por toda a cidade. E, às vezes, em encontros eventuais, tínhamos que partir para os socos e pontapés. Vejam, por exemplo, este episódio de *O rei Artur vai à guerra*:

O ATAQUE AO DRAGÃO VERMELHO

Encontraram-se na hora marcada.

— São as armas secretas? — perguntou Vaca Brava, apontando o embrulho de papel pardo que Alberto trazia sob o braço.

— Acertou.

Pôs o embrulho no chão e abriu-o lentamente, fazendo suspense.

— Onde achou isso? — perguntou Pirulito, o primeiro a se refazer do espanto.

— Sobrou do São João — respondeu Alberto. — Meu pai tinha guardado em cima do armário do quarto. Uma dúzia de foguetes de três tiros "de canhão"!

O entusiasmo era geral. Sem dúvida, armas de primeira categoria. Agora teriam mesmo possibilidade de vencer. Além do elemento surpresa, os tiros "de canhão"!

— Com isso aí, e mais a cara de Pavoroso — gozou Bocais —, a gente ganha fácil.

— A cara da mãe — reagiu Pavoroso.

— Vamos acabar com isso — falou Alberto. — A coisa é séria.

O portão rangeu: era Dadinho.

— E então?

— Tá todo mundo lá jogando bola.

— Norato também?

— Também.

Alberto sorriu sinistramente: tudo caminhava com perfeição para a vingança. Começou a distribuir as armas secretas. Eram doze, e ele, sendo o chefe, ficaria com duas. Euclides também teria duas, pois lhe fora dada a honra de ser o primeiro a atirar.

— Pois é, Euclides — explicara Alberto —, quando todos nós estivermos em posição de ataque, eu dou um assovio, você avança e larga uma foguetada bem no meio deles. Então, antes que se recuperem do susto, a gente ataca em massa. Não vão nem poder se defender.

Vaca Brava examinou o foguete que lhe coubera:

— É, pode até dar certo...

— Claro que vai dar — garantiu Alberto. — O que poderia sair errado num plano perfeito como este?

— É...

— Só acho que você esqueceu uma coisa — falou Pirulito.

— O quê?

— Como é que vamos acender os foguetes?

Alberto fitou os companheiros com espanto:

— Ué! Vocês não têm fósforos?!

— Eu tenho! — disseram, a um só tempo, Teco e Bocais.

Os outros não tinham.

— Droga! Esperem aqui que eu já volto.

Alberto foi e voltou correndo, na mão um pacote de caixas de fósforo ainda lacrado. A mãe certamente suspeitaria dele, mas não poderia provar coisa alguma. Além do mais, tratava-se de emergência em tempo de guerra. Distribuiu as caixas e, erguendo um foguete como se fosse uma espada, comandou:

— Avante! Vamos esmagar os inimigos!

— Vamos! — bradaram os outros.

— Mas em silêncio — recomendou Alberto.

* * *

E assim, em silêncio, saíram pelo portão e foram, em fila indiana, pelo caminho de areia branca. Armas secretas, bodoques, capangas e bolsos cheios de balas de barro. Perto do Prédio Escolar, protegidos pelos barrancos e arbustos, avançaram em semicírculo, como fora planejado. Ouviam os gritos, risadas e palavrões dos jogadores e viam a bola de couro que, às vezes, se elevava acima do muro.

Todos em suas posições. Alberto assoviou, e Euclides, avançando, acendeu o foguete, fazendo pontaria.

— Pra onde ele está apontando? — perguntou, perplexo, Pirulito, que estava ao lado de Alberto. Este não soube o que responder, tão perplexo quanto o outro. Porque Euclides apontava para qualquer lugar acima do teto do Prédio. E quando o tiro saiu, não se ouviu estrondo algum — mas um fiiiiiiiiiuuuuu desafinado. Era um foguete de assovio.

— O desgraçado nem checou a munição! — rosnou Alberto.

Começavam da pior maneira, alertando o inimigo, mas o jeito era ir em frente — e Alberto fez sinal para que os outros avançassem e soltassem seus foguetes. O problema é que a distância havia sido mal calculada, eles não estavam tão próximos como seria preciso para não dar tempo de revide — e, antes que o ataque fosse realmente desencadeado, os inimigos já haviam tomado consciência da situação e se preparavam para a defesa. Foram tão rápidos na reação que apenas Alberto e Vaca Brava puderam soltar seus foguetes — que explodiram sem maiores consequências —, pois logo começou a chover pedras, e os que iam atacar tiveram que se defender.

— São muitos! — exclamou Olegário, desviando-se de um pedaço de tijolo.

Eram uns vinte, talvez trinta. E havia Norato, que fazia seu bodoque trabalhar com a eficiência costumeira. De um instante para outro, os atacantes estavam recuando, e os que deveriam ser apanhados de surpresa, sem chance de defesa, atacavam gritando ferozmente e atirando projéteis dignos de catapultas. Rangendo os dentes de raiva, Alberto mirou a figura de Norato e disparou. Errou por pouco — mas Norato não: das duas balas que enviou em resposta, uma atingiu o ombro do adversário. E outras logo viriam, provavelmente mais certeiras, se Alberto não saltasse do barranco e entrasse na debandada geral dos seus companheiros.

Sob gritos, xingamentos, pedras e balas certeiras, os ex-atacantes se dispersaram a galope, embrenhando-se no capinzal, ferindo-se em arame farpado, rompendo moitas de unha-de-gato e cansanção. Se a perseguição foi ruim, pior foi quando os perseguidores pararam e, de cima dos barrancos, ficaram debochando, vaiando e pondo em dúvida, em altos brados, a coragem e a virilidade dos fugitivos.

Alberto tremia de ódio impotente. Ao contrário dos outros, não tomou o rumo de casa. Ficou vagando pelo mato, com uma vontade imensa de ir para longe, desaparecer, sumir para nunca mais.

— Se não fosse a burrice de Euclides...

Não, não adiantava pôr a culpa nos outros. Certo que Euclides fizera a estupidez de apontar para o céu, como se estivesse festejando o São João, mas, por outro lado, o foguete era de assovio. Claro que, se tivesse checado a arma... Mas ele, Alberto, tivera muito mais tempo para examinar os foguetes e não percebera o de assovio entre os de tiros "de canhão". Enfim, fosse como fosse, mesmo que o plano tivesse funcionado, provavelmente não teriam mesmo chance contra tantos inimigos.

Levou a mão ao ombro dolorido. Mais uma vez fora atingido sem conseguir atingir o outro. Nova derrota — e das mais vergonhosas. Onde estava Artur, o que aniquilara os atacantes do rei Leodegrão? Não era aquele ali, de forma alguma. Mas Artur também tivera seus momentos de derrota — como quando só escapara de ser morto pelo rei Pellinore por interferência de Merlim. E fazia pouco tempo que Alberto lera as aventuras e a morte do destemido corsário Raul Yvard, igualmente vencido numa batalha. O que incomodava, na verdade, não era a derrota — era a fuga. A derrota é normal numa disputa, alguém vence e alguém perde, dificilmente há empate. Mas fugir — e fugir daquela maneira — era...

Qualquer coisa em Alberto se rompeu, antes que ele pronunciasse a palavra: covardia.

Então, sentando-se no chão, chorou amargamente.

Uma derrota, mas, enfim, vida de guerreiro é isso mesmo.

Muitos anos depois, em uma de minhas voltas a Poções, vi um dos meus antigos "inimigos". Ele não me reconheceu, ou fez que não. Fingi não reconhecê-lo, mas observei que, ao contrário de mim, ele não havia estudado, estava condenado a duros trabalhos pela sobrevivência. Há pouco tinha sido um garoto bom de bola e bodoque, mas agora era o exemplo realizado do que a vida faz com os mais pobres. Antes éramos apenas dois meninos daquela cidade, participantes do mesmo tempo de infância, mas agora... Senti-me incomodado. O que poderia fazer? Nada. O que estava feito estava feito. Dei-lhe as costas e parti. Mas não o esqueci jamais. Ele, de cujo nome nem me recordo, sempre estará comigo. Tristemente.

17 UM CAPÍTULO

Vejamos, agora, dois dos meus quatro romances, *Um rio corre na Lua* e *De paixões e de vampiros: uma história do tempo da Era* (este, em sua primeira edição, apareceu com o título de *Últimos tempos heroicos em Manacá da Serra*. Houve a troca na tiragem da segunda edição porque meu irmão, Gey, que gostava muito da história, elogiou-a e, mais uma vez, criticou o título, dizendo que eu deveria procurar outro, e foi o que fiz).

A novela, de que já falei, e o primeiro romance aqui citado são em atmosfera total de Poções. O segundo é bem Jequié, ambas as cidades com nomes alterados. *Um rio...* é mais mágico, lírico, como era a atmosfera da minha infância. E quase sempre bem-humorado. Os capítulos são geralmente entrelaçados, mas escolho um que conta uma história do princípio ao fim. Vamos lê-lo.

A ENCOMENDA

Era exatamente em limpeza de alma que Octacílio pensava, embora de forma um tanto confusa, pois confusos haviam sido os últimos dias, que acabaram dando naquela viagem.

Estava na padaria, que também funcionava como bar, fazendo horário.

Prometera voltar, no máximo, às onze, levando a encomenda.

Bebia uma cerveja, conversava com o rapaz, balconista e também garçom.

— Não costumo beber tão cedo, mas preciso de alguma coisa para passar o tempo.

Pensara, antes, em andar um pouco pelas ruas, mas desistira da ideia. Não por causa do lamaçal que havia por toda parte: faltava-lhe disposição. Perdera o hábito de caminhar pelo prazer de caminhar. O que, na verdade, precisava voltar a fazer, estava em péssima forma, o menor esforço o punha ofegante. Não deveria ter descuidado tanto do corpo, mas assim é a vida, a gente acaba esquecendo disto e daquilo, em meio à barafunda cotidiana, até das coisas mais importantes.

Mesmo ele, que se orgulhava de não se esquecer de nada.

Ao rapaz:

— Que idade você tem?

— Dezoito anos.

Octacílio abanou a cabeça, sorriu:

— Outro dia era uma criança...

Bebeu, limpou os lábios com as costas da mão, fisgou um cigarro no bolso da camisa.

— Tem fósforo?

— O senhor só quer acender o cigarro ou comprar uma caixa?

— Bem — Octacílio sorriu de novo —, as duas coisas.

O rapaz voltou rápido com a caixa de fósforos.

O primeiro palito se partiu sem acender.

— Está tudo se acabando — murmurou o homem, conseguindo chama no segundo palito —, antigamente as coisas eram bem feitas, um palito de fósforo era um palito de fósforo, a gente podia riscar sem medo, não quebrava, era madeira boa, nem negava fogo, agora é esta porcaria que não aguenta nada.

— É — concordou o rapaz.

E foi atender a menina que chegava ao balcão.

Octacílio acompanhou a embalagem de seis pães cacetinho, o pagamento, o troco, a saída da menina — trouxinha de roupa suja e gasta sobre perninhas finas e ágeis.

Perguntou:

— Tem algum tira-gosto?

— Algum...?

— Alguma coisa para acompanhar a bebida.

— Ah... Só tem de ontem, ainda não chegou nada hoje.

— Salsicha em lata? Sardinha?

— Isso tem.

— Abra uma lata de sardinhas. E traga dois pães cacetinho.

Bebeu, fumou, começou a comer pedaços de pão com sardinha.

Entravam pessoas, compravam pão, bolachas, leite, café.

Tumulto que se desfez em alguns instantes, logo o homem e o rapaz estavam de novo sozinhos.

— Você é daqui mesmo?

O rapaz fez sinal afirmativo com a cabeça.

— Talvez eu conheça a sua família, a cidade é pequena... Como é o nome de seu pai?

— Possidônio.

— O mestre-de-obras?

— Ele mesmo.

— Já fez um trabalho pra mim, tempos atrás. Bom construtor... Reparando bem, você se parece com ele.

A cerveja acabara.

O homem pediu outra com um gesto.

A garrafa veio recoberta de fina camada de gelo, tipo véu-de-noiva.

Poderia empedrar, mas não, fluiu bem da garrafa inclinada pelo rapaz.

— Você bebe?

— Não.

— Nunca bebeu?

— Uma vez, numa festa... Passei mal.

— Acontece, no começo.

— Passei muito mal, não vou beber mais nunca.

— Também já fiz essa promessa...

Mais fregueses.

Uma senhora gorda comprou pão, leite, café.

Um velhote pediu três cigarros, pagou com moedas cuidadosamente contadas.

Um garoto saiu com dois pirulitos, um já sendo chupado.

Foi quando o homem notou, na parte inferior do balcão, além do vidro, bem no canto, dois ovos.

Ovos duros, sem dúvida.

Cozidos.

Há quanto tempo estariam ali?

A memória o levou para longe: muito novo, trabalhador braçal, na picareta ou carregando tijolos, muitas vezes enfrentara o dia todo de labuta apenas com dois ovos duros comidos de manhã cedo.

Dois ovos duros e uma cachaça por cima, para dar mais sustância. Só agüentara por ser moço e forte, mas alguns companheiros se deram mal, pegando várias doenças, inclusive tuberculose.

Sentiu impulso de pedir aqueles dois ovos e comê-los, em homenagem ao que conseguira sobreviver, mas os ovos estavam ali desde o dia anterior, no mínimo, ou talvez ainda há mais tempo, eram velhos. E ele também já estava velho demais para engolir dois ovos duros e emborcar uma cachaça por cima...

Sorte ainda poder tomar uma cervejinha acompanhada de um enlatado com pão.

Fregueses se movimentavam.

Octacílio olhou o relógio: dez e quinze.

Ainda tinha tempo, prometera voltar às onze.

Esvaziou o copo, repôs cerveja até a borda, bebeu um golinho para evitar que derramasse.

O cigarro quase lhe queimava os dedos, atirou-o na rua.

O dia ia esquentando.

Ali, nessa época do ano, era sempre quente.

Mesmo assim, às vezes esfriava bem à noite.

Coisas do sertão.

Bebeu a cerveja em goladas, ficou só o suficiente para mais um copo, que ele se serviu. Fisgou outro cigarro, acendeu-o, puxou uma tragada. E tossiu, tossiu, aquela tosse carregada que dizem ser de fumante. Tossiu repetidamente, sentindo o rosto esquentar, os olhos se encherem de água.

Manteve-se de cabeça baixa, evitando confrontar os fregueses e o rapaz, que certamente o estavam observando.

Mas logo passou a crise, ele respirou fundo, pausadamente, ergueu a cabeça: só havia o rapaz empacotando compras para um barrigudo de bermudas e camisa sem mangas.

Levou quase dez minutos para beber o último copo, o cigarro foi lançado à rua ainda pela metade.

Fitou novamente os ovos duros.

Não, eles não.

Ovos duros, nunca mais.

Agora, uma cachacinha...

Bebeu o último dedo de cerveja, ergueu-se, aproximou-se do balcão, perguntou onde ficava o sanitário. Que, para sua surpresa, revelou-se limpo, com espelho, no qual, enquanto lavava as mãos, depois de aliviar a bexiga, examinou-se.

Para a sua idade, e a dureza vivida, até que estava bem conservado. Não perdera quase nenhum cabelo, que só embranquecera nas têmporas. Havia algum cansaço nos olhos, mas era natural, os dois últimos dias haviam sido bastante agitados.

Lavou também o rosto, enxugando-se com um lenço tirado de um bolso traseiro das calças.

Ao chegar ao balcão, a vontade já se afirmara.

— Bote uma cachaça.

— Tem preferência?

— Não... Me dê a melhor que tiver.

O rapaz pôs um copo no balcão, pegou a garrafa, serviu a dose.

Octacílio nem olhou o rótulo, bebeu tudo num gesto seco.

Desceu o queimor, logo substituído por uma sensação de conforto, uma carícia cálida se espraiando.

— Quanto lhe devo?

O rapaz rabiscou números, mostrou-os, o homem lhe estendeu duas notas:

— O troco é seu.

O rapaz murmurou um "obrigado" tímido.

Octacílio consultou o relógio: era mesmo tempo de se mover, se quisesse chegar no horário.

Cinco minutos depois entrava no açougue, pedindo a encomenda feita pela mulher:

— Dois quilos de filé especial.

O açougueiro foi buscar a carne.

Octacílio começou a sofrer algo que sempre detestara: cheiro de açougue.

Dava-lhe náuseas aquele odor pesado de carne, sangue, vida trucidada...

Esperava que o sujeito não demorasse.

Olhou os dois cachorros parados à porta, fascinados pelo cheiro que ele odiava.

Se, noutra encarnação, tivesse sido cachorro, com certeza não seria daqueles de porta de açougue.

Claro que, sendo carnívoro, comeria carne, mas cozida, temperada etc.

O açougueiro cortou, pesou, envolveu a carne em plástico transparente, enfiou tudo noutro saco também de plástico.

Preço, pagamento, troco, agradecimento mútuo.

O açougueiro acompanhou o cliente até a porta, espantando os cachorros com uma vassoura.

— Esses bichos ficam aqui chateando o dia todo!

— Estão com fome...

— É, mas se eu der comida a eles, aí é que não vão mais embora.

— É verdade.

Outra consulta ao relógio.

Um bom relógio, pensou Octacílio, custara só sete pratas no camelô, mas trabalhava direitinho.

E agora lhe dizia que estava no tempo certo — o suficiente para subir a ladeira, cruzar a praça, andar até a metade da rua da esquerda.

Estaria lá às onze em ponto.

E ele subiu a ladeira, indiferente à lama e às poças d´água, cruzou a praça, andou até a metade da rua da esquerda e bateu na porta de um amarelo desbotado.

Uma mulatinha peituda abriu.

Octacílio foi entrando, passou pelos peitos, roçando-os com o braço esquerdo, avançou, de cabeça baixa, olhando o piso de lajotas desgastadas, percebendo presenças fortes no silêncio, depois cadeiras arrastadas, passos, murmúrios e, em crescendo, a lavanda que a mulher sempre exalava, posta nas axilas, no pescoço e nas têmporas, pela manhã e à noite, e assim, de cabeça baixa, depositou os dois quilos de filé especial na mesa da cozinha, que, reparou, não mudara em nada desde que ele ali tomara o café da manhã, com fruta-pão e manteiga, logo antes de sair para comprar os dois quilos de filé especial, quinze anos atrás.

18
ESCRITA DE UM ROMANCE

Um rio corre na Lua foi o mais rapidamente escrito, e sempre, ou quase sempre, me causando espantos. Os outros romances foram mais lentos e trabalhosos, um especialmente, *O príncipe das nuvens*. Já *Um rio corre na Lua*, na verdade, não veio de intenção romanesca. Aconteceu que, certa manhã, escrevi, sem haver pensado antes em nada, um continho de umas quatro páginas. Achei que era engraçadinho e o dediquei aos meus filhos. (No romance, saiu com a mesma dedicatória: "Para Matilde e Mario, meus filhos, aos quais há muito não contava uma história.") Na hora do almoço, mostrei-o a eles, que também acharam engraçado. Fiquei contente, pois há muito não escrevia um conto.

Almoçamos e, uma meia hora depois, voltei ao computador com a impressão de que faltava alguma coisa no conto. Não sabia o que era, mas havia algo pedindo caminho. Reli o continho, e logo começaram a jorrar outros casos. Ao final, lá já estavam umas quinze laudas impressas. Comuniquei aos filhos que estava continuando a escrever e, quando chegasse ao fim, manteria as dedicatórias. Eles leram as novas páginas e continuaram gostando, agora em curiosidade maior. O que viria depois?

Sim, o que viria depois? Ou não viria mais nada? Naquele dia, já não escrevi. No dia seguinte, peguei o carro e fui para a casa de minha mulher, Maria da Paixão, na Barra, em Salvador. Lá chegando, falei a ela rapidamente do texto e, depois, fui caminhar junto à praia, como costumava fazer. E eis que, lá para o meio da caminhada, outros enredos chegando... Assim, voltei ao apartamento, peguei um banho e lá me fui para o computador. Após um tempo, Maria da Paixão, me escutando rir, perguntou se eu estava rindo de coisas que inventava. Respondi que não estava inventando nada, que estava rindo porque não esperava que a história fosse assim.

Maria da Paixão entrou mesmo em minha vida em 1995. Certa vez, fiz-lhe uma homenagem que transcrevo a seguir.

SONETO DA NEGRA

a Maria da Paixão

A cor da suavidade é que a modula.
Nela se abisma a luz e se revela
incapaz de alterar nada daquela
penumbra que a atrai, absorve, anula.

Nessa paisagem que coleia, ondula
como um rio, ou o mar (e é dela e ela),
um vento violento me desvela
um animal que me trucida e ulula.

O tom da suavidade não se altera,
eleva um canto cálido e me diz
que são garras de amor, e é bela a fera.

E assim, em carne rubra e cicatriz,
entrego à cor profunda que me espera
estes despojos em que sou feliz.

C'est la vie... Naquele tempo, eu ainda trabalhava, dando aulas de literatura brasileira no Instituto de Letras da Universidade Federal da Bahia. Assim, na aula seguinte, comentei com alguns alunos que estava escrevendo coisas que me deixavam espantado. Logo, a conversa transbordou, e todos os alunos queriam saber do que eu falava. E eu contei: estava escrevendo coisas que nunca planejara escrever. Elas simplesmente vinham, vinham, e eu me sentia obrigado a obedecer, tinha que abrir o computador. Aí, queriam saber detalhes. Falei que aquilo era tudo. Eu não sabia explicar mais nem a mim mesmo.

Bom, talvez pudesse explicar alguma coisa, porque já escrevera assim, sem qualquer intenção propriamente dita, mas geralmente poesia. Os 44 poemas do livro *A cidade e os sonhos*, por exemplo, foram escritos em cerca de 30 dias. Sim, às vezes, as musas me visitavam... Ah, caí na besteira de falar em musas. Alguns sorriram, outros riram, mais alguns debocharam. Fui obrigado a voltar à Grécia antiga para falar-lhes das musas. Elas existem, sim. Todo artista sabe disso e, por isso, falam em inspiração, reconhecida até por Platão, que os queria, isto é, os artistas, fora (porque os artistas eram "inspirados", não "responsáveis", pelo que faziam), fora, sim, fora, porque eram "irresponsáveis" da sua famosa República, que era coisa séria, de total responsabilidade. Mas Platão tinha também feito seus poemas... Nesses casos, como não poderia deixar de ser, até com certa "irresponsabilidade"..., como vemos na *Antologia palatina*:

Envio-te a maçã com estas palavras:
Recebe-a, se concordas em amar-me,
e dá-me em troca a tua virgindade.
Mas se és contrária ao meu desejo,
toma-a da mesma forma:
e nota como é efêmera a beleza.

Pois é, Platão, inteiramente responsável em sua "irresponsabilidade", não brincava em serviço. E ao longo dos séculos, muitos poetas falaram dessa mesma maneira encantatória. Não foi somente na filosofia que ele tanto influenciou... Mas certamente outros "irresponsáveis" o haviam influenciado também...

Bem, completei para os estudantes: quando faltam as musas, falta inspiração. Assim, se um artista não está inspirado, não está bem com as musas. Se está, é porque vai recebendo a atenção e os favores das musas. Porque é amado por elas...

Continuaram a se divertir, ao menos em parte, pois, nas aulas seguintes, a primeira coisa que me perguntavam era como estavam se comportando as musas. E eu tinha que lhes contar como estava indo a escrita, que, na verdade, ia a galope. Tal situação durou uns dois meses, já tendo chamado a atenção de outros estudantes, quando comuniquei que achava que a história estava terminando, fim que pensei adiantar a eles. Mas não, nunca se deve quebrar o mistério do final, mesmo que não seja exatamente misterioso... E passaram a me perguntar quando o publicaria. Respondi que não sabia. Publicar livro não era brincadeira. Às vezes demorava muito, até anos, para se achar editor, quando se achava.

Passei dois meses escrevendo e mais dois fazendo revisão, corrigindo uma coisa aqui e outra ali, como sempre acontece. E depois, relendo todo o texto, que já considerava pronto até no título (os estudantes gostaram muito dele, quando o revelei), tive vontade de relatar a façanha ao crítico, ensaísta e editor André Seffrin, grande amigo, e fiquei espantado com a resposta imediata: que enviasse a obra logo a ele, que estava organizando as publicações da Editora Leitura, de Minas Gerais, e garantia a edição para dentro de dois meses. Fenômeno: dois meses escrevendo, dois meses revisando, e a edição em apenas mais dois meses! Nunca me ocorrera coisa igual. E foi mesmo o que aconteceu.

E depois? O livro, com capa bem bonita, teve um ótimo lançamento e parecia ir direitinho, vendendo em bom ritmo. Eu não pensava em direitos autorais, pois já havia recebido R$ 5 mil de adiantamento, o que foi exigido por André, mas esperava que, com as vendas, viessem mais alguns trocados. E o tempo ia passando, passando... Até que, um dia, André, indignado, falou-me que o dono da editora a havia vendido, fora embora para Israel e os livros ele nem sabia onde tinham ido parar. Mais adiante, apurei que os meus estavam em sebos e até comprei alguns. Pobre romance, que tanto prometia...

Assim é a vida do artista: nunca sabe o que vai acontecer, nem do bom, nem do ruim. A edição tinha sido feita em 2007. Naquele ano, aliás, aconteceu algo ainda mais importante: minha amiga, a Dra. Aída Maria C. de Lima, implantodontista, prestou-me um socorro admirável e, depois, dediquei-lhe, em agradecimento pelo novo sorriso, o "Soneto da última dentição", em *Sob o céu de Samarcanda.*

SONETO DA ÚLTIMA DENTIÇÃO

A Aída Maria Custódio de Lima,
professora doutora em ciências da saúde,
implantes e reabilitação oral.

Dentaduras duplas!
Inda não sou bem velho
para merecer-vos...

Carlos Drummond de Andrade: "Dentaduras duplas."

Eu estaria a merecê-las, sim,
desde já, se não fosse a ideia um dia,
de socorrer-me de Aída Maria,
virtuose odontológica. E assim,

cultivando um valor maior em mim,
incitei-me a vencer a agonia
que há muito me assombrava, já doía
na infância (e parecia não ter fim!)

sob a broca a pedal, o boticão!!!
Então fui procurar Aída Maria,

e pus a minha boca em sua mão

de fada... E hoje sorrio em luz e mel,
mastigando com tanta galhardia
que é de até humilhar Pantagruel!

E depois? Bem, escrevi outras coisas, publiquei poesia e mais dois romances, até que, em 2022, com aceitação da editora Cristiane Mateus, que já havia aprovado a edição de *O rei Artur vai à guerra*, *Um rio corre na Lua* saía em edição da Maralto, de Curitiba. Enfim, dois meses escrevendo, dois meses revisando, dois meses até a primeira edição e, agora, também em bela edição, mais uma vez solto no mundo...

(Faço aqui um ligeiro intervalo para voltar às musas. Aconteceu que uma estudante, dias depois daquelas conversas, me procurou para dizer que uma professora falara que a inspiração não existia, era conversa fiada, pura invenção...

— Disse isso mesmo — perguntei —, que ela não acredita em inspiração?

Resposta: sim.

— Compreendo — falei. — Sei por que ela disse que a inspiração não existe.

— Por quê? — perguntou a moça.

E eu, piedosamente:

— É porque ela não tem...

E rimos juntos.)

19
AVENTURAS EM JEQUIÉ

De paixões... também tem seus lirismos e seus bons humores (já conheceram, por exemplo, a figura de Jipe), mas se passa em outro tempo e com personagens bem diversos e críticas ao mundo político. Leiamos esta opinião:

> *Com sua "história do tempo da era" (*De paixões e de vampiros*), Ruy Espinheira Filho acrescenta uma pequena obra-prima à linhagem da Vila dos Confins. (...) É uma sátira, sem dúvida, mas sátira, estamos vendo, que pouco difere da realidade real, como diria Eça de Queiroz, mestre da ironia, família em que Ruy Espinheira Filho agora assegura o seu lugar.*
>
> Wilson Martins
>
> Jornal do Brasil (05/07/2008)

Wilson Martins falava em sátira devido a uma parte do que contava o personagem-narrador acerca da campanha política para presidente da República no ano de 1960, última eleição antes do golpe militar de 1964. Os candidatos eram tratados por apelidos, alguns de fácil identificação, como o Rouba mas Faz (Ademar de Barros), o Homem da Vassoura (Jânio Quadros), além do General, que se chamava Lott e que, com esta patente, ainda não havia sido promovido a marechal ou o personagem-narrador não sabia da promoção. Campanha de cidade do interior, com as intrigas locais e os problemas de cada candidato, alguns provocando gargalhadas. Com todos os defeitos e todas as limitações que possa ter tido aquele tempo, que era bem melhor do que os horrores que a ditadura viria nos impor, por mais de vinte anos, com perseguições estúpidas, as mais hediondas torturas e os infames assassinatos (como também aconteceu na Argentina e no Chile, que, felizmente, quando desfeitos tais governos, saíram em busca dos criminosos, fardados ou não, e os puniram, ao contrário do Brasil, que aprovou anistia para todos, o que ainda hoje fragiliza a democracia e fortifica muito os fascistas civis e militares).

Além da parte da política, continha muitas histórias e personagens estranhos, como os já vistos Poeta Desconhecido, Jipe e o cantor Roberto Scania. E muito mais havia, inclusive coisas de amor. O personagem-narrador sempre pensa em uma Ana Maria distante... Com ela fica sonhando...Seria sempre assim para ele? Puro amor platônico? Ora, como ensina a sabedoria popular, o mundo dá muitas voltas. Leiamos o que se segue.

A VERDADEIRA PRIMEIRA VEZ

Jussara estava séria. Antes que eu dissesse qualquer coisa, puxou-me a cabeça e beijou-me longamente a boca. Um beijo contorcido, mordido, raivoso. Quando me largou, disse:

— Pule.

Afastou-se, esperando. Fiz força com os braços, ergui-me, saltei para dentro do quarto. Ela fechou a janela, fazendo correr o ferrolho. Depois, com cintilações em seus olhos de caldo de cana, falou, a voz levemente embargada:

— Você vai embora, mas não vai me esquecer nunca mais.

E veio de novo o beijo, e seu corpo tépido se colava ao meu, e se esfregava, e gemia, e as mãos me desabotoavam, afastavam as roupas, e caímos sobre a cama, e o que ela vestia era só uma brancura leve, tênue, e além disso nada havia, e um perfume animal me impregnou as narinas, e adensou-se em sabor, e eu dava puxões nos restos das roupas, e me sentei um instante para arrancar os sapatos, e quando me voltei para ela era a Maja Desnuda na adolescência, como teria sido, e sua mão deslizou-me pela perna até a rigidez pulsante, quase dolorosa, e ela disse me beije toda, toda, e logo senti que era a minha primeira vez, a verdadeira, era ali, não com aquela profissional com quem me estendera antes, meses antes, derramando-me numa ejaculação fria e retirando-me com um remorso, ali, sim, o Amor, naqueles seios que eram, ao mesmo tempo, fonte e sede, uma gerando a outra, uma saciando a outra e tornando-a, por isso mesmo, insaciável, e ela me forçou a cabeça mais para baixo, e beijei-lhe o umbigo, e desci, e senti-lhe os pelos ásperos, e ela gemia, contorcendo-se, e pressionou-me mais a cabeça, e em minha língua, penetrando-me a vida inteira, um sal recôndito de onde provinham todas as raízes, todos os hálitos, e ela gemia mais alto, e soluçava, e sufocou um grito, e disse vem, vem, e me puxou pelos cabelos, e eu me ergui sobre ela e, quando comecei a baixar o corpo, ela estendeu a mão, guiando-me.

Em tempo, pois a história já chegava ao fim.

* * *

E aqui as últimas linhas do livro.

A temperatura baixava ao sopro da brisa vinda do rio. Avistei, na esquina do Crystal, uma forma que avançava em marcha irregular, como se acompanhasse uma trilha sinuosa. Concentrado em seu difícil caminho, Ivan Gogó só me percebeu quando, num dos desvios, quase me atropela com banco e tudo. Parou, oscilante, fez uma espécie de continência:

— Ôi!

— Ôi!

Ficou um instante pensativo, arrotou ruidosamente e sentou-se ao meu lado.

— Rapaz — começou, meio rouco —, acabo de passar por uma experiência medonha!

E contou. Tinha acordado na cama de uma putinha do Maracujá, sem a mínima ideia de como lá chegara e do que lá fizera. Então saiu e, na Praça do Mercado, tomou duas cachaças no Boteco do Isidoro. Tudo bem, até que se encontrou de novo na rua. Porque aí ele viu, deitado no passeio, um cachorro enorme. Tão enorme quanto horrendo, cara retalhada de cão de porta de açougue. E o bicho olhava para ele. E ainda pior: começou a se levantar. Ivan Gogó foi saindo de banda, mas o cachorro também se moveu, mantendo a mesma distância. E, de súbito, abrindo a bocarra negra, tossiu claramente:

— Ivan!

O locutor sentiu um raio gelado na nuca.

— Ivan! Ivan! — repetiu o cão com voz cava.

— Meu Deus — gemeu Ivan, fazendo o sinal-da-cruz. — Jesus Cristo, valei-me!

E disparou pela praça.

— Ivan! Ivan! Ivan! — chamou o cão.

Mas Ivan era o próprio vento desembestado. Correra quilômetros, disse, e sentara-se no meio-fio por muito tempo, acalmando o coração.

— Pra você — perguntou —, o que era aquilo?

— O cão?

— Sim.

— Bom, eu não o vi — falei —, mas, pelo que você está dizendo, vai ver que era... o próprio Cão!...

Ivan considerou os paralelepípedos.

— É — balançou a cabeça. — Vai ver que era mesmo...

Pôs-se de pé, oscilou, reequilibrou-se, fez nova continência.

— Acho — disse — que vou à missa...

O céu começava a mudar de cor. Ivan Gogó caminhou em direção à Matriz, conversando, em grandes gestos, com um interlocutor invisível.

Continuei ali, no banco frio, ruminando não sei mais o quê. Depois saí andando para pegar minha mala — e lá estava, na porta da pensão, o carregador 59. "Nada posso contra os seus poderes" — reconheci, resignado.

E fui em frente. E nos cumprimentamos. E ele subiu comigo ao quarto e pegou a mala. E descemos a rua. E caminhávamos no rumo da Estrela d'alva. E eu, fitando-a, murmurei:

— Milady, é perigoso contemplá-la.

E então, de repente, passaram-se muitos anos.

("Milady, é perigoso contemplá-la", era o verso de Cesário Verde que ele repetia pensando em Ana Maria. Agora, depois de Jussara, teria que servir para duas, além do belo planeta em que todos viam e veem a Estrela d'alva. O carregador 59 trabalhava na linha dos ônibus desde o tempo dos avós do personagem-narrador. Tinha boa memória e o reconhecera, estando sempre pronto a conseguir alguns trocados com ele, carregando sua bagagem. Se os avós lhe tinham dado preferência, seria natural que... Quanto ao vampiro, o jeito mesmo é ler o livro. Certos mistérios precisam continuar misteriosos...)

* * *

Mas fecho aqui com mais uma história que nunca entrou em livro meu.

Havia em Jequié um homem de nome Arquimedes Martins, amigo de meu pai e pai de amigos meus e de meus irmãos.

Então certa vez um cidadão desconhecido se aproximou do balcão do Bar de Zito e pediu um trago reforçado.

Na outra extremidade do balcão estava um cachaceiro conhecido por todos.

Já bastante bebido, concentrou-se no estranho.

Que, tendo engolido de uma só vez o trago reforçado, bateu a mão no balcão e gritou:

— Deem-me um ponto de apoio e uma alavanca e eu moverei o mundo!

Completando:

— Como disse Arquimedes!

Aí o cachaceiro da outra ponta do balcão ergueu a cabeça e, com entusiasmo, berrou para todos os presentes:

— Ahhhhh!!! Esse Arquimedes Martins, quando toma umas cachaças, diz cada coisa boniiita da porra!!!!!

Anos depois, contei a história ao próprio Arquimedes Martins, que disse não saber de nada disso, que eu estava era inventando, e acabou dando uma bela risada.

20
ÂNGELO SOBRAL

Tirante esses três textos de minha formação, bem mais leves, houve outros dois romances em outros climas: *Ângelo Sobral desce aos infernos* e *O príncipe das nuvens: uma história de amor ditada pelo espírito de poeta C.A. Maior.* No primeiro, a minha estreia no romance, encontramos brumas do tempo em que foi escrito: a ditadura militar. A apresentação da primeira edição, assinada por Guido Guerra, dizia ser a primeira vez que eu experimentava um romance, mas com o poeta presente, enriquecendo a emoção. Aborda a contenção verbal que se refere aos personagens sofridos da história, observando que Ângelo Sobral desce aos infernos para desenterrar seus mortos, recolher os ossos de Helena e do avô, a memória de Rute e Lara, o desamparo de Amadeu e Rosa, o submundo de Osvaldo e Osvando e a desgraça de Tude e Cão, assim como a destruição psicológica a que a solidão levou o protagonista-narrador a ir *em busca do tempo perdido,* o menino que reencontra no quintal da infância, como se vê no primeiro capítulo.

E aqui, para sugerir o mundo que o livro oferece, passo para vocês o primeiro e os dois últimos capítulos. O narrador é, o tempo todo, Ângelo Sobral.

1

Eu, menino, chupando manga no quintal da casa de meu avô paterno: foi no enterro de minha mulher que esta luz me bateu nos olhos. Como uma alucinação: o caixão de Helena sendo lentamente coberto (as pancadas surdas dos torrões de barro na madeira, também ouvidas no enterro de meu avô — não no de minha avó, engavetada num muro de cimento —, que às vezes percutem em meu peito, sobretudo à noite, no ritmo do coração) — e eu ali vendo aquele menino de pés descalços, nu da cintura para cima, cabelos assanhados, tão remoto quanto o princípio do mundo. E, no entanto, próximo, em mim.

Já não havia mais nada visível do caixão e a terra continuava subindo, subindo. Ana chorava numa crispação silenciosa, agarrada ao meu braço. Hugo enlaçava-a desajeitadamente, preocupado e comovido. Tudo isto eu via claramente (o resto — os parentes de Helena, amigos, quem mais ali estivesse — compunha uma massa informe e nevoenta). Mas a maior nitidez incidia sobre o menino: vivo e presente como nada e ninguém naquele momento — embora, de fato, morto há nada menos de que uns cinquenta e cinco anos.

51

Magno pensa que a próxima sessão será a última, não aguentará. Por isso quer que os homens venham logo, anseia ouvir som de passos, o correr na lingueta de ferro na porta. Eles transformaram seu corpo numa massa de dor — e só eles poderão libertá-lo. Um pouco mais e deixará um cadáver em suas mãos. Só espera não possuir alguma reserva oculta de resistência. Não, isso não.

Fosse pelos homens, poderia ter resistido algum tempo e falado: já não os encontrariam. O menor atraso no seu retorno seria o bastante para que eles abandonassem o lugar. Mas o interesse principal era a origem da carta que levava. E, pelas perguntas, sabiam muito mais do que ele julgara. Só lhes falta um simples endereço. Mas ele morrerá antes de pronunciar esse endereço. Por que os filhos da puta estão demorando tanto? Mais um pouco...

Mais um pouco e Lara chegará em casa. Anda devagar, os saltos das sandálias batendo no calçamento. Vem do cinema e traz consigo cenas maravilhosamente tolas, absurdas, há quanto tempo não ria daquele jeito? Ao virar a esquina, ela se sente muito jovem, uma garotinha, leve como a saia curta e branca que dança em torno dos seus quadris.

Toma consciência de tudo num relâmpago. Para, tem um gesto instintivo de recuo: três homens vêm andando vagarosamente em sua direção. Pensa que isto sempre esteve presente em suas possibilidades, muitas vezes perguntou como reagiria, houve noites de acordar úmida de suor, o coração disparado, vivendo um momento assim, este momento. Pensa na sacola de lona, que traz pendurada ao ombro, e ouve seu nome, o que usava até dois anos atrás, depois o outro, anterior, que seus pais lhe haviam posto. Mas o último, que adota desde que se unira ao Chefe, não sai da boca que se distende num esgar, mostrando dentes amarelos... Não, agora sai — ela ouve: "Lara". Atrás dos três homens, tentando-se anular-se de encontro a uma árvore, alguém que ela reconhece: o repugnante da barraca. Um ponto dolorido começa a crescer bem no íntimo, no útero. Eles o matarão de qualquer forma — sabe. Estremece, range os dentes. Dois homens com metralhadoras, não importa: ele os destruirá: vem avançando, rompendo o mato seco, os espinhos, fuzil cruzado no peito. "Sim" — ela diz —, "eles é que vão morrer." Ali estão os assassinos, os torturadores prontos a pendurá-la no pau-de-arara, a aplicar-lhe choques elétricos nos seios e na vagina, a violentá-la seguidamente. Seu homem avança, avança, seus passos ressoam por toda parte, mas não chegará a tempo. É uma certeza como fogo, os nervos tensos parecem prestes a arrebentar, começam mesmo a se partir, ela os ouve partindo-se, fazem um som de dentes rangendo, um som tão alto que as palavras que saem da dentadura amarela não soam, nada mais soa senão dentro de Lara, e o que soa repete que eles matarão o seu filho de qualquer forma, mesmo que se deixe levar sem um gesto, eles a reduzirão a trapos e o matarão, são tão cruéis que não a matarão também. Por isso pensa na bolsa, pensou nela o tempo todo. Sabe que está fazendo um movimento porque os homens se agitam, dão um passo atrás, separam-se. Agora sente um peso, uma solidez que seus dedos envolvem. Seu braço voa, como se aquele peso o puxasse para cima, esticando-o à altura do rosto, e a mão explode. Duas, três vezes, os dentes amarelos somem, a rua toda explode, ela se estilhaça e afunda numa água negra e pesada. Nada sabe dos que correm entre a fumaça, levantando seu corpo do chão e atirando-o no fundo de um camburão, pintado de listras pretas e brancas, que arranca uivando, nem do homem de dentadura amarela, que vai também noutro carro, estendido no banco traseiro, o rosto numa crispação intensa, a camisa mais vermelha a cada segundo.

52

Na cadeira de lona, olhos fechados, até há pouco pensando em mim, nesta hora avançada da vida. Viúvo, viúvo, viúvo — repeti, como badaladas de um relógio que marcasse o fim dos tempos. Lembro figuras de viúvos e viúvas da minha infância: luto fechado até nos rostos pálidos, esbatidos pela maldição da morte. Porque havia uma maldição — e não atingia os mortos, mas os que ficavam, os viúvos. Não eram mais seres humanos comuns, tinham sido tocados por algo misterioso e aterrorizante. Os viúvos e os órfãos. (E eu não percebia que também era órfão — e completo, de pai e mãe... Talvez por não me vestir de preto nem sentir nenhuma maldição pesar-me nos ombros. Sabia que meus pais haviam morrido, mas era diferente. Como uma história de família que dizia mais respeito aos outros, pois meu espírito não fora alcançado pela tristeza que se abatera sobre todos. "Você era muito pequeno, menino" — dizia minha avó. Sim, ainda sob a guarda do anjo Alheamento...)

Um viúvo. Saio andando pela casa, contemplo os vestidos de Helena. Curioso: não me lembrava de alguns. E há um todo negro, que tiro do cabide e estendo na cama: sim, luto fechado. Se eu tivesse morrido antes, como ela teria podido ir elegante ao meu enterro!

Volto à cadeira de lona. Minha vida, como qualquer vida, não foi um movimento coerente. Só neste caderno, que chega às últimas páginas, quanta coisa conflitante, incompleta, abandonada, depois retomada, reconsiderada, sem falar no que foi simplesmente esquecido e pesa em sua ausência. No entanto, apesar de todo o universo contraditório em que nos movemos e somos, creio que consigo ter uma ideia de mim:

Jamais encontrarei o poema que procuro.
Mas o procuro.

Aí está. É isto. Assim tem sido e sempre será. Até este momento, por mais de quarenta anos, escrevi, escrevi, como escrevi neste caderno. Não uma mera arrumação hábil de palavras: escrevi com o que sou. Talvez tudo destinado, para aproveitar uma expressão de Nabokov, à Biblioteca do Letes, mas isto não importa. O que importa é o que eu chamo de obsessão — uma obsessão que tem o significado de viver. Já me perguntaram se isto me deixa feliz. Respondo sempre que não: deixa-me vivo. Feliz? Recordo o caso de Abderrahmã III, oitavo emir de Córdova, cujo reinado foi longo — mais de cinquenta anos — e glorioso. Pois bem: ao sentir o fim próximo, ele disse ter gozado de todos os prazeres, honras e bênçãos possíveis no mundo; e revelou ter anotado os dias em que se sentira verdadeiramente feliz: somavam catorze. Em quase trinta mil dias, sobraram catorze. Mais de setenta anos de vida e apenas duas semanas de felicidade. E Abderrahmã foi, por todas as evidências, um homem feliz...

Jamais encontrarei o poema que procuro.
Mas o procuro.

Não consegui ir adiante neste texto porque, na verdade, já está concluído. Ele fala da luta, que é a nossa condição por toda a vida. Por toda a nossa duração. Que assim é que nos cumprimos. Que eu me cumpro e desço aos infernos — que não são só meus. Amadeu e Rosa arrefecem, pacificados, no quarto deserto. Tude e Cão andam pelas ruas arrastando suas infâncias trucidadas e letais. Um carro dispara a uiva, levando duas mortes no corpo de uma jovem mulher. Eles são eu, eu sou eles, e somos cada um e todos os seres humanos, e somos singulares. A ordem que me dou, pois, é — com as armas de que disponho — intrometer-me entre o dragão, seja o que ele for, e sua cólera, e pôr-me no caminho da forma monstruosa que, como no poema de Yeats, se arrasta em direção a Belém para nascer. É isto, e sempre — em mim — assim será. Este caderno acaba e eu continuo, todo voltado para o que farei a partir deste momento. Já avançam os estandartes do rei do inferno, como canta um velho hino sacro, e eu vou ao seu encontro.

Enfim, quatro momentos do personagem narrador: lembrança da infância em momento trágico; ao longo da viuvez; ao lembrar certos personagens de outras tragédias, inclusive ao falar do cruel destino de Magno e Lara; e ao fechar a narrativa.

21 POETA MAIOR, PREFÁCIO, CEASINHA

O quarto romance, *O príncipe das nuvens: uma história de amor ditada pelo espírito do poeta C.A. Maior*, passa-se em Salvador, também na época da ditadura, repleto de outras memórias pessoais. Tentei escrevê-lo, incialmente, na primeira pessoa, o que logo vi não ser possível, pois soaria falso; depois, na segunda, o que foi pior ainda. E o projeto acabou sendo abandonado.

Até que, passados meses, de súbito a solução: teria que ser segundo a narração do espírito do personagem principal, já morto há anos. Alguém a receberia e a anotaria. Não caso de assombração, como aconteceu com Hamlet. Eram recordações com alguma intervenção de quem as recebia, mas de forma alguma deformando aquelas memórias, que eram, sobretudo, de uma história de amor imortal e de coisas da vida, como amizades, ideias, criações, esperanças, boemia, sonhos e algumas loucuras... mais o sufocante apodrecido ar da ditadura militar, como foi dito. O poeta C.A. Maior, embora morto, estava muito vivo nas lembranças, no amor e na poesia...

Carlos Barbosa, romancista, contista, poeta, autor de *A dama do Velho Chico*, romance, *Beira de rio, correnteza*, romance, *Obscenas*, minicontos, entre outros, tendo acesso à obra antes da publicação, escreveu ao autor uma carta que, mais tarde, o autor e o editor André Caramuru Aubert, com anuência do Carlos, resolveram colocar como prefácio do livro. A seguir a carta-prefácio.

Salvador, 4 de março de 2009

Ruy,

Senti seu **O príncipe das nuvens** *como um livro de vária sabedoria. Sabedoria dos antigos, dos mestres da literatura universal, da poesia de cada dia, de um escritor maduro que abre seu baú de graças e delírios para (re)construir mundos.*

Dizer que **O príncipe das nuvens** *trata de uma história de amor, como aponta o subtítulo do romance, seria dizer pouco. Mesmo porque uma história de amor vivida por um Poeta Maior não poderia ser apanhada facilmente no ectoplasma da ficção. Seriam necessários esforços de asas turbinadas e superação de curvas perigosas nesse terreno nevoento, como você fez. Ou seja, você promoveu um mergulho no cotidiano singular desse Poeta com inicial maiúscula em sua luta com as palavras para construir o poema belo, numa inédita sequência de batalhas pela sobrevivência, na busca e reconquista de sua musa ou, melhor dizendo, de suas musas.*

Neste romance, Ruy, você revelou todas (ou quase todas) as suas vozes: a do leitor consciencioso e voraz, a do poeta incontrolável, a do amante da solidão proveitosa e da convivência amical, a do crítico cirurgião, a do boêmio saudoso, a do cronista de memória viva, a do prosador sedutor, a da tradição literária que abriga, a dos amores vividos e até mesmo aquela que se cala em não ditos preciosos. Seria polifônico se o narrador fosse único, mas você entregou a história a outras vozes igualmente sábias. E o romance viraria um festim espiritual (quase escrevi "diabólico"), não fosse anunciado como "romance psicografado".

Polifonia, fragmentação, intertextualidade, profusão de gêneros textuais, gênese literária, metaliteratura anticlímax e outras cositas más fazem de **O príncipe das nuvens** *um romance pós-moderno* *ou não? Tenho comigo, na minha miserabilidade teórica, que faz, sim senhor. Não que eu defenda a pós-modernidade, não confiro importância nenhuma a esse rótulo, mas acredito que irão enquadrá-lo assim. Quem sabe isso não ajudará na venda do romance? No mínimo, propiciará boas risadas no Quint'Edinho1.*

Nos últimos três anos, este é o terceiro romance que você publica. Sei que não se trata de fuga do verso ou de preferência tardia pela narração — afinal, um dos romances havia sido publicado anteriormente e há mais publicações em prosa em sua obra. E não custa lembrar que em **Um rio corre na Lua** *a poesia se fez presente em cada página. Neste* **O príncipe das nuvens** *você ofereceu muito mais que lirismo bem dosado: poemas inteiros foram incorporados à narrativa e, mais que isso, o leitor pode acompanhar o trabalho do Poeta Maior no preparo do poema que ele acredita ter o condão de trazer sua musa Isabel de volta aos seus braços. É uma beleza de narrativa.*

É isso, Ruy, a vária sabedoria de que falei no início: de Goethe ao agente funerário Sanches, passando por Dante e sua Beatriz, as lições de amor, leveza e desprendimento são incorporadas ao texto com naturalidade. Seguimos ao lado do Poeta Maior, o que sabe da vida e de como vivê-la bem, de como melhor ainda aproveitar seus imóveis, como extrair o melhor de seus amigos. Somos convidados a conhecer sua história de amor pela musa Isabel, mas a ação é sempre periférica ao ponto central da trama, se é que podemos falar em trama. O protagonista avança em zigue-zagues que mais parecem recuos ou desistências, e isso confere riqueza à narrativa e surpreende o leitor. A luta do Poeta Maior pelo amor de Isabel parece autodestrutiva, o que confere um grau maior de humanidade a esse homem sedento de amor e álcool. Não falta amor e loucura, e até mesmo sexo ocasional, nos movimentos do

1 Almoços às quintas-feiras no Restaurante do Edinho, na Ceasinha do Rio Vermelho (Salvador).

protagonista. E com ele percorremos a cidade da Bahia nos tempos duros da ditadura militar. Serviço romanesco completo.

Destaco como pontos altos de **O príncipe das nuvens** *a polifonia, a lição de poesia contida no "poema da laranja" extraído do dicionário — arrepiante — e a sequência do retorno de Isabel, momento em que o Poeta toma uma atitude surpreendente, que ao fim percebemos inevitável para quem via o mundo de forma tão especial. Toda a narrativa vibra em grandeza humana, uma fome de amor insaciável.*

E o poema que encerra o romance, intitulado "Senhora", produção posterior ao retorno de Isabel, insinua que para o Poeta Maior a mulher amada e a poesia se confundem num só manto de dor e doçura, sua última lição ao leitor.

Posso estar equivocado, Ruy, mas fiquei com a sensação de que você está decidido e empenhado em condensar na prosa a potência de sua poética, enquanto recupera eventos marcantes de sua biografia, a saudade de amigos perdidos, que arrasta emocionado e igualmente desejoso por redefinir e ampliar a sua já alentada produção literária. Que assim seja, para nosso gáudio e para grandeza da literatura brasileira.

Com um Abraço.
Carlos Barbosa.

Os almoços na Ceasinha, a que se refere Carlos, foram criados por James Amado, que convidou Guido Guerra. Eu fui o terceiro e Florisvaldo Mattos o quarto. O quinto deve ter sido Mário Vieira da Silva, a meu convite. Daí em diante, foram surgindo outros amigos, e as mesas ficaram cada vez mais animadas. De início, nada de bebidas alcoólicas, mas tal costume não durou muito. Logo veio a cerveja, e em pouco tempo, alguns já chegavam armados de garrafas de vinho. Tais encontros eram sempre ótimos, repletos de afetividade e boas conversas sobre artes e cultura em geral, além, sem dúvida, de fofocas e comentários críticos e alegres, como os do artista Valtério Sales, que se divertia também fazendo caricaturas, inclusive uma minha, hoje na parede da sala. E a de Maria da Paixão, excelente. Aliás, todas as caricaturas muito boas, apenas uma eventual frequentadora do restaurante, em outra mesa, não gostou da homenagem que ele lhe fez, recusou o presente, dizendo que não era ela; tratava-se de uma dessas pessoas sem compreensão de caricaturas... Claro que, às vezes, se aproximavam das mesas uns tipos destoantes, chatos, mas não duravam muito. Eu aproveitei as quintas do Edinho para alguns lançamentos de livros, que deram certo e foram seguidos por outros autores. Com certeza, aqueles almoços ajudaram a vida de todos nós. Maria da Paixão, que só ia lá em certas ocasiões, dizia que eu deveria ir sempre, porque retornava de humor bem melhor. Sim, eram horas renovadoras do espírito, de lavar a alma.

Tudo começou em 2003, o que significa vinte anos atrás. Mas em 2020, veio a pandemia e estragou tudo. Alguns dos participantes já haviam partido, como Guido, James e Mário, e outros já estavam partindo também, como o eventual Roberto Gaguinho e o constante Eugênio Junqueira Ayres. Suavizando a pandemia, voltamos a nos encontrar, mas sem a regularidade antiga. Sim, foram — e podem ainda ser — belos encontros de lavar a alma.

22
ANGÚSTIA E CRÔNICA

No início, em sua angústia na busca da mulher amada, o Poeta Maior escreveu o que se segue.

DESAMOR

1. No início era o verbo amar. Depois veio Desamor e contemplou toda a obra e viu que nada lhe era agradável, e disse: "De todos os animais da terra, de todos os pássaros dos céus, de tudo o que se arrasta sobre a terra e em que haja um sopro de vida, eu tiro toda a erva verde do alimento. Eis que eu vos tiro a erva que dá semente sobre a terra, e todas as árvores frutíferas contendo em si mesmas as suas sementes, para que não vos sirvam de alimento."

2. E então disse Desamor: "Destruamos o homem, que ele não foi feito à nossa imagem e semelhança. Que ele apodreça sob os peixes do mar, sob os pássaros dos céus, sob os animais domésticos e sob toda a terra e sob todos os répteis que se arrastam sobre a terra." E Desamor destruiu o homem, e destruiu-os homem e mulher. Desamor os abençoou com a sua bênção: "Apodrecei", disse ele, "e multiplicai a vossa podridão; enchei a terra e submetei-a; contaminai os peixes do mar, os pássaros dos céus e todos os animais que se arrastam sobre a terra."

3. E Desamor prosseguiu: "Mate a terra seres vivos segundo a sua espécie: animais domésticos, répteis e animais selvagens, segundo a sua espécie." E assim se fez. Desamor matou os animais selvagens segundo a sua espécie, os animais domésticos igualmente, e da mesma forma todos os animais que se arrastavam sobre a terra. E Desamor viu que isto era bom.

4. E Desamor disse: "Morram nas águas a multidão de seres vivos, e caiam pássaros sobre a terra, debaixo do firmamento dos céus." E Desamor matou os monstros marinhos e toda a multidão de seres vivos que enchiam as águas, segundo a sua espécie, e todas as aves segundo a sua espécie. E Desamor viu que isto era bom, e os abençoou: "Apodrecei", disse ele, "e multiplicai a vossa podridão, e enchei as águas do mar, e que a queda dos pássaros se multiplique sobre a terra."

5. E Desamor disse: "Apaguem-se os luzeiros no firmamento dos céus, pois não é bom separar o dia da noite; que não mais sirvam eles de sinais para marcar o tempo, os dias e os anos; e se apaguem no firmamento dos céus para escurecer a terra." E assim se fez. Desamor apagou os dois grandes luzeiros: o maior, que presidia ao dia, e o menor, que presidia à noite; e apagou também as estrelas. Desamor tirou-os do firmamento para que não iluminassem a terra, nem presidissem ao dia e à noite, nem separassem a luz das trevas. E Desamor viu que isto era bom.

6. E disse Desamor: "Mate a terra verdura, ervas que contenham semente e árvores frutíferas que dêem fruto segundo a sua espécie." E assim foi feito. A terra matou toda verdura, toda erva que continha semente segundo a sua espécie. E Desamor viu que isto era bom.

7. E Ele disse: "Desfaça-se o firmamento que há entre as águas e as separa umas das outras." E Desamor desfez o firmamento e juntou as águas que estavam debaixo do firmamento com aquelas que estavam por cima. E disse: "Que as águas se confundam, e com elas o elemento árido chamado terra." E Desamor viu que isto era bom.

8. Desamor disse: "Desfaça-se a luz!" E a luz foi desfeita. Então só restaram as trevas. Desamor chamou à luz Nunca Mais; às trevas, Sempre. E então Ele olhou a terra e as trevas que cobriam o abismo.

9. Por fim, Desamor destruiu os céus e a terra.

10. Assim foram desfeitos os céus, a terra e todo o seu exército. Tendo Desamor terminado, naquele instante, a obra que tinha feito, descansou do seu trabalho. E abençoou aquele instante e o consagrou, porque aí Ele tinha repousado de toda a sua obra.

Em jornais, o Poeta também publicava algumas crônicas, às vezes um tanto misteriosas. Como a que segue.

SEMELHANÇAS

— Aquela casa branca com duas janelas verdes, repare, está me fazendo pensar numa moça muito pálida de olhos verdes.

— Sim, ela pode se parecer com uma moça muito pálida de olhos verdes, mas também pode lembrar — se imaginarmos que estamos voando a grande altura — um deserto com dois lagos de água muito verde e tranquila refletindo o sol.

— Refletindo o sol... Uma moça de óculos verdes refletindo o sol. Os óculos reverberando a luminosidade, como costuma acontecer com as vidraças.

— Ou com a água de lagos tranquilos. Mas, quando o sol mudar de posição, será como se a moça tirasse os óculos: olhos não brilham tanto quanto vidros ou lentes.

— A não ser em poesia.

— Ou na paixão.

— Ah... Quanto aos lagos, confesso que me dá vertigem imaginar que estamos voando a grande altura. E, mesmo que isso não

acontecesse, confesso que me comovem mais as moças de olhos verdes.

— E as de óculos verdes?

— Também as de óculos verdes.

— Só que ela me parece excessivamente pálida, sobretudo para este grande verão.

— Talvez não goste de ir à praia.

— Talvez esteja doente.

— Talvez leia demais os autores românticos.

— Seja como for, tem uma aparência muito triste.

— Parece ter sofrido uma grande desilusão.

— Coisas da vida.

— É... Dói-me vê-la assim tão infeliz.

— É o que sinto.

— Moças assim, tão visivelmente frágeis, necessitam sempre de muita ternura.

— Coisa que, aliás, a cada dia se torna mais rara.

— É verdade.

— O mundo fica cada vez mais áspero, mais duro, deserto de palavras e gestos de carinho. Por isso pessoas tão delicadas e belas sofrem tanto, empalidecem e acabam morrendo.

— Quanta crueldade...

— Repare como é melancólico o verde dos olhos dela.

— Eu estava observando isto agora mesmo.

— O brilho que há ali não passa de reflexo. São olhos sem luz própria.

— Meros planetas sem vida, verdes planetas mortos.

— Ah, sinto-me deprimido...

— Eu também.

— É uma beleza que faz mal.

— O que pode parecer um absurdo, mas é a pura verdade.

— Moça de olhos verdes... Que é que ela faz lembrar?

— Bem, se... Eu ia dizer um deserto — se imaginarmos que estamos voando a grande altura —, um deserto com dois lagos de água muito verde e tranquila, refletindo o sol, mas ela me lembra mesmo é uma casa branca com duas janelas verdes.

— Sim, é isso mesmo: uma casa branca com duas janelas verdes.

C. A. MAIOR, POETA E JORNALISTA

23
CONVERSAS COM O POETA

A seguir, como aqueles amigos às vezes conversavam.

VIDA ETERNA, HISTÓRIAS E JURAMENTO

E a vida continuava — cheia de mesas, balcões, copos e garrafas. Não demorou muito, o Poeta estava de volta a Sanches para refazer o negócio: o enterro de segunda por um de terceira — e o respectivo troco. Ele ouviu a proposta, serviu uísque com gelo, pôs na sua dose a gota que sempre os outros agradeciam e dispensavam, repetiu a reflexão habitual (se serve para conservar os mortos, mais ainda servirá para conservar os vivos), ponderou:

— Não vá se arrepender depois.

— Prometo que não — respondeu o Poeta. — Quando morrer, aceitarei tudo sem nenhuma reclamação.

— Está bem — disse Sanches. — Vou lhe fazer um cheque da diferença.

Abriu o talão sobre a mesa, rabiscou rapidamente, sorriu seu frio sorriso:

— Outro dia li que, quando morremos, o mais difícil é suportar o primeiro milhão de anos...

Entregou o cheque ao Poeta e perguntou-lhe se acreditava em vida após a morte.

A resposta: não via razão nenhuma para acreditar.

— E como explica suas conversas com a Professora? — perguntou Samurai.

O Poeta disse que ela estava apenas nele, somente nele, em mais ninguém e em nenhum outro lugar, tirante os seus próprios restos mortais no jazigo.

— Quanto às vidas depois da morte que as religiões geralmente nos oferecem — continuou ele — são, no mínimo, tediosas. Já pensaram o que é passar a Eternidade entoando louvores ao Senhor? Não sei que graça tem isso — e o que Ele, se existir, poderia achar de interessante nesse puxa-saquismo sem fim... Não, não tenho a sensibilidade de um Guilherme Apóstolo, que se sente emissário de Deus, ou o próprio Deus. Apenas avalio ofertas e opções... E, se tivesse de optar, optaria pelo Deus de Swedenborg, que não gosta de bajuladores. Você sabe que os pobres de espírito de Jesus jamais entrariam no céu de Swedenborg? Sim, porque para fazer jus ao seu paraíso o homem tem que ser espiritualmente rico, assim como deve gozar todos os prazeres da vida. Nada de pobreza mental, nem privação de prazeres. Se um outro mundo pode me seduzir, é esse, mesmo porque nele os gozos carnais (tanto no céu quanto nos infernos, pois há vários tipos de inferno, todos bem pouco infernais, isto é, são infernos cujos habitantes são felizes; para eles, o céu é malcheiroso e escuro, só se sentem bem nos seus queridos infernos) têm muito maior intensidade do que os daqui, deste nosso mundo, que é uma coisa apagada em comparação ao Outro Mundo swedenborguiano.

— Não entendo nada disso — falou Sanches. — O que acho é que não somos apenas matéria, creio que temos uma alma eterna.

— Bem — continuou o Poeta — como todo mundo, eu também queria ser eterno. Quem é que não quer ser eterno? Até os suicidas, que não deixam de ter esperança no despertar em outra vida. Tomás de Aquino dizia que a mente deseja espontaneamente ser eterna,

viver para sempre. Aceitar a morte — o fim absoluto — é quase impossível. Então, incapazes de admitir o fim absoluto da nossa individualidade, do nosso eu, começamos a fabular, a urdir uma outra vida. Porque queremos ter sempre um futuro... Ah, o futuro... E eu me lembro de Lucrécio se dirigindo aos que lamentavam a perda do futuro: pensem que antes que vocês nascessem, dizia ele, também houve um tempo infinito, um tempo que vocês não conheceram e no qual, entretanto, aconteceram muitas e grandes coisas, civilizações e impérios surgiram e desapareceram. Ora, vocês não lamentam essa imensidão de tempo passado antes dos seus nascimentos — por que, então, lamentar o tempo que transcorrerá depois que houverem partido? Sim, é o que dizia Lucrécio, porém o que a gente realmente teme não é a perda do futuro — mas do passado. Do passado que é a vida que trazemos acumulada. Esta é, na verdade, a grande perda que a morte significa: o passado. Ou seja: a perda de nós mesmos. Não podemos perder o futuro, pois não o possuímos. Mas o passado é o que somos e perdemos quando a morte apaga todas as memórias...

Silêncio. O Poeta continuou, em tom irônico:

— Mas, na verdade, até que me interesso mesmo por essas histórias de milagres, infernos, purgatórios, paraísos, eternidade... Ao menos como literatura fantástica.

— Hum?! — o espanto de Sanches desenhou-lhe rugas na testa.

— Ora, não se escandalize, meu amigo — sorriu-lhe o Poeta. — Afinal, ninguém tem certeza de nada. Se alguém acha que tem certeza, está tendo apenas... Fé! Quanto a mim, gosto, por exemplo, da hagiologia como literatura. As vidas de vários santos estão entre os melhores contos fantásticos. O do popularíssimo São Jorge, por exemplo. O que nos diz dele a tradição? Matou um dragão para salvar a filha do rei, salvando também toda a cidade. A versão que mais me encanta da luta é puro conto de fada: depois de derrubar

o monstro, São Jorge disse à princesa que pusesse seu cinto em torno do pescoço dele, dragão, e, quando a moça obedeceu, o bicho ficou mansinho e assim a acompanhou até a cidade. Lá, exibindo a princesa ilesa e o animal inteiramente dócil, São Jorge fez com que todo o povo se convertesse ao cristianismo. Só depois de garantida a aquisição de novos fiéis é que matou o dragão. O que não compreendo, pois o pobre monstro, inteiramente desmoralizado, perdera toda a ferocidade e certamente já era também cristão...

— Você é um herege — comentou Samurai.

— Muita gente boa já foi chamada disso — respondeu o Poeta. — Mas, tirante o assassinato do dragão — provavelmente o último da espécie —, não é uma história mimosa, boa para crianças? Eu acho que é... Como, apesar também da presença da morte, o caso em que, a pedido do abade Zózimo, já bem velho, um leão se dedica humildemente a cavar, no deserto, o túmulo de Santa Maria Egipcíaca... Coisas bonitas, sim, mas a literatura hagiográfica também transita muito pelo pesadelo, como a prisão de Santa Taís numa cela lacrada com chumbo por um tal abade Pafúncio. A história dela me comove particularmente porque tive uma namorada chamada Taís. Era linda, olhos luminosamente castanhos, tranças... Sim, ela usava tranças! Por que as mulheres deixaram de usar tranças? Nem as meninas usam mais. Tranças me deixam em estado lírico... Rapunzel lançando suas tranças ao bem-amado... Mas voltemos à outra Taís, a Santa. Lá ficou ela, na cela lacrada por chumbo, durante anos, sem ao menos um lugar onde fazer as necessidades, até que Pafúncio, Santo Antonio e outros, devido a uma visão, chegaram à conclusão de que bastava de castigo, o Senhor já estava satisfeito com a penitência de Taís. E uma nota particularmente cruel para fechar a história: Pafúncio disse à prisioneira que Deus não a perdoara pela penitência, mas porque reconhecera que ela tinha no espírito temor a Ele. Vejam

só: temor a Ele... Não amor: temor! O que ela só poderia mesmo sentir, depois do tratamento recebido dos homens d'Ele...

Bebeu, continuou, com um sorriso irônico:

— Grandes homens, aqueles... Torquemada, por exemplo. Sabem quantas pessoas ele torrou nas fogueiras da Inquisição?

Os dois abanaram a cabeça.

— Dez mil! Quase mil por ano, já que ficou quinze anos à frente do Santo Ofício. Muito piedoso... Ah, que histórias nos conta a História!... Como a de Hipácia, a neoplatônica que trabalhou na Biblioteca de Alexandria. Por defender a liberdade da fé e do pensamento, provocou o ódio dos cristãos. Especialmente do bispo Cirilo, também de Alexandria, que instigou um bando de fanáticos a arrastarem-na a uma igreja, onde arrancaram sua carne com conchas e cacos de cerâmica, queimando-lhe depois o corpo numa fogueira. Dizem que, por isso, a matemática ocidental ficou estagnada por dez séculos, mas quem precisa de matemática quando há um deus piedosíssimo guiando as ações humanas? E sabendo bem premiar as obras pias, tanto que o bispo foi canonizado, é hoje São Cirilo, sem dúvida também piedosíssimo e com multidões de fiéis...

Foi sua vez de abanar a cabeça:

— Mas, por outro lado, só consigo achar engraçado o relato de São Dioniso carregando nos braços, por vários quilômetros, a própria cabeça decepada... Ficaria rico trabalhando num circo, ou em programas de TV. Sobretudo se fizesse par com Santo Antonio, que vivia sendo erguido no ar pelos anjos e certa vez voou em altíssima velocidade — talvez supersônica, talvez a da luz, talvez ainda maior: metafísica — para tirar o pai da forca. Ah, a vida é só um emaranhado de histórias, acontecidas ou não. E, mesmo as acontecidas, quando narradas, já são outras. Sempre outras a cada narração. Fico tentando imaginar o que me caberá disso, os absurdos e bobagens que contarão de mim depois de minha morte...

Sanches e Samurai ficaram em silêncio, meditabundos, e o Poeta prosseguiu:

— Estávamos falando de eternidade, vida além-túmulo... De vez em quando costumo pensar numa coisa interessante, sabem em quê? Nos grandes seres que dominaram a terra por milhões de anos: os dinossauros. E onde estávamos nós, então? Era um Jardim do Éden bem diferente daquele ao qual nos costumamos referir. E vou mais fundo, fico pensando na própria Terra, nos seus tremendos períodos geológicos. E depois penso no Universo, na vastidão incalculável, e tenho medo, angústia... Le silence éternel de ces espaces infinis m'effraie... *O velho Pascal, aquele das razões do coração... Porque somos ínfimos, não somos nada, nada, qualquer acidentezinho — como um choque com um desses asteroides que vivem zanzando pelas proximidades de nossa órbita — pode acabar de uma vez com tudo. No entanto, eis que falamos em nós mesmos como a obra-prima da Criação, de alma imortal e vida eterna em paraísos — somos uns dementes, nada mais.*

— Você deve sofrer com isso — falou Sanches —: achar que tudo acaba aqui mesmo...

— Bem, acabar em podridão não é uma perspectiva agradável, mas a eternidade também pode ter os seus incômodos. Certa vez, depois de ser muito chateado pelos que viviam se vangloriando da imortalidade da alma, Goethe disse mais ou menos o seguinte: evitava pôr em dúvida a vida após a morte, porque, se houvesse essa vida, poderia encontrar nela aqueles que sempre acreditaram em sua existência e, então, seria um suplício — com os crentes enchendo o saco na base do "não estávamos com a razão? não lhe dissemos que haveria outra vida, hem, hem?" — e por aí afora. Quer dizer: eternidade afora... Já imaginaram?

Eles sorriram, só não a Professora, que se delineava nas folhas da mangueira e fitava o Poeta com perplexidade. "A cara das minhas próprias certezas" — concluiu este, erguendo-lhe um disfarçado brinde e tendo, de súbito, uma ideia.

— Podemos fazer um teste — disse. — Já foi tentado antes, mas não se deve parar com as pesquisas só porque alguns pesquisadores fracassaram.

— Do que você está falando? — perguntou Samurai.

— Bom, já que conversamos sobre vida além-túmulo, eternidade e coisas assim, eu proponho o seguinte: combinamos que o primeiro de nós que morrer mandará uma mensagem aos outros. De preferência, é claro, logo depois da morte, quando a alma ainda não houver sido arrebatada para o céu ou o inferno, pois dessas distâncias a comunicação deve ser bem mais difícil.

— Isso é bobagem — disse Samurai.

— Também acho — concordou o Poeta. — Mas, seja como for, se não der certo, pelo menos não fará mal algum.

— É verdade — falou Sanches.

— Então? — perguntou o Poeta.

Samurai e Sanches se entreolharam.

— Estamos acertados? — O Poeta ergueu o copo. — Vamos fazer um juramento com brinde, para ficar mais forte.

Eles ergueram os copos. O Poeta falou:

— Repitam comigo: Eu juro...

— Eu juro... — repetiram os dois.

— Que, logo que morrer...

— Que, logo que morrer...

— Mandarei uma mensagem aos meus amigos...

— Mandarei uma mensagem aos meus amigos...

— Agora, cada um diz os nomes dos outros dois.

Os nomes foram ditos e os copos se tocaram. O Poeta tentou estender novamente o brinde à sua mãe, mas já não havia nada nas folhas da mangueira.

(A gota que Sanches oferecia e os outros dispensavam era formol, talvez uma mistura de formol e fenol, não se sabe ao certo. O negócio do Poeta é que ele ganhara de Sanches, dono da casa funerária, um enterro de primeira e, depois, negociara por um de segunda, ficando com o troco, e partia para negociar um de terceira, pois o dinheiro continuava curto. A Professora que aparecia era a mãe do Poeta, já morta há muitos anos e que muitas vezes o procurava.)

* * *

Certa vez, como copidesque da Tribuna da Bahia, fui intimado a comparecer à Polícia Federal, porque, além de copidesque, eu era também, ou sobretudo, cronista do cotidiano, e o problema ali era uma crônica que publicara ironizando a censura prévia. O caso foi uma peça de teatro que não pudera ser encenada, devido à tal censura, e um inspetor da Policia Federal, um ex-padre, que proibira a montagem, fizera queixa de mim aos seus chefes. Assim, lá fui eu ser interrogado. Durante o interrogatório dava para ouvir o coronel-chefe da PF (não vale escrever-lhe o nome, que o tempo seja pesado sobre o seu túmulo) reclamando com o proprietário do jornal, exigindo obediência à PF etc. Deduzi que falava também, grosseiramente, para que eu escutasse a sua fúria. Queria ser — e até era mesmo — aterrador.

Bom, insisti dizendo que o texto era apenas ficção. Como não havia o nome de ninguém, como alguém se sentiria insultado? Não se tratava de matéria jornalística. Tudo ali era apenas ficcional. O inquiridor, que se comportava melhor do que seu chefe, ficou muito desconfiado. Mas como provar que não era ficção? Depois de muitas idas e vindas, liberou-me dizendo que eu poderia ser chamado de novo a qualquer momento, o que felizmente não aconteceu.

Enfim, no capítulo a seguir do romance (nº 36), o Poeta Maior vai resolver uma questão de certa similaridade.

24
LEITURAS E SUBVERSÕES

O táxi partiu e, em pé na calçada, eles consideraram o grande prédio circular.

— Bom — disse Samurai —, eu fico esperando.

Logo na entrada havia um balcão com a placa INFORMAÇÕES. O Poeta exibiu a intimação a um funcionário seco e grave, que, consultando o relógio da parede, disse:

— Ainda faltam quinze minutos.

E, com enfado, acrescentou:

— É a terceira porta à esquerda.

A terceira porta à esquerda estava aberta. O Poeta se viu num espaço ocupado por mesinha de centro, um sofá e quatro poltronas. Ocupou a primeira poltrona e, puxando para si o cinzeiro de vidro da mesinha, acendeu um cigarro. Ao examinar o ambiente, percebeu que o rosto da Professora se delineava numa parede.

— Oi, mãe — cumprimentou-a com o pensamento.

Dela não veio nada, nem palavras nem ondas cerebrais. Mas havia um longo e pesado discurso no modo como o fitava: no franzido do sobrolho, na linha rígida dos lábios comprimidos, no olhar frio e denso de recriminações. Eu sei, mãe, pensou ele, eu sei, compreendo sua mágoa, mas seria impossível para mim ser de outro jeito, outra pessoa, a encarnação do seu sonho. O que sou... Bem, acho que sou o meu próprio sonho, se não o sonho do sonho, talvez a sombra da sombra desse sonho. Tantos fui e não fui, às vezes ao mesmo tempo. O menino da Pedra da Águia? Mas o que ele tem a ver com o outro, o que não dormia? E com o adolescente apaixonado pela indiferente dos cabelos como um rebanho de cabras descendo impetuosas as encostas da montanha de Galaad? E com o homem debruçado no balcão — em centenas de balcões — bebendo para aliviar o peso da alma, a Excessiva, e vezes incontáveis atropelado por manadas de elefantes azuis? Ah, Professora (ele gemia sem palavras), por que tanto empenho numa ordem de vida, num sucesso fadado a acabar sempre em derrota, por mais entusiásticas e edificantes que possam vir a ser as palavras da lápide? Onde jaz um homem, jaz sempre alguém cujo nome, como dizia o poeta, foi escrito na água. Sim, a senhora não admite isto, nem mesmo depois da morte, mas...

O rosto que o fitava não era mais o da Professora: era redondo, corado, brilhante como se esfregado com um óleo translúcido. A boca, carnuda e flácida, se moveu, pronunciando guturalmente seu nome.

— Sim — respondeu ele.

— Venha comigo.

O Poeta apagou o cigarro no cinzeiro e saíram da sala. Dobraram à esquerda, seguiram por um corredor até uma porta de madeira maciça, que o homem abriu com uma torção raivosa da maçaneta.

— Faça o favor.

Era uma sala ampla, com vastas janelas gradeadas. O Poeta se encontrou diante de uma escrivaninha, por trás da qual o fitava um homem de idade indefinível. Sua testa era lisa, lisos os cabelos — e o Poeta achou que sua expressão também era lisa, pois nem chegava a ser uma expressão: aquele rosto não dizia nada, não enviava qualquer mensagem, não oferecia pista alguma do que havia por trás, para além da pele e dos ossos.

— Sente-se — disse o homem, indicando a cadeira que lhe ficava em frente.

Sentado, o Poeta acompanhou com os ouvidos os passos do seu guia, que se afastava. Além dele e do seu provável inquisidor, apenas aquele senhor de rosto cansado, entrincheirado por trás de uma velha máquina de escrever, ocupando uma escrivaninha menor, logo à direita. Mais uma vez estava ele ali, pensou o Poeta, com os seus olhos baços, o espírito estupidificado por anos e anos de uma datilografia ditada, impessoal, incolor, insípida, inodora e implacavelmente tediosa como a sua própria vida. E esta era aquela, e aquela era esta, vida e datilografia, datilografia e vida, até o dia em que ninguém — ninguém! — tivesse mais o que declarar...

O inquisidor respirou fundo.

— Peço ao senhor — disse, com voz suave (e também lisa, observou o Poeta) —, que responda as perguntas devagar, para que o escrivão possa registrar tudo. Entregue a sua carteira de identidade, para ele anotar os dados.

O escrivão recebeu o documento, datilografou, ficou esperando.

— Bem, em primeiro lugar — o inquisidor empurrou um objeto em direção ao Poeta —, foi o senhor quem escreveu isso aí?

A revista do DC estava aberta no poema, cujo título fora vigorosamente sublinhado em vermelho, assim como algumas passagens avulsas do texto.

— Sim, fui eu.

— Muito bem — o homem voltou a respirar fundo. — E o que o senhor quer dizer com isto?

— Como?

— O que o senhor pretende com esse... Poema?

— O que pretendo? Bom, um poema. Quando faço um poema, o que pretendo é fazer um poema.

— Sim, mas o que o senhor pretende com ele? Pregar a subversão?

— Não, só pretendo que seja um poema.

— Mas o senhor promove a figura do guerrilheiro, que aparece aqui como herói!

— Ah, já sei, é o velho problema da literatura... — O Poeta balançou a cabeça com gravidade.

— Que problema?

— As diversas leituras e os diversos níveis dessas leituras. Para o senhor, o guerrilheiro é um herói; para outros, poderá significar coisa bem diferente. Tudo depende da leitura, do...

— Está claro — interrompeu o inquisidor —, está muito claro: o senhor utiliza a figura do guerrilheiro para influenciar o leitor através da emoção.

— Se estou conseguindo isto, ótimo.

— Quer dizer que o senhor confessa?

— Confesso o quê?

— Que teve a intenção de fazer propaganda subversiva.

— De jeito nenhum. Posso fumar?

O homem pôs a seu alcance um cinzeiro idêntico ao da outra sala. O Poeta tragou o fumo, sentindo que o albatroz estava à vontade, bem seguro nas alturas.

— O que confesso — disse — é que escrevi esse poema que está aí. É sobre um guerrilheiro? É. Mas por que esse guerrilheiro seria símbolo da subversão? Tivemos guerrilheiros que lutaram heroicamente, por exemplo, pela nossa independência, contra portugueses, holandeses e outros, e ninguém achou que foram subversivos. Quer dizer: os portugueses e holandeses teriam razão para...

— Sim — o homem voltou a interromper, também acendendo um cigarro —, mas não é desse tipo de guerrilheiro que o senhor fala no poema.

— Pela sua leitura. Pela leitura de outro, o personagem poderia ser até, deixe-me ver... Barrabás.

— Barrabás?!

— Ele mesmo, o da Bíblia, o senhor se lembra: Pilatos queria soltar Jesus, mas o povo preferiu Barrabás. Por quê? Porque, segundo

li em algum lugar, Barrabás era dos que lutavam pela liberdade do seu povo, um guerrilheiro que tinha sido preso pelos romanos.

O homem abanou a cabeça:

— Barrabás...

— É, Barrabás.

— O senhor certamente sabe que ele era um ladrão, um bandido, um assassino!

— Na versão dos romanos, sem dúvida, muitos heróis autênticos foram chamados de bandidos e assassinos por seus adversários. O vilão está sempre do outro lado...

— Ora, não tente me fazer acreditar que o senhor escreveu mesmo sobre Barrabás!...

— E pode ser que tenha escrito — respondeu o Poeta. — Por que não? Afinal, como eu estava dizendo, assim como um texto nunca é lido da mesma maneira por todas as pessoas, ou pela mesma pessoa em circunstâncias diferentes, o autor geralmente nem mesmo sabe o que está escrevendo, desconhece o que acabou de escrever. Em certos casos, até se acha incapaz de escrever o que escreveu. E é incapaz mesmo, pois aquele que escreveu já não existe, foi apenas um momento de... Epifania! O autor, aliás, em última análise, não deveria nunca ser responsabilizado pelo que saiu de sua inspiração. Platão falou da irresponsabilidade dos poetas, como o senhor sabe, e minha mãe me acha particularmente irresponsável. Já achava quando era viva, depois ficou achando muito mais.

— Como? Depois de quê?

— Depois da morte.

— Ora, que conversa é essa?!

— É o que eu estou lhe dizendo: depois de morta ela passou a reclamar muito mais de mim.

O homem ficou vermelho:

— O senhor é, por acaso, doido!?

— Talvez sim, como todo mundo... Mas ela se chateia mesmo é porque eu sou alcoólatra.

— Quer dizer que o senhor conversa com sua mãe morta!?

— Na verdade, eu falo pouco, ela é que fala muito. Quando não fala, faz uns sons críticos e me olha com mágoa ou indignação. Às vezes me acorda no meio da noite para...

— Isso é algum truque?

— Como truque?

— Alguém disse ao senhor que se fingisse de maluco para não ser responsabilizado pela nossa investigação?

O Poeta abanou a cabeça:

— De forma alguma. Mas o senhor não é a única pessoa que não acredita na professora.

— Que professora?

— Minha mãe. Ela era professora, e tinha orgulho disso. Muito exigente, me fez estudar como um condenado.

— Agora é o senhor que está se condenando... Por acaso acha que nós aqui somos palhaços?

— Eu? Mas de jeito nenhum.

— É, não acha? E então, por que vem com essa conversa de assombração!?

— Não é bem uma assombração... Ela só me assombrou mesmo no início, mas depois me acostumei.

O inquisidor respirou fundo, voltou-se para o escrivão:

— Está anotando tudo aí?

— Estou, major.

— Muito bem.

Fitou o Poeta:

— Quer dizer que o senhor é espírita...

— Não, não sou.

— Como não é? Se vê e conversa com espíritos...

— Só o de minha mãe, mas não por querer.

O homem massageou a testa com a palma da mão direita:

— Pelo amor de Deus... Enfim, pelo que foi dito, devo aceitar que o que o senhor escreveu foi sob influência dos espíritos ou do álcool!

— Dos espíritos, propriamente, não, mas talvez das musas... E do álcool, acho que com certeza.

O homem bateu com a mão espalmada na mesa:

— Certeza mesmo aqui é que com certeza o senhor está tentando me enrolar!...

O Poeta abriu os braços:

— Que fazer? Como falei, estamos sempre sujeitos a todo tipo de interpretação. Na literatura e na vida.

— Ora, vamos esquecer essa história de espíritos, alcoolismo e interpretações, o que o senhor escreveu é muito claro, evidente, não é coisa de bêbado nem de doido, como alguém poderia lê-lo de outra forma?

— Pois é. E veja só: o senhor não sabe como alguém poderia lê-lo de outra forma — e eu estou aqui exatamente testemunhando essa ocorrência, pois para mim o senhor leu o meu poema de outra forma.

O inquisidor respirou fundo, fechou os olhos. Os outros dois o contemplaram, impassíveis, até que, reabrindo os olhos, ele fitou o Poeta e sorriu um sorriso malévolo:

— O senhor é mesmo bom de conversa — disse ele. — Mas é fácil de perceber, muito fácil: o senhor está, com este depoimento, esta história de leituras, de interpretações, espíritos e alcoolismo, tentando fugir à sua responsabilidade — e até subverter a subversão!

— Se o senhor interpreta dessa maneira...

O homem deu um tapa na mesa:

— Não interpreto nada! Sei o que estou dizendo!... E fique certo de que tudo será devidamente esclarecido! Mas por hoje basta, tenho um compromisso. Voltaremos a chamá-lo em breve. Por enquanto está liberado, mas só por enquanto!... Aguarde um instante para assinar o depoimento.

Bateu a cinza no cinzeiro, recostou-se na cadeira, relaxado, soltou um risinho de mofa:

— Conversa fiada... Precisamos tomar cuidado, muito cuidado. Gente como o senhor não é nada inofensiva. Pelo contrário, é bem mais perigosa do que alguns que pegam em armas, como esse seu guerrilheiro.

— Não vejo como...

Mas o Poeta desistiu: os olhos do inquisidor, seguindo o fio azulado da fumaça do cigarro, diziam que ele não estava mais ali, seus pensamentos vogavam muito longe, tranquilos, compondo-lhe a paz do rosto, e ele, o Poeta, pensou que, se ainda não era, logo seria um inquisidor competente, soprado pelos ventos de fúria que se tornavam mais e mais violentos, ele, aquele ali, com cara de pacato cidadão, exemplar chefe de família. Mas talvez não, talvez não, reconsiderou, talvez ele não suportasse, talvez conseguisse escapar àquele destino — que logo seria cumprido por outros, pelos que aguardavam na sombra e estavam prontos a chafurdar na merda sanguinolenta que começava a ser produzida.

— Pronto, o senhor pode ler e assinar, aqui tem uma caneta.

O Poeta recebeu os papéis do escrivão, correu os olhos pelo texto, uma coisa meio confusa, cheia de digos, erros de concordância e vírgulas inteiramente descabidas.

— Rubrique cada lauda e assine no final — recomendou o homem.

Quando o Poeta devolveu os papéis, a alma do inquisidor já havia regressado.

— Pode ir — sorriu ele, num esgar irônico. — Veremos até quando isso irá funcionar. Boa noite para o senhor.

— Obrigado — respondeu o Poeta. — Tudo indica que vai ser uma longa noite.

Ele sentia a boca muito seca, mas o albatroz vogava nas alturas como uma levíssima nuvem de verão.

Não foi algo idêntico ao que se passou comigo, mas sem dúvida os personagens têm sempre algo a ver com os seus criadores, mesmo que esses não sejam poetas maiores e não tenham um protetor como o Samurai...

25
VITÓRIA DO AMOR

E, enfim, vencido o Desamor, o Poeta Maior reencontra a felicidade. Leiamos o Capítulo 79 do romance.

SENHORA

I
Ó Magnífica

não me resta senão acreditar
que os deuses me amam

pois eis que eles me devolvem
vosso sorriso

vossos cabelos de ondas
nuvens

vossos gestos de remanso
cálido

vosso corpo de ilha
afortunada.

II
Havia um mar
de angústia

um luar
de trevas

um labirinto no labirinto no labirinto
no labirinto

infinitamente.

III
Por vós implorei
noites e dias

mentecapto e mendigo
cão uivando no fundo

do poço do fundo
do poço do fim
do mundo.

III
E então devo ter sido muito bom
em algum momento.

Devo ter feito algo cintilante
de alma

pois de súbito os deuses
me amaram
tanto.

IV
E retornastes
bela
como quando ainda jovem anjo
em Babilônia.

E em nós há bosques e jardins
iluminados
pelas fadas das brisas matinais
e poeira de vagalumes
nas romãs.

V
Já não me sinto um sol
cansado

pois que os deuses me amam
e retornastes

ó Magnífica
ó Estrela
da Constelação de Vênus Vencedora

também
consolatrix afflictorum

senhora dos horizontes
senhora da vida
senhora de mim

rio no meu coração sangrando
amor.

26
OUTRA VOLTA NO TEMPO

Mais outra volta no tempo. De Poções para Jequié. Eu passara no Exame de Admissão, e era a hora de encarar o ginásio. E o pior: em regime de internato. O que aconteceria por lá? Ganhara umas roupas novas, um novíssimo par de chuteiras para o futebol (que depois um colega maior me tomou emprestado e inutilizou para sempre), livros, cadernos, canetas, tinteiro, e levei a minha Cama Patente Faixa Azul, de molas, de que me orgulhava, para o dormitório (de onde ela jamais sairia...), para garantir maior conforto, mais as roupas de cama e tudo que pudesse necessitar para a higiene diária. Enfim, ali parecia estar um aluno exemplar. Se meu pai era o homem que era, eu não poderia ser diferente. Ledo engano.

Eu havia vivido certas barbaridades da cidade anterior, como já contei, e assim não estranhei o que encontrei por lá. Eu era pequeno, como sou até hoje, mas desaforado a ponto de enfrentar os maiores, e acabei reunindo comigo um pequeno grupo de meninos solidários, o que afastava qualquer ameaça. A verdade é que fui, nos cursos, um mau estudante. Detestava algumas disciplinas, como a matemática, e certos professores que pareciam só ter conhecimento suficiente para a enrolação. Assim, não parecia simpático a eles, não gostavam da minha fisionomia crítica. Houve até um (de desenho e trabalhos manuais!... eu nunca soube desenhar nada, minha mãe é que me ajudava às vezes; pior ainda quanto aos trabalhos manuais, sou um desajeitado por natureza; nem sei como aprendi a teclar a máquina de escrever e, mais tarde, o computador) que mais me reprovou por pura antipatia — o que eu também sentia por ele.

Havia um professor que sujava as paredes nas aulas, porque se recostava nelas e se apoiava em um pé ou no outro. Em breve, as pobres paredes mais pareciam tiradas do lixo. Os alunos se divertiam, mas a direção do ginásio não se importava. O mestre era respeitado e filho de um ainda bem mais respeitado. Durante as férias é que mandavam fazer uma limpeza, e as paredes ficavam branquinhas, até a volta do implacável professor. Por acaso, anos depois, acabamos fazendo, de ônibus, uma viagem Salvador-Jequié, vizinhos de poltrona; ele lendo uma peça de Shakespeare (não me lembro qual) em inglês e eu lendo *Le Diable et le Bon Dieu,* de Sartre. A cena parecia o que me fez perguntar a mim mesmo: Nós dois estaríamos fazendo parte de alguma peça de teatro inverossímil? Mas não comentei nada. Mal nos cumprimentamos, fiéis ao nosso amor pelo teatro. No mais, creio que só me destacava no ginásio, recebendo elogios na hora de leituras em voz alta, pois o fato era que a maioria dos alunos lia atropelando tudo, ignorando acentos, engolindo plurais, gaguejando, coisas assim, com a professora reclamando de indignação e a classe inteira rindo à vontade. Recordo um colega que ficou marcado porque, para ele, caiu a leitura de "O hino da cabocla", de Junqueira Freire, onde há este verso:

Sou índia, sou virgem, sou linda, sou débil...

E tudo por aí ficou, porque a gargalhada geral fez com que todos os alunos fossem expulsos da sala. Não foi pior porque era aula só de meninos, pois, naquele tempo, havia ainda separação de sexos na educação...

E houve também outro garoto que se tornou famoso. Talvez ele estivesse apenas com muita vontade de comer um doce e, na sala de aula, no intervalo, foi ao quadro negro e escreveu, em letras garrafais: ALFÉLOA. Não sei se ainda existe esse doce, às vezes, biscoito, feito de massa de açúcar ou melaço, mas, na época, gozava de algum sucesso. Era comum em festinhas variadas. Nenhum dos alunos presentes, à espera da professora, estranhou coisa nenhuma, e, certamente, alguns sentiram vontade de provar uma alféloa, por que não? Na adolescência... Mas aí chegou a professora.

Chegou, deixou uns livros e cadernos sobre a mesa, foi-se ao quadro-negro, leu o que estava escrito, voltou-se indignada para os alunos e, com sua voz aflautada, anunciou que se queixaria ao padre, que era o diretor e proprietário do ginásio, imediatamente enviando um funcionário para chamá-lo à sala, pois não aguentava mais ensinar a alunos mal-educados que não sabiam respeitar os professores. Seriam todos punidos, a menos que indicassem o culpado pela ofensa.

Houve uma perplexidade geral, os estudantes se entreolhando sem entender nada. Eu, claro, já percebera tudo, mas, quando ia dizer alguma coisa, chegou o padre, com sua pose de sempre. Era a autoridade maior, e ficamos todos na espera. Então, a professora aflautou ainda mais a voz, apontou a palavra no quadro-negro e quase se desfez em lágrimas, queixando-se da tremenda falta de respeito dos alunos. O padre leu a palavra, fechou a cara para os alunos, mas parecia hesitar. O que... Foi quando me ergui a tentei esclarecer a questão:

— É apenas o nome de um doce!

Houve um princípio de risos tímidos... e logo a gargalhada geral dos estudantes. Estava resolvida a questão. Ou estaria...

O padre bateu os pés no chão.

— Você não me engana. Isto é falta de respeito mesmo. Todos aqui sabem que o nome da professora é...

— Professora Ofélia — responderam algumas vozes.

— E o que escreveram no quadro-negro, seus malandros?

Vozeria geral:

— Al-fé-lo-a!

— Nome de um doce — insisti.

O padre, que não gostava das minhas irreverências, me fitou:

— O senhor sabe bem ao que estou me referindo. Falta de respeito mesmo. E vá saindo logo da sala de aula!

Saí, promovido a "senhor", o que já me acontecera antes, pois o padre sempre usava o título quando se aborrecia com alguém. Saí, mas em passo lento, podendo ainda escutar o padre pedir a denúncia do escritor do quadro-negro e não ouvir resposta de NINGUÉM, o que o levou a chamar a turma de "senhores". E, em um instante, estava eu cercado pelos colegas, todos expulsos da sala também.

O que fazer? Fomos jogar futebol. E me recordo de um colega propondo que os perdedores pagassem uma alféloa a cada um dos vencedores, o que não foi aceito. Ainda bem que tudo acabou apenas assim, longe de ser uma tragédia shakespeariana em que viveu tristemente e se matou a outra Ofélia, não infeliz devido a uma alféola, mas sofrendo pela morte de Polônio, seu pai, morto por Hamlet, seu fracassado amor.

Sobre o internato, só posso dizer que havia bancas, compromissos de igreja, jogos de bola, pingue-pongue, brigas eventuais e muita fofoca visando, principalmente, as meninas do externato. E eu escrevendo escondido, como sempre. Nas traseiras da igreja havia um sino, perto do campo de futebol. Bem, algum estudante conseguiu um fio longo e o amarrou no badalo. Em um dia de missa repleta, quando o celebrante, que era o dono do ginásio, erguia o cálice sagrado, eis que o sino enlouqueceu e começou a badalar escandalosamente, o que fez com que o sacerdote se descontrolasse, interrompesse a celebração e exigisse de uns bajuladores próximos que fossem tomar providência. Mas o fio era muito longo, sumia-se além do muro. Não viram ninguém. Eu, que evitava a igreja, estava lá naquele dia e fiquei com inveja de quem havia puxado o fio do sino e que nunca se soube quem tinha sido... De outra vez, um pequeno grupo fez uma invasão e bebeu todo o vinho das missas. O gosto não agradava (sim, eu estava no meio...), mas fomos em frente. No dia seguinte, fazendo sucesso em toda parte, o escândalo do vinho misteriosamente evolado...

Recordo-me também despertando várias vezes na noite com o badalar do relógio da Matriz. E sempre com saudades de casa, dos amigos de Poções... Lembro que enganava o bedel, que chamávamos de censor (mas tinha o nome verdadeiro de Menotti Leto e era mesmo — descobri depois — um bom sujeito), com livros falsamente encapados. Lá estava eu, com volumes de matemática, gramática, geografia, história, quando, na verdade, lia contos, romances e poesia. Assim, parecia bem comportado, estudando, o que deixava a mim e ao censor felizes. E Menotti era também o líder da banda marcial do ginásio. Eu batia o surdo, mesmo antes querendo ficar com a caixa, e acabei me encantando com ele, reboando no campo do ginásio e nas ruas da cidade em comemorações como a do Sete de Setembro e da Primavera, esta com as moças fantasiadas e levando ramalhetes de flores, uma maravilha.

Como disse, fiz uns amigos, fugi algumas vezes para ir ao cinema, tomar minha primeira cachaça (arrepiante experiência) no mercado da cidade e, em determinada ocasião, liderei o comício de críticas ao dono da escola por causa das nossas carteiras de estudante, que nunca ficavam prontas. Más notas, mau comportamento... De lá, acabei saindo, reprovado, para o Colégio Estadual, com melhores professores e sem as proibições chatas (fumar, por exemplo) do outro. Aliás, foi a época em que me firmei como fumante. Uma carteira de Continental sem filtro por dia, mais ainda quando estava bebendo. A vida, todos sabem, é algo muito complicado. Tanto que, na verdade, jamais somos sempre a mesma pessoa. Nem de um segundo para outro. Agora, imaginemos da primeira infância à idade madura — quantos fomos nessa tão longa travessia. Eu mesmo, às vezes, me recordo e não me reconheço. Sim, naqueles tempos, eu não era o homem de hoje, de forma alguma. Tinha meu nome, minha história familiar, mas era outro. Não discuto se melhor ou pior: era outro. Tenho em meu quarto, como já contei no início, em versos, em um quadro oval, a foto de quando tinha apenas uns poucos meses de vida. Quem era aquele eu? Não faço ideia. Tanto mudamos, mudamos, mudamos. Por isso, passo a contar a vocês essa história que começou como um sonho. Sim, eu fui aquele rapaz que me parece hoje inacreditável, não pelo ato heroico, mas por ter se arriscado a tanto por muito tempo.

Sonhei que estava fumando e não gostei. Ainda no sonho, reclamei comigo por estar traindo o esforço feito para nunca mais fumar. Foi em um momento em que eu tentava desovar mais uma crônica para jornal, esforço inútil que me fez acender um cigarro, tragar a fumaça e descobrir que, ao lado da máquina de escrever, havia outro cigarro aceso no cinzeiro de vidro. Eu já estava cansado do esforço da crônica e percebi que era um cansaço bem maior. Já havia tentado, umas três vezes, e o mais que conseguira fora um mês sem fumar. Eu que traçava, no mínimo, um maço por dia.

Respirava mal e só estava com 29 anos de idade. Então, em um rompante, apaguei os dois cigarros no cinzeiro e, juntamente com o maço ainda pela metade, joguei-os na cesta de lixo. Os dias seguintes não foram fáceis, os amigos ridicularizaram minha decisão de fumante inveterado, e um chegou a apostar comigo um engradado de cerveja por cada mês que eu passasse sem fumar. Aceitei a aposta. Abandonei o cafezinho. E, certa vez, uma colega se aborreceu por eu me recusar a acender um cigarro e passá-lo a ela.

E o tempo correndo. Voltei ao cafezinho, que havia suspendido por prudência. Voltei também, depois, à cerveja, ou coisa mais forte. Tudo sem fumar. Enfim, já lá se foram 51 anos. Sem tal abstinência, provavelmente já estaria morto, como um grande amigo e um irmão dez anos mais novo do que eu. E outras tantas pessoas que também se foram sem que eu soubesse o motivo, mas me lembro delas puxando fundo os seus cigarros. Cinquenta e um anos valem por uma vida. Muitos não chegam a tanto, quanto mais aos meus 80. Se mereci esses 51 anos é outra questão. Hoje, muito raramente, só fumo em sonho e, nele mesmo, condeno meu retorno ao vício. Cinquenta e um anos. O amigo jamais me pagou sequer uma cerveja dos inúmeros engradados que me deve, mais de seiscentos. Dei adeus às fumaças. Nada mais de fumaças. Fico me contentando com as névoas — que também nem sempre são leves e saudáveis — da alma...

Mas voltemos ao Colégio Estadual, onde me apaixonei por uma menina morena, paixão que acabou não sendo jamais resolvida — e por isso mesmo eterna —, impregnando secretamente a minha vida e as tentativas de poesia. Muitos anos depois dessa iluminação escolar, eu escrevi um poema sobre ela e o publiquei em *Sob o céu de Samarcanda*. Leiam a seguir.

EPIFANIA

Alguns anos não consigo
deixar nas águas do Lete:
os teus catorze morenos
e os meus magros dezessete.
Muitas coisas se afogaram,

e rostos, e pensamentos,
e sonhos, e até paixões
que eram imortais...
Porém,
os meus magros dezessete
e os teus catorze morenos
não entram nem em reflexo
nesse Rio do Esquecimento.

Que magia nos levou
a um espaço e a um momento
para que de nós soubéssemos:
tu, meus magros dezessete;
eu, teus catorze morenos?
Que astúcia do Imponderável
nos abriu aqueles dias
que permanecem tão claros
como quando nos surgiram?
Eu não sei. Mas sei que a vida
nunca mais me foi vazia.

Como não foi fácil, nunca,
por tanto me visitarem
os Arcanjos da Agonia.
Pois, se fui iluminado
por estarmos lado a lado
— os teus catorze morenos
e os meus magros dezessete —,
seria fatal que também
viesse a sentir a alma
em chagas multiplicadas
por setenta vezes sete.

Ah, os teus catorze morenos
e os meus magros dezessete!...
Quanto sofrimento fundo
— mas quanto sonho profundo
e alto!
Que belo mundo
foi-me então descortinado,
porquanto me era dado
o privilégio preclaro

de penar de amor no claro,
no escuro, em todas as cores,
em todos os tons da vida,
dia e noite, noite e dia,
varrido ao vento das asas
dos Arcanjos da Agonia
(que eram, por algum prodígio,
os mesmos da Alegria!...).

Ah, que por mim chorem flautas,
pianos, violoncelos,
as cachoeiras, os céus
comovidos dos invernos...
Chorem, chorem, que mereço
essas lágrimas, porque
tudo sofri no mais pleno
de paraísos e infernos.
Que chorem...
Mas eu, eu mesmo,
não choro... Como chorar,
se mereci essa dádiva
de um amor doer na vida
por setenta vezes sete
mais que qualquer outra dor,
mais que qualquer outro amor?
Só me cabe agradecer,
pois a vida perderia
(e, o que ainda é mais cruel,
sem nem saber que a perdia...)
se não provasse os enredos,
insônias, febres, venenos
que em meus magros dezessete
acendeu a epifania
dos teus catorze morenos!

Em 1996, quando fiz lançamento de livro em SP, na Biblioteca Mário de Andrade, ela apareceu. Achei que continuava a mesma. Conversamos com alegria — e, recentemente, ela voltou a Salvador e entrou em contato comigo. Queria me ver. Eu também queria vê-la, mas estávamos em plena pandemia e seria imprudente.

Assim, falamo-nos por telefone e e-mail — e, finalmente, enviei-lhe o poema, que ela nem sabia que existia. Ligou-me dizendo que estava comovida e que poderia ter sido diferente a história dos seus catorze morenos e dos meus magros dezessete. Bela história que acabou não acontecendo, mas que permanece, pois sei que a memória pode devolver a juventude quando desperta uma emoção e nos oferta um poema...

27
LEITURAS E JÚRI

E fui cultivando amizades, algumas que me ficaram para a vida inteira e outras que se foram para sempre, levadas pelas distâncias, pelo tempo, pela morte... Uma das minhas principais diversões era o cinema, mais exatamente os cinemas, pois havia dois na cidade: o Cine Jequié e o Cine Bonfim. O primeiro levava uma vantagem, porque, além de melhores acomodações, os espectadores entravam do lado da tela, exibindo-se a todos que já estavam sentados. Aos domingos, então, era um verdadeiro desfile de modas, com a mulherada procurando humilhar qualquer concorrência.

Os mais jovens chegavam cedo e se divertiam. Foi lá que eu vi uma bela jovem senhora e o seu marido. Eu a achava um verdadeiro esplendor. Tempos depois, ela sumiu. Disseram que havia se separado do marido e ido para Salvador. Eu a encontraria lá por acaso, quando me mudasse também? Muito difícil. E eu também era só um garoto... E um dia, então, me disseram que ela havia sido encontrada estrangulada em um hotelzinho de um beco da capital. Que vida tinha sido aquela? Uma tragédia. Que eu achava, e ainda acho, que ela não merecia. Prenderam o assassino? Nunca soube. Só sei que ela continua cintilando em minha memória.

Não falarei rigorosamente dos muitos amigos, porque isto não é, como já dito, propriamente uma autobiografia, algo que exige exatidões, mas apenas notas ao sabor dos ventos, ou brisas, da memória. Como já viram, referi-me a várias pessoas sem nome — inclusive algumas importantes, como aquele amigo de meu pai, o do revólver na cintura — porque não quero que algum eventual leitor me venha cobrar inexatidões, omissões ou esquecimentos, até por maldade. Desejo que os leitores vejam tudo como uma conversa sem maiores compromissos. No mais, a cidade era bela, como disse meu pai. E festeira, altamente boêmia. E de tudo isso fruiu a minha geração. Foi lá que amadureci minhas leituras e escritos. Não com grandes resultados, sem dúvida, mas já estava no caminho que considerava certo, inevitável.

Das primeiras lições nada esqueço. Pensando nelas, escrevi recentemente esta crônica:

LIÇÕES

E eis que estava eu devolvendo à estante a tetralogia **José e seus irmãos**, *de Thomas Mann, que acabara de ler pela segunda vez, depois de uns 30 anos, quando vi um livro que estava, obviamente, em lugar errado:* **Cartas a um jovem poeta**, *de Rainer Maria Rilke. Bateu-me uma emoção: é que tenho várias edições dessas cartas, como de outras obras de Rilke, mas há muito me vinha incomodando o desaparecimento de edição para mim particularmente importante — da Globo, com tradução de Paulo Rónai e, ao final, um poema de Rilke, "A canção de amor e de morte do porta-estandarte Cristóvão Rilke", em tradução de Cecília Meireles. E então, emocionado, perguntei-me: Seria ele, aquele voluminho escondido em lugar errado?*

E era ele mesmo. Eu já havia lido as cartas antes, mas melhor reli aquela edição nos anos 70 e, após umas duas ou três mudanças de endereço, não mais a encontrei. E naquele reencontro a li mais uma vez e era como se revisitasse a mim mesmo naqueles anos longínquos, ainda me debatendo nos inícios de uma carreira literária. E fui relendo os trechos que marquei das cartas e que muito me ajudaram naquele momento. Este, por exemplo: "O senhor está olhando para fora, e é justamente o que menos deveria fazer. (...) Ninguém o pode aconselhar ou ajudar — ninguém. Não há senão um caminho. Procure entrar em si mesmo." E este: "Se a própria existência cotidiana lhe parecer pobre, não a acuse. Acuse a si mesmo, diga consigo que não é bastante poeta para extrair as suas riquezas."

Rilke já dissera: se alguém pode viver sem escrever — não deve escrever. Noutro trecho: "As obras de arte são de uma infinita solidão; nada as pode alcançar tão pouco quanto a crítica. Só o amor as pode compreender e manter e mostrar-se justo com elas." E sobre a criação: "Deixar amadurecer inteiramente, no âmago de si, nas trevas do indizível e do inconsciente, do inacessível a seu próprio intelecto, cada impressão e cada germe de sentimento e aguardar com profunda humildade e paciência a hora do parto de uma nova claridade; só isto é viver artisticamente na compreensão e na criação."

Na última carta, de 1908, ensina o poeta: "A arte também é apenas uma maneira de viver. A gente pode preparar-se para ela sem o saber, vivendo de qualquer forma. Em tudo o que é verdadeiro, está-se mais perto dela do que nas falsas profissões meio-artísticas. Estas, dando a ilusão de uma proximidade da arte, praticamente negam e atacam a existência de qualquer arte. Assim o faz, mais ou menos, todo o jornalismo, quase toda a crítica e três quartos daquilo que se chama e se quer chamar literatura." Belas lições para quem, como eu, ainda estava nos princípios da literatura. E para qualquer um, esteja em que altura estiver da vida — ou da arte.

No tempo de Jequié, eu já lera as cartas de Rilke, sim, mas já não lembro como conseguira aquele primeiro texto, que não havia lá em casa ainda. Deve ter sido um empréstimo. Também em Jequié, aprendi a nadar no belo (ainda, antes da barragem) Rio de Contas, que, em outros lugares, é chamado de "das contas". Nadávamos também na piscina da fazenda Provisão, meu pai com seu vigoroso e elegante *crawl*, que eu nunca consegui imitar, nem de longe. Mas um dia, minha humilde natação funcionou bem. Eu estava deitado em uma cadeira, à beira da piscina, quando ouvi uns gorgolejos estranhos. Parecia alguém em sufocação. Pensava não haver mais ninguém na piscina. Levantei-me e vi um gorducho que parecia estar se afogando. Caminhei pela borda e cheguei mais perto. Vi que teria de entrar na água. Se eu não houvesse escutado o ruído, ele já poderia estar morrendo. Assim, mergulhei, nadei até ele, ergui-lhe a cabeça e o fui empurrando. Já na borda, conseguiu agarrar-se nervosamente, tossindo água com fúria. Saí da piscina e estendi-lhe a mão. Não foi fácil, pois, como disse, era um gorducho. Mas ele também tinha de lutar pela vida. Puxado por mim, fez força, acabou saindo da água e se estendeu, respirando com angústia no cimento. Eu o conhecia. Era filho de um comerciante da Rua Sete de Setembro. Aos poucos, se mexia e se erguia. Ficou sentado. Quando se levantou, tentou sorrir e disse que pagaria um refrigerante para mim. Eu agradeci e não aceitei. Voltei para a cadeira. Ele seguiu no rumo da lanchonete. Dias depois, tivemos uma discussão em uma festa, mas não lembro por quê. Ele foi grosso. Senti, então, arrependimento por tê-lo tirado da água, mas só por um instante. Resolvi esquecê-lo, e o esqueci. Só agora, com estas memórias, o estou lembrando e, na verdade, contente por ter salvado sua vida. Por onde ele anda hoje, o que se tornou, se ainda vive, não sei. Bem, ainda pode estar vivo, desde que tenha aprendido a ficar longe das piscinas...

No mais, também tive aulas de judô e troquei algumas pancadas com luvas de box. Frequentei bares e dancei bastante em festas particulares e no Jequié Tênis Clube. Muitos anos mais tarde, em 2002, tive a alegria de receber, graças às interveniências do velho amigo Deodato Astrê, que não era vereador, mas tinha amizades, o título de Cidadão de Jequié. Naquela sessão, onde estava até o ex-governador Lomanto Jr., que me falou respeitosamente de meu pai, surgiu de súbito um velho amigo que, sabendo que antes eu fizera um lançamento na cidade, trazia um volume para meu autógrafo. Vi que parecia estar chegando da fazenda, pois calçava botas e parecia cansado. Nunca soubera que um dia tivesse se interessado por livros. E o que trazia era um que certamente não leria jamais: meu ensaio de doutorado sobre Mário de Andrade. Certamente chegara no local onde houvera e lançamento e pegara qualquer coisa, só para me homenagear. Fiquei emocionado, fiz-lhe uma dedicatória e nunca me esqueci daquele afetuoso gesto seu. Nós o chamávamos de Du, da família Micheli. Sim, eu conheci gente muito especial, como ele, em Jequié, cidade que, por essas e outras, continua em meu coração.

(Uma notinha para mostrar que não fui um completo fracasso no Colégio Estadual: escolheram-me como Orador da Turma...)

Bom, eu teria que ir em frente, voltar a Salvador, estudar no Colégio Central da Bahia e depois fazer um vestibular, provavelmente para Direito. Era, sim o que eu pensava, afinal meu pai era um grande advogado. Como não seguir o seu caminho? E foi minha intenção mesmo, durante uma época. E eu fiz o vestibular e passei. Palmas para o futuro causídico. Mas antes da universidade aconteceu uma, digamos, experiência. Um jovem advogado que andava atrás de meu pai por Poções e Jequié arranjou um júri para fazer e, como às vezes conversávamos, convidou-me para participar. Alegaríamos legítima defesa. Eu ri: era apenas um aluno de colégio, ainda não passara no vestibular. Ele sugeriu que eu conversasse com meu pai.

Foi o que fiz. Ele me disse que eu estava muito moço, era ainda estudante secundarista e poderia sofrer muitos ataques dos adversários. Observou que minha participação seria legal caso o réu (que era uma ré) indicasse meu nome como seu defensor. E me perguntou qual seria nossa tese. Disse-lhe que era legítima defesa. Ele sorriu e pôs em minha mão o Código Penal. Mandou-me estudar e observou que a primeira coisa que a acusação faria era mostrar que eu não sabia o que era legítima defesa. Vendo-me tão jovem e sem curso de Direito, procurariam me desmoralizar imediatamente. "Sim, pedirão a você que diga o que é legítima defesa, já que é a sua tese. Esse pessoal não brinca."

Levei o Código para o quarto e fui lendo. Não vou agora consultar um exemplar dele (que nem possuo) para transcrever o que li de particularmente importante. Segundo minha memória, lá estava escrito: *Entende-se por legítima defesa quem, usando os meios necessários, repele injusta agressão, atual ou iminente, em favor seu ou de outrem, ou no estrito cumprimento do dever legal.*

Não é agora exatamente assim? Não sei, mexem muito nas leis. Bom, foi o que logo guardei na memória E, dias depois, lá estava eu no Tribunal do Júri de Poções, totalmente cheio, mesmo porque haviam dito que um filho do Dr. Ruy atuaria. E lá estava a pobre da ré, já entrando pela velhice, derrubadinha. Uma vítima, nada mais, coitada. Ah, teríamos que lhe devolver a liberdade. Começou a função, razões expostas daqui e dali e, exatamente quando eu iniciava um dos meus primeiros argumentos, o auxiliar do promotor me interrompeu, elogiando um advogado tão jovem e perguntando-me por que eu falara em legítima defesa e se eu podia dizer a ele e aos membros do conselho de sentença do que se tratava. Já avisado por meu pai, declamei-lhe de imediato o trecho do Código Penal. E sem nervosismo, como se estivesse ensinando alguma coisa a uma criança. Quando terminei, o público estava se divertindo. O filho do Dr. Ruy não decepcionara.

Em suma, a mulher matara o marido com sete pancadas de mão de pilão. A promotoria a acusava de ter agredido o marido e, depois, o executado traiçoeiramente com uma pilãozada final. Ele já estaria até dormindo ou desmaiado quando ela terminou o serviço. Mas o que acontecera segundo a defesa? O marido a agredira durante a noite, como costumava fazer (havia testemunhas) e, na luta, a única luz, um pequeno candeeiro, tombou, e tudo ficou escuro. Mas ele continuou sua agressão até que ela, bem mais frágil, ao cair, encontrou a mão de pilão e começou a se defender. Pancadas para lá e para cá, em dado momento, acertou a cabeça do homem, que desabou. Para a acusação, ela acertara o homem diversas vezes pelo corpo e depois o executara. Ora, tudo no escuro. Argumentamos que ela acertara o marido em diversas partes porque estava se defendendo, nem sabia o que estava atingindo, até que, em dado momento, a cabeça entrara no caminho. E a luta acabara. Ela não fizera nada do que estava sendo acusada. O que acontecera ali fora uma luta desesperada na escuridão, com ela agindo em legítima defesa. Enfim, ele começara, a agredira, como já fizera outras vezes, e se não fosse a mão de pilão ela estaria morta. Sim, aquela frágil senhora apenas se defendera, nada mais. Não houvera luta? A coisa fora tão feroz que uma parede de taipa caíra. Uma parede. Como é que cai uma parede de taipa? Não teria caído por causa da chuva (sim, era noite chuvosa), como queria a acusação, pois a chuva não derruba parede de taipa. Pode derretê-la, mas não derrubá-la. Só na pancada.

Sim, nossa história era mais convincente. Resultado: sete a zero. A velhinha veio me agradecer chorando, ao lado de sua família. Jamais me esquecerei.

Relatei o caso a meu pai. Ele sorriu satisfeito. E, algum tempo depois, me convidou para participar de um júri seu em Boa Nova. Eu fui, mas, como era ele o advogado, não tive quase nada para fazer. Só disse algumas palavras porque ele esperava que o fizesse.

28
QUESTÃO MILITAR, PROFESSORES, MATRÍCULA

Ir para Salvador. Atrasado em tudo, eu estava fazendo 18 anos, e havia o Tiro de Guerra pelo caminho, apresentando-se como problema. Achei que eu, pequeno e magro, seria rejeitado no exame médico, mas não foi o que aconteceu. Assim, o projeto de estudar no Colégio Central da Bahia, fazendo o Curso Clássico, ficaria fora de cogitação. Eu que continuasse em Jequié, fazendo o Curso Científico, que não me interessava de maneira alguma. Tentei contornar o desastre. Até um amigo de meu pai ofereceu-se para conversar com o tenente que chefiava o serviço, mas nada feito: eu teria que fazer o Tiro de Guerra. A coisa rolou, rolou, até que me disseram que se eu quisesse ir para Salvador, que fosse, mas sem documento de serviço militar. Deram-me um papel, que era para eu mostrar quando fosse cuidar do problema em outro meio militar. O que dizia era que eu estava devendo, sem cumprir a obrigação patriótica.

Então viajei. Fui me matricular no colégio e me pediram carteira de identidade, o que eu não tinha. Nunca vira necessidade dela em Jequié. Só que, agora, eu não era mais criança. Então fui, como muita gente, a uma ala do Fórum Ruy Barbosa e, após longa espera, pude fazer o pagamento da carteira. Perguntei quando poderia recebê-la. Responderam com uma data, mas acrescentando que eu não me esquecesse do documento do serviço militar. E agora? Guardei o recibo na carteira e, no dia da matrícula, pediram-me a identidade, mas como não podia fazer nada, estendi o recibo. E a pessoa disse:

— Ah, está tirando a identidade. Tudo bem.

E eu me matriculei. Daquela e de outras vezes, o recibo sempre quebrou o galho.

Fiz o primeiro ano Clássico e, quando ia para o segundo, me informaram que minha matrícula estava suspensa. Perguntei por que, pensando no recibo. Mas não era por isso. É que a direção resolvera afastar alguns alunos que considerava indisciplinados. E eu era um deles. Acusavam-me de beber no bar que havia do outro lado da rua da escola e fazer baderna. Ora, muitos estudantes bebiam exatamente lá. Seriam todos punidos? E de que baderna falavam? Da minha mania de fazer discursos políticos. Como? Eu estava participando de um grupo que agitava com a política secundarista, o que vinha fazendo desde Jequié, discursando para estudantes e o povo em geral, algo que gostava de fazer porque meu pai era grande orador e, devido a ele, já havia iniciado minhas leituras dos sermões de Vieira, de quem acabei comprando depois os sermões completos, em cinco belos volumes, aos quais às vezes retorno sempre com encantamento. Aliás, cheguei a participar de concursos de oratória para estudantes, tendo vencido o primeiro em Jequié e ficado em segundo lugar em um realizado em um colégio de padres, em Salvador, mas percebendo que o ambiente não era para irreverências, tendo o discurso do vencedor sido uma bobajada de menino bem comportado e me cabendo de prêmio um livro grosso desses de ensinar a garotada a ser obediente, sem jamais questionar nada. Uma decepção. De resto, era verdade, eu bebia a minha dose de cachaça com refrigerante, o famoso Cuba Libre de Estudante, como todo mundo, mas geralmente depois das aulas. Quanto à política, não era uma prática comum? Sim, mas eu era o chefe da agitação. O que não era verdade, mas e daí?

Minha matrícula não seria feita.

Voltei preocupado para a casa de meus avós. Meu tio Itamar, que tinha ido almoçar com os pais, puxou conversa e lhe contei da matrícula. Ele ficou indignado e disse que depois do almoço iria comigo ao colégio para resolver a questão. E fomos. E o funcionário, ao me ver, voltou com a mesma cantilena, inclusive dizendo que um documento que me fora dado por meu avô não valia nada. Meu avô certamente já teria passado da idade de... E foi quando meu tio se aproximou bem dele e perguntou:

— De onde você conhece meu pai?

Meu tio era muito forte, atlético, sua expressão não era nada boa. O outro amarelou:

— Não, não conheço...

— E então por que está debochando de meu pai?

— Não, eu...

— Eu o quê?

— O documento, por causa da idade...

— E você sabe qual é a idade de meu pai?

— Não, eu...

— Então pare com isso! Meu sobrinho veio se matricular. Ele é aluno daqui. Vá providenciar a matrícula dele! Faça sua obrigação!

O homem ainda quis dizer alguma coisa, mas a prudência falou mais forte. Foi para a papelada, organizou tudo e voltou com a minha matrícula oficializada, sorrindo.

Mas meu tio não sorriu de volta. Nem eu. E assim foi salva a continuidade do meu curso.

Curso que, aliás, não foi nada bem. Parece que eu não tinha mesmo jeito.

Hospedado no apartamento de meus avós paternos, sempre lendo e escrevendo — e pegando ônibus todo dia para fazer o Curso Clássico no Colégio Central da Bahia. Chegara animado no colégio, fiz rápidas amizades — muitos alunos bobos, como também alunas, mas alguns e algumas inteligentes — e conheci uns professores chatos, uns ridículos, outros arrogantes e alguns mais ou menos. O professor de português passou a leitura de um livro, *Triste fim de Policarpo Quaresma*, que li de imediato, e, na aula seguinte, perguntou quem o havia lido. Apresentei-me. E ele me perguntou como era que o personagem, não me lembro qual, estava vestido no capítulo tal? Respondi-lhe que havia lido o livro, sim, que poderia falar dele como um todo, mas não decorara trajes em capítulos. E ele, abanando a cabeça, tirou sua conclusão: aquilo mostrava que eu não havia lido o livro. Jamais me esqueceria daquele momento.

Mas havia um professor de Filosofia que aqui quero reconhecer: Ruy Simões. Um dia, ele começou a falar de Aldous Huxley, e eu me meti na conversa, o que o deixou espantado. Então eu já lera Huxley? Claro, um dos autores preferidos de meu pai. Assim, passei a ser seu aluno predileto, praticamente dava suas aulas quase sempre voltado para mim. Anos depois, já na universidade, no curso de Comunicação da UFBA, fui novamente seu aluno, agora de Ética, de que eu era também bom leitor, não só dos gregos, mas também de Bertrand Russell. E caso interessante: mais outros tempos, e eu é que ensinava Ética na Faculdade de Comunicação da mesma universidade. Então, uma aluna chegou para mim e me disse que seu pai havia gostado muito da minha bibliografia. Perguntei quem era seu pai. Resposta: Ruy Simões. E ela acrescentou: "Ele me disse que o senhor é dos bons." Respondi que dos bons, dos melhores, era ele e pedi-lhe que lhe desse um grande abraço.

Uns dias depois, a moça me contou que o pai estava doente, câncer de pulmão. Recordei que o professor fumava muito. Eu era também fumante, como quase todos que conhecia, mas viria a deixar para sempre o cigarro aos 29 anos, como já disse, e por isso, creio, estou ainda vivo. Perdi algumas pessoas por causa do cigarro: amigos, meu compadre Guido Guerra e um irmão, Paulo, dez anos mais novo do que eu.

Continuei no Clássico irregularmente. Depois veio o golpe, passei um tempo fora, como contei, retornei e fui fazer o Supletivo, que antes se chamava Artigo 91. Era (não sei se ainda existe) um teste com algumas provas que permitia que alunos atrasados finalizassem o curso, uma oportunidade que eu não podia ignorar. Então me inscrevi. E, dias depois, eu era um dos três aprovados! Maravilha, agora poderia partir para o vestibular.

(O problema militar resolvi quando um vizinho me disse que conhecia um major que poderia me liberar. Deu-me o endereço do quartel, e fui lá. Estavam examinando recrutas. Auscultaram meu coração, apertarem meu pescoço, e recebi o papel de dispensa dias depois.)

29
LUTA NAS RUAS

Minha participação nos protestos de rua contra a ditadura foi mesmo quando eu estava já na escola de Direito. Dia sim, dia não, lá íamos nós para as ruas, avenidas, ladeiras e praças para gritar contra a triste situação nazifascista do governo. E lá estavam os "gorilas", preparados para a repressão: polícia militar, principalmente, com seus escudos, cassetetes e bombas de efeito moral. Uma vez, demos de cara com soldados do exército, porque caminhávamos perto de um quartel. Eles fecharam a rua, perto do Teatro Castro Alves, apontaram fuzis e, de repente, estava todo mundo gritando: "É de festim! É de festim!" E foi o avanço. Chuvas de pedras e tijolos de uma construção próxima, e os soldados recuaram e se foram dispersando... Mas nem tudo era mesmo bala de festim. Um desses movimentos foi vivido pelo Poeta Maior. Leiamos.

LIVROS E SANGUE

As coisas pioravam. Não só pela falta mais e mais pungente de Isabel: pioravam para todos. Mais e mais pesadamente soavam os coturnos por toda parte. E houve aquela manhã em que o Poeta pediu um conhaque duplo a Secundino e saiu, de copo na mão, para ver o movimento que se anunciava. Logo estava fazendo parte de um grande semicírculo que olhava para o quarto andar de um prédio de onde desciam umas formas, algumas caindo como pedras e outras agitando-se à maneira de pássaros desengonçados. Aquele era o Edifício Sulamérica, e as coisas que tombavam eram os livros da Livraria Nova Aurora, especializada em temas de História e Política. Soldados os atiravam do alto sobre um caminhão do Exército, estacionado junto ao meio-fio.

O Poeta se afastou, deprimido, humilhado. Quando chegou à praça Castro Alves, já estava cheia de manifestantes. Rapazes, moças, não mais que adolescentes, o que sugeriu algo como jogos de primavera. Um mulato de uns dezoito anos transmitia os últimos informes:

— A polícia pensa que vamos fazer como na vez passada e se concentrou na Praça da Sé! Portanto, a palavra de ordem é ir em sentido contrário!

Outro estudante começava a falar, de pé sobre o capô de um carro. O Poeta estava perto o bastante para ouvir as palavras — que eram de protesto contra a ditadura e exigência de retorno imediato à democracia. Ele engoliu o resto do conhaque, que vinha bebericando, e ficou sem saber o que fazer com o copo. O orador recebeu algo de um companheiro — e o exibiu: a bandeira norte-americana. No mesmo instante estrugiu uma vaia imensa, o estudante falava, agitando a bandeira, mas ninguém o ouvia mais. A multidão gritava:

— Queima! Queima! Queima!

O orador puxou um isqueiro do bolso, pôs fogo na bandeira e voltou a agitá-la. Outras mãos se ergueram e a bandeira foi arrebatada, passando a ser atirada de um lado para outro, abrindo claros entre os manifestantes. Quando não restavam senão cinzas, a multidão começou a se mover — e um imenso coro ritmado ecoou pela praça:

> *O povo, unido,*
> *jamais será vencido!*
> *O povo, unido,*
> *jamais será vencido!*

O Poeta ouviu sua própria voz incorporada ao refrão, ao tempo em que via pessoas aplaudindo do alto dos edifícios e fazendo cair uma chuva de papel picado sobre o desfile.

Subiram uma ladeira interminável, o rio compacto da multidão fendendo-se em várias correntes para deslizar entre os carros paralisados, alguns buzinando no ritmo das palavras de ordem. O Poeta estava encharcado de suor, respirava fundo para ganhar forças e sentia as pancadas do coração ecoando nas têmporas. Quando a subida acabou, houve qualquer coisa à frente, os líderes conferenciavam. Logo a informação chegava a todos, a passeata já imobilizada: homens da PM estavam aguardando adiante, armados de fuzis. Mas a deliberação foi rápida: iam continuar. À medida que a decisão era comunicada, as pessoas passavam de um estado de perplexidade a um de quase exaltação. Havia um desafio, um duro desafio, e todos pareciam dispostos a enfrentá-lo. O Poeta pensou que era uma loucura, uma santa loucura. Ele havia avançado, enquanto a passeata se mantivera imóvel, e estava na primeira linha. Quando a caminhada recomeçou, agora embalada por outro refrão — Abaixo a ditadura! Abaixo a ditadura! — ele, como os seus companheiros de vanguarda, ergueu o punho desafiador — que na verdade era uma mão frágil e branca segurando um copo vazio.

Avançavam. Os soldados se alinhavam, fechando a saída para a praça. Avançavam. O oficial deu uma ordem, os soldados se ajoelharam em posição de tiro. Os líderes se adiantaram, voltaram-se para os manifestantes, fazendo gestos para que parassem. Novas deliberações: prosseguir? voltar? Já corria o boato de que a retirada fora cortada por policiais bem mais numerosos do que aqueles. Um dos líderes, o que queimara a bandeira, mostrava-se extremamente agitado.

— Vamos passar! — dizia aos outros, que hesitavam. — Vamos passar!

— Vamos passar! — gritou o Poeta.

A palavra de ordem ganhava corpo.

— Vamos passar!

E de súbito já era um grito, muitos gritos.

— Vamos passar! Vamos passar!

Avançaram. O tenente disse qualquer coisa — e ouviram-se várias detonações. Espanto, correria. As pessoas se apalpavam. Ninguém caíra. Ninguém sangrava, os soldados atiraram de novo, uma voz se elevou:

— É tiro de festim!

— É de festim! É de festim! — repetiram outras vozes.

Numa espécie de alegria desesperada, muitos começaram a correr para um prédio em construção, de onde voltavam trazendo farta munição de tijolos partidos, cacos de telha, pedras de vários tamanhos.

— É de festim! É de festim!

Avançaram com este novo refrão. Os policiais pareciam aturdidos. Vários projéteis começaram a voar na direção deles, enquanto os manifestantes apressavam o passo. O tenente gritou, os soldados abandonaram sua posição de tiro, agora obrigados a ágeis manobras para escapar do apedrejamento. Não havia jeito senão debandar — e a multidão delirante se espraiou pela praça conquistada. Era carnaval, não era outra coisa, e o Poeta se sentia feliz. Mas a comemoração durou pouco, os líderes já trabalhavam na reorganização — e a ordem era voltar ao ponto de origem. Logo desfilavam pela avenida, automóveis buzinando, papéis picados caindo dos prédios, o coro poderoso ecoando:

> *Abaixo a ditadura!*
> *Abaixo a ditadura!*

Uns cem metros adiante, a polícia esperava. O refrão mudou novamente:

É de festim!
É de festim!

Primeiro, as bombas de gás lacrimogêneo, algumas devolvidas pelos manifestantes. Depois, tiros. O Poeta viu um dos líderes — magro, de óculos — dançar uma dança estranha, frenética, e cair junto ao meio-fio. Antes que ele pudesse fazer qualquer coisa, vários estudantes se curvaram sobre o companheiro, ergueram-no, saíram por uma ruela transversal. O Poeta tinha visto sangue na camisa e a expressão de sofrimento: não fora bala de festim. O ferido teria, no máximo, uns dezessete anos. Outros estampidos ecoaram e ele sentiu uma dor aguda: o copo estava quebrado em sua mão e uma lasca de vidro se enfiara na base do polegar. Largou o copo, retirou a lasca, ficou vendo o sangue escorrer, pingar. Quando reergueu os olhos, o que viu diante de si era um campo de batalha: policiais atirando, lançando bombas de gás e tentando escapar de objetos que eram lançados contra eles dos edifícios: pesos de papel, jarros, sacos plásticos cheios d'água. Também os manifestantes atiravam coisas, protegendo-se por trás de carros e sumindo em transversais para ressurgirem remuniciados e ululantes. O Poeta tirou o lenço do bolso, amarrou o dedo ferido, pegou a primeira transversal e se achou num lugar onde, obviamente, há pouco houvera confronto. De rodas para o ar, uma viatura policial começava a ser incendiada por meia dúzia de garotos.

— Cuidado! — gritou o Poeta. — O tanque pode explodir!

Ninguém ligou para o aviso. Foi quando, olhando para o fim da rua, ele testemunhou a cena que sempre recordava como em câmera lenta: o oficial com um cão pastor pela coleira; o gesto rápido no alto do edifício; o objeto caindo, caindo, deixando ver uma pequena chama e um rastro de fumaça; caindo, caindo sobre o oficial, que segurava o cão e observava um tumulto distante; caindo, caindo — e então a chama se apagou, um segundo antes de a garrafa se arrebentar ao pés do oficial, que saltou, juntamente com o cão, este ganindo, talvez ferido por um estilhaço. E o Poeta ouviu um estampido atrás de si, e outro, e outro, e gritos, seus olhos ardiam e lacrimejavam, e uma massa de corpos o apanhou, ergueu-o por um instante e abandonou-o em desequilíbrio, as pernas correndo instintivamente para impedir a queda, e tudo era um bater de pés no chão, gritos, palavrões, e ele ia cair, cair, e um braço forte o envolveu, soergueu-o num arranco, arrebatando-o, carregando-o através de uma ruela entre dois prédios até um pátio que dava para o mar, que era uma explosão de luz.

Desceram o barranco, por uma tosca e íngreme escada de cimento e pedra, saíram numa ruazinha tortuosa com casas de paredes carcomidas e em cada janela uma mulher — envelhecida, feia, triste — espreitando possíveis fregueses.

O Poeta ofegava:

— Estou morto. Preciso me sentar e beber alguma coisa.

Entraram num diminuto botequim, ocupando a única e instável mesa.

— Cerveja!

O Poeta bebeu o primeiro copo de uma só vez.

— Você está um caco — falou Samurai. — Parece um fantasma. Se eu não chego, seria mesmo um fantasma agora. Aquela multidão toda ia passar por cima de você.

— Acho que sim. Eu já estava caindo, não aguentava mais.

— Por que não me avisou que ia se meter nisso?

— Eu não sabia.

— É mesmo uma beleza... Não se aguenta em pé sozinho e vai se envolver em protesto político! Por pouco os jornais perderam uma bela manchete: BÊBADO ESMAGADO EM CONFLITO DE RUA.

— Sim, e Isabel enlouqueceria de saudade e remorsos, abraçada ao caixão do seu Poeta mártir — murmurou o Poeta, sonhador.

(Ele passou as horas seguintes tentando obter notícias do rapaz baleado. Soube, enfim, por um estudante — os jornais não publicaram nada, claro, a mordaça continuava a apertar — que a bala não atingira nenhum órgão vital, ele estava fora de perigo. Mas era apenas uma maneira de falar — "fora de perigo" —, porque o perigo estava, então, apenas começando — e aquele sangue não seria, como não foi, mais do que o primeiro. Um dos primeiros. Nada mais.)

30
BAHIA DE TODOS OS ESPANTOS

No meu tempo, a Bahia era mágica. Na vida boêmia, então... Recordo um bar-restaurante que havia no Pelourinho que eu sempre visitava: O Tempo. Na sua parede de entrada estavam estes versos:

O tempo perguntou ao tempo
quanto tempo o tempo tem.
E o tempo respondeu ao tempo
que o tempo tem tanto tempo
quanto tempo o tempo tem.

Não sei quem escreveu versos tão sábios, mas sempre os líamos na entrada e na saída daquele espaço humilde e maravilhoso, que também nos apresentava algo espantosamente original: um urubu em uma gaiola. Não cantava, o grande pássaro, mas meditava muito. E tão profundamente que não dava a menor atenção aos passantes. Como se sabe, o urubu é um dos pássaros de voo mais bonito de nosso país. Não chega a ser um albatroz, mas são poucos os que voam em tais alturas e tão grande serenidade. Esperei muitas vezes que alguém chegasse e abrisse a gaiola, mas ninguém o fez. Eu até pensei em fazê-lo pessoalmente, mas a altura da gaiola estava acima da minha breve estatura. Sim, bem que eu o queria ver liberto, abrindo as asas e reconquistando o céu, o que seria um belo espetáculo. Sem retorno, sem dúvida, mas eu gostaria muito de vê-lo voando e revoando acima da nossa triste condição pedestre... Bem, um dia O Tempo fechou as portas. Nunca mais veríamos a figura de Joaquim, o proprietário, que rendia homenagem aos santos e, por isso, era às vezes atormentado pelos moleques da redondeza. Grande Joaquim, paciência... Só queria saber se os moleques teriam coragem de exercitar esses tormentos quando suas famílias estivessem prestando homenagens aos seus orixás... Enfim, não sei o que acabou acontecendo com o urubu. Espero que Joaquim, que era homem de sensibilidade, o tenha libertado. Se o fez, não o perdoo por não me ter convidado para assistir ao retorno ao infinito do seu e nosso urubu...

E foi certa vez lá, em O Tempo, que estávamos, o poeta Jehová de Carvalho e eu, bebendo uma cervejinha. Eu levava meu violão, como era frequente naquela época, embora apenas conversássemos. Mas, como o dinheiro estava curto (e curto era quase sempre...), saímos para um bar fronteiro, no qual Jehová deveria encontrar uma das suas namoradas. E fomos, chegamos e nos abancamos em uma mesa. Diante de nós, sozinho em uma mesa, estava um senhor de uns 70 anos, bem vestido, com paletó e gravata. Mal nos sentamos e pedimos uma cerveja quando ele sorriu para nós, apontou para o violão e nos perguntou se sabíamos a música *Pierrot*. Jehová conhecia, mas não sabia a letra. Então, sempre apaixonado por valsas a serestas, respondi que poderia cantá-la, sim. E o homem, abrindo mais o sorriso, fez um gesto, convidando-nos à sua mesa e acrescentando que, se eu cantasse a música para ele, tudo o que bebêssemos ali seria por sua conta. Assim, para lá levamos nossa garrafa e nossos copos e, em seguida, comecei a valsa, com o meu acompanhamento de sempre, meio inventado.

Há sempre um vulto de mulher
sorrindo
em desprezo à nossa mágoa
que nos enche os olhos d'água...

Versos de Pascoal Carlos Magno, musicados por Joubert de Carvalho. E continuei:

Pierrot, Pierrot, teu destino tão lindo
é sofrer, é chorar toda a vida
por amor do amor de alguém... de alguém...
arranca a máscara da face, Pierrot,
para sorrir do amor
que passou...

O homem estava emocionado. Continuei.

Deixar de amar não deixarei
porque o amor feito saudade
é a maior felicidade.
Pierrot, Pierrot!...
Teu destino tão lindo...

Sim, lindo destino de sofrer e chorar toda a vida por amor do amor de alguém, de alguém... Sim, um destino tão lindo... Não tinha jeito, repeti a canção. Ao fim, o homem nos ergueu um brinde, quase chorando. E então conversamos sobre as belas valsas e serestas brasileiras. E bebemos e bebemos. E o homem pediu tira-gostos. E fomos bebendo, comendo e conversando. Ele sempre sorrindo, emocionado. E, lá pelas tantas, consultou o relógio de pulso, dizendo que logo teria que ir embora, um compromisso sério, não poderia faltar. Chamou o garçom, pediu-lhe a conta — e a mim que repetisse a mesma valsa como despedida, o que fiz. Chegou a despesa, ele pagou, ergueu um último brinde, nos abraçou e saiu do bar em passos firmes. Um compromisso sério... Sim, ele era certamente também um Pierrot com seu destino tão lindo... Rumo à sua Colombina. Podendo ser ele até o Pierrot de todas as eras, como também de todas as eras a Colombina daquele seu compromisso. Desde o princípio dos tempos... Não perguntei a ele a esse respeito, infelizmente.

Mas o fato é que eu mesmo fui Pierrot várias vezes, creio que desde a infância. Arlequim é que nunca fui, embora também o Arlequim tenha o seu momento de Pierrot, como se ouve em *Máscara negra*, de Zé Kéti:

> *Tanto riso, oh, tanta alegria,*
> *mais de mil palhaços no salão,*
> *Arlequim está chorando pelo amor de Colombina*
> *no meio da multidão!*

Sim, também ele chorando por Colombina! Quanto a Pierrot, que chorava sempre, fica feliz até ao receber, em lugar de um beijo, um tapa de Colombina, como no poema "A canção das lágrimas de Pierrot", do *Carnaval* de Manuel Bandeira.

E lá se foi aquele Pierrot que conhecemos no bar ao encontro da sua Colombina. E lá fomos nós, noite a dentro, bebendo já com o dinheiro da Colombina do poeta Jehová, até quando nem me recordo mais...

Outro bar-restaurante fabuloso era o Raso da Catarina, de Franco Barreto. Durante muito tempo, foi o melhor lugar para os boêmios da universidade, do jornalismo e da literatura. Para ele, descia-se uma longa escada em área próxima ao Campo Grande e ao Palácio da Aclamação. Descia-se a escada, mas depois era preciso subi-la de volta, o que às vezes apresentava algumas dificuldades...

Franco foi proprietário de várias casas assim. Em certa noite, no Raso da Catarina, surgiu de forma mais discreta e, sentando-se em uma das mesas, pediu uma bebida ao garçom Quitério, o mais famoso e querido de todos. Franco sempre aparecia cumprimentando todos os clientes, mas naquela noite, nada. Discretíssimo, com apenas uns acenos de longe. Até que um mais curioso, Ângelo Roberto ou Jehová de Carvalho, se aproximou e retornou espalhando a notícia: Franco estava de pijamas! Como todos começaram a rir, provavelmente de uma estranha bebedeira (porque Franco era certamente dos boêmios maiores), ele tomou um gole, levantou-se e se explicou aos presentes: tinha preferido comparecer com aqueles pijamas porque acabava de... se aposentar! E todos então se ergueram e brindaram. Os que iam chegando ficavam sabendo e também erguiam brindes. Sim, certamente Franco estava usando o traje mais adequado... E sua aposentadoria foi apenas parcial, pois continuou ele no comando da vida boêmia por muito tempo. Uma bebida famosa do bar, à base de tequila, com rodelas de limão para enfeitar, chamava-se — o que era também uma advertência — Príncipe Maluco. E príncipes malucos se tornavam todos os que ousavam chegar a uma terceira dose... Ah, sim, ia me esquecendo do Gererê, em Amaralina, que não fechava nunca. Os funcionários eram trocados e nós continuávamos na brincadeira sem interrupção, às vezes por 24 horas. E ainda havia o bar-restaurante-hotel Guacyara, de Dona Esmeralda, que frequentávamos com ardor e onde, certa vez, fiquei cinco dias de farra. O que é a mocidade...

A cidade de Salvador eu conheci de várias maneiras, pois tem mudado muito, e não exatamente para melhor. Lembro-me bem dos anos 1960 e 1970, quando percorríamos suas ruas, becos, ladeiras e praças livremente, noite e dia, sem receio nenhum de nada. Assaltos e coisas assim eram acontecimentos de cidades como o Rio e São Paulo. E havia uma vida boêmia ativa por toda parte, sempre ao som de bela música, sobretudo a baiana, que era excelente, além de música clássica. Artistas não faltavam de todas as artes. Muitos artistas plásticos e uma bela Escola de Teatro da UFBA, onde estudei Teoria do Teatro com o excelente professor Nelson Araújo e publiquei poema revolucionário em uma revista, isto logo antes do golpe, que se apossou da edição e certamente a queimou. Bem, continuei a amar Salvador mesmo na ditadura. Bem mais do que a Paris de Hemingway. Ela era uma festa, uma vasta festa de ano inteiro e de todos os cantos e recantos. As festas de largo começavam em dezembro e iam até o Carnaval, de que eu participava com entusiasmo, com minhas mortalhas até o pé e muita cerveja. O último bloco em que saí, por vários anos, foi o Chegando Bonito, de Walter Queiroz. Mas já era época de trios elétricos gigantescos tomando todos os espaços. Sair em blocos era uma temeridade. Resistimos, sim, mas acabamos nos rendendo. Já não sei mais hoje como vai o Carnaval da Bahia. Pelas músicas que ouço tocar, melhor não saber e manter distância. Enfim, a Bahia que aprendi a amar foi aquela que Gilberto Freyre chamou de "Bahia de todos os santos e de quase todos os pecados"...

Conheci até a Salvador conhecida como Cidade da Bahia. Quando alguém comunicava que viajava para a capital, dizia: "Vou para a Bahia." Como está na canção de Dorival Caymmi: "Você já foi à Bahia? Não? Então vá." Ele não estava falando do Estado da Bahia, mas de Salvador. Porque essa é a verdadeira Bahia: à beira da Baía de Todos os Santos, de onde tirou seu nome. Sim, conheci bem a Bahia, a terra da felicidade, de Itapuã à Baixa dos Sapateiros, onde Ari Barroso conheceu a morena mais frajola da Bahia e ficou andando pela vida louco de saudade. Ah, a saudade... A Bahia de muitos mistérios do candomblé, de Jorge Amado, de Carybé e do próprio Caymmi. E de gente muito mais antiga, como Gabriel Soares de Souza, que amava a Bahia tanto que em 1587 escreveu, em seu *Tratado descritivo do Brasil*:

Em todo o tempo do ano, quando chove, fazem os céus da Bahia as mais formosas mostras de nuvens de mil cores e grande resplendor, que nunca se viram noutra parte, o que causa grande admiração.

Desde antes, como em Pero Vaz de Caminha, no famoso primeiro texto sobre o Brasil, já não faltavam elogios, tanto à terra quanto aos seus habitantes originais, que eram "pardos, todos nus, sem coisa alguma que lhes cobrisse as vergonhas". Pessoas que eram "de bons rostos e bons narizes. Em geral são bem-feitos. Andam nus, sem cobertura alguma. Não fazem o menor caso de cobrir ou mostrar suas vergonhas, e nisso são tão inocentes como quando mostram o rosto."

O espanto lusitano deve ter sido bem grande. Ali estava uma nova terra, e certamente repleta de riquezas — que eles, aliás, explorariam por séculos, antecipando os que nos saqueiam hoje e, pelo visto, continuarão saqueando, como bem sabem os razoavelmente informados das patifarias comerciais e políticas que nos cercam e sufocam. Bem, continuemos com outras revelações da outrora chamada Boa Terra. Voltemos, pois, a Gabriel Soares de Souza, que, logo após os vistos elogios aos céus da Bahia, nos espanta com espantos maiores. Escreve ele:

E há-se de notar que nesta comarca da Bahia, em rompendo a luz da manhã, nasce com ela juntamente o sol, assim no inverno como no verão. E, em se recolhendo o sol à tarde, escurece juntamente o dia e cerra-se a noite; a que matemáticos deem razões suficientes que satisfaçam a quem quiser saber este segredo, porque os mareantes e filósofos que a esta terra foram, nem outros homens de bom juízo não têm atinado até agora com a causa porque isso assim seja.

Jorge Amado escreveu sobre a Bahia de todos os santos, mas aquela era a Bahia de todos os espantos. Quem acreditaria que "rompendo a luz da manhã, nasce com ela justamente o sol, assim no inverno como no verão"? Sim, amanhecer com luz e sol! Em que outro lugar do mundo isso acontece? É algo fantástico. E o espanto continua: na Bahia, quando o sol se recolhe, vem a noite! Gabriel Soares de Sousa ficou imensamente espantado e divulgou os fenômenos.

O rei de Portugal e seus cortesãos devem ter ficado espantadíssimos...

31
O FASCISTA E O JORNALISTA

Bem, acabei abandonando o curso de Direito. Não dava para querer ser escritor e advogado como meu pai, que se dedicava à sua profissão quase que em tempo integral e de maneira sempre brilhante. Se eu me metesse a fazer Direito, certamente não poderia acompanhá-lo. Seria uma decepção. Porque eu não amava o Direito, como meu pai. Eu amava a literatura. Até então, não tinha feito nada de notável, até que, no último ano do curso, ganhei o prêmio de poesia do concurso literário da UFBA para estudantes. Bom, já era alguma coisa.

Isso também resultou em um caso inesperado. Passados uns dias, recebi uma comunicação da UFBA para comparecer à Reitoria e acertar a data da premiação. E lá me fui, sendo levado a uma sala em que operava um pró-reitor ou coisa similar. Ao entrar, vi que havia um grave senhor com um papel nas mãos. Vendo-me, pronunciou o meu nome e perguntou se era eu que escrevia no jornal (Tribuna da Bahia) aquelas mentiras sobre o generalíssimo. Falou com arrogância e um pesado sotaque. Claro, era um espanhol franquista. Fiquei indignado: em um país com a ditadura militar e agora um gringo defendendo o seu sanguinário ditador europeu — e me acusando de escrever mentiras. O que acontecera: Franco autorizara a execução de vários prisioneiros por estrangulamento, o que toda a imprensa registrara, e Guido Guerra me contara que Jorge Amado estava muito revoltado. Por que eu não escrevia um artigo sobre aquilo? Bem, eu já estava também revoltado e logo fiz um artigo, dando ao generalíssimo o tratamento merecido. E naquele momento, diante do espanhol, falei que não mentira. Era pura verdade. O mundo inteiro sabia. Se ele era franquista, problema dele; mas eu era brasileiro, não espanhol, e não tinha nenhum compromisso com um governo instalado por Mussolini e Hitler, ambos já há muito derrotados e sepultados como inimigos da humanidade. E, se era para aquilo que eu fora chamado, não para tratar do prêmio, ia me retirando. Dei as costas ao homem e avancei para a porta. Já estava fora, na saída do prédio, quando ouvi que ele me chamava e caminhava em minha direção. Agora voltara a ser um simples funcionário. Em um instante, tomou umas notas e me deu o dia e o horário em que eu deveria comparecer para receber o prêmio do reitor. Apenas peguei o papel e saí. Tempos depois, soube que ele tivera um atrito com Glauber Rocha, que estava filmando em um museu de arte ligado à UFBA, talvez o de Arte Sacra, e fora interpelado pelo homem, que o acusava de falta de respeito ao ambiente. A imprensa noticiou, mas não me lembro mais de detalhes. E logo com Glauber Rocha...

Então comuniquei a meu pai a intenção de largar o Direito. Ele disse que achava um desperdício, pois via em mim vocação para a carreira, sobretudo no Direito Penal. Respondi-lhe com o que disse antes: eu não seria digno de corresponder às suas expectativas. Ele me perguntou se eu não poderia fazer as duas coisas, Direito e Literatura. Respondi que acabaria sendo ruim nos dois campos, ambos muito exigentes. E ele, que não pressionava ninguém, aconselhou-me a ao menos fazer um curso universitário. Respondi que era a minha intenção. E fiz vestibular para Jornalismo.

Mas, antes, outra coisa para contar, algo que influiu muito na minha vida. Tudo começou em uma conversa com meu pai, em 1968. Ele chegara em casa com uma folha de papel escrita à mão e me contara: um homem o procurara no Banco do Estado da Bahia, o BANEB, e perguntara se eu era seu parente. Meu pai confirmou, e ele então falou que se chamava Quintino de Carvalho. Ele era jornalista e voltava à Bahia (morava no Rio) para criar um novo jornal que se chamaria Tribuna da Bahia. E acontecera que, visitando a Escola de Teatro da UFBA, vira lá uma exposição de poemas-cartazes e gostara muito do que eu escrevera. Como já conhecia meu pai de nome, resolvera fazer o contato. Estava à procura de gente jovem para o jornal, tinha projetos culturais, queria criar um caderno de Letras e Artes e empregar gente sem os vícios que ele bem conhecia da imprensa. Então escreveu o endereço do seu escritório e indicou um horário adequado para que eu aparecesse. Um jornal novo? Eu não sabia de nada. Meu pai me passou o endereço e me animou: "Vá lá para ver o que ele quer. Talvez seja uma coisa boa."

No dia seguinte, eu estava lá, onde alguns já contratados começavam a funcionar. Apresentei-me. Quintino apontou uma cadeira em sua mesa e começamos a conversar. Ele falou do projeto do jornal, destacando as necessidades culturais do estado e estendendo-se sobre um caderno de cultura. Lá pelas tantas, falou sobre a necessidade de um cronista do cotidiano, perguntando-me se conhecia algum. Respondi-lhe que, na Bahia, só conhecia os que colaboravam com os jornais. Respondeu-me que não lhe interessavam. Queria gente nova. E então falamos de outras coisas, inclusive de livros, e ele me pediu para voltar e conversar mais.

Gostei do homem. Muito culto, um intelectual de verdade. Voltei, portanto, ao escritório outras vezes. E conversamos, mais de livros do que qualquer outra coisa. Passamos, certa vez, principalmente aos cronistas, de que o Rio era muito rico, com Rubem Braga à frente, e ele se surpreendeu com o meu conhecimento deles. E aí falamos de Rubem, de Paulo Mendes Campos, de José Carlos Oliveira, de Fernando Sabino, de Vinícius de Moraes, Cecília Meireles, Drummond, Manuel Bandeira... Lembramos texto admiráveis e, de repente, ele sorriu e me perguntou se eu não queria tentar. "Tentar o quê?" "Ser cronista do jornal." Claro que foi um choque. Sempre admirara a crônica, mas ser cronista... Disse a ele que jamais havia escrito uma crônica na vida. "Sim", ele disse, "entendo, mas poderia fazer uma tentativa. Preciso de gente nova. E vou lhe dizer: vá para casa, desove duas crônicas e traga-as para mim amanhã. Boa sorte."

Saí dali agitado. Como fazer duas crônicas de um dia para o outro? Chegando em casa, fui logo para a máquina de escrever. Inspiração, inspiração, onde estava a inspiração? Muito difícil. E batuquei, batuquei, naquela noite e na manhã seguinte. E perto do meio-dia, lá estava, com quatro laudas de papel datilografadas: um texto que eu considerava lírico e outro bem-humorado. E se Quintino não gostasse? Bom, nada mais a fazer além de mostrar os textos a ele. Almocei, então, e fui para o escritório.

Entrei lá, intimidado, com as folhas dobradas em uma mão. Ele percebeu e apontou o indicador para elas.

— Me dê aqui — disse.

Passei-lhe os papéis e caí na cadeira, meio atordoado. Olhou rapidamente um, depois o outro e começou a leitura. Eu procurava ver alguma coisa em sua fisionomia e parecia ter percebido um leve sorriso no primeiro texto. No segundo, ele balançou a cabeça afirmativamente. Depois, fechou os dois como estavam antes, entregou-os a mim e, balançando a cabeça de novo, afirmativamente, disse-me:

— O emprego é seu.

Antes que eu me recuperasse, acrescentou que a crônica seria diária, e eu teria que começar a fazer uma reserva desde logo, aproveitando os meses antes da saída do jornal. "Portanto", acrescentou, "pau na máquina."

E assim me tornei cronista diário da Tribuna da Bahia, onde fiquei por uns quatorze anos, sendo que nos últimos três escrevia apenas três vezes por semana. Por isso, nasceu um livro, *Sob o último sol de fevereiro*, lançado pela Civilização Brasileira em 1975. Isso em meio a outra história que contarei adiante.

De volta à casa, relatei o acontecido a meu pai. Ele me pediu para ver os textos, o que fiz com o coração disparado. Ele leu com a sua atenção de sempre, dobrou os papéis, balançou a cabeça afirmativamente e disse: "É, muito bem. Agora é manter o nível." Respirei aliviado — e certamente não consegui manter o nível. Ninguém consegue com a obrigação de escrever todos os dias.

Mas também outra coisa me movia para o jornalismo: se entrasse no curso, poderia finalmente conhecer de perto um poeta de minha admiração: Florisvaldo Mattos. Ele ri quando conto isso, mas é a pura verdade. Acontecera que, no início dos anos 1960, quando me preparava para ir fazer o Curso Clássico no Colégio Central da Bahia, fui a Poções e, como sempre, fiquei conversando com Affonso Manta no jardim da cidade. Ele já havia estudado em Salvador, conhecia escritores e trazia na mão uma revista de que eu jamais ouvira falar: *Ângulos*, da Faculdade de Direito da UFBA, que publicava artigos críticos de literatura e arte ou de teor sociológico e político, assim como produções de autores da época. E, naquele número da revista, lá estavam dois poetas de que eu ouvira falar vagamente, mas nunca os tinha lido: Carlos Anísio Melhor e Florisvaldo Mattos. Li os poemas de ambos e fiquei definitivamente conquistado. Affonso falou logo em Anísio, dizendo que me apresentaria a ele, que era seu amigo, explicando que Florisvaldo era um grande jornalista e se revelando como poeta. E, percebendo como eu ficara impressionado, deu-me a revista de presente, o que me levou a reler aqueles poemas vezes sem conta. (Anos depois, já amigo de Florisvaldo, dei-lhe de presente aquele número da revista, que ele não tinha.)

Bem, no ano seguinte, em Salvador, Affonso me apresentou a Anísio no bar de Secundino, que ficava ao lado do Viaduto da Sé. Já contei a história da vivência de Anísio nesse bar, no romance *O príncipe das nuvens*, e ali, selamos uma amizade de muitos anos. Bem me recordo dele declamando versos próprios e, ainda mais delicadamente, de Rosalía de Castro:

Cómo chove miudiño,
cómo miudiño chove;
cómo chove miudinho
pela banda de Laíño,
pela banda de Lestrove.

Pensei nele quando tive a oportunidade de visitar a casa de Rosalía de Castro na viagem a Santiago de Compostela em companhia de Ivan Junqueira e Alexei Bueno, em 2004. Uma morada muito simples, agradável, própria para uma poeta como ela. Comovente mesmo.

Foi no bar de Secundino que conheci outros grandes amigos, como Ângelo Roberto, artista, o poeta Jehová de Carvalho e também convivi com o poeta Fred Souza Castro e o fotógrafo e cineasta Roberto Gaguinho, entre outros — inclusive alguns eventuais malucos que lá apareciam para tomar cachaça com limão acompanhada de lambreta, que era a bebida da casa. E lá não havia nem mesas, nem cadeiras. Era apenas um balcão sórdido (como verão no poema em homenagem a Anísio) diante do qual ficávamos horas em animadíssima conversa. Uma geração perdida... Nem tanto assim. Certos frequentadores deixaram obras que permanecem, embora algumas de muito pouca circulação.

Certa vez, lá estávamos nós e, de repente, Anísio disse a Secundino:

— Agora quero uma cerveja.

Secundino riu:

— Ora, Anísio, você sabe que só vendo cachaça com limão. Nunca tive uma cerveja aqui!

— Pois meu Anjo não concorda — respondeu Anísio —, e ele me mostrou. Se você nunca teve cerveja aqui, o que é aquilo lá?

Olhamos para a prateleira mais alta de bebidas, Anísio apontando, e lá havia algo escuro. Parecia uma garrafa. Seria de cerveja? Secundino subiu no balcão para ver melhor e desceu atrapalhado:

— Nunca tinha visto essa garrafa ali.

— Meu Anjo — prosseguiu Anísio — sabe mais do que você. Eu quero aquela cerveja.

Secundino arranjou uma escada, subiu e voltou com aquele objeto escuro. Era mesmo uma garrafa de cerveja, mas estava imunda, parecendo que milênios haviam se passado sobre ela.

Secundino a espanou com um pano também sujo:

— Não entendo...

— Sim — falou Anísio —, acho que você não ouve os Anjos...

— Imunda e velha –comentou alguém. — Não dá mais para beber.

— Não dá mesmo — concordou Secundino. — Mas vou lavar.

E foi, voltando com ela em bem melhores condições. Nem parecia tão antiga.

Era claro que estava quente e velha demais para se beber. Então Affonso e Anísio conversaram um momento e falaram em um bar ali perto, cujo dono Anísio conhecia.

— Vamos negociar — propôs ele.

E fomos. O dono do bar ficou desconfiado: Por que queriam trocar uma garrafa quente por uma gelada?

— Porque Secundino não tem geladeira, meu amigo — explicou Anísio.

— É, sei que não tem geladeira. Uma vergonha de comerciante — censurou o outro.

O homem pegou a garrafa, virou-a de cabeça para baixo, leu tudo o que estava escrito e, o que me deixou espantado, disse:

— Está bem, Anísio. Agora, se estiver estragada, vai lhe custar o prejuízo.

Pôs na geladeira a garrafa quente e nos deu uma gelada.

— Não estou acreditando — falei, quando rumamos para Secundino.

Anísio riu:

— Você também não acredita nos Anjos?

Bebemos a cerveja gelada em copinhos de cachaça sob o olhar espantado de Secundino.

Anísio bateu em meu ombro:

— Não se preocupe. O Anjo vai proteger também os bebedores daquela cerveja...

Bem, jamais soube que aquele prejuízo tenha sido cobrado de Anísio...

Enfim, Anísio sempre se referia ao seu Anjo, tão verdadeiro quanto as aparições da professora, sua mãe, morta há muito tempo, do que já falei em *O príncipe das nuvens*. E eis que, certa vez, ele ia subindo uma ladeirinha com passos cansados, sem dinheiro e com vontade de beber alguma coisa com álcool, quando, de súbito, uma mão surgiu, saindo de uma janela, oferecendo-lhe um copo de cerveja. Atendimento do Anjo aos seus pedidos, claro, o que fez com que ele logo pegasse o copo e tomasse dois belos goles do líquido gelado e apaziguante. E então ergueu os olhos para ver a face do Anjo, mas o rosto que o fitava, sorridente, era o do poeta Jehová de Carvalho. Um disfarce do Anjo? Provavelmente. Mas logo Jehová saiu de onde estava e convidou Anísio a participar da farra. Não era o Anjo, mas...

E então me recordo de uma famosa história de Ângelo Roberto. Aconteceu que a família estava mudando de casa, sob o comando de Marlene, sua mulher, e ele disse que sairia um instante para comprar cigarros. Marlene reclamou que o caminhão da mudança já estava vindo; só se ele saísse e voltasse de imediato ou... Bom, o "ou" acabou funcionando, porque, chegando ao barzinho dos cigarros, Ângelo encontrou alguns amigos e aceitou participar com eles de algumas rodadas de batidas de limão. Conversas indo e voltando, em dado momento, a reunião se dissolveu, e ele pegou o caminho de casa. Lá chegando, bateu à porta, mas ninguém atendeu. Bateu mais, bateu mais, até que uma vizinha do andar de cima abriu a janela e, espantada, lhe disse:

— Seu Ângelo, o senhor se mudou!

E ele, atarantado, perguntou:

— Para onde?

Ela não sabia responder. Não sei quando tempo ele ficou ali aguardando alguma orientação. Por fim, um emissário da família o localizou e o levou até a nova morada.

Meus amigos...

* * *

E, mais adiante, na escola de Jornalismo, lá estava Florisvaldo Mattos. Não sei bem como, certamente devido à poesia, nos aproximamos, tomamos porres de cerveja e fizemos uma amizade que dura até hoje. Lembro que, antes, em 1965, ele lançara seu primeiro livro, *Reverdor*, e eu fora até o local onde se reunia gente importante, como Jorge Amado, outros escritores, artistas plásticos, jornalistas, mas não entrara no ambiente por dois motivos: timidez e falta de dinheiro para comprar o livro. Se tivesse algum... Mas era apenas um secundarista sem emprego. Mais adiante, pude, porque meu pai me dera uma mesada, ir ao lançamento de *Os velhos marinheiros*, de Jorge Amado, no *foyer* do Teatro Castro Alves, onde lhe pedi o autógrafo de um volume para meu pai. Um dos seus amigos presentes, que depois soube ser o contista Vasconcelos Maia, estranhou aquele jovem comprando o livro e me perguntou se eu era filho de pai rico. Os demais riram. Eu respondi que meu pai não era rico, não, mas me ensinara a apreciar as coisas de valor. Aí, baixou um silêncio respeitoso...

Por falar em Jorge Amado, sempre fui seu leitor, desde a adolescência, e os seus que mais reli foram *Gabriela Cravo e Canela* e *A morte e a morte de Quincas Berro D'Água*, sem dúvida obras-primas. Quando ele morreu, li uma declaração de certa professora de São Paulo: "Deveríamos aproveitar a oportunidade para nunca mais reeditar Jorge Amado." Uma professora... Fiquei indignado. E aproveito para responder aqui à tal professora através de ninguém menos do que João Guimarães Rosa, indo à famosa entrevista que ele deu, em Gênova, no ano de 1965, a Günter Lorenz, o qual, achando que Rosa estaria incomodado pela ideologia dominante no encontro a que fora, com inúmeros autores de posição revolucionária, de crítica social, perguntou-lhe sobre Jorge Amado. A resposta: "Amado é um sonhador e, sem dúvida alguma, um ideólogo, mas adorando a ideologia do conto de fadas com suas normas de justiça e expiação. Amado é um menino que ainda crê no Bem, na vitória do Bem; defende a ideologia menos ideológica e mais amável que já conheci. (...) Vai dando pinceladas a mais não poder e, certamente, quer mandar ao Diabo muitas coisas, mas o faz de forma tão encantadora, que nos convence com maior razão."

Enfim, com certeza, João Guimarães Rosa não gostaria que alguém tentasse impedir as reedições da obra de Jorge Amado...

Bom, o livro de estreia de Florisvaldo, eu consegui depois, por empréstimo, do então jornalista José Lázaro Guimarães (que hoje é juiz federal do mais alto nível e continuamos amigos), que eu conhecia desde Jequié. Algum tempo depois, em um reencontro, comuniquei a ele que pedia desculpas. Gostara muito do livro e, por isso, não pensava em devolvê-lo. Ele riu e me disse que o livro era meu. Tempos mais tarde, aluno de Florisvaldo, levei a ele o volume para autógrafo. Ele se surpreendeu: já estava autografado! Contei-lhe a história que contei aqui. Ele sorriu e autografou também para mim.

32
CARLINHOS OLIVEIRA

Sim, a publicação do volume de crônicas é história para ser contada. Em 1972, já casado com Gilka, que viria a ser a mãe dos meus filhos, e morando fora da casa dos pais, continuava a desovar crônicas diárias, mas sem grandes satisfações, por achar que o que eu fazia não representava grandes avanços. Já estava para completar 30 anos e sem nenhuma publicação própria. Às vezes, olhando os meus parcos originais, batia-me um fundo desânimo. Por esse tempo, aconteceu algo inteiramente inesperado: o grande cronista José Carlos Oliveira, o Carlinhos, desembarcou em Salvador. Soube disso de uma estudante de jornalismo, Nívea, que me falou estar acompanhando um jornalista do Jornal do Brasil. Disse-me que se chamava Carlinhos, que se encontraria com ele em determinado local — e lá fui, grande fã do Carlinhos, me intrometer. Ela nos apresentou e começamos a conversar. Ele se surpreendeu com o meu conhecimento de sua obra e, com uma bebida e outra, engrenamos um papo bem animado. Ele já tinha lido umas duas crônicas minhas e lhe passei também uns poemas. Dias depois, ele me disse:

— Você é escritor. Se ficar na Bahia, vai desaparecer por aqui. A Bahia não tem ar para você respirar. Todo mundo vai para o Rio, como Drummond, Rubem Braga e eu. Não tem jeito. Imagine a gente ficando em Minas, Cachoeiro de Itapemirim ou Vitória, ninguém ficaria sabendo de nós. Você tem que ir para o Rio. Eu lhe hospedo por lá e lhe apresento a todos que conheço. Não tenha medo dessa aventura. Vai dar tudo certo.

Aventura... Bem, 1972 estava sendo um ano difícil. Eu ganhava muito pouco (apenas o pagamento das crônicas) e nem havia ainda terminado o curso de Jornalismo. Sempre atrasado na vida, como poderia chegar de mãos abanando no Rio? A família não poderia ficar me sustentando (já eram sete filhos... além de mim, Tuna, Gey, Pedro, Duquinha, Paulo e Chico), e eu ainda teria que terminar o curso. “Não tenha medo”, me disse ele. Mas como não ter medo em tais circunstâncias? Rubem fora ainda muito jovem, Carlinhos ainda não fizera 20 anos ao se lançar na aventura, Drummond tinha emprego seguro e, bom, Vinícius e Cecília já estavam lá... E eu não tinha nada, nem o curso de Jornalismo. A chance era de passar fome e morrer na sarjeta. Sim, eu tinha medo — e não fui. Se me arrependi? Várias vezes. Mas o fato é que não me achava preparado. É, eu já percebia que seria difícil respirar ficando na Bahia. Mas, enfim, quem pode mesmo saber? Talvez... Cada história é uma história.

Pensei essas coisas lendo, tempos depois, uma crônica do Carlinhos sobre sua mudança para o Rio. Vejam este trecho: “Não era mais possível continuar daquela maneira. A morte na chuva, por inanição, numa cidade de dois milhões de desconhecidos, não era propriamente o destino que almejava.” Foi uma crônica publicada onze anos antes do nosso conhecimento. Eu não a havia lido, e nela estavam as razões do meu medo: fome, abandono e morte por inanição na Cidade Maravilhosa. Ele, naquele momento, tinha no bolso uma passagem de trem para retornar à sua terra, o que poderia fazer no dia seguinte. Há pouco, encontrara um conterrâneo que lhe emprestara uns trocados com os quais comprara um sanduíche. E ele foi andando. Então, em sua frente, o mar, mais belo do que o que qualquer outro que já havia conhecido. E lá se foi ele, à beira do mar, e aquele som o tranquilizava. E ele conclui o relato: “Sentiu-se feliz e valente na estação das chuvas, e murmurou: 'Agora eu vi o valente mar e ele me pede para ficar.' Ficou." Sim, uma autêntica epifania. Assim, no Rio ficou o Carlinhos Oliveira. Depois, ainda naquela década, o Rio acabou me recebendo, também com uma espécie de epifania, sobre a qual tratarei adiante.

Por falar no mar, Carlinhos, Gilka e eu fomos passar um dia em Mar Grande, Itaparica, que ele queria conhecer. Logo na saída, disse:

— Vamos evitar bebida por hoje.

Mesmo assim, mostrou-nos uma garrafinha de uísque que levava na bolsa, dizendo:

— Para qualquer eventualidade...

E evitamos o álcool. Ele andou conosco pela beira da praia, entusiasmado com a paisagem, respirando fundo o ar marinho, e, em dado momento, declarou:

— Se eu morasse aqui, escreveria dez romances!

Aliás, o primeiro romance dele, *O pavão desiludido*, estava saindo no Rio, daí sua pressa em voltar, pois teria que fazer o lançamento. Almoçamos em um restaurantezinho que nos serviu uma bela moqueca de peixe. Creio que, provavelmente, bebemos água de coco lá, fiéis à abstinência. Lembro que ele falou, duas ou três vezes, em um poeta amigo seu e que eu o tratei sem maior entusiasmo por considerá-lo meio fraco, o que acho até hoje. Ele então me perguntou que poetas eu admirava, ao que respondi com Camões, Pessoa, Bandeira, Drummond e... Castro Alves. Ele abanou cabeça, murmurando: "Você é muito, muito exigente..." Mas, em seguida, sorriu.

Já com a tarde avançada, pegamos um barco para o regresso, mas o tempo não era o mesmo da manhã. Começou a soprar um vento cada vez mais frio e forte, de fazer com que a todo instante recebêssemos ainda mais frios respingos das águas.

O sol já se punha, e nos sentíamos gelar quando me lembrei e gritei ao Carlinhos:

— A garrafinha, a garrafinha!

Ele bateu na testa:

— É a salvação!

Abriu a bolsa, tomou um belo gole e passou a salvação para os companheiros de aventura. Assim, acabamos chegando, reconfortados...

Garrafinha prodigiosa. E a memória me leva ainda ao espanto, quando circulei a primeira vez com Carlinhos — que era mais ou menos do meu breve tamanho e pesava menos — e vi que levava na bolsa 1 litro de uísque quase cheio. Como já vinha bebendo alguma coisa, caminhava meio desequilibrado, queixando-se da irregularidade e estreiteza das calçadas da avenida Carlos Gomes...

33
PRIMEIRO LIVRO

Bem, preciso dizer que ser nordestino e viver no Nordeste torna a vida bem dura para quem quer ser escritor. Quando voltei do interior para a capital, vinha cheio de esperanças, mas, em pouco tempo, constatei que não havia razão para otimismo. Conheci gente boa em Salvador, de talento, mas sem nenhuma oportunidade de realizar grandes coisas — edições, por exemplo. Uns ainda imprimiam livrinhos em gráficas baratas, mas a coisa morria por aí. E nesse meio estava eu; entre eles e como eles. Sim, como eles... É, continuava tudo longe, muito longe. Eu escrevia, sim. Mas o que significava? Como vencer a distância até algum reconhecimento? Carlinhos tinha razão e, por isso, fugira de sua terra para o Rio.

E eu? Seria mesmo um fracasso? Ainda estudava Jornalismo e, quase ao fim do curso, concorri mais uma vez ao prêmio da UFBA, que já havia recebido três vezes, e ganhei dois: uma reunião de poemas e um pequeno ensaio sobre Manuel Bandeira. Gilka recebeu também um, por ensaio sobre Mário de Andrade e o Modernismo. Agora, para mim, uma grana melhor, uns mil da moeda da época. Talvez agora eu conseguisse publicar meu primeiro livro individual de poemas. Eu hesitava, hesitava, meio desanimado. Então, comprei um livro intitulado *Guerra sem testemunhas*, de Osman Lins, uma obra brilhante e corajosa, própria para desalentados como eu. Lendo-a, voltei a me animar, pois dava novas forças aos que participavam da "luta literária" de que falava Fausto Cunha. Ora, ora, eu precisava reagir, sim, acreditar em mim, ir em frente. Tive a oportunidade de dizer ao próprio Osman Lins, tempos depois, quando a ele fui apresentado por James Amado, na redação da Tribuna da Bahia, como fora ajudado pelo seu livro.

James era meu amigo, como já disse, dele e de sua mulher, Luiza Ramos Amado, filha de Graciliano Ramos, mas não tive maior ligação com o irmão famoso, Jorge. Eu não tive por timidez, mas ele, sempre generoso, me acompanhava de longe e... Bem, vou transcrever uma dedicatória sua:

> Para
> Ruy Espinheira Filho, mais de uma vez citado neste livro, para o poeta e para o cronista, neste Natal, com os votos de feliz ano-novo do velho admirador
>
> Jorge Amado
>
> Bahia, 1977/1978.

O livro era a 27ª edição, pela Editora Record, de *Bahia de todos os santos: guia de ruas e mistérios*, com desenhos de Carlos Bastos. Ele escreveu "mais de uma vez citado", mas, na verdade, foram cinco vezes, seis se contarmos a ligeira referência em *O sumiço da santa*. Depois, após a morte do Jorge, fiz amizade também com Zélia Gattai. Como? Guido Guerra me indicou a ela para opinar sobre uns poemas que uma parente dela, creio que a sobrinha, estava escrevendo e querendo saber se valiam alguma coisa. Disse a Guido que, como ele sabia, eu diria o que pensava, o que poderia desagradar a Zélia, a quem eu respeitava e não queria decepcionar. Que ele arranjasse outra pessoa, ao que ele respondeu que era tarde, Já falara com Zélia, e ela aceitara bem o meu nome. Ele marcaria um encontro nosso.

Então, estive com Zélia. Ela me passou os originais dos poemas dizendo que a pessoa queria uma opinião sincera: Deveria ou não continuar? Eu já começava a pedir desculpas adiantadamente, mas

Zélia me interrompeu: só queria que eu fosse sincero. Era do que a pessoa estava precisando. Assim, levei os poemas. Li-os algumas vezes e fiz uma carta à autora. Tentando ser o mais suave possível, disse-lhe que sim, vira nela bela sensibilidade, autênticos sentimentos, mas os textos não apresentavam as qualidades essenciais à verdadeira poesia. Falei um pouco em leituras, em técnicas, pedi-lhe desculpas etc. Passados uns dias, Zélia me ligou alegremente, agradecendo a minha opinião, dizendo-me que a pessoa se sentira contente e aliviada, e as duas me agradeciam muito. Daí nasceu a amizade com Zélia, com quem almocei algumas vezes e cheguei a dançar em um seu aniversário, levado por seu cunhado James.

Com Jorge Amado, aconteceu-me um episódio interessante: estávamos em um lançamento de antologia de contos baianos, organizada por Valdomiro Santana, ficcionista e crítico, quando meu compadre, Guido Guerra, grande amigo do Jorge e que estava junto a ele, apontou os meus trajes e disse que era por causa daquela bolsa de couro e as alpercatas idem que eu não entrava na Academia de Letras da Bahia. Brincava, mas Jorge, dias depois, me enviava uma cartinha dizendo que, com bolsa de couro ou sem bolsa de couro, com alpercata de couro ou sem alpercata de couro, seu voto seria meu se eu um dia me candidatasse à ALB.

Tempos depois, eu o vi, acompanhado de Zélia, no aeroporto Dois de Julho, de Salvador. Aproximei-me para cumprimentá-los e percebi que ele não me reconhecia. Só quando cheguei bem perto foi que ele sorriu e me deu um abraço. Comentei o caso com Guido Guerra, que me disse estar ele ficando cego. Guido me falou com tristeza, e tristeza foi o que guardei daquele episódio. A última vez que vi o grande escritor foi tempos depois, no Palácio da Aclamação, onde estava sendo velado.

* * *

Então, aparecia aquele prêmio duplo da UFBA, uma reunião de poemas e um pequeno ensaio sobre Manuel Bandeira. "Vamos lá, pois", pensei, animado pelo Osman. E comecei a procurar, em Salvador, gráficas em que pudesse publicar meu livrinho, mas os preços assustavam, quase o dobro, e até mais, do que eu tinha. Contei o problema ao poeta Antonio Brasileiro, de Feira de Santana, grande amigo, que me respondeu dizendo conhecer um dono de gráfica com quem talvez conseguisse fazer a edição com o dinheiro de que eu dispunha. Dias depois, confirmava: o cidadão topava. E Brasileiro, que já liderava a produção de belas revistas de gente jovem, faria o acompanhamento editorial.

Apressei-me a preparar os originais e os enviei com um recado ao amigo: ele teria que se encarregar da apresentação, tarefa que aceitou. Tempos depois, ia eu a Feira de Santana com Gilka e Paulo Martins para pegar o livrinho (54 páginas grampeadas, mas com grampos que até hoje não enferrujaram), que acabara ficando bem bonitinho. Na verdade, uma linda cadernetinha. Dos quinhentos exemplares, deixei cem com Brasileiro para dar a quem quisesse. Seu título: *Heléboro*, termo encontrado no *Grande dicionário de língua portuguesa*, de Moraes Silva, sendo o nome de um vegetal usado entre os antigos para, entre outras virtudes, curar a loucura. Curaria mesmo a minha loucura, a cadernetinha? Parece que até agora não...

(Dicionário. Foi outra coisa que aprendi com Lobato, que, tendo lido o Caldas Aulete, aconselhava tal leitura. Assim, no dicionário, encontrei o meu primeiro título e, mais adiante, o segundo, *Julgado do vento*, que significa jurisdição das coisas perdidas. O *Grande dicionário de língua portuguesa*, de Moraes Silva, em doze volumes, tenho até hoje, herdado de meu pai. Certa vez, exibiram-me com orgulho a mesma edição em uma sala da UFBA, ao que respondi, com humildade, que tinha uma em casa..., dicionário que, aliás, comparece em dado momento do romance *O príncipe das nuvens*, oferecendo uma composição poética. Sim, ali estão os belos volumes ocupando andar inteiro de uma das estantes e convidando-me à leitura. Convite que deverei aceitar, talvez esteja mesmo precisando...)

* * *

Bom, a apresentação do poeta é algo que ilumina qualquer autor e valoriza bem o volume. Foi o primeiro texto que considerei, digamos, consagrador. Leiamos.

UM PREFÁCIO DE ANTONIO BRASILEIRO

Dentre as maneiras de se escrever um prefácio a menos comum é a totalmente intimista, pessoal, particular. Dizem que é coxa, pois unilateral, limitada a um ponto de vista. Mas há outra maneira honesta?

Creio não ter a verdadeira vocação para a crítica literária (digo isto honestamente). Sou fantasista, pouquíssimo racional. Um crítico verdadeiro penetra o outro, faz aflorar o outro; eu sou demasiadamente eu. O que compreendo é o que amo. Não descubro verdades onde meu amor não chega.

Depreende-se que meu prefácio não será um verdadeiro prefácio (crítica, análise), mas o meu prefácio. Ruy, após Drummond e Pessoa, é meu poeta preferido. Após também não é o termo correto — melhor: juntamente com.

Poesia e metafísica são irmãs. Se acharem que metafísica não é nada, melhor ainda. A melhor poesia não é nada. Que é "um portulano feérico/ aberto ante o teu trânsito embruxado"? Que é "enselvado no amorável/ jamais como um que perdeu/ seu unicórnio"? E isto: "De onde vem, aonde vai/ com sua coreografia/ entre anjo e samurai"?

— *"Um puro movimento/ habitando a própria asa" — "nossos ombros desolados" — "todo coração é ultramarino" — isso é loucura, isso é poesia. Que nos importa que não seja nada? Diriam os menos prolixos: forma. E tudo, enfim, é forma. As coisas se perdem; as formas, essas, ficam: nas nuvens, nas retinas, em algum recôndito sítio dentro de nós. Longe de Sírius; desolados. Que saudade é essa, que nos habita?*

"Recorda-se então da beleza verdadeira; recebe asas e deseja voar para o alto; não o podendo, porém, dirige o olhar para cima esquecendo os negócios terrenos e dando, dessa maneira, a impressão de delirante. De todos os entusiasmos este é o melhor e da mais perfeita origem; saudável para quem o possui e dele participa. Quem é atingido por este delírio ama o que é belo e chama-se amante." Isto é Platão. Busque-se, no Fedro, o mito dos cavalos alados. Pouquíssimas vezes a poesia esteve tão alto.

Ruy Espinheira Filho, um dos nossos melhores poetas. Esse é um que sabe; digo: que é. Sua figura de Sileno passeia pelo aí, nos bares, nos mares, nos ares de Salvador-Bahia. Mas só levemente roça a sua poesia o urbanismo. Visa espaços mais vastos, justamente os vastos espaços da grande poesia. Veja-se, para tal, a Antielegia para Alberto Luís Baraúna. Nos Fragmentos de uma viagem com Lemuel Gulliver os achados sonoros, rítmicos, diríamos até caligráficos — inserem o poeta na melhor corrente formal da nossa época. Há paz Longe de Sírius: a poesia desprende-se de si, não quer ser mais apenas literatura. Ruy Espinheira Filho, um dos poucos. E seu primeiro livro.

Feira, dezembro de 1973 e janeiro de 1974.

34 EPIFANIA CARIOCA

Como disse, fiquei com quatrocentos exemplares e os fui distribuindo aos poucos. Não sei vender nada e tinha algum prazer (apesar de certos receios...) em oferecer a minha primeira produção propriamente dita. Quando dei um exemplar a Ruy Simões, ele pegou o volumezinho com carinho, consultou algumas páginas e disse que era coisa para se lamber como os animais fazem com as crias, o que me comoveu. Certa vez, enviei um exemplar ao Mário da Silva Brito, que admirava por causa da sua História do Modernismo Brasileiro. Resultado: nada. Nenhuma resposta. Então, nos meses seguintes, a tentativa de publicar as crônicas.

Naquele tempo, tudo na base da papelada. Algumas repostas elogiosas, mas sempre a impossibilidade de publicação. Eu já estava tão cansado que nem me lembrei de tentar a editora que mais admirava: a Civilização Brasileira, do grande Ênio Silveira. Foi Gilka que me chamou a atenção para isso, e eu, com apenas vagos farrapos de esperança, separei apenas dois textos, envelopei-os e os enviei à editora. Uns quinze dias depois, estávamos para entrar no apartamento do irmão de Gilka, no mesmo condomínio, e uma empregada passou à nossa frente e abriu a caixa de correspondência. Havia uma quantidade de papéis. Entre eles, eu vi a marca da Civilização Brasileira. Assim, adiantei-me e pedi a ela o envelope. E eis que era correspondência para mim! Abri-a de imediato. Pego-a agora no arquivo de correspondência. Data de 24 de abril de 1975.

Prezado Ruy Espinheira Filho:

acabo de receber sua carta de 21 e lhe dou imediata resposta, esclarecendo que o faço menos pelas "virtudes"[1] *que você aponta como incentivo do que pela admiração que à distância lhe tenho, depois de haver lido — por empréstimo do meu velho amigo e companheiro de trabalho Mário da Silva Brito — os excelentes poemas contidos em seu belo (e às vezes tocante) HELÉBORO. Agradeço-lhe, a propósito, a remessa que me faz de um exemplar desse trabalho poético que lhe assegura, sem favor, lugar de relevo na primeira linha da mode rna poesia brasileira.*

Depois, vem conversa sobre as possibilidades de edição das crônicas e a conclusão:

Com um abraço que não é apenas o de praxe, mas reflete sincera admiração pelas amostras que tive do seu talento literário (os poemas e as duas crônicas que me enviou), aqui fica, à espera de novas notícias, o

Ênio Silveira.

Pois é, Mário (que depois se tornou grande amigo meu) não havia respondido nada. Porém, gostando dos poemas, emprestou-os ao brilhante editor, que acabou, no final daquele ano, publicando mesmo as crônicas. Nos anos seguintes, lançou mais três livros meus, dois de poemas (*Julgado do vento e Morte secreta e Poesia Anterior*) e o romance *Ângelo Sobral desce aos infernos*, um dos vencedores do Prêmio Rio de 1985.

Como se vê, Ênio Silveira era editor atento, que reconhecia e respeitava os autores, coisa não muito comum no mundo da literatura. E Mário não ficava atrás. A Civilização Brasileira resistiu o máximo possível aos ataques da ditadura, que não

1 As "virtudes" de que Ênio falou na carta se referem à notícia de que a Tribuna da Bahia compraria uma quantidade de exemplares.

perdoava a alta qualidade de suas edições. Quando entrei em contato, já estava morrendo, um dos maiores crimes perpetrados pelos militares, que também mataram, por mais de vinte anos, a democracia do país.

35
GENEROSA CORAGEM

Naqueles anos 1970, escrevi bastante, incluindo a letra para a música de Perna Fróes "Minha Ciranda", em 1973, que chegou a concorrer em um festival, no Teatro Castro Alves, e foi gravada pelo Quinteto Violado; em 1976, a gravação do poema "Marinha", música de Walter Queiroz e canto de Márcia Short; e em 1979, outra letra para Perna Fróes, "Pelos caminhos de abril", gravação de Joanna. Em termos de outras músicas gravadas, somente em 2011, no disco "Canções para depois de tanto", em parcerias com Durval Burgos e Bráulio Barral. E, anos antes, no início de 2000, uma gravação feita por mim mesmo de 48 poemas em CD, patrocinada pela Livraria Grandes Autores, de Pinras Abenahim, e pela Capitania dos Peixes, de Carlos Barral, além de participação, em 2002, no encontro de poetas brasileiros e hispânicos da América do Sul, com apresentações de poemas no Rio de Janeiro, Brasília e São Paulo, sob o comando de Suzana Vargas. Antes, em 1979, saíra *Julgado do vento*, época em que prestei concurso para ensinar oficialmente (desde 1976, era professor colaborador) na Faculdade de Comunicação da UFBA, passando em 1º lugar. Também por esse tempo estava concluindo o Mestrado em Ciências Sociais na mesma universidade, tendo escrito, como dissertação, o ensaio *O Nordeste e o negro na poesia de Jorge de Lima*.

No meu primeiro ano de ensino como colaborador, o professor Fernando Rocha, o então chefe do Departamento de Jornalismo, que me convidara para dar aulas de prática de jornalismo impresso, comunicou-me que havia chegado uma comunicação do reitor da

UFBA recomendando a não renovação do meu contrato. Pensei que devia ter desagradado o magnífico em alguma de minhas crônicas ou então sido denunciado por um dos muitos espiões da ditadura que povoavam a universidade. Mas o professor me disse, sorrindo, que desconsideraria aquela recomendação, que eu poderia ficar tranquilo, e assim o fez. Acabou não acontecendo nada, salvando-se então a minha carreira iniciante. Estivesse outro professor na chefia do departamento, não sei não. Poucos são os que têm essa generosa coragem. Algum tempo depois, disseram-me que aquele reitor era realmente adepto da ditadura. E o professor Fernando Rocha acabou sendo um grande amigo meu, o que, na verdade, ao desconsiderar o reitor, há tempos ele já era...

36
O GRANDE PRÊMIO

Em 1980, ouvi falar no concurso do Prêmio Nacional de Poesia Cruz e Sousa, de Santa Catarina. Não me interessei muito. Mas, passando na livraria Literarte, o seu proprietário, Getúlio Santana, deu-me um folheto com orientações para a inscrição. Fiquei pensando, pensando. Bem, prêmios eu já havia recebido cinco, da UFBA, como estudante. Mas aquele, pelo seu tamanho, muita badalação e meio milhão no dinheiro da época, faria com que o país inteiro concorresse, inclusive brasileiros no exterior. Aí, fui repassar os poemas que havia escrito a partir de 1979. Vi que só dariam para um livro pequeno, o que acabava facilitando porque, pelo que me lembro, teriam que seguir originais para diversos julgadores. Não incluí nenhum soneto devido à violenta campanha contra eles por concretistas e outros que, como eles, não sabiam escrever sonetos. Bem, acabei organizando os textos, datilografando-os com cuidado, escolhendo um bom título, e lá me fui aos Correios.

E o tempo passou, passou, passou..., e eu, envolvido em leituras e tarefas várias, me esqueci do concurso. Então, em maio de 1981, estando sozinho no apartamento, ouvi que batiam na porta. Eu a abri e vi meu irmão, Tuna, e nosso amigo, Rêmulo Pastore. Tuna logo foi perguntando se eu não estava já "tomando uma". Não entendi. E, vendo-me surpreso, ele riu e disse que minha casa era uma vergonha, porque não tinha telefone. O país inteiro estava procurando por mim. O Jornal do Brasil acabara ligando para a casa dele. E complementou, rindo, que eu havia vencido o Prêmio Cruz e Sousa, com meio milhão caindo na conta.

Como minha mulher estava no trabalho, saímos para a casa de Tuna, onde, ele repetia, havia telefone. Para confirmar, pois sou um cético, liguei primeiro para a Fundação Cultural de Santa Catarina. Uma senhora me atendeu, confirmou a saída do prêmio, mas não sabia de mais nada. E então, ainda meio zonzo, liguei para Gilka, que se emocionou. Depois, para o Jornal do Brasil. E logo estava valendo que era mesmo "o país inteiro", pois rádios, TVs e outros jornais me procuravam. Nessas alturas, outros amigos já estavam sabendo, e o telefone não parava. Bem, tudo indicava que eu tinha mesmo faturado o grande prêmio. Como havia cerveja na casa, começamos então a celebrar. Para melhorar ainda mais a situação, era dia de aniversário de Oxum, Lúcia Cerqueira, jornalista, namorada de Pastore, minha ex-aluna de Jornalismo, saudosa amiga. Estavam os dois hospedados ali, por um tempo, e logo tudo começou a virar festa, com mais gente chegando, boa música tocando, casais dançando etc.

Liguei para meu pai, que disse se tratar de uma consagração. Minha mãe e os outros irmãos contentíssimos. Então, Gilka chegou, ainda emocionada. E, francamente, não sei como acabou aquela festa. Sei que, nos dias seguintes, a imprensa colou em mim, de todos os cantos do país. E a Fundação Cultural de Santa Catarina entrou em cena para acertar os detalhes de nossa viagem a Florianópolis, quando fiquei sabendo que tinham sido 2.300 concorrentes. (Na verdade, pensei que vencera por ser disputa com pseudônimo, pois concorreram muitas pessoas mais importantes do que eu. Com os nomes delas na capa, eu estaria certamente fora. E continuo achando que teria sido assim mesmo.)

Como não possuía paletó, tomei um emprestado do meu irmão, Pedro. Estava meio folgado, mas teria que servir para a viagem. E foi com ele que, dias depois, recebi o prêmio. Entre os presentes estava meu amigo Herberto Sales, presidente do

Instituto Nacional do Livro, que ainda não fora destruído pelo presidente Collor, o que só aconteceu, felizmente, depois que saiu o *Morte secreta e poesia anterior*, em convênio com a Philobiblion. Na foto que tenho na parede, estou apertando a mão de um sorridente R. Magalhães Júnior, que, em pouco tempo estaria morto, atropelado por um carro na saída na revista Manchete, de que era colaborador. Lembro que comecei meu discurso de agradecimento dizendo que era apenas "um menino de Poções, interior da Bahia", o que era pura verdade...

Recordo ainda que, na entrega do cheque, o governador Jorge Bornhausen olhou o que o secretário tinha nas mãos e estranhou:

— Que número é esse? Não estamos dando 500 mil?

— Sim, governador — respondeu o secretário —, mas há o desconto que...

— Desconto nenhum — disse o governador. Falamos em 500, e serão 500. Mande fazer outro cheque, que entregaremos ao premiado no jantar.

Assim, recebi o prêmio integral. E, logo, algumas pessoas me disseram que teria de aplicá-lo imediatamente, senão, em uns dias, estaria valendo muito menos. Eu sabia. Não por acaso, sempre depositava meu salário no *overnight*. Era o tempo glorioso da fabulosa inflação da ditadura militar... No dia seguinte, fizemos um passeio de lancha, fomos ao forte Anhatomirim (Pequena Ilha do Diabo), onde fora fuzilada muita gente boa de Santa Catarina (no total, ao que parece, 298 pessoas) por ordem de Floriano Peixoto ao coronel Moreira César, assassino implacável que acabou morrendo na guerra de Canudos. E Floriano se tornaria nome da capital do estado de Santa Catarina — ironias da vida...

Fomos e retornamos, tudo sob um frio de rachar. Resultado: à noite eu estava com febre. Mandaram chamar um médico. Ele me examinou e disse que era um princípio de pneumonia. Bom, eu tinha combinado de ir ao Rio. Jaguar estaria me esperando no aeroporto. Contudo, tive que embarcar direto para Salvador. Felizmente, o princípio de pneumonia, com os remédios que o médico passara, não foi mesmo além de princípio e logo desapareceu.

No final daquele ano, retornei a Florianópolis para o lançamento, mas antes dando autógrafos na feira do livro de Porto Alegre, quando, em plena rua, fui apresentado, por Salim Miguel, da Fundação Cultural de Santa Catarina, a uma das minhas admirações: o poeta Mario Quintana. Disse-lhe que havia um poema meu dedicado a ele, já publicado em livro. Ele me respondeu que sabia e me agradeceu. Bem, a viagem crescia muito de importância, como um prêmio a mais. Naquela noite, em um restaurante, declamei uns dois ou três sonetos de Quintana para umas pessoas que também o admiravam.

Meu primeiro contato importante com a poesia de Quintana se deu quando eu era adolescente, em Jequié. Certa vez, cheguei em casa e vi meu pai sentado sozinho na segunda sala. Tinha nas mãos um volume de capa clara e, vendo-me, mandou que me sentasse em uma cadeira, abriu o livro e leu para mim três ou quatro sonetos de Mario Quintana com aquele seu tom de voz de grande declamador, que era ao mesmo tempo forte e suave. Comprara o livro e quisera me surpreender. E conseguira: peguei o volume e não o larguei mais. Puxa, como poderia eu um dia escrever coisas assim? Provavelmente nunca. Fosse como fosse, ali estava aquele presente tão precioso. Até hoje, a leitura do poeta me provoca aquela primeira impressão. Há uns meses, algumas pessoas falavam de poesia, provocando-me para dizer alguma coisa, e estavam todos profundamente emocionados quando terminei o soneto que começa com um verso magistral: *Da vez primeira que me assassinaram...* Todo o soneto mantém essa força inicial, o que é raríssimo. E eu, apesar da idade, continuo sonhando chegar um dia um pouquinho perto dessa magia maior, e certamente não deixarei nunca de sonhar.

* * *

Naquele 1981, Carlinhos Oliveira publicou uma crônica no JB dizendo que, historicamente, os poetas costumavam atravessar uma vida dura, lutando arduamente pela sobrevivência, comendo o pão que o Diabo amassou, mas que o mesmo não poderia ser dito de um poeta da Bahia que acabava de receber o Prêmio Nacional de Poesia Cruz e Sousa, no valor de meio milhão. E no final daquele ano, depois do lançamento do livro premiado em Porto Alegre e Florianópolis, dormi, junto com o meu irmão mais novo, Chico, levados por Jaguar, no apartamento dele, Carlinhos, em Vila Isabel, com vista para o Maracanã. Antes, fomos ao aeroporto buscá-lo, vindo de Paris, muito desidratado. Naquela hospedagem, foi a última vez que vi Carlinhos. (Jaguar me colocara um codinome: Carlinhos Oliveira da Bahia, porque éramos ambos pequenos e boêmios. Aliás, ele gostava muitíssimo do Carlinhos. Preocupava-se sempre com ele.)

Sim, foi a última vez que o vi. Mas, quatro anos depois, em 1985, tendo ido ao Rio para assinar, com a Philobiblion, um contrato para a edição de um romance — *Ângelo Sobral desce aos infernos*, um dos três ganhadores no Prêmio Rio daquele ano —, aconteceu de o poeta, letrista e crítico Cacaso (Antônio Carlos de Brito) me convidar para ir ao seu apartamento, em Copacabana, onde estava com a mulher e um filho pequenino, aguardando amigos que, com ele, trabalhariam em um espetáculo para o Circo Voador. E lá me fui, chegando antes dos amigos. Meu primeiro livro, *Heléboro*, tinha saído onze anos antes, e não me lembrava de o ter enviado a ele. Perguntei se o recebera de mim, ao que respondeu que não, acrescentando que nem precisaria. E me contou: estava, certa vez, na redação do Jornal do Brasil para divulgar um livro de poemas que havia publicado e, ao falar de poesia, ouviu o Carlinhos Oliveira dizer que, se ele fazia poesia, tinha que conhecer um poeta baiano. Assim, foi pegar na bolsa um volumezinho, que estendeu a Cacaso; era o Heléboro, com dedicatória minha a ele. Cacaso já conhecia a minha poesia, mas não aquele livreto, pois, em 1982, havia escrito um texto sobre *As sombras luminosas*, vencedor do Prêmio Nacional de Poesia Cruz e Sousa. Então Carlinhos lhe disse:

— Você é poeta e precisa conhecer este livro. Fique com ele para você — e voltou à sua mesa de trabalho.

Comentei que era uma história maravilhosa, e Cacaso perguntou:

— Quer ver o livro?

— Bem, se...

Ele saiu por um instante e retornou com o volumezinho dedicado ao grande cronista, que também havia escrito sobre a minha premiação no JB, como contei. Sim, 1985. E dois anos depois, Cacaso, que ia tão bem como poeta, letrista e crítico, morreu subitamente. Senti muito, como sinto ao escrever estas linhas. Ele era apenas um ano mais velho do que eu.

37
DESPEDIDAS DO PAI E DA MÃE

Inícios dos anos 1980. Nascimento de minha filha, em fevereiro. Três anos depois, em agosto, o nascimento de meu filho. Em 1987, publico a primeira edição de *A guerra do gato* e de *O rei Artur vai à Guerra*. A escrita de *A guerra do gato* foi totalmente inesperada. Estava eu chegando em casa e vi um gatinho na garagem. Saltei, chamei os meninos e disse que trouxessem alguma coisa para ele beber e comer, o que logo fizeram. Então entrei em casa, sentei-me à máquina de escrever e comecei a teclar os versos da história, que em menos de meia hora estava pronta. De imediato, li-a para meus filhos e minha mulher, que gostaram muito.

Continuava trabalhando. Lançara *Morte secreta e poesia anterior*. Escrevi um romance, *Ângelo Sobral desce aos infernos*, tentando duas editoras, e nada. Por volta de 1984, um outro concurso: o Rio de Literatura, agora na categoria romance. Bom, lá estava eu, com o romance rejeitado. Valeria a pena tentar o concurso? Resolvi positivamente e, no ano seguinte, estava entre os três premiados, em 2º lugar. Duas vezes rejeitado e, agora, com um prêmio nacional.

O livro, da Philobiblion, não demoraria a sair, como disseram. Infelizmente, porém, demorou, demorou muito, demais. Saiu só no segundo semestre de 1986, um mês depois da morte de meu pai, que aguardava com certa ansiedade a publicação, pois havia lido e aprovado os originais. Já disse em algum escrito que o lançamento daquele livro foi o mais triste da minha vida. E, um dia, compus o poema que foi publicado em *A canção de Beatriz e outros poemas*, e vai a seguir.

O PAI

Caminho entre túmulos
caminho
sob árvores exaustas de velar os mortos
caminho
aos vinte e três dias da tua ausência
na mão esquerda o frio da alça do caixão
que não soltei
nem quando cimentaram a pedra sobre ti

que não soltarei nunca

Devagar
caminho
que não tens pressa nenhuma
na mão direita estas três rosas vermelhas
úmidas do falso orvalho comercial
mas rosas rosas rosas
a flor que chamavas perfeita
(e em ti como era rara a palavra
perfeição)

Caminho
e não venho do carro que deixei na porta
do Campo Santo
nem
do apartamento silencioso
mas
de muito mais longe e antes
de uma névoa
através da qual te vejo
vencendo as ondas com braçadas vigorosas
ao sol dos anos quarenta

ou
à noite
guiando o meu olhar para o farol
além da baía
ou
alto entre amigos
rindo muito
eu feliz à luz
azul
que baixava dos teus olhos

Caminho
é escuro o corredor assoalhado
e imenso e frio
e é amargo o peito desse menino que anda sobre as tábuas rangentes
sozinho
esse menino recordando outra casa
velha
muito velha
com ratos fazendo ninho nos gavetões da cômoda
nas gavetas da máquina de costura
as paredes de adobe sujas e descascadas
mas a porta se abrindo para a rua calma
a cozinha descendo
por degraus carcomidos
para o amplo quintal do tamarindeiro
do pé de jaca-de-pobre
da romãzeira que não crescia
presente de Peter Pan
dos cachorros numa alegria pânica quando os visitavas
assim era
assim sonha esse menino em seu peito amargo
passeando sua dor sobre as tábuas gementes
e
de súbito
emerges do sonho pela porta entreaberta
o chapéu um pouco inclinado para a direita
a mala na mão esquerda
na outra a estrela do cigarro
e nada mais é escuro

Estas três rosas vermelhas
a primavera em julho aquecendo os jazigos
a brisa inútil contra a imobilidade do triste anjo de bronze
que vela o sono da adolescente
(ele bem sabe:
não virá nenhum príncipe
despertá-la)
nada parecido
com aquela madrugada
mas
me recordo
não ouço mais meus passos sobre
o calçamento
ouço
um tinir de colheres e xícaras e garfos e facas e pratos
à luz de candeeiros
vejo
a manteiga derretendo sobre o aipim
e contas o caso de um preso que libertaste
e todos te escutam com atenção
respeito
e o café fumegando
forte
e acendes um cigarro e eu te admiro
e nos erguemos e saímos para a névoa cerrada
e me perguntas se estou com frio
e eu minto que não
e o jipe desce lentamente a estrada
entre cercas e árvores e histórias
de onças perdizes veados cascavéis
e eu vou orgulhoso entre os experimentados aventureiros
e a névoa se ergue e o dia vem ao nosso encontro
e vemos que é bom

E houve outra manhã
a seção eleitoral fechada sob cerco de armas
sais de casa sem um companheiro
percorres as ruas de outubro quietas de medo
ao peso de tua mão
a porta se abre
nem um rilhar de dentes se ousa contra o teu gesto
conclamas os mesários

o povo
teu perfil guarda a porta até o fim da tarde
à noite voltas para casa no mesmo passo tranquilo
indiferente a seres jovem demais para morrer

Arraias
uma estrela azul de cinco pontas
o imenso couro-de-boi em papel de embrulho
acompanho as tuas mãos cortando
colando
com a mesma precisão com que inventavam balões
(um de três bocas ficou numa fotografia
elevando-se na praça junto à igreja velha)
com a mesma delicadeza
com que passavam as páginas dos livros
teus irmãos

Noites e noites
acordando e ouvindo tua veloz datilografia
ou o silêncio de tuas leituras
às vezes o ruído de um fósforo sendo aceso
e o cheiro do Astória como um afago

Caminho
bebes com amigos na sala
tua voz domina
                    Venho de longe e trago no perfil,
                    Em forma nevoenta e afastada...
tua voz
        Qualquer que seja a chuva desses campos
        devemos esperar pelos estios...
ah
sabias como poucos que
a thing of beauty is a joy for ever

Caminho
em tua missa de sétimo dia me contaram
estavas preso em 64
no 19º BC
depois de passagem pelos fortes do Barbalho e Montserrat
o oficial não te deixou conversar sozinho com o advogado.
Interrogado, dizias quem eras, o que fazias

e só.
Apenas a uma pergunta disseste que não te haviam torturado
não a ti
mas não podias responder pelos demais prisioneiros.

Caminho
passo pelo portão de ferro
nada me indicava esta sexta-feira entre muros habitados por mortos
depois de amanhã deveríamos almoçar juntos
como sempre
à sombra de um denso vinho tinto maduro
depois de conhaques ou licores caseiros
bebidos na varanda
em torno da mesa com tampo de vidro
confortáveis nas cadeiras de vime
                              de alto espaldar
depois de amanhã
como tantas vezes
depois de amanhã
como nunca mais

Aquele baile
eterno em algum lugar no Tempo
mandam parar a orquestra:
                              certa presença ofende
senhoras e senhoritas
uma de má fama
não
ali não pode permanecer
exigem
providência ao senhor presidente
já
                    e
                    escutas o pedido
                    ordenas à orquestra música
                    atravessas o salão e chamas a moça para dançar

Caminho
a brisa é suave e há pássaros cantando
mas não a perdiz oculta no capinzal
não o pássaro-preto que assoviava em teu dedo
        e morreu sufocado pelo pó de uma parede em demolição

mas
bem-te-vis acrobáticos
nesta manhã entre túmulos
uma borboleta
passa rente aos meus olhos
e aqui estou
aqui estou parado
lendo sem acreditar teu nome na pedra
sob o número 3844
e o tempo que tiveste
1921-1986
breve demais para a tua medida

Aqui estou
e não creio
falavas em envelhecer longa e serenamente
e te imagino aos oitenta relembrando canções
reinterrogando éticos
à sombra da catedral barroca de Vieira

Aqui estou e não creio
enfio na terra as três rosas vermelhas
e não creio
leio os nomes dos teus vizinhos
Osíres Agenor Olga Maria Dolores
esta nascida no ano em que nasceu
teu poeta Fernando Pessoa

Aqui estou
e não creio
porque em mim tuas palavras
tuas viagens a cavalo através das matas úmidas
a memória do pomar da infância e do grande
carvalho fendido por um raio
o árduo trabalho pela justiça pago tantas vezes
com perus requeijões frutas hortaliças
ou não pago jamais
aquela manhã no quadrimotor eu 12 anos de idade
e na mão
a história dos cavaleiros da Távola Redonda
o comício contra os fuzis
a cadela Baiana gemendo baixinho enquanto lhe

costuravas o ventre
perfurado por uma estaca
de cerca

a dignidade
insuavizável como a do teu pai
a compreensão e o generoso
amor

Caminho
novamente caminho
estás comigo como quando pousavas a mão no meu ombro
a ternura contida mas espessa

Estás comigo
juntos retornamos
ao áspero respirar da cidade
e me fazes cálido e forte
e ninguém percebe
que a estrela Absinto desabou sobre mim.

Quando escrevi esse poema, imprimi-o e o levei para ler ao meu tio Itamar. E chorei, chorei, tendo que interromper a leitura várias vezes. Ao final, vi que meu tio também tinha lágrimas nos olhos. Algum tempo depois, em uma bienal do livro do Rio, alguém me pediu para lê-lo em público. Recusei-me, pois não queria chorar diante de toda aquela gente.

Trinta e três anos depois de sua morte, escrevi este poema de *Uma história do Paraíso & outros poemas*:

MÃO

Quando pus a palma da mão
na testa de meu pai
ele não disse nada.

Nem no instante nem

nos últimos 33 anos.

Nada sobre isso
quando nos vemos
em sonhos ou vigília.

Mas um dia, quem sabe,
talvez ele pergunte
por que eu chorava e era tão fria
a minha mão.

Vinte anos depois da morte de meu pai, no livro *Sob o céu de Samarcanda*, me despedi de minha mãe.

MÃE

Era resoluto e forte
o rosto da tua morte.

E uma impaciência havia,
clara, nos traços: ardia

bem mais que as chamas das velas
e do que o sol nas janelas.

Impaciência com a vida
por retardar a partida?

Ou apenas má impressão
a abafar-me o coração?

Sem enganos: era, forte,
uma afirmação da morte

— reivindicada, exigida
como um direito da vida.

Da vida não se querendo
mais, há muito se esquecendo

de tudo o que fora um dia

flor, esperança, alegria.

Vida já sabendo só
pesadelos, perdas, pó

— dia e noite, noite e dia,
labirintos de agonia.

Por isso aquilo que eu via:
a impaciência que ardia

em teu rosto, que doía
em tudo que em mim sentia;

teu rosto que eu mais lembrava
em vezes que cintilava

no riso; ou sereno, terno
de longo ofício materno.

Teu rosto, teus tantos rostos
de alegrias ou desgostos,

sob esse outro, final,
além do bem e do mal,

rosto pleno da beleza
de imaculada certeza

de que a vida já ia tarde...
Uma certeza que arde

e me ilumina... Ah, espero
(mais ainda: é o que mais quero)

que seja assim o meu rosto
dada a hora do sol-posto:

como, resoluto e forte,
o rosto da tua morte.

38
OUTRA GRANDE PERDA

Nos fins dos anos 1980 houve eleição para diretor da Faculdade de Comunicação. Como havia uma briga entre alguns candidatos e o reitor da UFBA, um grupo foi me pedir autorização para colocar meu nome na chapa, pois a disputa era por chapas; da vencedora, o reitor teria que nomear um dos nomes. Realizado o pleito, o reitor não gostou do resultado e nomeou dois professores como interventores, o que causou revolta. Então, dois professores foram à justiça para que se cumprisse a nomeação de um nome da chapa vencedora e, depois de um tempo, meu nome foi o escolhido. E o próprio reitor me contou como foi: intimado pela justiça, ficou pensando qual daqueles nomes poderia indicar. Um dia, conversando com um advogado da universidade, mostrou-lhe a lista. O advogado olhou e disse que um daqueles frequentava a sua casa e era amigo de sua mulher. Bom, se era assim, seria aquele, decidiu o reitor. O advogado era Carlos Fraga e sua mulher a poeta Myriam Fraga. E foi assim que fiquei por quatro anos na direção da Facom. Claro, houve algum prejuízo para a literatura, pois o tempo me ficara bem mais escasso. Mas continuei escrevendo e publicando. No final, transferi-me para o Instituto de Letras.

Nos anos 90 lancei *Antologia poética* pela Fundação Casa de Jorge Amado; *Memória da chuva*, pela Nova Fronteira, edição conseguida por Alexei Bueno, que eu não conhecia pessoalmente; *Poesia reunida e inéditos*, pela Record, que, um tempo depois

(2001), publicaria meu ensaio de doutorado em Letras, *Tumulto de amor e outros tumultos: criação e arte em Mário de Andrade*. E continuei, surpreendentemente, no Grupo Record, graças ao poeta Ivan Junqueira, presidente da Academia Brasileira de Letras, que sempre me apoiou e fez coedição entre a ABL e a José Olympio para a publicação do meu ensaio *Forma & alumbramento: poética e poesia em Manuel Bandeira*, com apresentação do próprio Ivan e orelhas de André Seffrin. Isso já em 2004, quando Ivan, Alexei Bueno e eu fomos, depois, participar de um encontro de poetas hispânicos e de língua portuguesa em Santiago de Compostela. O que acontecera? O poeta Luís G. Tosar, compostelano, me fez o convite para o evento e pediu que eu indicasse dois nomes. Falei logo de Alexei. Ele gostou e me perguntou se eu não tinha um nome de importância nacional. E foi a minha vez de perguntar: Serviria o presidente da Academia Brasileira de Letras? Ele ficou entusiasmado. Eu já havia falado com Alexei (porque Tosar queria alguém que organizasse uma antologia poética do Brasil para lançamento na época, o que Alexei logo topou fazer), mas oferecera Ivan sem consulta. Consultei-o, então, e ele, depois de pensar um pouco, aceitou.

Ivan era um grande amigo. Correspondemo-nos por um longo tempo, eu com cartas escritas no computador e ele com belas missivas manuscritas. Mais experiente, muito me orientou e ficava feliz quando eu conseguia um prêmio ou reconhecimento crítico. Lembro-me do seu telefonema animado quando, em 1998, meu nome apareceu entre os vinte mais importantes poetas brasileiros contemporâneos. Na última vez que liguei para ele, já em 2014, conversamos sobre a comemoração dos seus 80 anos, que estava sendo preparada por amigos, escritores e editoras. Ele me parecia não querer acreditar muito, mas eu lhe falei que sim, seus 80 teriam que ser muito comemorados, porque, afinal, ele era um grande nome da cultura nacional — e eu com certeza iria ao Rio para a festa. Ele deu uma risadinha e disse-me que logo me ligaria ou escreveria.

Bem, passaram-se dias, e não houve ligação nem carta. Pensei que ele estivera sem tempo, às voltas com a comemoração. Quando chegasse a época, eu iria ao Rio e... não fui. Soube que estava mais uma vez hospitalizado e, depois, que não haveria mais nenhuma comemoração: Ivan estava morto. Foi, sem dúvida, uma das maiores perdas que sofri. Eu começara a admirá-lo aos ler suas traduções dos *Quatro quartetos*, de T. S. Eliot, em edição da Civilização Brasileira, 1967, e procurei fazer contato. E houve uma coisa interessante: em 1979 saiu, também pela Civilização Brasileira, meu livro *Julgado do vento*. Então, na Faculdade de Comunicação, um estudante comentou que lera uma crítica boa sobre ele. Eu perguntei onde lera. O jovem fez meia volta e retornou com um suplemento literário de *O Globo*. Lá estava: *Metro curto, metro longo, alta qualidade*. Era a primeira vez que eu me via tão bem criticado na imprensa do sudeste, que, na verdade, nem sabia da minha existência. E quem assinava a matéria? Ivan Junqueira. Para mim, foi a glória. Recordo que ele também ficara contente com a minha vitória no Prêmio Nacional de Poesia Cruz e Sousa, de Santa Catarina. Era um homem generoso e sempre disposto a ajudar a quem achava que merecia. E eu fui um desses privilegiados. Vejam a palestra a seguir.

O LIRISMO ELEGÍACO DE RUY ESPINHEIRA FILHO

IVAN JUNQUEIRA

(Conferência pronunciada na Biblioteca Mário de Andrade, em São Paulo, em 25 de maio de 1996. Incluída em O fio de Dédalo. *Rio de Janeiro: Record, 1998, p. 72-89. Republicada como apresentação*

de Elegia de agosto e outros poemas. *Rio de Janeiro: Bertrand Brasil, 2005, e em* Ensaios escolhidos – volume 1: de poesia e poetas. *São Paulo: A Girafa/Universidade de Guarulhos, 2005.)*

A primeira e mais funda vertente que se deve examinar na poesia de Ruy Espinheira Filho é a que se confunde com o que definiríamos aqui nos termos de uma certa espécie de lirismo elegíaco. E se me refiro a uma certa espécie de lirismo, é porque nela há também uma sábia e contínua utilização do ludismo, não desse ludismo que se esgota em si e que, na maioria das vezes, deságua naquilo que, a propósito da poesia concreta, Antônio Houaiss entendeu como um grafismo do ludismo. Refiro-me aqui, portanto, àquele ludismo que vemos na criança — o único ser capaz de brincar a sério — ou naqueles que ainda o trazem dentro de si, como é o caso de Ruy Espinheira, quando, num dos belos e concisos fragmentos do Julgado do vento, *de 1979, nos diz:*

> *Quando tombou o grande eucalipto*
> *meu irmão pequeno correu para nos dizer*
> *que havia caído o apocalipse.*

Diria eu, aliás, que a participação desse homo ludens não é gratuita na poesia do autor, cuja obsessiva e confessa vocação do pretérito atua como um exasperante ostinato na marcação do ritmo poemático. A infância está viva nos versos de Ruy Espinheira. E dói. E remói. E sangra. E não passa. É o que percebemos, por exemplo, nestes outros versos do já citado Julgado do vento*:*

> *Quem morreu, quem*
> *se apartou? Ninguém.*
> *Ele as reencontra*
> *quando quer, na praça*
> *de perene abril:*
> *o passado não passa*

Se comecei remetendo a alguns dos versos do Julgado do vento, *foi apenas porque devo à leitura deste livro exemplar o meu primeiro contato com a poesia do autor, dezessete anos atrás. Mas convém aqui, tautologicamente, começar pelo princípio, muito embora saibamos que, sob certo aspecto temporal, nosso princípio está no fim, e nosso fim, no princípio, como nos ensina T. S. Eliot no segundo dos seus* Four Quartets. *De qualquer forma, comecemos pelo princípio, ou seja, por* Heléboro, *o primeiro volume de poemas de Ruy Espinheira, publicado em 1974 e do qual disse Carlos Drummond de Andrade tratar-se de "poesia concentrada e de sutil expressão". Bastaria, aliás, para atestá-lo o primeiro poema da coletânea, "Os objetos", do qual cito aqui as duas últimas e instigantes estrofes:*

> *A caneta ainda escreve*
> *com a mesma tinta*
> *de um azul levemente melancólico.*
>
> *Na gaveta, dormindo*
> *sob cartas e poemas,*
> *o revólver aguarda.*

Quem poderia imaginar que dessa leveza melancólica irrompesse, abrupta, uma como que sugestão de suicídio? Eis assim aqui cumprida aquela exigência que Edgar Poe nos faz em seu Poetic Principle *quanto à imperiosa necessidade poética do elemento surpresa. É que nada nesse poema, cuja linguagem quase se congela em sua urdidura hierática, poderia prever a presença ameaçadora daquele revólver, signo de extrema violência, mas que aqui está dormindo "sob cartas e poemas". Essa presença estaria descartada, inclusive, já a partir da estrofe que antecede aquelas duas, na qual se lê:*

> *Sobre a mesa de mármore*
> *um cavaleiro de porcelana*
> *saúda as visitas.*

Ou as vítimas que, em sua frágil e quebradiça matéria, já estariam sob a mira daquele revólver que ninguém poderia supor estar dormindo na gaveta, misturado à lembrança de cartas e poemas?

É nesse primeiro poema de um livro de estreia que já se podem perceber duas das características por assim dizer emblemáticas da poesia de Ruy Espinheira: aquele lirismo elegíaco a que anteriormente aludimos e sua ostensiva predileção, como adiante veremos, pelo metro curto, seco e amiúde incisivo. É bem de ver que, desde o início, o autor procura conter qualquer transbordamento expressivo. Ou seja, como escreveu João Cabral de Melo Neto sobre aquele "Manolete, o mais asceta" num dos seus mais belos poemas, "Alguns toureiros". É a esse processo de secura e concisão que se aplica o conselho que dá Manolete aos poetas:

Como domar a explosão
com mão serena e contida,
sem deixar que se derrame
a flor que traz escondida,

e como, então, trabalhá-la,
com mão certa, pouca e extrema:
sem perfumar sua flor,
sem poetizar seu poema.

Mas aqui já estamos de volta aos domínios do Julgado do vento, *pois o volume recolhe toda a produção poética reunida em* Heléboro. *E não apenas a recolhe: cristaliza-a. Trabalhando outra vez de preferência o metro curto, mais uma vez nos dá o poeta uma lição magistral de como conter e aguçar o seu discurso, cujo ritmo jamais se esgarça ou tropeça. Também sua linguagem (não raro, metalinguagem) revela invulgar apuro formal, além de uma intermitente floração criadora. O autor desenvolve um estilo de extrema sobriedade e eficácia, o que não lhe expurga do verso nem o ludismo a que nos referimos, nem a modulação cromática.*

Dissemos há pouco que a poesia de Ruy Espinheira revela uma vocação do pretérito; a verdade, porém, é que ela não deita raízes apenas no passado, mas também, projetivamente, no futuro, como se pode perceber nos versos que se seguem:

Só o passado que
aguarda no futuro
revelará a limpidez
maior desta tarde.

É que seus vínculos com a atualidade denunciam-se não apenas tangíveis, mas antes contundentes, proporcionando ao poeta, enquanto arqueólogo do presente retrospectivo, os sete admiráveis "Fragmentos de uma viagem com Lemuel Gulliver" e, na qualidade de homem de nossa hora, o esplêndido discurso poético de "Púrpura e diamância" (e não exatamente "pompa e circunstância"), onde se lê:

Faz tempo as gentes
acreditam somente
no que lhes conta o rei.
faz tempo só se vê
pelo olho do rei;
só se existe
segundo o rei permite.
E em todas as consciências,
há muito, o rei
teleprojetou-se em púrpura e diamância.

Tudo enfim é apenas ganho neste pequeno livro repleto de gratificações e insolências. Aqui, nem mesmo o conceito da perda do tempo teria qualquer possibilidade de trânsito ou acolhida. É o próprio poeta, aliás, quem o diz:

No tempo perdido
recupero, enfim,
tudo o que perdi
no meu tempo ganho.

Uma nova diamância, sem dúvida, da moeda drummondiana: "Ganhei (perdi) meu dia."

O terceiro livro de Ruy Espinheira, As sombras luminosas, *que conquistou o Prêmio Cruz e Sousa em 1981, não apenas lhe confirma todas as virtudes dos dois primeiros, mas também lhe acrescenta algumas outras. Há na linguagem e na dicção deste poeta algo que o distingue de seus pares, algo que não se decifra nem se dá inteiramente a uma primeira leitura, mas que de pronto cintila e arrebata, conduzindo-nos àquelas regiões do espírito onde ganha corpo e voz o inexpresso, onde o verbo poético, mercê de insólitos e inesperados sortilégios, diz o indizível e reconstitui o tecido arruinado da vida, mesmo que o poema se perca ou sequer exista, como nos sugere a reflexão metalinguística de "O poema":*

O poema se perde
entre troncos e copas,
estrelas, sóis, êxtases,
remorsos.

Na verdade, nunca
chegou a haver o
poema; apenas
o ingente desejo

de que venha e devore,
neutralize num
canto, essa matéria
decomposta de vida.

Como no Julgado do vento, *a matéria-prima do poeta continua a ser a reminiscência, o retorno de um tempo que, como ele mesmo escreve,*

Compõe esses rostos sérios
que nos encaram do espelho
e de outros corpos, e vemos,

sob eles, os suaves traços
de quem em nós já perdemos.

*Mas há n'*As sombras luminosas *uma pulsação lírico-elegíaca que talvez faltasse ao livro anterior. O poeta cresceu em emoção e amadureceu como artista, modulando agora um ritmo mais seguro e envolvente, seja no verso livre, seja naqueles que obedecem a medidas métricas mais severas, como nas redondilhas e hexâmetros da "Canção da lua" ou nos pentassílabos de "A inelutável canção", de que isolamos aqui as seguintes passagens:*

Há pouco chovia
e não chove mais.
Há pouco sorria,
na lua do espelho,
teu corpo: centelha
deflagrando anjos
que a tarde soprava
por sobre os quintais.
(...)
Há pouco era dia
— e já não é mais!
Faz escuro e ouvimos
um silêncio fundo.
Um silêncio podre
que sobe de nós
— e das sombras dos
extintos quintais.

São excelentes também, ainda neste volume, as três "elegias urbanas", nas quais o autor nos remete para além das varandas, árvores e córregos da infância. Flui aqui um tempo mais áspero, já antecipado pela bela epígrafe tomada a Rafael Alberti: "Hoy cantan pájaros más duros." Mas a intensidade poética é a mesma, e idêntica é a segurança com que o autor nos conduz pela paisagem de Salvador, agora despovoada daqueles que outrora se sentavam no banco do jardim:

No banco do jardim
o silêncio monta guarda
a nossa ausência.
Nada fala
do peso de aço nos gestos
não mais alados;
de como é rouca a voz
ensanguentada.

Não seria correto afirmar aqui que Ruy Espinheira mantém os olhos voltados para o passado, mas convém deixar claro que sua matéria primordial é a memória, uma memória que se resgata enquanto tempo presente porque tem a iluminá-la uma flama interior. Poder-se-ia até defini-la, como o faremos mais adiante, nos termos daquela proustiana memória involuntária, de uma memória que operasse fundamentalmente como l'intelligence du coeur, a única através da qual o tempo pode ser "redescoberto" e dar à existência humana um sentido de plenitude absoluta, como nos asseguram estes versos:

A vida está completa, estou completo,
pois os anos que vieram ainda não
vieram,
                    ainda não
anoiteceu como anoitece aqui.
Pois anoitece e tudo se confunde
e nada mais percebo: toda luz
está aqui, aqui que fica além.
Onde dobra o sino de Belém.

Em Morte secreta e poesia anterior, *que reúne em 1984 toda a poesia de Ruy Espinheira até então publicada, além de vinte e seis poemas que o autor mantinha ainda inéditos, acentua-se de maneira quase ostensiva aquela vertente elegíaca a que nos referimos quando buscamos decifrar o substrato mais recôndito de sua lírica. Bastaria lembrar aqui não apenas o claro indício do verso que serve de epígrafe ao livro: "I grow old... I grow old", que o autor toma de empréstimo ao poema "The Love Song of J. Alfred Prufrock", de Eliot, mas sobretudo as duas últimas estrofes do poema "Jardim", que abre essa nova coletânea:*

> *Os olhos, cerrados,*
> *resgatam o encanto,*
> *o embalo amoroso.*
>
> *Ontem. Uma folha*
> *— lenta, amarela —*
> *risca a hora. Morta.*

A recordação assume aqui um papel crucial. E mais: a tessitura memorialística se converte num lancinante coro de lamentos, como se vê nesta estrofe do poema "A janela no espaço":

> *Há muito a rever:*
> *praças, ladeiras,*
> *açudes, quintais;*
> *e esses meninos*
> *de rude linguagem*
> *e leais ao sonho;*
> *e essas meninas*
> *de gestos tímidos*
> *e brancos vestidos*
> *dominicais.*

Esse mergulho nas águas insondáveis do que já foi, mas que ainda perdura na embriaguez da memória, leva-o a escrever, no "Primeiro soneto da permanência", estes versos que não me deixam mentir;

> *E bebo tudo e já não resta nada*
> *no universo a não ser a embriaguez*
> *desta saudade. E eis que me sinto absinto*
> *e não me encontro em mim.*

E por que não se encontra o poeta em si? Porque, como ele mesmo diz em "Destino e fuga",

Para onde vamos é sempre ontem.

Esse "ontem" que ainda navega nas águas daquele rio heraclitiano em que o ser jamais se repete porque está sempre vindo a ser. Aquele ser que, como nos adverte o filósofo grego, nunca se banha por duas vezes no rio do tempo, pois as águas são sempre outras, e os homens, jamais os mesmos. E quem o diz é, outra vez, o próprio autor no poema "Aniversário":

Perdi colegas, namoradas, cães.
Perdi árvores, pássaros, perdi um rio
e eu nele mesmo me banhando.

Essa cunha elegíaca se imprime em toda a obra do poeta, mas o que aqui se emociona não é tanto a própria emoção, e sim o pensamento que, como diria Wordsworth, a recolhe em tranquilidade, distanciada do sentimento momentâneo — vale dizer, datado — que deitaria a perder a verdadeira poesia, aquele que é, como o pretendia o grande romântico inglês, "emotion recollected in tranquility". É assim que a recolhe Ruy Espinheira no esplêndido poema "Carlos Anísio Melhor", cujas três primeiras estrofes não resisto aqui à tentação de recordar. Percebam nelas, além disso, o sábio uso que faz o poeta não apenas da nobre cadência decassilábica, mas também da rima, expediente do qual, é bom que se lembre, pouco se vale em sua obra. Mas o emprego da rima é, pelo menos no poema a que me refiro, absolutamente orgânico, ou seja, encontra-se rigorosamente a serviço da expressão. Eis as estrofes:

Sobre o balcão mais sórdido da rua
põe o poeta a pastar sua quimera,
que nos fascina e logo se insinua
em cada um — senhora, bela e fera.

É noite, ainda, sim, mas outra, funda,
que essa magia urina em nossas veias:

grinalda misteriosa nos circunda
de perfumes, sussurros, suaves teias

de amavio... E bebemos, com o poeta,
amores idos já, tornados alma,
auréolas de silêncio, água quieta
embalando Memória, Tempo e Calma.

O fragmento citado nos dá bem a ideia do fino trato que Ruy Espinheira dispensa ao verso, unidade sem a qual, digam o que disserem seus inimigos ou aqueles que o extirparam do contexto poemático para se dedicarem àquilo que aqui já definimos como um grafismo do ludismo, simplesmente não há poema e — o que é pior — não há poesia, pois é no verso que pulsa aquele ritmo que a distingue da prosa. E não se trata aqui de fazê-lo medido ou não medido. Quando se lê um bom verso, pode-se até dizer que ele é desmedido. Exemplo: no caso de um poema como "Canção da moça de dezembro" — e bastaria este para consagrar Ruy Espinheira em nossa poesia contemporânea —, esse verso é, a um só tempo, medido, já que flutua entre o hexassílabo e a redondilha maior, e desmedido, porque o informa uma emoção decantada, isto é — repito — "recolhida em tranquilidade". O que o anima, na verdade, não é o tempo passado nem o tempo presente, mas uma espécie de pantempo que os reúne e redime no tempo futuro. Não há nada de novo no que digo aqui. Para tanto, bastaria lembrar aqueles versos com que Eliot abre o primeiro de seus *Four Quartets*: "Time present and time past/ Are both perhaps in time future/ And time future contained in time past." Ouçam com atenção, por exemplo, a primeira estrofe da "Canção da moça de dezembro":

A moça dança comigo
nessa noite de dezembro.
Na sala onde giramos,
se alguém mais há não me lembro.

Vejam bem que há nesses versos um tempo presente que se dissolve num tempo passado quando o poeta diz que não se "lembra" de mais ninguém que ali estivesse a vê-los dançar. Percebam agora o que expressam as duas últimas estrofes do poema:

Eis que, dançando, saímos
além da sala e do tempo.
E dançando prosseguimos,
sempre que sopra dezembro,

nos mesmos giros suaves,
nos mesmos ledos enganos:
eu, o antigo rapaz,
e a moça, morta há treze anos.

Entendam que, dançando, saem ambos do espaço físico da sala e de um determinado período de tempo, ou seja, dezembro, de um dezembro que já é passado. Mas sempre que volta dezembro, e nesse retorno o poeta nos lança ao futuro, o que ficou de seu tempo presente nada mais é do que um tempo passado, vale dizer: aquele em que o autor era apenas um "antigo rapaz" e no qual a moça ainda estava viva, e não, como ele diz, "morta há treze anos". Eis aqui o segredo, ou o sortilégio, da grande poesia, aquela em que fundo e forma são uma coisa só. Ou como certa vez disse o poeta Pierre Réverdy: se compararmos um poema a um organismo vivo qualquer — digamos, a um cão —, a forma seria a pele que esse cão revela à nossa percepção sensível, enquanto o fundo seria o avesso dessa pele, ou seja, a parte que nos remete para dentro do cão. É nesse sentido que o poema de Ruy Espinheira vive, ou melhor, se eterniza. E se eterniza porque, dançando, o poeta e a moça transcendem os limites caducos e contingentes do espaço e do tempo. A experiência coreográfica de ambos pertence à fenomenologia do mundo, mas o poema, não, já que haverá de perdurar para além do que ambos um dia viveram.

Tudo isso se confirma em outro poema, "Sem demora", espécie de carpe diem de um tempo que se esgota diante de nossa sombria e agônica finitude. Por isso mesmo cumpre aproveitá-lo enquanto dura a nossa experiência terrestre. E essa experiência finita cobra o que nos resta e somente nos acena com aquela absurda verdade sisifiana da inutilidade de tudo, quando então, já deserdados de nossa identidade terráquea, nos cabe apenas o anonimato do pó ou a sagração de alguns poucos ossos que um dia também o serão. E sentencia o poeta:

> E deles todos só esse disperso
> pó
> no pó, em que
> nos fundiremos
> (sem demora, meu anjo, sem demora)
> iguais, iguais.

No livro que se segue, A canção de Beatriz, *há pelo menos dois poemas em que aquele lirismo elegíaco de que tanto já falamos revela-se de modo por assim dizer exemplar, "Campo de Eros" e "História", ambos orquestrados pelo rigor do verso medido e de concentrados esquemas rímicos, bem como por uma severa estrutura formal, pois o primeiro recorre à brevidade dos dísticos, enquanto o outro se vale da terça rima dantesca. E em ambos o que se percebe é, mais uma vez, a nobreza do ritmo decassilábico. Em "Campo de Eros", como não poderia deixar de ser, tudo fala do amor, mas sem qualquer transbordamento emotivo que lhe possa comprometer a grave expressão, como se vê nesta passagem:*

> E tudo dele fala: a mesa, a cama
> (como abrasa este hálito de chama!),
> o bar, cadeiras, livros e paredes
> vivem, revivem: de fomes e sedes
>
> a corpos saciados. Tudo fala,
> tudo conta. Só a boca é que se cala.

Volta a doer a reminiscência nas terzinas de outro poema, "História". Tudo aqui, ainda uma vez, reduz-se à estrita evocação de um tempo que se foi. É como se na voz de Ruy Espinheira perdurasse o eco daquele esplêndido e irredutível verso de Eliot: "Somente através do tempo é o tempo conquistado." Mesmo que nos sepultem as trevas e não reste mais nada, como diz o poeta em sua leopardiana e desolada certeza da "infinita vanità del tutto":

E houve a mocidade. E houve tudo.
E foi inútil: nunca o esquecimento
o abençoou. Só um demônio mudo,

sempre, no peito, velando o momento,
aquele do sorriso. E tudo, tudo
perfeito, imaculado. O mesmo vento

nas árvores da praça. O mesmo arquejo.
O mesmo abismo. E o dilaceramento.
E o desejo. E o sonho. E o lampejo.

E houve isto, assim. E, enfim cansada,
a história se fechou. E houve um silêncio.
E houve uma treva. E não houve mais nada.

A última coletânea poética de Ruy Espinheira Filho, Memória da chuva, *colige os versos que escreveu o autor entre 1990 e 1996. Ela nada mais é que uma conclusão da funda coerência interna que lhe inerva toda a obra desde a publicação de* Heléboro, *atestando assim uma identidade espiritual que, apesar de continuamente transformada, não se corrompeu jamais. Como aquele carvalho heideggeriano que, sem o percebermos, se transmuda em sua aparente imobilidade, Ruy Espinheira se conservou fiel a si mesmo durante cerca de trinta anos de exemplar atividade poética. Fiel no espírito, em sua visão do mundo, em sua austera dicção e, afinal, em seu entranhado apelo àquilo que a memória lhe deu e que ele soube transformar em alta e duradoura poesia. Conclui-se aqui, como fez Proust ao recuperar o tempo perdido, que esse tempo que se foi só poderá ser resgatado pela arte. E para além dessa esfera não há mais o que se possa fazer, como escreve o próprio poeta na "Canção de depois de tanto":*

Vamos beber qualquer coisa
amarga, rascante, rude,
brindando sobre o já frio
cadáver da juventude.

Vamos beber qualquer coisa.
O que for. Vamos beber.
Mesmo porque não há mais
o que se possa fazer.

Mas, ao fim e ao cabo, esse é o brinde que nos faz um homem que agora silencia — esperemos que momentaneamente — "neste ermo fim do dia", enquanto a chuva "chora no rosto dos muros". E aqui se despede, lírico e elegíaco, o poeta Ruy Espinheira Filho. Despede-se e não se despede, porque o resto desse espetáculo lhe pertence. Despede-se ao luar, dançando talvez — e talvez para sempre — com aquela moça de uma certa canção de dezembro, fora do espaço e do tempo, mas, também como sempre, enlaçado às reminiscências de sua infância e à dor que lhe vergasta porque jamais conseguirá trazê-la de volta:

E então, ao luar, enquanto escuta a hera
cantar, a um dia só da primavera

oficial, eis que ele enlaça a infanta
e dança uma mentira meiga e santa

como só sabe ser o que é história
contada nos boleros da memória.

39
AMIGOS ADMIRÁVEIS

Até hoje esse texto me emociona.

Na verdade, desde os primeiros contatos com o Rio, fiz grandes amizades. Além de Jaguar, Ivan, Alexei Bueno, André Seffrin, Paulo Henriques Britto, Ricardo Vieira Lima, Antonio Carlos Secchin e, ainda, Ruy Polanah, que eu já conhecia através de meu irmão Tuna, pois ambos trabalhavam no cinema, entre outros. Todos importantes em minha vida. Secchin viria estar, ao lado de Ivan e Lêdo Ivo, entre os votantes do meu prêmio da ABL. Alguns, como Jaguar, Alexei (autor de apresentações e do texto generoso em sua *Uma história da poesia brasileira*), Ivan e André editaram livros meus, e os outros, como eles, me honraram com suas críticas. Com Olga Savary, que também me editou um poema em antologia de poemas eróticos (*Carne viva*) e me prefaciou (*A canção de Beatriz e outros poemas*), eu já fizera contato antes por causa da poesia. E nos anos 1970, estimulados por ela, eu e Gilka viajamos ao Rio de ônibus, na ida e na volta. Ficamos em um hotelzinho em Copacabana, indicado por Olga. Depois, convidados por Ruy Polanah, fomos para a casa dele, no Flamengo, onde, certa noite, nos reunimos com Olga e Jaguar. Aliás, muito tempo depois, eu dedicaria a Jaguar um poema, o qual ele publicou no livro *Confesso que bebi*, tendo saído também em *Elegia de agosto e outros poemas*. Vamos a ele.

A VONTADE
Jaguar, que também é Sérgio
de Magalhães Jaguaribe,
fez registrar em cartório

que, ao concluir a vida,
seja seu corpo cremado
e as cinzas distribuídas
pelos bares em que haja
eventualmente bebido.

Fato que assaz preocupa
a nomeada executora
da vontade — Célia, a própria
mulher do cujo, doutora
que de hábito leva tudo
com espírito folgazão
e agora se preocupa
de grave preocupação.

Pois, não sendo seu marido
tão amplo de carnes quão
vasto em deveres etílicos,
será difícil cumprir-se
essa vontade: que as cinzas
jamais serão suficientes
a tantos bares bebidos,
mesmo se distribuídas
com extrema contenção,
cabendo apenas a cada
não mais do que um quinhão
parco, breve, limitado
à quantidade de um grão.

Minha amizade com Jaguar foi imediata. Eu admirava seus cartuns e era grande fã do Pasquim, que ele dirigia e no qual Olga, com quem era casado, fazia a famosa coluna das Dicas. Daí em diante, vários encontros com eles. Dessa primeira viagem, voltei à Bahia, convidado por Jaguar, como um orgulhoso correspondente do Pasquim. Aliás, fui correspondente também da revista *Ficção*, porque João Ubaldo Ribeiro, então editor-chefe da *Tribuna da Bahia*, que fora convidado pela revista, me chamou à sua sala e me perguntou se eu não toparia ser o correspondente, 'porque', explicou, 'não tinha jeito para isso'. Bem, eu era um tremendo fã da *Ficção* e topei na hora. Acabei tendo uns dois contos publicados nela e, em 2007, participei, com o conto "Emília", da antologia da revista, feita por Miguel Sanches Neto, *Ficção: histórias para o prazer da leitura*, publicada pela Editora Leitura. E uma coisa que me foi contada pelo Salim Miguel: quando abriram o envelope do vencedor do Cruz e Sousa, ninguém sabia quem era ele; mas Salim achou que já havia visto aquele nome em algum lugar e se lembrou: era o correspondente baiano da revista *Ficção*! Ninguém sabia quem eu era, mesmo com dois livros publicados pela Civilização Brasileira. Vida de nordestino não é fácil...

Sempre fui encantado pelo Rio de Janeiro, a cidade mais bela do mundo pela própria natureza de suas grandes pedras e montanhas e também pelo seu espírito generoso, que tão bem me acolheu naquele tempo e ainda hoje. É encantamento sobre encantamento, inclusive nascidos subitamente do cotidiano. Como a "Garota de Ipanema", que inspirou de forma imortal Jobim e Vinícius e que acabou encantando o mundo inteiro também. E eu vivi um desses momentos cariocas. Estávamos em Copacabana, bebendo nos lados da rua, quando, de súbito, a aparição de Elke Maravilha! Lá vinha ela, bela, alta e sorridente, e aplausos subiram de toda a rua. Ela continuou, ainda mais sorridente, em uma cadência de samba, até se fundir ao céu azul no fim do fim da rua, em ocaso que era mais uma poética gentileza da Cidade Maravilhosa...

Soube da morte de Olga, com quem sempre almoçava em minhas idas ao Rio. Seu nome está entre aqueles aos quais dediquei, *in memoriam*, meu mais recente livro, *A invenção da poesia*. Faz tempo que não vejo Jaguar, com quem conversei e bebi muito por várias vezes, mas recebo suas notícias — a chegada aos 92 anos, por exemplo — de nosso amigo comum, Carlos Barral. Muitas saudades daqueles tempos. Mas também contei com a companhia de baianos que moravam no Rio, como Herberto Sales, que editou um livro meu pelo INL, do qual era presidente, e me pediu orelhas para a reedição do seu belo *Os pareceres do tempo*, o que fiz, mas como a Civilização Brasileira planejara o volume sem textos nas orelhas, acabou saindo como posfácio. Aliás, meu irmão, Tuna, foi quem escreveu e dirigiu o longa metragem a partir de *Cascalho*. Infelizmente, Herberto, que o aguardava com grande interesse, faleceu antes que ficasse pronto. Como sempre, Yara Espinheira — Yarinha, sua mulher, amiga maior para mim e toda a família — foi de grande ajuda na realização dessa obra. E lembrando outros dois baianos: Antônio Torres e João Ubaldo Ribeiro. Torres sempre acompanhou meu trabalho e, nos anos 1990, quando eu havia saído por outra editora nacional, a Nova Fronteira (*Memória da chuva*, premiado pela UBE-RJ), falou-me que eu deveria ir para a Record, onde estava (e ainda está) muito bem. Respondi-lhe que não conhecia ninguém lá. Disse-me que o procurasse quando fosse ao Rio, que me apresentaria à editora Luciana Villas-Boas, o que não demorou a acontecer. Fui ao Rio, e ele marcou um almoço com Luciana. Conversamos, falamos em projetos e saí pensando que poderia ser bem recebido na editora.

Algum tempo depois, com a publicação de livros de poemas em coedição com a Fundação Biblioteca Nacional, Ivan Junqueira, que trabalhava na FBN, me ligou e me disse para preparar um livro, de preferência a poesia reunida, escolher uma editora e o submetê-lo à apreciação em nome do projeto de coedição. Preparei o volume e, claro, dirigi-me à Record, que deu sua aprovação e publicou o livro *Poesia reunida e inéditos*, que saiu com orelhas de Alexei Bueno. Aliás, talvez já tenha contado, a minha publicação de *Memória da chuva* pela Nova Fronteira aconteceu por interferência do Alexei. A história: eu enviara, a conselho de outro amigo escritor, um livro novo de poemas a uma editora de São Paulo e comuniquei isto ao Alexei por carta. Não demorou, e ele me respondeu que a editora não lançaria meu livro, que estava em outros campos, com preferência pelo pessoal da poesia concreta. Assim, que eu lhe enviasse os originais. Ele estava trabalhando na Nova Fronteira e cuidaria da edição. E foi o que aconteceu. Só fui conhecer o Alexei pessoalmente quando estava lançando o livro no Rio. Ele tinha razão: a editora de SP jamais me deu importância.

Memória da chuva, aliás, se saiu bem. Eu de nada sabia, até que Maria da Paixão, que fazia doutorado em Brasília, na UnB, foi informada no Sebinho que o *Memória* estava sendo muito procurado lá. O que havia? Como explicar? Logo depois, chegando a uma livraria de Salvador, vi o livro com a cor da capa mais clara. Abri-o e, para meu espanto, era a 2ª edição! Como a editora não me avisara nem me enviara exemplares? Liguei para a NF, cobrando exemplares da 2ª edição. Resposta: seria impossível, pois estava esgotada. Só poderiam me enviar exemplares da 3ª edição... Depois, fiquei sabendo o que havia acontecido: aprovado para leitura de estudantes pré-universitários goianos, desandara a vender. De repente, eu me tornava autor de best-seller, ficando — ao menos por algum tempo — famoso em Goiás... Voltando ao sudeste, um novo amigo: Rodrigo Lacerda, meu editor da Record. E mais um belo presente do amigo carioca, Luciano Lanzillotti. É que, enquanto eu escrevia estas memórias, ele editou em livro a sua dissertação de mestrado na UFRJ: "Presença de ausência: tempo e memória na poesia de Ruy Espinheira Filho", já anunciando para breve a edição também do ensaio de doutorado pela mesma universidade em que estuda de novo este autor e o grande Manuel Bandeira. É muita honra.

Outro baiano com quem mantive ótimas ligações foi João Ubaldo Ribeiro. Tenho aqui uma bela coleção de cartas dele, algumas do melhor humor. Trabalhamos juntos na *Tribuna da Bahia* e nos tornamos parceiros de umas bebidinhas, inclusive no belo Carnaval antigo de Salvador. Vejam o que ele me escreveu, por exemplo, de Berlim, em março de 1991:

Lembro daquele Carnaval louco, eu separado, bêbado já às dez horas da manhã, querendo casar com todas. Dei um chupão numa professora sergipana que nunca mais vi, apertei os peitos de diversas amigas e fiquei numa merda tal que quase durmo na calçada do Forte de São Pedro, na companhia de outros farrapos humanos. Ai de mim, nunca mais, me faltam preparo e disposição. Estava dizendo outro dia a um amigo: hoje em dia, considero amarrar os sapatos uma estrênua provação física e só não tomo uma chuveirada depois porque já estou de sapatos. Fico extenuado só em pensar em comer uma alemã. Depois de tirar a segunda bota da moça, eu já estaria precisando de um estágio numa U. T. I. Imagine se eu ia aguentar, depois das botas, minhas e delas, os suéteres, os cachecóis, as camisetas, as blusas, a ceroula, a meia-calça — enfim, a tonelada de roupa que se tem que usar aqui, até para ir comprar cigarro na esquina.[1]

Sempre seu admirável humor. Ele costumava vir à Bahia — a Itaparica, sua terra natal — para passar uns dias em épocas do seu aniversário, e fui lá em várias oportunidades para revê-lo. Eu havia publicado um poema de um sonho em que participava João Ubaldo. Ele gostava dele. O poema a que me refiro se chama "Um sonho", do livro *Memória da chuva*. Vamos lê-lo a seguir.

---

1 Cartas de João Ubaldo. Eu tenho várias aqui, devidamente organizadas, com a introdução que escrevi. Depois da morte dele, entrei em contato com Berenice, a viúva, e ela me respondeu que lhe interessaria, inclusive para publicação. A partir disso é que fiz a organização e tentei novo contrato com ela. E nada. Outra vez, e nada. Foi quando alguém me disse que ela estava com problemas de saúde e afastada de tudo. Adiante, um amigo me animou a enviar os textos a um editor que vinha publicando Ubaldo. Enviei. Passou-se um tempo e, então, ele respondeu que sim, havia algumas coisas boas ali, mas não teriam condições de fazer uma edição. Talvez um dia pudessem aproveitar um texto ou outro... Bom, a editora publicava o autor, um grande autor, e achava que suas cartas a um amigo, falando de muitos momentos de sua vida e obra, não valiam para edição... Bem, com certeza por não serem cartas a alguém importante — embora importante para ele, o autor... Enfim, respondi que tudo bem. Talvez eu viesse a ter um descendente que poderia publicá-las logo que caíssem em domínio público... E assim terminou a conversa.

UM SONHO

Vagamos, na noite espessa,
João Ubaldo Ribeiro e eu.

Uma garrafa vazia
testemunha a ida lida

e, com saudade, a deixamos
num canto, um vago desvão.

E vamos. Sinto-me leve,
como se feito de névoa,

e Ubaldo, rompendo a treva,
a espaços resplandece.

Agora seguimos por
um imenso corredor

e, de repente, uma porta
cintila ante os nossos olhos.

Abro-a com um gesto só
e entramos no esplendor.

Luz serena, campo verde,
e sobre o verde uma mesa

à qual se senta meu pai,
e nos fita. Admirado,

pergunto, quase sem voz:
Então, é isto a morte?

Nada responde, meu pai.
Sorri, faz um gesto largo

(está com a camisa cinza
com que o relembro aos domingos)

para a mesa onde repousam
taças e um líquido de ouro

numa garrafa tão nítida
que chega a doer na vista.

E nos sentamos, e tudo
reluz. Somos, todos, luz.

Erguemos as nossas taças,
solenes, pacificados.

E então, súbito, o que vejo
é apenas uma parede.

Tudo um sonho. Um sonho? Mas
eis que a luz não se desfaz.

Está em mim, não se perde,
habita-me, embala, aquece

e à minha alma agra
confidencia, suave,

que ainda vou beber
(de outro sonho enfim desperto,

perene o esplendor sereno),
tranquilo, naquela mesa

— muito além de Onde e Quando —,
daquele líquido de ouro,

daquela garrafa nítida
como uma manhã da Ilíada.

Esse poema me levou a uma situação estranha na qual estava presente o Ivan Junqueira. Foi em 2004, meu pai havia morrido em 1986, e esses versos ainda não tinham sido publicados. Estávamos em Santiago de Compostela e fomos convidados para conhecer uma vinícola e, quando ultrapassei o portão da entrada, o que vi diante de mim foi o que estava no poema.

Luz serena, campo verde,
e sobre o verde uma mesa

à qual se senta meu pai,
e nos fita. Admirado,

pergunto, quase sem voz:
Então, é isto a morte?

Nada responde, meu pai.
Sorri, faz um gesto largo

(está com a camisa cinza
com que o relembro aos domingos)

para a mesa onde repousam
taças e um líquido de ouro

numa garrafa tão nítida
que chega a doer na vista.

E nos sentamos, e tudo
reluz. Somos, todos, luz.

Erguemos as nossas taças,
solenes, pacificados.

Não estava vendo meu pai, apenas o campo verde, mas fiquei como estarrecido, o que Ivan percebeu. Antes que dissesse alguma coisa, fui logo lhe contando a história desse encontro com meu pai. Ele balançou a cabeça. Ficou pensativo e pôs-se a fitar todo aquele belo campo verde com certa intensidade, o que eu também estava fazendo e, creio, até esperando ver meu pai em sua mesa de repente. Infelizmente, não o vi, mas continuava no sonho — e até hoje continua, como muitos outros sonhos de sua presença que trago em mim, dormindo ou acordado. Depois, quando tivemos a oportunidade de beber um vinho, Ivan e eu erguemos nossas taças em silêncio, porque qualquer palavra macularia a magia daquele instante, e brindamos àquele que lá de seu belo campo verde certamente estava brindando a nós.

A Ivan dediquei, certa vez, um poema no livro *Elegia de agosto e outros poemas*. Vejamos.

INSÔNIA

O silêncio sonha nas telhas.
Escrevo isto e nem sei o que significa.
Sei que estou só
e há silêncio
e as telhas apagam a lua,
se é que ela anda por aí e no livro esta noite.

Quase madrugada no relógio
que a moça me deu para que eu me lembre dela
todo o tempo. E eu me lembro. Mesmo quando
não olho o relógio eu me lembro
dela
e de tudo
que lembrar é a minha natureza e às vezes
um desespero.

(Que resignação estranha é esperar pelo sono.
Que não vem,
é claro,
pois se viesse
não escreveríamos coisas estranhas
sob uma estranha resignação
durante a qual especulamos sobre o sonho
do silêncio nas telhas e lua
e lembranças.)

Um poeta desperta em mim

e vem
com jogos de xadrez e túmulos
perfumados de vinho. E em seguida
um outro, caminhando
por uma ponte
em companhia da própria sombra magra
e com medo
do Destino.
E há outros e outros
e nenhum me consola e estão mortos
e os que não estão mortos não perdem
por esperar.

As traças trabalham. Não as ouço nem vejo
mas sei que trabalham
roendo
esses poetas e outras vidas
e imaginações no papel, tristes coisas do homem
desde Alexandria, de Tule, desde as cavernas pintadas,
desde
antes de Alexandria, de Tule, das cavernas,
desde
nosso primeiro passo para fora
do Éden.

O silêncio sonha
nas telhas. Continuo
sem saber o que isto significa,
mas há qualquer coisa que me faz escrever
novamente,
com uma obscura emoção,
que o silêncio sonha
nas telhas. Qualquer coisa,
esta,
como um ganido
subindo, subindo, dilacerante
subindo, inexorável,
de um abismo.

(Inexorável como a alma,
eu vos direi,
paredes, cadeiras, arquivos, escrivaninhas,

estantes, portas, janela, quadros,
livros, pastas, papéis avulsos, telhas
— onde sonha o silêncio... —,
eu vos direi,
porque não me podeis ouvir,
só por ser assim,
eu vos digo.)

Há mais de trinta anos os teus joelhos
ao sol. Os deuses estavam felizes
e sopraram uma suavidade especial
sobre a manhã. Às vezes penso que tudo
não foi,
nunca houve um tempo em que eu tivesse
dezessete anos,
que tudo é sonho ou uma história que me contaram
e a interromperam naquela luz
e assim a deixaram,
momento feliz dos deuses
para nunca mais.

(Ao longe o som de um avião
onde a minha vida não se vai.
Um tempo sonhei viagens,
como dormi com mulheres de romances
e filmes,
como salvei o mundo e vivemos felizes
para sempre.)

Asas batem na lâmpada
batem batem batem
projetando nas paredes sombras
muitas vezes o seu tamanho,
talvez
do tamanho da dor que as queima,
mas
nem de longe
do tamanho do horror dessa fascinação
mortal,
luminoso exemplo da justiça de tudo
que o Senhor espargiu sobre a vida
em sua célebre semana de divina arquitetura.

Cartas se amontoam
sobre a mesa,
com suas vozes distantes que aguardam
minha voz. Mas não me sinto escrevendo
para ninguém esta noite. Anoto apenas
estas prosas melancólicas,
estes fragmentos doentios de quem não mereceu adormecer
o sono dos justos
ou, melhor ainda, o sono
dos canalhas,
que são estes, sem dúvida,
os que dormem mais
placidamente, confortáveis
em suas alminhas sem mácula de remorsos
(que o canalha propriamente é puro
em sua natureza; ou assim,
ou não passará de um falso
canalha, pobre
ovelha desgarrada
de que os canalhas riem com todas as suas
hienas).

Teus joelhos ao sol, outrora. Mas vieste
comigo ao longo do tempo, como um fantasma
íntimo
que continuará em mim quando eu estiver partindo
e com o teu beijo passarei para onde,
depois que passamos,
já nada passa

(e aqui informo aos poetas atentos
nas estantes
que também me sinto fora de moda
como uma velha canção
e guardo
como veem
memórias
que o tempo faz cada vez mais fundas
como nomes gravados em casca de árvore
e aprendi que ninguém é poupado jamais
a não ser em sonhos
e às vezes, acrescento, nem assim).

E já não anotarei mais nada
deste delírio, ficarei
imóvel
esperando que as pálpebras me fechem
longe de tudo, num silêncio maior
que o silêncio que sonha
nas telhas.

* * *

Escrevi que João Ubaldo gostara do poema do sonho, o que é verdade. Mas anos depois escrevi outro de que ele certamente gostaria ainda mais. Vamos lê-lo.

O BRINDE LUMINOSO

> *"... o Mal existe. Mas o Espírito do Homem também existe. (...) O Espírito do Homem é universal e aspira à plenitude e à graça, tem como causa comum a todas as suas consciências essa aspiração, que se traduz na paz final de existir sem que se veja a existência, existir como essência, só existir, porque o Espírito do Homem anseia a perfeição, que é o Bem. (...) Viva o povo brasileiro, viva nós!" (...) e de repente soprou como quem sopra a fumaça de um cigarro e não se mexeu mais."*
>
> *General Patrício Macário, no dia de seus cem anos e último de sua vida.*
> *Estância Hidromineral de Itaparica, 10 de março de 1939.*

Oito anos já de tua morte, João.
No entanto, como continuas vivo.
Estamos juntos com frequência, no sono ou na vigília,
desde que nos encontramos pela primeira vez,
em 1971,
quando autografaste para mim Sargento Getúlio,
com estas palavras:
Para Ruy Espinheira Filho,
um velho amigo nunca antes visto,
porque às vezes nos provocávamos mutuamente,
com afetuoso humor,

no jornal em que éramos cronistas do cotidiano.
Sim, autógrafo no poderoso livro
sobre Getúlio Santos Bezerra,
cujo nome era um verso,
aquele que brigava melhor, sangrava melhor e tinha
quatorze balas no corpo.

Oito anos. Mas como continuas vivo.
Vejo-te com o sargento num rumo de morte,
com o caboco Capiroba capturando caças
para almoços e jantares,
já enjoado ele, Capiroba,
de corpos de padres intoxicados de superstições,
preferindo os invasores holandeses,
de carne mais limpa e macia.
Apresentando-nos Maria da Fé,
alta e bela mulata de olhos verdes,
filha de jovem estuprada
por sádico senhor de escravos,
que seria depois envenenado aos poucos
por uma escrava, Merinha, a mando de escravos
que sonhavam com a liberdade.
Para o inferno, pois, com
Perilo Ambrósio Góes Farinha,
barão de Pirapuama,
que fosse arder finalmente
nas chamas eternas.

Maria da Fé.
Criada com cuidados e estudos pelo Nego Leléu.
Fazendo suas leituras e sonhando,
com vontade de conhecer o mundo,
o que preocupava Leléu, que era como seu avô
e sabia do mundo como ninguém.
Ele até a animou a se tornar professora, ela gostou,
ele começou a mandar construir a escola
e a comprar o material necessário
à mestra e aos alunos.
Mas eis que, num caminho,
deram Maria e a mãe, Daê, pescadora famosa,
com quatro sujeitos brancos
que, porque eram negras,

foram logo partindo para a estupidez,
inclusive ameaçando a menina,
quando a mãe pegou um porrete e partiu
para o enfrentamento,
sendo apunhalada várias vezes.
Então partiram eles, deixando Maria da Fé
ao lado da mãe trucidada,
como foi encontrada depois,
já não mais a menina que há pouco era.

Sim, a menina Maria da Fé
nunca mais a mesma.
E o tempo passando, passando.
Certa vez tremeu tanto, numa festa de São João,
que o Nego Leléu correu
perguntando se estava sentindo alguma coisa,
e ela então apontou, transtornada,
para quatro que estavam bebendo junto à fogueira
e, à pergunta do avô, respondeu
que sim, eram eles.

O Nego Leléu, deixou-a protegida no quarto,
com pessoas para cuidados,
tirou a fantasia da festa,
armou-se com o necessário e esperou
que os criminosos ficassem bêbados e fossem embora.
Depois os seguiu.
Eles pegaram o barco, iam partir,
mas Leléu sabia por onde teriam que passar
e que poderia adiantar-se a eles por terra.
E se foi, veloz.
E, quando viu vindo a vela,
pegou uma canoa, furou-lhe o fundo,
saiu fingindo que estava se afogando,
pediu socorro.
Os sujeitos pararam o barco
e, entre deboches,
permitiram que ele subisse,
perguntando-lhe se sabia navegar.
Claro que o Nego Leléu sabia,
sabia demais, demais.
Passaram-lhe então o comando e, bêbados como estavam,

acabaram adormecendo.
E o Nego Leléu se foi silenciosamente e,
um por um, degolou os quatro.
Depois desceu ao fundo do barco e abriu
uma boa passagem para a água.
O lugar era perfeito. Demais também ele sabia
que o afundado naquele canal
não era encontrado nunca.
E ele cortou a carangueja da vela grande,
despencando-a de uma vez
e nadou para a praia, ficando a olhar o barco
que cada vez mais depressa ia descendo para o fundo,
onde jamais o achariam,
como jamais haviam achado nenhum dos outros
que haviam afundado ali, na lama espessa,
quarenta braças abaixo daquela água lisa
como uma lâmina.

Mas Maria da Fé era outra, muito outra
e continuava mudando. Mesmo depois que soube
do final dos assassinos
não voltou a se alegrar.
E passou a sair para encontros misteriosos.
Até que um dia comunicou ao avô que tinha
o que fazer pelo mundo.
E ele, embora arrasado, compreendeu.
E ela se foi.

Vamos reencontrá-la lutando contra o exército,
algum tempo depois.
Muito bonita, muito alta, de olhos verdes,
comandando a todos.
E virando lenda.
Encontrando finalmente o homem de sua vida,
Patrício Macário, a quem,
mesmo sofrendo, explicou que não poderiam ficar juntos
como pessoas normais. Ele, branco; ela, mulata.
E que também havia um destino
a ser cumprido.
E se foi,
deixando uma carta que Patrício Macário
nunca mostrou a ninguém.

Maria da Fé, cada vez mais a lenda.
Depois em plena guerra de Canudos,
contra os soldados da República,
que queria impor a política dos latifundiários,
de religiosos medievais,
dos militares,
de todos os que tiraram do poder Dom Pedro II,
figura humana melhor do que todos eles juntos.
Mas também não estavam, ela e os sertanejos,
lutando pelo imperador deposto,
porém pela vida e a dignidade do povo.
Sim, lá estava, alta e bela,
com seus verdes olhos de ver um futuro
belo, justo, generoso.

Muitos e muitos anos depois
Patrício Macário saberia
que ela saíra sozinha num barco
e ambos sumiram no mar.
E receberia ele, ao fim de tudo,
como presentes de despedida,
confiados à guarda de amigos e
do filho de Maria,
que também era filho dele, Patrício Macário,
filho de quem ele jamais soubera,
a arma chamada araçanga,
o esporão de arraia e a peixeira
que estavam com Nego Leléu
quando afundou para sempre os quatro assassinos.
E, principalmente, recebeu o vidro azul,
de tampa lacrada,
cheio das lágrimas que ela chorara
com a separação.

Cheio das lágrimas...

Vivos como nunca, João, você e sua gente.
A nossa gente, que ainda precisa continuar
na luta.
E eis que, no brinde luminoso
que será sempre a nossa saudação maior
e imortal,

junto a minha voz à de Maria da Fé
e à sua,
João Ubaldo Ribeiro:

VIVA O POVO BRASILEIRO!

40
DE VIVOS E MORTOS

Eu e João Ubaldo sempre nos demos bem. Menos em certo cálculo: ele dizia que éramos da mesma idade. Eu argumentava que não poderíamos ser, pois eu era mais novo quase dois anos, já que ele nasceu em janeiro de 1941 e eu em dezembro de 1942. Ele não se conformava: "Espinheira Filho", dizia, "releve esse cálculo. Não tem importância. Nós somos da mesma idade." Não tinha jeito, era do seu humor. Certa vez, a convite de Claudio Willer, participamos juntos de um bate-papo em uma biblioteca de São Paulo, creio que a Alceu Amoroso Lima. Cheguei ao pequeno hotel onde ficaríamos e perguntei se ele havia chegado. Responderam que não. Pedi que me avisassem quando chegasse. Então fui para o quarto para ler um pouco. Depois, vi que já estava se aproximando a hora em que o carro nos pegaria. Assim, saí, tomei o elevador, e eis que Ubaldo estava sentado no hall. Ao me ver, mostrou-se aborrecido e disse que já chegara há tempos e fora "obrigado" até a tomar uma dose de uísque. E o pior: perdera a passagem que lhe haviam enviado e tivera que comprar outra.

Minutos depois, fomos apanhados pelo transporte, uma Kombi velhusca e suja, o que fez baixar ainda mais a tolerância de Ubaldo. E lá fomos para a biblioteca. Willer nos guiou a um local no alto, com vista para a plateia, o que piorou tudo, porque a plateia estava vazia. Ubaldo me fez uma cara de quem queria morrer, mas eu lhe disse que ficasse calmo, que logo o pessoal chegaria. Quem não desejaria ver e escutar João Ubaldo Ribeiro? Ele abanou a cabeça, desalentado, e Willer sugeriu que descêssemos. Descemos. Então, de súbito, a plateia estava lotada.

Ele, longe das melhores disposições, logo começou dizendo que não sabia falar em público, que só queria escrever e ficar em casa, que eu é que era um boêmio e que, certa vez, o quisera embriagar em um Carnaval e, por isso, poderia conversar melhor com o público. Pedi um aparte. Respondi que ali o convidado ilustre era ele, não eu, que as pessoas estavam lá por causa dele. Então, para desafogar o ambiente, contei umas aventuras carnavalescas dele, que na festa fora um verdadeiro perigo para as moças e as não tão moças, fazendo a plateia rir à vontade. Com a melhora do clima, tudo correu bem. A casa estava repleta de senhoras e senhoritas, devido principalmente ao grande sucesso de *A casa dos budas ditosos*...

Dali, saímos para um bar, onde bebemos uísques na companhia do Roniwalter Jatobá, e falamos das coisas tristes e alegres da vida. Ele não era um otimista. Tendia sempre para o ceticismo. Contudo, certa vez, disse que, se passasse dos 73 anos, idade em que morreram seu pai e um avô, chegaria facilmente aos 80. Mas os 73 encerraram-lhe também a vida. Sua morte até hoje me parece um absurdo. Gente como Ubaldo não deveria morrer tão cedo — ainda dele teríamos bela literatura —; gente como meu pai, que se foi aos 65 em plena glória da sua carreira e muita vontade de viver; os meus irmãos que se foram todos mais novos do que eu; e outros grandes amigos. Um João Guimarães Rosa, que em 1965, na citada entrevista a Günter Lorenz, disse: "Não me posso permitir uma morte prematura, pois ainda trago dentro de mim muitas, muitíssimas estórias." Muitíssimas estórias que se perderam, pois viria a morrer dois anos depois, logo após a posse na ABL, que vinha adiando para não correr risco, pois bem conhecia os avisos do coração, nem chegando aos 60 anos... E Noel Rosa, aos 26. E... fiquemos por aqui.

Sim, sei que vou morrer, como tudo o que vive, mas... Leiam o meu poema seguinte e ainda inédito.

DOS INCONFORMISTAS

Edna St. Vincent Millay escreveu,
num poema,
que não se conformava que sepultassem
corações amantes na terra dura.
Os corações amantes e os sábios,
os pensadores.

Não se conformava.
E eu, pensando bem, também não me conformo,
nem com a terra nem com a cremação.
E não só falando de amantes e sábios,
mas de toda a vida.

Verdade, não me conformo
com esses rituais da morte.
Nem com a própria morte,
pelo que bem sei.

Não, não me conformo com a morte.
E não me digam para desistir,
que não adianta,
que depois da morte
me conformarei.

É o que pensam?
Bem, eu digo à morte: que se cuide,
porque,
goste ou não goste,
feito em pó ou em cinzas,
em tempo algum
jamais
me conformarei.

Falando de João Ubaldo, lembro-me de algo que me foi contado por James Amado. Estava ele tranquilamente em seu apartamento, à noite, quando bateram na porta. Foi atender, e lá estava o pai de João Ubaldo. Aceitou o oferecimento de uma cadeira e foi logo dizendo que só estava ali para que ele, James, lhe respondesse a uma pergunta: Achava que seu filho tinha algum talento? O dono da casa ficou abismado, não entendia a pergunta. João Ubaldo Ribeiro? Ora, o país inteiro reconhecia o seu talento. Era um dos grandes nomes da nossa literatura, como mostrara com *Sargento Getúlio*, louvado no Brasil e no exterior. O visitante se mexeu na cadeira, acendeu um cigarro (fumava muito, como o filho), agradeceu a opinião e se foi.

Disse-me James que ficou sem compreender aquilo, mas logo admitiu que sabia como o homem era, o que eu sabia também (e mais viria a saber através do próprio Ubaldo), como outras pessoas. Seja como for, uma situação muito estranha. Aliás, sempre achei que a dedicatória de Ubaldo ao pai em *Viva o povo brasileiro* não é propriamente uma homenagem por *admiração*, como escreveu, mas uma espécie de prestação de contas. Como se dissesse ao pai: veja aqui do que sou capaz. Não tenho nenhuma dúvida disso. Sim, a vida às vezes é muito complicada...

Mas prossigamos. Já me referi, páginas atrás, a Antonio Risério e lembro outro baiano: Carlos Machado, de Muritiba, que viveu muito tempo em São Paulo e está sempre disposto a ajudar com o seu *poesia.net*, que tanto divulga a poesia, e não só a brasileira, como também presta precioso auxílio com o seu talento para divulgar livros e lançamentos com a arte de quem sabe tudo de poesia e computador. É poeta, autor de livros infantis e crítico. Recentemente voltou a viver em Salvador. Outro parceiro importante é Paulo Martins, poeta e romancista, amigo desde a adolescência, atualmente vivendo em Lisboa (e também em Portugal Ronaldo Cagiano, com quem me correspondo) e Carlos Barbosa, romancista, contista e poeta, autor daquela carta que virou prefácio. E o poeta Maurício Almeida, de Jequié, como também Roberto Martins (de apelido Popov), irmão de Paulo, e Antonio Andrade Souza. Entre os que já se foram, Ivan Junqueira, Carlos Anísio Melhor, Affonso Manta, Valdomiro Santana, Mário Vieira da Silva, este de Jequié, nosso amigo vizinho, tão dedicado que lembro minha mãe dizendo: "Toda vez que abro a porta da rua, já está lá aquele menino!" Sim, "aquele menino" que foi amigo nosso pela vida inteira e considerado da família. Eu o apresentava como meu irmão mais velho, pois nascera três meses antes de mim. Em sua morte (2016), escrevi e publiquei em *Babilônia & outros poemas*:

SONETO DO AMIGO MORTO

a Mário Vieira da Silva,

in memoriam.

Abre o vinho e nos serve, o amigo morto,
e brindamos com doce alma de Porto.
Rico de vinhos, sempre, o amigo morto:
da Argentina, do Chile, França e Porto.

Tão jovem que ele está!... Bebo do Porto,
fitando com ternura o amigo morto.
Corado, alegre, o claro amigo morto
presta homenagens às marés do Porto.

Um cálice, e outro, e outro... O amigo morto
segue em viagem aos portos que há no Porto.
Tão bem vai navegando, o amigo morto,

que sorrio, admirando-o porto a porto,
perguntando-me, à luz da alma do Porto,
se acaso não sou eu o amigo morto...

De Jequié ainda, Deodato Astrê, Pedro Egídio, José Mariano, já mortos. E não posso esquecer meus irmãos, Tuna e Gey, que, embora mais novos, já circulavam conosco, também mortos. De Anísio, Carlos Anísio Melhor, já falamos. Belo poeta. Conheci-o no início dos anos 1960, já admirado por muitos em Salvador. Talvez a melhor homenagem que possa fazer a ele seja transcrever o meu poema, de *Morte secreta e poesia anterior*, que traz o seu nome no título.

CARLOS ANÍSIO MELHOR

Sobre o balcão mais sórdido da rua
põe o poeta a pastar sua Quimera,
que nos fascina e logo se insinua
em cada um — senhora, bela e fera.

É noite ainda, sim, mas outra, funda,
que essa magia urina em nossas veias:
grinalda misteriosa nos circunda
de perfumes, sussurros, suaves teias

de amavio... E bebemos, com o poeta,
amores idos já, tornados alma,
auréolas de silêncio, água quieta
embalando Memória, Tempo e Calma.

Bebemos com o poeta, que suscita
luas agônicas — e as dilui
em nossos copos. Negro vento agita
os escombros da noite: quem possui

a chave do Sossego? o segredo
das mãos pacificadas? a poção
do hálito feliz? quem tem o ledo
condão de aceitar seu coração?

Ninguém, ninguém! Só resta o viajar
para Profundo, e Alto, e Mais Além!

A um gesto do poeta, ergue-se o bar
e a vertigem da viagem rompe, vem

nos habitar. E eis que só ela é.
E é o Sonho, o Sonho! Já nos integramos
em seu ser. Uma estrela vem até
nossos olhos, e os beija. E sonhamos.

Este é o nosso País, a nossa Era
— muito acima da hora magra e agra —
que, soltando a pastar sua Quimera,
o anjo Anysius ilumina e sagra!

Datilografei esse poema e o levei a Anísio, que comemorou. Depois, ele hospitalizado, fui fazer-lhe uma visita. Estava fraquinho, e eu sabia que a coisa não era para esperanças, pois Anísio, embora abstêmio já há uns oito anos, tinha uma história de pesado alcoolismo. Lá, comentando a minha homenagem, disse que eu não lhe havia dedicado um poema, mas sim o transformado em poesia. Fiquei emocionado. Então ele lamentou estar no hospital, já que antes tudo fizera para morrer bêbado em qualquer lugar, em qualquer canto de rua, entre um bar e outro, caído no asfalto, no calçamento ou em um chão enlameado. Dessa forma, acrescentou: "Estaria morrendo como vivi, de acordo comigo mesmo, me sentiria melhor."

Jamais me esqueci dessas palavras. Fiquei lá ainda, conversando um bom tempo — e ele não saiu vivo daquele hospital. Anos depois, publiquei um romance inspirado nele, *O príncipe das nuvens: uma história de amor ditada pelo espírito do poeta C. A. Maior*. Nele, Anísio é o espírito narrador e chamado de Poeta Maior. Dediquei o livro à sua memória, pondo entre as três epígrafes versos de um poema seu, que iluminam a história:

Amor, amor, amor em que trágico cotidiano tu morreste.
Retoma tua primitiva doçura. Volta à tarde que eu estou te esperando.

A Affonso Manta, que me apresentou a Anísio, dediquei um poema também em *Morte secreta e poesia anterior*:

A CARTA

A carta do amigo é paz
e andorinhas
fiéis à velha igreja do Divino.
As mesmas
que um dia farão com que o céu
seja leve sobre o meu túmulo.

A carta do amigo conta mais
do que conta.
Conta o próprio amigo
com seu passo sereno na memória.
Conta
palavras e gestos
e até o que, sem perceber, o amigo
revelou: certo indefinível
movimento de alma,
um hálito
dos amplos espaços recônditos
onde
brincam crianças,
essas
que sempre despertam quando
repousamos nossas mãos
cheias de trabalho e vento que passa.

A carta reúne
resgata
o amigo e quem a lê.
E caminhamos
ruas antigas; entre árvores
pensativas ao sol frio
da tarde;
e tantos rostos
nítidos em sua definitiva
ausência.

E tudo vem de longe,
em azul
sobre o papel,
de uma casa
luminosa em seu silêncio,
de uma mesa
dessa casa, onde se debruça
e escreve
e nos saúda e abençoa
o poeta Affonso Manta
em sua compassiva solidão.

Affonso nasceu em Salvador, na Rua da Areia, Nazaré, ao lado do palacete em que hoje funciona a Academia de Letras da Bahia, mas morava em Poções, terra em que o conheci e me lembro de conversas, no coreto do jardim, sobre leituras, ele com 17 anos e eu com 14. Também, no início de 2000, fui visitá-lo em um hospital. Entrei, perguntei por ele, indicaram-me uma ala, fui até lá, mas não o vi. Já ia saindo quando ouvi sua voz me chamando. Voltei-me: ele, que era uma pessoa forte, estava um fantasma de si mesmo. Eu, na verdade, o tinha visto, mas não o reconhecera. É que também se recolhera a um cantinho para fumar escondido... Grande Affonso, uma tristeza. Conversamos, ele com dificuldade para respirar, tossindo seguidamente. E assim ficamos até que a enfermeira veio buscá-lo para um exame. Foi a última vez que o vi. Mas ele sempre me acompanhou e acompanha ainda, como os outros mortos, e em 2011 organizei e publiquei uma antologia poética sua. Várias pessoas vieram de Poções à Academia de Letras da Bahia para o lançamento, embora fosse uma noite de dura tempestade, que quase me impediu de comparecer ao local.

Como ele tinha umas oscilações de comportamento, sobretudo quando bebia, mesmo tomando medicamentos para tais disfunções, muita gente de Poções o considerava maluco, o que não era; apenas dizia às vezes coisas que os outros estranhavam.

Mas, enfim, com toda essa rejeição, conquistou tanto respeito que hoje é nome de instituição de ensino naquela cidade, com o seu nome completo na fachada: Affonso Manta Alves Dias.

Fico agora lembrando de como ele gostara de sua *compassiva solidão*... Porque achava que era mesmo assim que se via. Relembro uma passagem, em Poções, de que rimos muito na ocasião e depois. Um parente dos nossos primos da família Sarno, Pietro Sangiovanni, cognominado Pepone, viu certa vez um texto que eu escrevera e mostrava a Affonso e, virando-se para ele, disse:

— Gostei muito, Affonso. E já vem com o seu epitáfio!

O poeta ficou quase abismado:

— Mas eu ainda nem morri, Pepone!

Eu tive que explicar:

— *Não é um epitáfio*. É uma epígrafe, Pepone.

E falei rapidamente sobre as diferenças entre uma coisa e outra.

E todos rimos.

Às vezes, Affonso e eu nos recordávamos daquele momento e sempre nos divertíamos.

Pepone — Pietro Sangiovanni — era um ótimo companheiro, corpulento e tranquilo. Nada a ver com o Peppone, com dois pês, dos livros de Giovanni Guareschi, dirigente comunista que disputava espaço com Don Camilo, um padre nada comunista que costumava conversar com Jesus em busca de orientações ou para confessar o que julgava serem os seus malfeitos. Mas eram os dois também dois ótimos sujeitos e que se compreendiam, o camarada e o Don. Ri muito com aqueles livros na adolescência.

De Affonso, recordo também uma viagem que fiz com meu pai a Poções. Chegamos, logo o encontramos na rua e fomos a um pequeno restaurante. Outras pessoas já estavam vendo o Dr. Ruy, e a notícia se espalhou. Assim, aos poucos, começava a chegar gente. Uns ficavam na porta; outros, menos tímidos, se adiantavam para saudar o advogado, que a todos respondia com apertos de mãos e sorrisos, também cumprimentando de longe os que ficavam fora, que acenavam com alegria. Depois do almoço (e quando saímos já havia quase uma multidão), Affonso me bateu no ombro e disse que sempre achara quase impossível que meu pai, um homem da altura dele, pudesse conversar de igual para igual com todos que dele se aproximavam. Respondi dizendo que ele sempre fora assim, lição que eu já aprendera e pretendia observar vida a fora.

Meu pai não só conversava de igual para igual com todos: respeitava-os. Respeito era algo poderoso em sua vida. E se emocionava com a humanidade. Em outra chegada a Poções, anos antes, ao entrar na periferia da cidade, eu, no banco do carona, percebi que ele abanava a cabeça com tristeza e logo em seguida murmurava que "isso o incomodava muito". Seguindo seu olhar, vi que "isso" era a pobreza das pessoas pelas quais passávamos. Sim, gente muito humilde, pobre, às vezes miserável. Com sua formação ética, não poderia reagir de outra forma.

Mas continuemos. Outros amigos admiráveis foram os artistas plásticos Ângelo Roberto e Solon Barreto, bem como o fotógrafo e cineasta Roberto Gaguinho. E o poeta Alberto Luiz Baraúna, de grande talento, que foi meu colega na Faculdade de Direito, com quem conversei muito e visitei também quando hospitalizado. Naquela ocasião, em seu leito, ele me disse, sorrindo, que estava só esperando sair dali para cuidar da edição de seus poemas. Era ainda muito jovem, mas a doença foi implacável — creio que um câncer —, levando-o antes de poder cumprir a promessa. Adiante, a viúva e uns amigos publicaram seu único livro, pelas Edições Macunaíma, em trezentos exemplares: *Quarenta quase sonetos e uma sextantina hexazonal para viola d'amore*, ilustração e capa de Calasans Neto, muito bem recebido por todos. Pensei que o pai dele, que o adorava, reuniria depois toda a sua obra e a editaria, o que jamais aconteceu.

Outro com quem comecei a ter contato logo após a experiência com os cariocas, dos quais falei há pouco, foi Miguel Sanches Neto. Aconteceu que, nos anos 1990, o Cristovão Tezza veio a Salvador. Fomos apresentados e saímos para umas cervejas à beira da praia. Ele conhecia já algumas coisas minhas, como eu conhecia livros dele. Lá para as tantas, ele disse ter um amigo crítico que eu gostaria de conhecer. Disse-me o nome. Eu desconhecia. Ele me falou que enviaria o endereço do Paraná, o que fez, dias depois. Entrei em contato com Miguel, que logo (1996) estava escrevendo sobre minha poesia. E como escrevia ele, fiquei espantado e comovido. E o resultado é que, daquela data até hoje (2023), Miguel já publicou dez textos de crítica a meu respeito, o que sempre muito me honra. Hoje somos amigos. Admiro seus romances, contos e poemas e o considero o maior crítico literário do Brasil contemporâneo.

41
TRAFICANTE OU TERRORISTA

Naqueles anos 2000, além da minha eleição para a ALB, havia também o lançamento do livro *As perdas luminosas: uma análise da poesia de Ruy Espinheira Filho*, a dissertação de mestrado de Iacyr Anderson Freitas, da Universidade Federal de Juiz de Fora, a publicação da Editora da Universidade Federal da Bahia, EDUFBA, e da Casa das Palavras, da Fundação Cultural Casa de Jorge Amado, sob a direção da poeta Myriam Fraga, mais o convite de Suzana Vargas para a leitura de poemas no Rio, em Brasília e São Paulo, e o de Muniz Sodré, presidente da Fundação Biblioteca Nacional, para representar a literatura brasileira na Feira do Livro de Frankfurt, em 2007. No regresso dessa viagem, a convite dos sempre amigos Cida e Barral, desdobrei a passagem para ficar uns dias com eles em Lisboa. Era a primeira vez que ia a Portugal. E, como chegava da Alemanha, não tive a bagagem aberta e examinada. No ano seguinte, porém, indo do Brasil para Lisboa, tive a bagagem — apenas uma sacola de viagem, de minha mulher — aberta. Mas já acontecera quatro anos antes, 2004, quando, no desembarque, um funcionário se dirigiu a mim em inglês, e eu lhe respondi que podia falar em português, que eu era brasileiro. (Aliás, no aeroporto tem uma fila para quem fala língua portuguesa, mas não serve para brasileiros. Creio que seja assim porque nos livramos da colonização antes dos africanos...)

Ele, de cara fechada, disse que minha bagagem teria que ser aberta. Ofereci-lhe a chave. Ele a pegou, mas a operação se arrastava. Não havia muita coisa. Era uma sacola de Maria da Paixão, só roupas para uns dias. O estranho é que havia um livro também... Observei que um táxi estava à minha espera, pois iria para Santiago de Compostela, mas a demora continuou. O mesmo sujeito que me falara em inglês participou e pegou da bagagem algo que pareceu interessá-lo muito: um exemplar da obra poética reunida de Sosígenes Costa, que eu estava levando para Alexei, com quem me encontraria, juntamente com Ivan, para participação no encontro de escritores hispânicos e de língua portuguesa. O homem pegava o livro, abria-o, sacudia de um lado para o outro e sopesava-o. Acho que pensava ser cocaína ou coisa similar. Não me lembro se cheirou... Se o fez, não vi. Quase perdi o táxi para Santiago. O motorista já estava desistindo, achando que eu não havia chegado.

Já em 2008, estava indo para julgar o Prêmio Camões, e foram me abrir novamente a bagagem; aliás, a mesma de antes. Dei a chave, ficaram lá fuçando as coisas e, então, me perguntaram o que eu queria em Portugal. Aí, peguei meus documentos e disse a eles que não estava ali para fazer turismo, que não me interessava, que era enviado pelo governo brasileiro a convite "do ministério da Cultura de vocês". E fui enfático: "Leiam aqui. Tenho convite do seu ministro!" Eles leram o convite com espanto. Aí, um me disse: "Ah, és escritor..." Balancei a cabeça, e ele começou a rearrumar apressada e bagunçadamente a bagagem.

Assim, das três vezes que desembarquei em Portugal, em duas me acharam com cara de traficante ou terrorista.

42
NO PRÊMIO CAMÕES E ALB

Pois é, em 2008, Muniz Sodré me liga e pergunta se eu aceitaria participar do julgamento do Prêmio Camões, em Lisboa. Como um ano antes, na Feira do Livro de Frankfurt, ele havia convidado primeiro o poeta Florisvaldo Mattos, que declinara do convite e indicara meu nome, fazendo o mesmo agora. E, ainda no telefone, Muniz sugeriu-me a defesa do nome de João Ubaldo Ribeiro, o que me motivou de imediato. Depois, em Lisboa, conversando com meu parceiro brasileiro do evento, Marco Lucchesi, comuniquei-lhe a sugestão de Ubaldo como concorrente. O que ele achava? Marco respondeu que ele certamente já havia sido premiado. Disse-lhe que não. E o Marco saiu para fazer, como disse, uma pesquisa, depois retornando para me confirmar que "Ubaldo não recebera o Camões. Incrível. Devíamos apresentá-lo mesmo." Dia seguinte, como fui à sessão do prêmio de terno completo, um dos julgadores da África sugeriu que eu fosse escolhido como presidente da banca, o que foi aceito por todos.

Bom, os portugueses tinham uma candidata e a defendiam com firmeza. Os africanos oscilavam um pouco. Nós entramos com o nome de João Ubaldo. Os debates foram longos. Os argumentos que combinei com o Marco estavam mais ligados às três culturas — Portugal, África (com sua variedade), Brasil —, fortemente presentes em *Viva o povo brasileiro*. Como o Prêmio Camões estava também no âmbito dessas culturas, nada mais justo do que dar o prêmio ao nosso candidato, que trabalhara genialmente com elas em seu romance. Um resultado: empate. Outro: empate. Alguém sugeriu que eu desse o voto de minerva. Mas, antes que o desse, um voto africano, do poeta João Melo, foi mudado em favor de Ubaldo, dando-me uma das maiores alegrias da vida. Na reunião seguinte do prêmio, um ano depois, no Rio, concedemos o Camões a um africano: Armênio Vieira.

Bem, no ano seguinte ao da publicação do ensaio sobre Bandeira, 2004, outra bela surpresa: Miguel Sanches Neto indica meu nome à editora da Bertrand Brasil, Rosemary Alves — e ela logo publica dois livros meus em 2005: *Elegia de agosto e outros poemas* e a segunda edição de *A guerra do gato*. Até 2012, mais três livros editados por ela. Por volta de 2006, Ivan Junqueira disse-me que eu deveria entrar para a Academia Brasileira de Letras. Falou que se eu passasse uns quatro meses no Rio, ele me ajudaria na campanha. Respondi o que tinha de responder: eu não poderia fazer isso, pois, como ele sabia, era professor na Bahia e precisava dar as minhas aulas. Ele abanou a cabeça e falou que era uma pena que a coisa fosse assim, a campanha era absolutamente necessária. Estávamos esvaziando nossos copos em um restaurante de Copacabana. Pedi mais duas doses e disse a ele que não se incomodasse, que eu nunca havia me candidatado a academia nenhuma, jamais pedira voto a ninguém, que só entrara na de Jequié porque, quando fora criada, convidaram-me para participar como fundador. Tendo vivido em Jequié por vários anos e feito muitas amizades, não tinha sentido desconsiderar o convite.

Quanto à Academia de Letras da Bahia, alguns amigos, como Florisvaldo Mattos, João Carlos Teixeira Gomes, Myriam Fraga, entre outros, acharam que eu devia ser eleito, mas perdi a primeira parada. Sem problemas, porque de fato não me candidatara. Mas os amigos ficaram bem aborrecidos, contando com uma eleição fácil. Para a vaga seguinte apareceu um senhor que nunca escrevera senão coisas para jornal, nada a ver com literatura ou qualquer arte, mas tinha seus poderes. No dia, nenhum dos dois conseguiu votos suficientes. Então, eu disse aos amigos que não pusessem mais meu nome em disputa. Não tinha interesse na academia. E também vinham acontecendo certas coisas desagradáveis... O tempo passou. O outro concorrente disputou comodamente e foi eleito. Antes, porém, eu lhe fizera uma cartinha, que também enviei para todos os acadêmicos e jornalistas de todos os jornais. Pesco-a do meu arquivo do computador.

CASO DE CENSURA JORNALÍSTICA A ESCRITOR BAIANO!

INFORMADO DE QUE FORA PROIBIDA QUALQUER MENÇÃO A SEU NOME ATRAVÉS DO JORNAL BAIANO (...), — O POETA E FICCIONISTA RUY ESPINHEIRA FILHO DIRIGIU A SEGUINTE CARTA AO JORNALISTA APONTADO COMO AUTOR DA "ORDEM DE SILÊNCIO"

Lauro de Freitas, 5 de outubro de 1998.

Ilmo. Sr.

Ensina-se, sabiamente, que não se deve dar atenção a boatos — e eu geralmente não lhes dou atenção alguma. Mas, como o Sr. sabe, há boatos e boatos, desde os meramente tolos, que vêm e logo passam, não deixando maiores sequelas, àqueles que acabam impregnando fortemente, com seu veneno, a mente das pessoas — e, mesmo com evidências de inverossimilhança, provocam danos a reputações. E este é, ao que parece, o caso de um boato que vem circulando com insistência, já há algum tempo — e envolvendo os nossos nomes.

E o que propaga esse sórdido boato? Isto: que o Sr. teria proibido quaisquer referências ao meu nome nas páginas de (...), atitude gerada pelo fato de termos dividido os votos dos membros da Academia de Letras da Bahia, durante o último processo eleitoral, o que impossibilitou a escolha de novo acadêmico, já que a divisão de votos impediu que um dos sufragados atingisse o mínimo percentual exigido pelos estatutos da ALB.

Ora, veja o senhor de que são capazes certas mentes doentias: espalhar aos quatro ventos que o ilustre jornalista (...), Diretor de Redação de (...) (jornal com o qual tanto já colaborei — no suplemento cultural — e do qual sou assinante há anos) cometeria ato tão mesquinho, tão vil, tão covarde, tão atentatório à ética — particularmente à ética jornalística! De que são capazes certas mentes hediondas, veja o Sr.!!! Mas não há de ser nada, fique tranquilo, a verdade — a límpida verdade! — sairá vitoriosa e os caluniadores serão devidamente desmascarados pela pura e simples evidência dos fatos. E é em nome da restauração dessa verdade que lhe estou escrevendo estas palavras, para que o Sr. saiba que em mim jamais provocou eco o nauseante boato — a não ser para merecer meu total repúdio. Repúdio que também me vejo no dever de manifestar de maneira pública — enviando cópias desta carta aos nossos colegas jornalistas e intelectuais de nossa terra, para que todos saibam que não dou guarida a campanhas difamatórias como a que tenta fazer crer ser capaz de certos atos um jornalista reconhecidamente respeitável como o Sr., exemplo de dignidade profissional.

Sem mais, com protestos da mais alta consideração,

eu assinava

Ele me respondeu, dias depois, agradecendo-me por não acreditar em tais boatos, porque jamais faria coisa assim, contra a ética. E foi o fim desse caso. Bem, o boato não tinha sido boato. O que eu fiz foi me mover de forma a desarmar o adversário, que visava me prejudicar, como a outros que me apoiaram. Não pus aqui o seu nome, como coloquei na carta enviada a muitos, porque, de lá para cá, o tempo passou e passou, sobretudo para o cidadão. Foi apenas um fato que me ocorreu contar — mas sem visar ataque a nome de ninguém. (Quando disse a James que faria tal cartinha, ele ficou muito preocupado, dizendo que eu me prejudicaria muito, até receber, ele também, a cartinha, que o fez sorrir aliviado, vendo que era uma armadilha bem pensada. O que o outro poderia fazer? Só dar-me aquela resposta. Outra pessoa me disse que eu fizera uma jogada tipo "gude preso", quando a vítima não tem como escapar... O que me levou aos jogos de gude da infância...)

Bem, algum tempo depois da minha nova derrota, um acadêmico especialmente importante, Jorge Calmon, me viu na ALB (eu sempre atendia a convites para participar de alguma palestra, debate etc.), chamou-me em particular, disse que estava muito aborrecido e que a próxima vaga seria minha. Informei-o do meu desinteresse acadêmico, mas ele só repetiu: "A próxima vaga é sua. Já está certo."

Bem, mais uma vez não me candidatei, não pedi voto algum, mas, na eleição seguinte, acabei eleito. Quanto à última Academia em que entrei, a Academia de Letras do Brasil, com sede em Brasília, foi também, como a de Jequié, a convite. O seu presidente, Marcos Freitas, me ligou em outubro de 2022 e indicou o interesse em mim à ALB. Os acadêmicos se reuniriam para decisão, e eu certamente seria eleito, porque muitos eram favoráveis ao meu nome. Eu aceitaria a indicação? Bem, era mais um convite, e eu não teria que fazer campanha nem pedir votos. Se fosse mesmo eleito, aceitaria. E fui eleito, em 2023. Portanto, três academias sem minha candidatura. Sem pedir nenhum voto.

Alguns amigos continuam me cobrando luta pela Academia Brasileira de Letras, mas não. Certa vez, um repórter da Folha me perguntou se eu não pensava na ABL. Respondi-lhe que só iria a ela por convite, não faria campanha pela eleição. Assim, como ela não vai me convidar, me eleger sem a campanha (para vários, foram campanhas que duraram anos, e alguns jamais conseguiram votação suficiente)... melhor esquecer o fardão. Na verdade, sou grato à ABL por me possibilitar a publicação do livro sobre Manuel Bandeira, de textos em sua revista e principalmente por me conceder o seu prêmio de poesia de 2006, com o busto de Machado de Assis no topo do diploma, o que muito me honra. Estamos, portanto, em paz.

(E aqui relembro o meu pai: eu não compro votos. E acrescento, em meu nome: nem peço.)

43
GLOBAL, PARANÁ, ABL E JABUTI

Em 2011, sai pela Global, após anos de espera, a minha antologia na coleção *Melhores poemas*, direção de Edla Van Steen, com seleção e apresentação de Sérgio Martagão Gesteira. Depois, em 2013, uma surpresa maior: chega-me um e-mail de um editor que eu não conhecia, Marcelo Del'Anhol, fazendo elogios à minha poesia (que conhecia de internet, onde não publico poemas, mas outros publicam...) e propondo a elaboração de uma antologia pela Positivo, de Curitiba. Disse-me que se encarregaria de tudo, caso eu aceitasse a ideia. Até já havia escolhido um organizador, o escritor Leo Cunha. Eu só necessitava enviar a ele os meus livros. Não seria difícil, pois, em 2012, saíra, também pela Bertrand Brasil, *Estação infinita e outras estações*, a reunião de toda a minha poesia até então, com metade da edição comprada pelos amigos Cida e Carlos Barral.

Conversando com o editor paranaense, disse-lhe que estava espantado com a proposta, pois certamente era coisa raríssima um editor procurar poetas para lançar-lhes as obras. Com autores famosos, tudo bem, mas um desconhecido nordestino... Ele riu, repetiu que eu enviasse os poemas e aguardasse notícias. Dessa maneira, saiu, em 2014, em uma bela edição muito bem organizada, a antologia *Para onde vamos é sempre ontem*. Nessa época, também saíam meus contos reunidos, *O sonho dos Anjos*, em Salvador, pela Caramurê, de Fernando Oberlaender, que já havia publicado outros livros. Depois, publicaria, em 2019, *Campo de Eros e outros poemas de amor* e *O rei Artur vai à guerra*, pela Positivo. Entre 2015 e 2020, saíram seis livros pela Patuá, do Eduardo Lacerda, sendo um deles *Babilônia & outros poemas*, finalista do Prêmio Rio de Literatura em 2018. Da vivência na Patuá herdei também amizades novas: o casal André Caramuru Aubert e Clélia, ele romancista e poeta e ela senhora da preparação de textos para edição, como fez umas três vezes em livros meus. Aliás, foi André o autor da bela apresentação da minha *Nova antologia poética*, lançada pela Patuá em 2018. Sou muito grato a ambos.

Minha permanência na Bertrand Brasil foi bem positiva: o *Elegia de agosto* recebeu logo dois prêmios importantes: o de poesia da Academia Brasileira de Letras (com empenho de Ivan Junqueira, tenho que reconhecer) e o 2º lugar do Jabuti, ambos em 2006. E também Menção Especial do Prêmio Cassiano Ricardo, da UBE-RJ, e indicação ao Portugal Telecom. *A guerra do gato*, poema infantil, foi selecionado pela Fundação Nacional do Livro Infantil e Juvenil (FNLIJ) e pelo programa Minha Biblioteca, da Câmara Brasileira do Livro e do Governo de São Paulo. No caso do Jabuti, em sua entrega, o autor do primeiro lugar, Affonso Romano de Sant'Anna, pegou-me pelo braço e me perguntou se eu não queria trocar os prêmios com ele — que me daria o 1º e eu lhe daria o 2º. Espantado, respondi-lhe que estava muito honrado com o segundo lugar e que ele certamente era merecedor do primeiro. Rimos e, em seguida, nos despedimos. Tinha sido ele o primeiro presidente da FBN a me pedir colaboração para a revista *Poesia sempre*. Jamais esqueci disso e daquele instante do Jabuti.

Do prêmio da ABL, fiquei sabendo quando, em uma festa em Jequié, onde estava sendo disputado um prêmio com meu nome, atendi uma ligação do Jornal do Brasil para uma entrevista. No caso do Jabuti, eu estava dormindo em Salvador, e Maria da Paixão acordou-me dizendo que havia um resultado provisório na TV, e eu aparecia em segundo lugar. Haveria ainda mais uma reunião da comissão julgadora, que acabou não acontecendo, e permaneci naquela colocação, podendo ir pegar meu bichinho na hora aprazada. Tenho-o hoje em cima da estante da sala, em que, em outra parede, está, além do diploma da ABL, fotos de recebimento do Jabuti, do Prêmio Nacional de Poesia Cruz e Sousa e mais o diploma do Prêmio de Poesia Ribeiro Costa, da UBE-RJ. Houve ainda, com outros livros, indicações a prêmios e mais uma final do Jabuti em 2010 (*Sob o céu de Samarcanda*). Neste momento estou de regresso ao Grupo Record, com *A invenção da poesia & outros poemas*, de 2023, graças à aprovação do editor Rodrigo Lacerda.

44
BANDEIRA E DRUMMOND

Bem, chego a este ponto do texto e recordo Manuel Bandeira desanimando de escrever seu belo *Itinerário de Pasárgada*. E não tardou muito a chegada desse desânimo: pela edição que consulto aqui — *Manuel Bandeira/Poesia completa e prosa*, Nova Aguilar, 1996 —, não foram mais do que sete páginas. Diz ele, na página 39 da edição, que está arrependido de ter se curvado às "instâncias" de Fernando Sabino e Paulo Mendes Campos, que lhe haviam sugerido a tarefa (depois entrou também em cena João Condé; por isso, o livro é dedicado aos três). E de onde vinha aquele arrependimento? Conta ele: do nenhum prazer em suas evocações e "da mediocridade que elas respiram". Ora, quando ele aceitou escrever esse livro, já era um dos maiores nomes da cultura brasileira — e até mesmo uma lenda. O volume sairia em 1954, quando ele chegava aos 70 anos, ou seja, Bandeira se desiludia do livro bem antes de mim, que já escrevi este muito mais velho, com os meus 80...

Poucas linhas adiante, por felicidade, ele retornou às suas memórias. Quanto a mim, só uma semelhança com o trabalho dele: duas pessoas me sugeriram escrever o que vou escrevendo: meu filho e, no mesmo instante, o apoio a ele de minha filha, como já foi contado. Tentei desconversar, mas... Creio que Bandeira só ouviu o Fernando e o Paulo porque os considerava como filhos, aos quais nada se pode recusar. Bons filhos, porque sem eles *Itinerário de Pasárgada* não existiria... Nem estas memórias...

Seja como for, estou também agora me perguntando se vale a pena, sobretudo porque estou muitíssimo longe do grande poeta. Sim, vale a pena? O fato é que muitos momentos aqui me fizeram bem, pois foram boas lembranças, algumas engraçadas, outras comoventes. As poucas que foram ruins me amargaram no momento, mas não me comprometeram a vida. No mais, ao contrário de Bandeira, vou adiantado no trabalho... Partes de uma aventura de viver que, vocês sabem, já vai chegando bem longe. Estou quase na idade em que morreu Bandeira, aos 82, grande façanha para quem se viu desenganado na juventude por causa da tuberculose, com a qual lutou por quase a vida inteira, muitas vezes achando que findaria a qualquer momento. Na verdade, sua luta contra a morte também chegou aos leitores e aos amigos. Não foi à toa que Drummond escreveu um poema com este título: "Manuel Bandeira faz novent'anos". Ele já comemorara os 50 do grande amigo com *Ode no cinquentenário do poeta brasileiro*, poema de lirismo maior — e depois saltava para os 90... Bem, o novo poema é de 1977. Bandeira havia morrido dez anos antes. Que vasta riqueza de poesia e amizade! E Drummond dizia, no poema, que Bandeira havia sido "nosso poeta", doador de som, de piano, violão e flauta ao sentimento dos amantes, dos doentes, dos fracos, dos meninos, dos sozinhos, na praça ou no sanatório. E, ao final, duvida dos novent'anos e pergunta ao poeta se ele não é menino para sempre sorrindo "no mais longe Pernambuco?".

Sim, ele com certeza está sorrindo no mais longe Pernambuco — nome brasileiro de Pasárgada... Bandeira eu não conheci pessoalmente. Conheci Drummond. Mas tive contato com ele, em 1964, porque lhe enviei uma canção que escrevera em sua homenagem — e, dias depois, recebia uma cartinha comovente. Publiquei-a como epígrafe do meu poema de resposta, "Bilhete a Manuel Bandeira", muitos anos depois, em *Sob o céu de Samarcanda*, como vemos a seguir.

BILHETE A MANUEL BANDEIRA

Rio, 5 novembro 64

Espinheira Filho:

Muito me sensibilizou a sua "Canção para Manuel Bandeira", assim como as amáveis palavras da carta que a acompanhavam. Tenho uma pasta para os versos escritos en mon honneur, *os seus vão para ela e figurarão entre os mais bonitos. Receba um abraço de agradecimento do velho bardo*

Manuel Bandeira.

Foi há mais de 40 anos
que chegou esta pequena
carta em que agradecias
e elogiavas meu poema

em tua honra (coisa simples,
não mais que ingênua canção
da lira dos vinte anos...).
Que vasta e funda emoção

despertaste, em breves linhas
de humildade suave, calma,
no que contigo fazia,
de há muito, seu "Curso d'Alma";

este que agora relê
tua carta na moldura,
numa tinta quase vaga,
porém intensa em ternura.

Passou o tempo, levou vidas
(a tua, a de meus pais...), mas não
a Poesia, que ainda flui
do teu ao meu coração.

Drummond, com quem me correspondi algumas vezes, conheci pessoalmente em um Sabadoyle, do Plínio Doyle, ao qual nos levou — a mim, a Gilka e ao poeta Antonio Brasileiro — Mário da Silva Brito. Drummond não queria ir. Estava com a barba um pouco crescida devido a um incômodo na pele do rosto, mas Mário falou em nós, que já nos correspondíamos com ele e queríamos conhecê-lo, e o poeta prometeu ir. Prometeu e cumpriu. Quando chegamos, já estava bem acomodado em um sofá. Recebeu-nos sorridente e começamos a conversar.

Então, de súbito, entra em cena a bela Lygia Fagundes Telles, que, de imediato, se apossou do poeta, que não fugiu, como acontecera na primeira vez em que lhe apresentaram a também bela Tonia Carrero — quando ele a olhou, balbuciou alguma coisa, deu-lhe as costas e sumiu do local. Anos depois, novamente apresentado a Tonia, esta lhe perguntou se tinha alguma coisa contra ela. Explicou-se ele dizendo que pedia desculpas. O que acontecia é que, às vezes, diante uma mulher bonita, ficava sem saber o que fazer, se confundia, se assustava e dava um jeito de escapar antes de dizer ou fazer qualquer bobagem.

Como falei, correspondi-me alguma vezes com Drummond e até escrevi sobre ele. Vejam, adiante, o que publiquei nos jornais *Tribuna da Bahia* e *A Tarde*.

45
CINCO VEZES DRUMMOND

PRIMEIRA

(Aviso aos navegantes: este não é um artigo de gabolice, a intenção é mostrar como era simples e generoso o Poeta Maior.)

Resolvi, há pouco, escanear a cartinha que Manuel Bandeira me enviou em 1964 e que já está quase ilegível. Ela hoje se encontra como epígrafe do meu poema "Bilhete a Manuel Bandeira", publicado em *Sob o Céu de Samarcanda,* que lancei em 2009, pela Bertrand Brasil, e foi finalista do Jabuti em 2010.

Rio, 5 de novembro 64
Espinheira Filho:
Muito me sensibilizou a sua "Canção para Manuel Bandeira", assim como as amáveis palavras da carta que a acompanhavam. Tenho uma pasta para os versos escritos en mon honeur, *os seus vão para ela e figurarão entre os mais bonitos.*
Receba um abraço de agradecimento do velho bardo
Manuel Bandeira

Não sei como desapareceu a canção que lhe enviara, mas muito depois, relendo a cartinha, escrevi o *Bilhete a Manuel Bandeira* que transcrevi no capítulo anterior. Gostei da ideia de escanear, a carta ficou mais legível, e me ocorreu fazer o mesmo com as cinco que recebi de Carlos Drummond de Andrade, entre 1974 e 1982.

A primeira foi agradecimento ao envio do meu primeiro livro individual, *Heléboro*, na qual ele se referia ao volumezinho como feito de uma "poesia concentrada e de sutil expressão". Depois, em 1979, ao meu pedido de autorização para citar em livro meu a sua frase, para mim consagradora, respondeu-me que podia, sim, fazer a transcrição e que eu o surpreendia pedindo autorização, "coisa que já não se usa mais neste país...". E terminava com seu abraço cordial de sempre.

Dali por diante, transcrevi várias vezes a frase, mas, como se vê, com a devida autorização.

Na mesma carta sobre o *Heléboro* ele dizia que vira que eu lhe dedicara um artigo na Tribuna da Imprensa e gostaria de conhecê-lo, eu poderia lhe enviar um xerox? É claro que lhe enviei o xerox. Era um artigo (que ele disse depois ter muito apreciado), intitulado "Da arquitetura da Rosa", em que eu focava as alterações que ele introduzira em *A Rosa do Povo*, de que ainda tenho a surrada 1ª edição.

Em 1981 elogiou os contos de *O vento no tamarindeiro*, afirmando que eu era "poeta e narrador com a mesma força", dando-me parabéns; e em 1982 escreveu-me dizendo agradecer-me o envio da concentrada e funda poesia de *"As sombras luminosas"* acrescentando que, melhor do que o seu juízo, o prêmio alcançado atestava a qualidade da criação verbal em meu livro. E concluindo: *Resta-me felicitá-lo cordialmente pela vitória, marco de uma carreira de poeta que decerto alcançará outros triunfos. Seu grato companheiro de ofício, Carlos Drummond de Andrade.*

Referia-se ao Prêmio Nacional de Poesia Cruz e Sousa, que eu recebera no ano anterior. E vejam só: *companheiro de ofício...*

SEGUNDA
DA ARQUITETURA DA ROSA
6-11-1972

Faz muito tempo que publiquei, no início dos anos 70, no jornal Tribuna da Imprensa, por solicitação do poeta Ricardo Vieira Lima, um artigo com o título acima. Como se vê na crônica anterior, enviei cópia a Carlos Drummond de Andrade, que concordou com minhas observações. Mais tarde, dividido em três partes, nas datas de entre 6 e 11 de 1972, republiquei-o em minha coluna de crônicas — Temponáutica — da *Tribuna da Bahia* (as crônicas se intitularam *No aniversário do poeta – [I], [II] e [III])*, homenageando os 70 anos de Drummond, comemorado no dia 31 de outubro anterior. Leiam o que se segue.

Observa Álvaro Lins: "O autor de *A rosa do povo* e Castro Alves são em toda a nossa literatura os dois poetas que produziram obras de mais definido conteúdo social e tendência revolucionária. Em Castro Alves, porém, o movimento da poesia era uniforme, saindo do povo a inspiração poética e voltando ao povo o poema construído numa forma correspondentemente popular; no Sr. Carlos Drummond de Andrade, a inspiração de alguns temas populares nunca lhe chega intata, mas com a estrutura deles já deformada pela visão original do poeta em conjugação com os processos de criação da arte moderna, e não voltando ao povo o poema porque elaborado num estilo aristocrático. Este é o drama, digamos complementar, da poesia já dramática por si mesma do Sr. Carlos Drummond de Andrade: uma inspiração — em pensamentos, ideias e sentimentos — revolucionária, contendo por isso uma substância em parte popular, ao lado de uma forma difícil e não disposta às concessões, um estilo aristocrático e por isso inacessível ao grande público. Percorre o interior destes versos sóbrios, secos e ascéticos, mas impregnados de paixão e sentimento, um frêmito dessa dualidade: a aristocracia de expressão e o esforço generoso para a compreensão do que é popular." (Álvaro Lins, *Jornal de crítica*. RJ: Livraria José Olympio Editora, 1947, pp. 83-85. Apud *Carlos Drummond de Andrade, obra completa* – Companhia José Aguilar Editora, RJ, 1967, pp. 35-36).

Álvaro Lins escreveu estas linhas referindo-se à primeira edição (1945) de *A rosa do povo* — e nos fala de uma "forma difícil e não disposta às concessões, num estilo aristocrático", de "versos sóbrios, secos" e de "aristocracia de expressão". São palavras perfeitamente justas, decorrentes de uma observação lúcida e exata. Mas, se aquele "estilo aristocrático" deixou bem atendidas — e talvez saciadas — as exigências estéticas de crítico, o mesmo não sucedeu com relação ao poeta.

Em vinte e dois anos — de 45 a 67 —, buscando aperfeiçoar o seu trabalho, Drummond retocou incansável e minuciosamente a sua *Rosa*. Aliás, o poeta sempre foi muito cuidadoso e desconfiado. Vejam o que ele diz na *Autobiografia para uma revista*:

"Meu primeiro livro, *Alguma poesia* (1930), traduz uma grande inexperiência do sofrimento e uma deleitação ingênua com o próprio indivíduo. Já em *Brejo das almas* (1934), alguma coisa se compôs, se organizou; o individualismo será mais exacerbado, mas há também uma consciência crescente da sua precariedade, e uma desaprovação tácita da conduta (ou falta de conduta) espiritual do autor. Penso ter resolvido as contradições elementares da minha poesia num terceiro volume, *Sentimento do mundo* (1940). Só as elementares: meu progresso é lentíssimo, componho muito pouco, não me julgo substancialmente e permanentemente poeta. Entendo que poesia é negócio de grande responsabilidade, e não considero honesto rotular-se de poeta quem apenas verseje por dor-de-cotovelo, falta de dinheiro ou momentânea tomada de contato com as forças líricas do mundo, sem se entregar aos trabalhos cotidianos da técnica, da leitura, da contemplação e mesmo da ação. Até os poetas se armam, e um poeta desarmado é, mesmo, um ser à mercê de inspirações fáceis, dócil às modas e compromissos."

Em vinte e dois anos, repito, de 45 a 67, Drummond retocou incansável e minuciosamente a sua *Rosa*. Anotamos, após um cotejo com as duas edições, dezenas e dezenas de cortes, trocas de palavras, refundição de versos, inversões, introduções de novos termos — sem falar nas simples alterações formais. Tudo isso veremos amanhã, quando daremos um exemplo da ação do espírito perfeccionista do poeta — sua forte vontade de eliminar sempre quaisquer resquícios de excesso ou carência nos seus textos poéticos.

TERCEIRA
7-11-1972

Não pretendemos aqui estudar na íntegra os dois textos — edições de 45 e 67 — de *A rosa do povo*. O que nos interessa é tentar mostrar, tomando como exemplo o poema "Consolo na praia", uma das mais belas composições da nossa língua, o decidido comportamento do poeta, sua firme vontade de eliminar sempre quaisquer resquícios de excesso ou carência de seus textos poéticos.

"Consolo na praia" não surgiu com a mesma densidade poética que hoje apresenta. Eis a sua feição inicial:

Vamos, não chores...
A infância está perdida
A mocidade está perdida
Mas a vida não se perdeu.

O primeiro amor passou.
O segundo amor passou.
O terceiro amor passou.
Mas o coração continua.

Perdeste o melhor amigo.
Não tentaste qualquer viagem.
Não possuis casa, navio, terra.
Mas olhas o mar.

Não fizeste o livro perfeito.
Não leste os melhores livros
nem amaste bastante a música.
Mas tens um cão.

Algumas palavras duras,
em voz baixa, te golpearam.
Nunca, nunca cicatrizam.
Mas, e o humor?

A injustiça não se resolve.
À sombra do mundo errado
Murmuraste um protesto tímido.
Mas virão outros.

Tudo somado, devias
precipitar-te — de vez — nas águas.
Estás nu na areia, no vento...
Dorme, meu filho.

Já era, sem dúvida, um poema admirável, sóbrio e impregnado de emoção. O poeta, entretanto, não se deu por satisfeito — e voltou à carga. É assim que lemos, hoje, o "Consolo na praia":

Vamos, não chores...
A infância está perdida.
A mocidade está perdida.
Mas a vida não se perdeu.

O primeiro amor passou.
O segundo amor passou.
O terceiro amor passou.
Mas o coração continua.

Perdeste o melhor amigo.
Não tentaste qualquer viagem.
Não possuis casa, navio, terra.
Mas tens um cão.

Algumas palavras, duras,
em voz mansa, te golpearam.
Nunca, nunca cicatrizam.
Mas, e o humor?

A injustiça não se resolve.
À sombra do mundo errado
murmuraste um protesto tímido.
Mas virão outros.

Tudo somado, devias

precipitar-te, de vez, nas águas.
Estás nu na areia, no vento...
Dorme, meu filho.

Fácil é notar que "Consolo na praia" ganhou em força e riqueza poéticas. Drummond não utilizou, para tanto, nenhum complexo recurso — ou truque — literário. Sua — digamos — mágica foi simples: eliminou os três primeiros versos da quarta estrofe, substituiu o quarto verso da terceira estrofe pelo quarto verso da quarta estrofe — e pronto. Amanhã o apreciaremos com mais calma — e encerraremos o assunto.

QUARTA
8-11-1972

Sim, o "Consolo na praia" ganhou muito em força e riqueza poéticas. Repetindo: o poeta eliminou os três primeiros versos da quarta estrofe, substituiu o quarto verso da terceira estrofe pelo quarto versos da quarta estrofe — e pronto. O que antes era

Perdeste o melhor amigo.
Não tentaste qualquer viagem.
Não possuis casa, navio, terra.
Mas olhas o mar.

Não fizeste o livro perfeito.
Não leste os melhores livros
nem amaste bastante a música.
Mas tens um cão"

foi reduzido, e com muito maior densidade, para

Perdeste o melhor amigo.
Não tentaste qualquer viagem.
Não possuis casa, navio, terra.
Mas tens um cão.

De fato, os versos

Não fizeste o livro perfeito
Não leste os melhores livros
nem amaste bastante a música

são claramente inferiores aos demais — e nada acrescentam à atmosfera do poema. Na quarta estrofe da edição de 67 (que na de 45 era a quinta) deparamos também com uma pequena mas importante modificação. Onde se lia

em voz baixa te golpearam

agora encontramos

em voz mansa te golpearam.

Aos mais distraídos pode parecer somente uma simples troca de vocábulos, porém a coisa vai mais longe. Além da evidente superioridade sônica de "mansa" sobre "baixa", é necessário também — ou sobretudo — apreciar a mutação conteudística, a maior expressividade advinda com essa alteração. *Palavras duras em voz baixa* é uma expressão que não carrega em si nenhuma contradição interna. Ou melhor: a combinação dos adjetivos duro e baixo não chega a nos surpreender. A nova combinação, entretanto, *palavras duras, em voz mansa*, vem atingir diretamente a nossa sensibilidade, quase como um choque. Em suma: sejam murmuradas ou gritadas, as palavras duras tendem a se esgotar na própria violência ou grosseria, raramente conseguindo atingir mais longe do que isso. E suscitam, geralmente, o revide — o que não deixa de ser uma libertação. Agora, quando lemos

Algumas palavras duras,
em voz mansa, te golpearam,

sentimos que a situação é bem outra. O poder de vulneração emprestado pelo adjetivo *manso* (também sinônimo de "afável", "bondoso") é incalculável. Envolto numa enganadora aura de serenidade e brandura, o golpe é bem mais contundente. A mansidão da voz disfarça a dureza das palavras — o que nos deixa sem reação diante do golpe. É como se tivéssemos sendo atingidos traiçoeiramente. Não havendo revide (espécie de libertação), a agressão permanece. Por isso mesmo as palavras duras em voz mansa

Nunca, nunca cicatrizam.

E estamos conversados por esta vez. Que os poetas municipais tentem aprender a lição do Poeta Universal.

P.S.

Numa crítica de Álvaro Lins encontramos que a poesia de Drummond, em "estilo aristocrático", seria inacessível ao grande público. Talvez se pudesse pensar assim, já que Drummond era um poeta moderno, e a arte moderna ainda era pouco compreendida, mas a verdade é que *A rosa do povo* foi um sucesso e consolidou o nome do poeta. Mais adiante ele recebeu certas críticas negativas, sobretudo por causa dos sonetos em *Claro enigma* — onde está, por exemplo, o belo e forte "Encontro", lembrança do pai (que se comporá emocionalmente com "Carta", referência à mãe, publicado mais tarde, em *Lição de coisas*), mostrando que ainda vigorava, de outra forma, a leitura equivocada, mas *A rosa do povo* conquistou praticamente todos os leitores de poesia, mesmo porque estávamos saindo da segunda guerra mundial e nesse livro há vários poemas tocando no assunto e, claro, alcançando outros temas sociais. Enfim, *A rosa do povo* foi um sucesso na época e continua sendo um sucesso, e cada vez maior, nos dias de hoje.

QUINTA
(Esta escrita agora, fora da série publicada antes)

Penso mais em Drummond e me recordo de quando lhe fiz duas homenagens — lembrando o sofrimento na morte da filha única, Maria Julieta, "Elegia de agosto", e falando de sua grandeza de homem e poeta nos dez anos de sua morte, "Antielegia de agosto", publicadas ambas em *Elegia de agosto e outros poemas*. Dois acontecimentos altamente comoventes: a morte da filha, aos 59 anos, e, apenas alguns dias depois, a morte do poeta, aos 85. Contam que, preocupada com sua aparência no enterro, ele parecia arrasado, uma pessoa lhe disse que se cuidasse para não ter um infarto — ao que Drummond respondeu: "Eu estou mesmo é precisando de um infarto agudo." Não, ele não queria ter sobrevivido a Maria Julieta. Em *Dossiê Drummond,* Geneton Moraes Neto transcreve o que que ele escreveu em casa ao regressar do sepultamento:

"Dizem que o rosto estava lindo, puro, sem rugas, juvenil. Compareceram muitos amigos, e às quatro horas saímos para a longa caminhada até a sepultura, colocada em lugar elevado. Dolores não aguentou ir até o fim, apesar de insistir em caminhar. Eu fui além, mas também não ousei subir a escadinha final até a cova. Ziraldo arranjou um táxi que entrou num portão do cemitério na rua General Polidoro e nos conduziu até a casa. Assim terminou a vida da pessoa que mais amei neste mundo."

A seguir, os poemas de que falei.

ELEGIA DE AGOSTO (1987)

... procura tua filha, beija-a, fecha-a para sempre
em teu coração.
Carlos Drummond de Andrade
"Desaparecimento de Luísa Porto"

Ali estava, cintilando
na dor
da morte de sua própria
carne,
morte
de sua própria mais preciosa carne,
aquela
de rosto
(como ele escreveria no diário)
lindo, puro, sem rugas, juvenil.

Ali, assim.
Nas velas rotas da alma não mais recolhe
o vento de Minas. Já não acolhe
o rei de Sião,
nem o menino chorando na noite,
nem Fulana
(embora tanto houvesse amado deitar-se à sombra
das moças em flor),
nem o operário,
nem
o leiteiro sutil da madrugada,
nem Clara passeando no jardim
com as crianças,
nem os heróis que cantara na construção de um mundo
que não chegara a ser: o Mundo,
o país de todo homem.

Apenas arde, agora,
a derrota incomparável.
Mãos se estendem,
abraços o envolvem,

entre cálidos sussurros compassivos.
Mas
nenhum ali é Mário,
nem Manuel,
nem Pedro,
nenhum é alguém
para essa terrível rutilância
(talvez a única companhia seja o filho
nascido sessenta anos antes
e morto instantes depois).

Ali estava. Em tempo algum
assim,
tão vácuo,
nem mesmo restavam as casas
de silêncio,
as roças
de cinzas,
a memória do Halley no céu
da infância
(cuja história fora mais bonita que a de Robinson Crusoé).

Nada restava.
Nem um botão.
Nem um rato.

Nunca antes
assim,
sob um céu vazio,
avaliando o que perdera,
                    e eis que tudo perdera,
e o que ainda havia
só
era uma dor circulando
sobre a ruína,
                                sobre
o que já não era vida,
                                sobre
o que era,
na morta e no fatal seu lado esquerdo,
apenas
barro sem esperança de escultura.

ANTIELEGIA DE AGOSTO (1902–1987)

a mensagem
que ensinava a esperar, a combater,
a calar, desprezar e ter amor.
Carlos Drummond de Andrade: "Mas Viveremos"

As estações do coração cessaram
há dez anos em ti. Em nós, no entanto,
ainda se abrem com a luz do encanto
dos teus primeiros versos que pousaram

em nossa mocidade, uma oferenda
sutil, porém espessa, e nossa vida
dela embebeu-se até (hoje vivida)
a madureza, essa terrível prenda.

A nossa vida, que se fez segundo
tuas palavras. Só nos embalavam
teus versos graves, que em nós pulsavam
como um coração maior que o mundo

— ou menor, que importava? Um coração
nos corações, cantando-nos toadas
amorosas, desejos, saqueadas
montanhas, desencantos, solidão

(que — tu o disseste — é também palavra
de amor), ternuras, sonhos, ironia,
humor, em sopro vasto de poesia
que circulava em nós e ainda lavra

em nossos dias. Tua voz soava
em nossa voz. E nada se fazia
sem ela a ritmar a alegria
ou a tristeza. Tudo se cantava

segundo o Poeta, o irmão maior: assim
no bar como no baile; assim na rua

como no mangue, ao vento, ao sol, à lua;
assim na escola como no jardim

onde giravam Dulces, Beatrizes,
Rosas, Leonoras, Cármens... (e ainda estão
girando, e vão e vêm, e vêm e vão
em névoa anterior às cicatrizes

e outras memórias). Exigiam rumbas,
algumas; outras, valsas; outras, ambas
— e ainda havia as que dançavam sambas
bravos, violentos, sobre as nossas tumbas.

Ah, nunca é fácil essa dança... O amor
é isso que você está vendo: hoje
beija, amanhã não beija, depois foge
e ficamos coçando a nossa dor

de cotovelo. E então, contigo, íamos
a outras danças: em Berlim, fraternos,
entrávamos com o russo; os infernos
da guerra se evolavam; e o que ouvíamos

era uma voz falar de um tempo novo,
sem igrejas, quartéis, ouro, bandeiras,
país de todo homem, sem fronteiras:
voz da tua canção, rosa do povo.

O mundo não pesava mais que mão
de criança em nossos ombros. E as almas
eram confiantes e fitavam, calmas,
o horizonte futuro: amplidão

de esperanças. O sonho se cumpria.
Era só caminhar na claridade
e semear a terra e ter vontade
de amanhecer no azul que amanhecia.

Se assim não foi, se agora a incerteza
se alastra, pouco importa. Em nós se esconde,
e queima, um fogo — e a um grito ainda responde
outro grito, outro homem, outra certeza.

Teu coração repousa. Mas a lavra
de tua voz persiste. Em nós, ainda,
traça seu sulco fértil, que não finda
essa rosa, esse canto, essa palavra.

Não, ninguém nos comoveu e tanto elevou nossos corações como Carlos Drummond de Andrade. Ele foi, para mim, a minha geração e subsequentes, tanto a voz da mais alta poesia como a presença que muito nos ajudou nos anos mais obscuros, como os da ditadura militar. Líamos Drummond e ganhávamos ânimo para enfrentar a vida, o que acontece agora e seguirá acontecendo. A palavra de Drummond nos faz luminosos de esperanças.

Tendo terminado o livro sobre Bandeira, de que falarei adiante, pensei em escrever um ensaio sobre Drummond, a respeito da sua formação poética. Cheguei a fazer uma introdução, mas, pensando melhor, resolvi não fazer mais nada como os meus escritos do mestrado, o do doutorado e o ensaio sobre Bandeira, pois já era tempo da aposentadoria. E mais: do que eu precisava era de disponibilidade para fazer mais literatura minha, mesmo porque não era propriamente nem um crítico nem um ensaísta; meus rumos sempre tinham sido a poesia (principalmente) e a ficção.

Um colega, sabendo da minha decisão, perguntou por que eu não esperava pelos 70 anos para me aposentar. Perguntei-lhe quem poderia me garantir a chegada aos 70. Aí, ele disse que a aposentadoria era uma coisa perigosa. Conhecia vários casos de professores aposentados que tinham entrado em depressão. Respondi-lhe: "Não vou me aposentar para apodrecer frustrado em uma rede. Vou me aposentar para trabalhar, para trabalhar ainda mais." O que era verdade. E a quantidade do que eu publiquei desde 2010 é prova de causar espantos a muitos. E vejam: já passei dos 80, acabo de publicar um livro novo de poemas, estou com outro já adiantado e escrevendo estas memórias... Isto é o que para mim significava — e significa — aposentadoria...

46
DO MESTRADO

Mas vamos a *O Nordeste e o negro na poesia de Jorge de Lima*, que apresentei para concluir o mestrado. Nesse caso, tive que dar uma espécie de guinada para ter meu trabalho aceito, já que o mestrado era em Ciências Sociais, ou seja, mais para sociólogos, antropólogos, historiadores etc. E eu, o que era? Um pequeno jornalista que tentava fazer literatura. Como escapar às exigências? Com um texto em que houvesse também algo de estudo social. Daí *O Nordeste e o negro na poesia de Jorge de Lima*, uma espécie de sociologia da literatura. Penso que o chefão do mestrado não gostava muito de mim por não ser sociólogo ou semelhante. Creio que achava mesmo que eu não entregaria a dissertação. Bom, eu precisava daquele mestrado para a carreira de ensino, de modo que fui em busca de um orientador. Conversei com vários, todos rejeitados pelo chefão, nomes importantes para mim, mas... Fiquei em uma situação delicada. Comentei o caso com uma amiga, Jerusa Pires Ferreira, professora de Letras e escritora, que conhecia bem a vida universitária. Ela me disse para procurar determinado professor, que esse, com certeza, o chefão não teria coragem de rejeitar.

Fui, então, em busca do professor e poeta Fernando da Rocha Peres, que me conhecia, e eu o conhecia, embora sem maior aproximação. Levei-lhe o projeto do ensaio, conversamos, perguntei se queria ler algo antes da assinatura de aceitação. Sua resposta: se era trabalho meu, não seria necessária leitura nenhuma. Ele assinaria o papel. E assinou. Horas depois, fui ver o chefão e mostrei-lhe a assinatura. Ele rosnou alguma coisa e a aceitou. Agora, sim, eu poderia prosseguir com o trabalho.

E só mais uma coisinha: tinha ido antes procurar um professor famoso, falei-lhe do projeto, que mal escutou, lendo papéis e, depois, quando me referi à assinatura, respondeu que não assinaria, não lhe interessava, porque Jorge de Lima não lhe dizia nada... Nunca me esqueci.

Jorge de Lima, o fabuloso poeta, que não interessava a certos professores e nem aos da Academia Brasileira de Letras. Candidatou-se várias vezes — e nada. Manuel Bandeira conta em uma crônica que todas as vezes votava nele. Certo dia, em uma sessão de votação, quando um acadêmico lhe perguntou em quem votaria, ele respondeu: "Jorge de Lima." O acadêmico lhe perguntou por quê. "Por ser um grande poeta", respondeu Bandeira. E o acadêmico: "Você me dá sua palavra?" Bandeira disse que dava, sim, sua palavra, mas Jorge de Lima continuou inelegível na ABL...

* * *

Para encerrar estas palavras, uma história bem curiosa: estava eu, certa vez, lançando livro, na companhia do poeta Fred Souza Castro, que também autografava volumes, quando, em dado momento, uma convidada de Fred se aproximou de mim, estendeu-me o meu livro e disse que o estava comprando em homenagem ao seu falecido marido, que gostara muito do *Heléboro* e o relia sempre. Eu não disse nada, agradeci-lhe e dei-lhe o autógrafo. Mas fiquei muito espantado, porque o falecido era aquele chefão que tanto me atrapalhara a vida no mestrado e a quem eu dera, algum tempo antes, o livrinho de presente. Enfim, o ser humano é mesmo muito inexplicável. Aliás, no dia da entrega da dissertação (que ele esperava que eu não entregasse), fiquei fazendo horário em um bar próximo da faculdade, o famoso

Taba dos Orixás, deixando a entrega para o finalzinho do prazo estipulado. E fui com os calhamaços impressos nos braços. Ele ficou mesmo desconcertado, mas não tinha outro jeito: recebeu-os em silêncio, organizou-os na escrivaninha e me agradeceu. Depois, fiquei sabendo que o único dos mestrandos que teria um julgador da USP seria eu. Como se vê, ele, o chefão, continuava "cuidadoso" comigo. E, chegando em casa, talvez tenha relido mais uma vez o meu primeiro livro...

Ah, sim: o da USP foi quem me deu a nota menor — 9,5 —, argumentando que o meu estilo fugia ao que geralmente era observado nos trabalhos universitários. Pensei comigo: "Ainda bem." E nota 9,5 não é para se desprezar...

* * *

Bom, o título do ensaio do mestrado já dizia tudo: realizei uma leitura cuidadosa dos poemas sobre as condições de vida nordestina e o mesmo sobre o negro, dois temas que ele, JL, conhecia muito bem por ser nordestino e ter convivido muito com negros, como Celidônia, "linda muleca ioruba", que lhe contava histórias de bichos quando ele era "pequeno/ muito pequeno mesmo", como diz no poema que foi dedicado a ela, cuja morte, no rio Mundaú, o comoveu para sempre, comovendo também qualquer um que leia o poema.

Celidônia ficou como uma espécie de fada madrinha, mas JL se sentia bem com todos os negros. Aos 8 anos de idade, dedicou um poema a Benedito, criado de seu pai, dizendo que havia quem o chamasse de diabo "por ser preto esse rapaz", mas, para ele, o pequeno poeta, a verdade era outra, e ele a defende em um verso: "Benedito você é um anjo."

E havia a Negra Fulô, que, muito bonitinha, acabava seduzindo o seu Sinhô, vencendo a Sinhá na disputa amorosa. O começo:

Ora, se deu que chegou
(isso já faz muito tempo)
num banguê dum meu avô
uma negra bonitinha
chamada negra Fulô.

Essa negra Fulô!
Essa negra Fulô!

E a conclusão:

Ó Fulô? Ó Fulô?
Cadê, cadê teu Sinhô
que nosso Senhor me mandou?
Ah! Foi você que roubou,
foi você, negra Fulô?

Essa negra Fulô!

Sim, a negra vencedora, um sonho de poeta — que, não obstante, vendo o mundo real, de que tinha absoluta consciência, escreveu também algo bem diverso. O poema se chama "História":

Era princesa./ Um libata a adquiriu por um caco de espelho./ Veio encangada para o litoral,/ arrastada pelos comboieiros./ Peça muito boa: não faltava um dente/ e era mais bonita que qualquer inglesa./ No tombadilho o capitão deflorou-a./ Em nagô elevou a voz para Oxalá./ Pôs-se a coçar-se porque ele não ouviu./ Navio guerreiro? não; navio tumbeiro./ Depois foi ferrada, com uma âncora nas ancas, depois foi possuída pelos marinheiros,/ depois passou pela alfândega /depois saiu do Valongo, entrou no amor do feitor,/ apaixonou o Sinhô, enciumou a Sinhá,/ apanhou, apanhou, apanhou./ Fugiu para o mato./ Capitão do campo a levou. Pegou-se com os orixás: fez bobó de inhame/ para Sinhô comer,/ fez aluá para ele beber,/ fez mandinga para o senhor a amar/ A Sinhá mandou arrebentar-lhe os dentes: Fute, Cafute, Pé-de-pato. Não-sei-que-diga,/ avança na branca e me vinga./ Exu escangalha ela, amofina ela,/ amuxila ela que eu não tenho defesa de homem,/ sou só uma mulher perdida neste mundão./ Neste Mundão./ Louvado seja Oxalá./ Para sempre seja louvado.

Outra antinegra Fulô é Maria Diamba:

Para não apanhar mais/ falou que sabia fazer bolos:/ virou cozinha./ Foi outras coisas, para que tinha jeito/ Não falou mais:/ Viram que sabia fazer tudo,/ até molecas para a Casa-Grande./ Depois falou só,/ só diante da ventania/ que ainda vem do Sudão;/ falou que queria fugir/ dos senhores e das judiarias deste mundo/ para o sumidouro.

Se a Negra Fulô era sonho do poeta, elas eram o mundo real de vastos e profundos pesadelos.

Quanto ao Nordeste, sua emoção é a mesma: reconhecimento da grandeza da gente e piedade pelos pobres, doentes, desamparados, velhos e loucos. Este é seu poema aos 9 anos de idade:

> *Tenho pena dos pobres, dos aleijados, dos velhos*
> *Tenho pena do louco Neco Vicente*
> *E da lua sozinha no céu.*

Uma grande sensibilidade que marcaria sempre o poeta maior que viria a ser aquele menino.

Observa Carlos Dante de Moraes que "Jorge de Lima sentiu à volta de si e dentro de si mesmo a 'presença' dessa prodigiosa terra do Nordeste. Tudo que ela lhe mostrava de instintivo, de pegajoso, de bárbaro, de erótico, de caricioso ou áspero, subiu-lhe pela vista, pelo olfato. Pelo tato, pelas devesas da memória e da saudade, por todas as vias da sensibilidade e da inteligência. Atiçando a imaginação indormida." E acrescenta que em parte (em sua maior parte, consideramos) a poesia de Jorge de Lima opera "essa identificação afetiva com a terra e as gentes por intermédio do retorno à infância". (*Três fases da poesia.* Rio de Janeiro, MEC, Serviço de Documentação, Os cadernos de Cultura, 1960, p. 116.)

Essa "identificação afetiva" está em toda a sua obra sobre o Nordeste. Jorge de Lima viu (melhor dizendo: sentiu) de perto a terra e o homem nordestinos, as desigualdades e injustiças sociais, como se vê em poemas como "Balada", "O Filho Pródigo" e principalmente "Mulher Proletária". De modo geral, toda a sua poesia está vincada de denúncias. No meio de uma composição amorosa, "Poema Relativo", ele diz:

> *Mas tudo é pequeno*
> *e ligeiro no mundo, ó amada.*
> *Só o clamor dos desgraçados*
> *É cada vez mais imenso!*

No "Poema à Irmã", a pura nostalgia é subitamente substituída pela confissão de que nos ritmos do poeta há

> *... suicidas,*
> *vagabundos, crianças,*
> *operários, leprosos e prostitutas...*

É o Nordeste com sua duríssima realidade — mas também com suas belezas, sua generosidade, suas virtudes heroicas.

(O ensaio foi publicado em 1990, por interesse do poeta Florisvaldo Mattos, que dirigia a Fundação Cultural do Estado da Bahia, pela Empresa Gráfica da Bahia. É um volume de apenas 117 páginas, mas com 276 notas de rodapé, um glossário de termos empregados por Jorge de Lima e elencando 78 obras consultadas. Já pensei em tentar uma reedição, mas fora escrito na máquina de escrever. Penso em contratar alguém para copiá-lo em computador, escaneá-lo, o que poderia ser facilmente feito por uma editora que quisesse salvá-lo — se algum dia eu puder encontrar editor interessado...)

47
DO DOUTORADO (I)

Quanto a Mário de Andrade, que detestava a Academia Brasileira de Letras, foi diferente. Eu já estava ensinando no Instituto de Letras e consegui logo uma orientadora para o ensaio do doutorado: Elizabeth Hazin, professora e escritora premiada. Disse-me ela, a princípio, que não poderia me orientar, pois eu conhecia mais Mário de Andrade do que ela. Respondi-lhe que deixasse de modéstia. Enfim, nos demos muito bem. O trabalho rendeu sem percalços. Na verdade, minha vontade de fazer o doutorado estava ligada à velha admiração pelo autor. Já o conhecia bem. Agora era me dedicar a certos aspectos importantes da sua obra, o que já estava há tempos em minha cabeça.

Para mostrar bem o alto grau de minha admiração por Mário, transcrevo abaixo um poema publicado em *Sob o céu de Samarcanda*.

MANUSCRITO ENCONTRADO ENTRE
OS PAPÉIS DO POETA, EM ENVELOPE
LACRADO QUE ELE, INFELIZMENTE,
NUNCA CHEGOU A ABRIR

Não queremos, nem de longe,
pensar no que pode haver,
poeta Mário de Andrade,
se um dia você morrer.
Não queremos, porém como
impedir o pensamento

de se pensamentear?
Não morra nunca, poeta,
porque há sombras nas sombras
só esperando a sua morte
para assaltar os jornais,
submeter as revistas
e desterrar os poetas
(perigosos, subversivos,
capazes de qualquer coisa,
de acreditar em talento,
em lirismo, inspiração)
— e tudo será tristeza,
desamparo, solidão.
Eis que estão prontos e indóceis,
só aguardando a sua partida,
parnasianos tardios
armados de metros rijos,
estrofes sisudas (com
ou sem consoantes de apoio),
dicionários de rimas,
disciplina de cesuras,
iniludíveis sinéreses,
impecáveis hemistíquios,
implacáveis sinalefas
— para saltar desse escuro
e a alma nos arrancar!
Ah, não morra, Mário, poeta,
que o Sol pode se apagar!
Porque depois saltarão,
do escuro oculto no escuro,
cáfilas de não poetas
gritando a morte do verso
em impudente algaravia,
concreção de logogrifos,
insalubres despoéticas
verbi-voco-visuais
contra o sonho e a poesia!
E ainda virão uns outros
em linhas irregulares,
reboantes, pantanosas,
ou em feição de diarreia
— que chamam de verso-livre,

como se o verso não fosse
o rigor que é sua vida!
E ainda virão mais uns
que trarão palavras frias,
sem música, pedregosas,
arquitetos do vazio,
construtivistas de nada.
Não resistiriam, todos,
aos combates de você,
poeta, mas vencerão,
se acaso você morrer!
Poeta Mário de Andrade,
não nos faça esse vexame,
não nos deixe abandonados
a apocalipses que tais,
como é o jargão espesso
dos professores-doutores
grávidos de metaplasmos,
poéticas objetais,
monósticos, semantemas,
afirmações axiais,
topos, vocóides, sememas
e outras disfunções letais!
Que ensinarão ser você
equívocos de você;
que aquilo que você disse,
em prosa ou verso, de fato
não disse; e o que você disse
traz profundas discordâncias
daquilo que você disse;
e, em suma, aquilo que disse
você, você nunca disse;
e o que você nunca disse
é exatamente o que disse,
ou que, ao menos no caso,
você queria dizer;
e muito provavelmente,
o que você disse, disse
porque disse o que não disse
quando dizia o que disse,
se disse mesmo o que disse;
se é que isso se deu — e se

você foi mesmo você
(e eis que, sob aplausos, cai
o pano: *Magister dixit!*)!
Por esses e outros motivos,
poeta Mário de Andrade,
não morra nunca jamais!
Porque, se você morrer,
Será esse horror assim
— e o mundo pode acabar!
E se não se acaba o mundo,
depois que você morrer,
o que nos restar vai ser
bem difícil de aguentar!

E outra vez, quando estava em São Paulo, escrevi:

SÃO PAULO, 2007

Garoa do meu São Paulo
M. de A.

Nesta tarde paulistana
garoa em toda a cidade.
Um negro vem vindo, é branco!
Só bem perto fica negro,
mulato... É Mário de Andrade!

Vem mais alguém: é um pobre,
desses tantos da cidade.
O pobre vem vindo, é rico!
Só bem perto fica pobre,
passa — e é Mário de Andrade!

São Paulo, que nunca amei,
amo como outra cidade:
a que só se pode ver
na garoa que cintila
no olhar de Mário de Andrade!

Garoa, guarda o poeta
Mário de Andrade. Saudade.

48
DO DOUTORADO (II)

Sim, minha vontade de fazer o doutorado estava ligada à minha velha admiração pelo Mário. Queria me dedicar a aspectos importantes do seu trabalho, o que já estava há muito em minha cabeça, inclusive o título: *Tumulto de amor e outros tumultos: criação e arte em Mário de Andrade.*

O que eu queria mesmo estudar? Abaixo, abertura do ensaio.

Numa carta a Anita Malfatti, em resposta à correspondência em que a pintora definira o artista como um "transmissor de beleza" e dizia desejar ter um Debret e um Rugendas em casa por estar sentindo vontade de "fazer um quadro com sabor daquela gente", Mário de Andrade escreveu que o artista "não é 'transmissor' de beleza, é criador"; que "transmitir a gente pode transmitir, de fato, em elementos alheios e sabor de outra gente, mas criar só pode ser com as próprias forças"; e, finalmente, que a questão não é fazer "'moderno', cubismo, surrealisme (sic) e coisas assim", porque a arte, "que não é só beleza, por mais pensada, é feita com carne, sangue, espírito e tumulto de amor".

Neste caso, ao se dirigir à artista em crise (crise que ele vinha acompanhando, com preocupação, há anos), o que interessava a Mário não era abordar os meios, que ela conhecia muito bem, mas as fontes, de que ela, naquele transe (como, na verdade, desde o "trauma" decorrente da sua segunda individual em São Paulo, em 1917, devido à célebre crítica de Monteiro Lobato) se perdera. Tendo escandalizado o gosto paulistano do início do século com a citada exposição, que a transformara na "protomártir da nossa renovação plástica", no dizer de Lourival Gomes Machado, Anita Malfatti vinha, desde aquela época, caminhando em sentido contrário, ou seja, aproximando-se cada vez mais do gosto que ela própria afrontara.

A arte é feita com carne, sangue, espírito e tumulto de amor. Desse trecho da carta tirei o título do ensaio, porque a arte é feita com carne, sangue, espírito e tumulto de amor, sim. Ele, grande artista, sabia muito bem o que dizer, pois conhecia muitíssimo a arte e a criação. Foi, na verdade, no século XX, quem mais brilhantemente pensou e escreveu sobre esses assuntos no país. E minha intenção era exatamente abordar isto, mesmo porque muita bobagem já tinha sido escrita sobre o Mário. Um crítico/ensaísta que cito no ensaio escreveu certa vez que o que Mário falou de cultura e arte só valia mesmo para aquele período. Ora, quem sabe alguma coisa de cultura e arte vê logo que os ensinamentos de Mário têm valor em qualquer tempo. Estudei, assim, o mais importante para criação e arte escrito por ele. Claro, alguns podem não concordar com certas coisas, mas é preciso não concordar argumentando com inteligência e sensibilidade. Anita Malfatti estava se perdendo, e Mário passou-lhe uma preciosa lição, bem como para todos os intelectuais, críticos, ensaístas e artistas do país, o que vale, repito, para a época e para qualquer tempo.

A seguir, a introdução que pus no texto.

INTRODUÇÃO

Mário de Andrade é, sem dúvida, o escritor brasileiro mais estudado e, ao mesmo tempo, em certos aspectos, o mais esquecido. *Marcamos o esquecido porque se trata de um esquecimento frequentemente intencional. Um esquecimento planejado, estratégico — porque lembrar Mário é desvelar a pobreza das "vanguardas" formalistas que vêm assolando o Brasil desde os neoparnasianos de 1945 aos neoconcretistas, "construtivistas" e afins que ainda hoje dominam boa parte da mídia, editoras e até departamentos universitários. Chega-se a ter a impressão, em certos ambientes ditos intelectuais, de que Mário de Andrade nunca existiu, ou que suas reflexões não passam de palavras sem sentido, no mínimo anacrônicas, quando na verdade foram de fundamental importância no seu tempo e assim permanecem ainda hoje. E o que o País perde com essa "política" de esquecimento é inestimável, "política" que tem como objetivo a manutenção de certos grupos no poder da República das Letras (e das Artes) e a marginalização de todos os que veem a arte não como mero cultivo da forma (ou da fôrma, adotemos desde já o circunflexo que veremos necessário diversas vezes), ou uma sequência de truques, de habilidades superficiais, trocadilhismos, ludismos gráficos, esquemas técnicos, mas — isto sim — expressão do ser humano, esse "monstro de escuridão e rutilância" de que falava Augusto dos Anjos.*

O conhecimento de tais circunstâncias nos fez crer necessário um estudo para repor em discussão as ideias de Mário sobre Criação e Arte (o que envolve questões da Crítica e da Técnica), desde suas primeiras manifestações (já no livro de estreia, Há uma gota de sangue em cada poema, *no qual Manuel Bandeira procura formas novas e novos elementos de expressão) até o último texto de* O banquete, *publicado em 22 de fevereiro de 1945, três dias antes da morte do autor. Não nos limitamos, porém, aos escritos compostos intencionalmente para o debate estético* (Mestres do passado, Prefácio interessantíssimo, A escrava que não é Isaura, O banquete, *para citarmos os que sobremodo se dirigem a tal finalidade): procuramos fazer também uma leitura ampla dos textos em que Mário se manifesta sobre a questão estética: crítica, ensaio, palestra, aula e — com frequência — o seu (como ele mesmo definiu, em carta a Moacir Werneck de Castro) "espaventoso epistolário". Ao lado destes textos, estudamos autores que se manifestaram sobre os assuntos tratados por Mário ou escreveram sobre o próprio Mário, os quais são às vezes comentados também em seus (a nosso ver) equívocos.*

No Capítulo 1, "Trezentos-e-cinquenta", damos uma ideia geral do pensamento de Mário, de suas inquietações estéticas e existenciais, de características de sua individualidade e do "clima" intelectual e artístico dos anos 20 (inclusive as aviltantes mas, ao mesmo tempo, instigantes "execrações"). No Capítulo 2, "Futurismo e passado", enfocamos Mário desde o seu primeiro artigo — Futurista?! — importante (no qual ele se defende de "execrações" e rejeita o Futurismo de Marinetti, rejeição que ratifica mais adiante por diversas vezes), continuando pelos estudos de Mestres do Passado, onde os seus conceitos de Criação e Arte já se apresentam com nitidez. No Capítulo 3, "O Noturno e o diurno", examinamos principalmente a reflexão do autor sobre o processo de criação, quando rebatemos certas "derivações" críticas — que chegam a conclusões que nos parecem inaceitáveis — e aproximamos o pensamento de Mário do de vários criadores e pensadores que, como ele, se dedicaram a temas complexos como o dos lados noturno e diurno da criação artística, as relações impulso/inteligência, Anima/Animus. O Capítulo 4, "As iguarias do banquete", examina os debates de O banquete, *em cujo transcorrer os personagens discutem criação, arte, papel do artista, função social da arte (este um tema recorrente em Mário), virtuosismo, falhas na formação profissional dos artistas (particularmente os músicos), preconceitos, incompreensões, demanda ingênua e egoística de glória mundana, etc. O Capítulo 5, finalmente, trata do conhecimento técnico e da técnica. O que é posto em discussão, sobretudo, é o papel do conhecimento técnico no ato de compreensão da obra de arte — mas, como sempre ocorre nas obras de Mário, a reflexão transborda das delimitações, explorando e prospectando muito além do que inicialmente foi planejado, ou provocado.*

Buscando fornecer o mais claro e amplo panorama do pensamento estético de Mário de Andrade, é compreensível que tanto recorramos a citações, sobretudo do próprio Mário, pois sem elas não iluminaríamos suficientemente o nosso objeto de estudo, já que funcionam como essencial documentação. Não deve surpreender a ninguém que Mário de Andrade ocupe todos — ou quase todos — os espaços, se é dele que tratamos aqui, do seu pensamento, não de reflexões sobre ele, embora estas também ocorram. Esperamos manter, ao longo deste acompanhamento, a atenção e o equilíbrio necessários, procurando honrar aquela "homenagem" a que Mário se refere no trecho de carta que utilizamos como epígrafe.[1] *O nosso desejo maior, ao intentar este trabalho, foi e continua sendo o de repor em discussão o pensador Mário de Andrade, sem dúvida a mais fertilizadora fonte da vida intelectual e artística do País, fonte que conta entre os seus muitos beneficiários com alguns dos nossos maiores — como Heitor Villa-Lobos, Candido Portinari, Carlos Drummond de Andrade e até o mais velho e cultíssimo — já poeta importante antes dos embates modernistas — Manuel Bandeira. Beneficiários que às vezes nem tiveram consciência de*

1 Para mim a melhor homenagem que se pode fazer a um artista é discutir-lhe as realizações, procurar penetrar nelas, e dizer francamente o que se pensa.

certos benefícios, como veremos, por exemplo, no último capítulo, no caso das Cirandas e Cirandinhas de Villa-Lobos.

Acreditamos que um estudo nestes moldes é particularmente oportuno no atual momento de nossa vida artística e intelectual, quando se manifesta, com vigor, o renascimento do lirismo entre nós, no cumprimento da "profecia" de Antonio Candido que — nos anos 50 —, ao examinar a indigência da produção da época, viu-a como uma "barragem que será estourada quando as correntes represadas da inspiração adquirirem, na experiência individual e coletiva, energia suficiente para superar as atuais experiências técnicas, mais de poética do que de poesia." Literatura e sociedade, *3ª ed. Revista. São Paulo: Companhia Editora Nacional, 1973, p, 128.*

É o que estamos testemunhando agora. E a este movimento de retomada da Criação e da Arte pretende servir (servir, palavra tão cara a Mário de Andrade) este livro — que é, tanto quanto um esforço de pesquisa e discussão de ideias, um gesto de esperança.

Mário de Andrade
Carta a Manuel Bandeira. 1924.

Minha intenção foi levantar tais assuntos, e creio que o fiz. Aprendi com Mário o que não aprendi com mais ninguém. O artista que o estudar a sério ficará conhecendo suas obrigações, sua condição de artista e jamais se perderá como Anita naquela hora.

(O ensaio foi publicado pela Record em 2001, com apresentação de Antonio Carlos Secchin. Com 316 páginas, há nele importante bibliografia consultada e índice onomástico, além de 179 notas de rodapé.)

49
RUMO A BANDEIRA

Escrevi e publiquei o ensaio sobre Mário e, como nele citava muito Bandeira, achei que não poderia deixar de escrever algo também sobre ele. Já contei aqui que entre aqueles dois prêmios que ganhei na UFBA estava um pequeno ensaio sobre Manuel Bandeira. Pois é, desde jovem, eu sonhava em escrever sobre a poesia dele, que conheci na adolescência e ficou em mim até agora. Ele foi o primeiro a escrever um legítimo verso moderno no Brasil, e creio que já era um mestre definitivo desde *A cinza das horas*, de 1917. Em toda sua vida, fez uma poesia culta e corajosa, e, devido a um detalhe especial do talento, foi capaz de nos transmitir um abraço de compreensão, ânimo e consolo. Sim, porque nos compreende, nos anima e nos ampara, uma qualidade a mais — e preciosíssima — em sua obra, uma generosidade de que todos nós carecemos.

E abri o livro com esta

INTRODUÇÃO

Manuel Bandeira foi o poeta brasileiro mais lírico e límpido do século XX. Seu lirismo está presente desde os primeiros poemas — e às vezes de maneira tão espontânea e solta que Mário de Andrade (que queria o poema com intencionalidade, ou seja, elaborado, não apenas recolhimento de impulso lírico), chegava a reclamar.

Mas Bandeira está muito longe de ser apenas um registrador de impulsos líricos. Por isso o título deste trabalho — porque o poeta era tanto o mestre da técnica, o cultor da forma, como o iluminado de alumbramentos, de epifanias. Em toda a sua obra (à exceção, é claro, dos poemas de mero exercício formal, como veremos), a marca profunda é a do autor tão inspirado quanto culto e com absoluto domínio técnico, capaz de se expressar sem sinais de dificuldades entre o sopro lírico e a obra realizada; de nos entregar a obra de arte sem mácula do trajeto de sua criação, numa limpidez de composição perfeitamente harmônica e de extremo despojamento. Foi isto que fez com que Sousa da Silveira tomasse um dos seus versos — Eram as suas mãos mais lindas sem anéis — para "princípio orientador" de sua estética, uma estética sem adornos.[1] *Neste sentido, pode-se falar em poesia pura. Nunca, porém, no sentido de livre das impurezas da existência, do mundo e da condição humana, o que ele jamais buscou e, pelo contrário, rejeitou explicitamente em verso e em prosa.*

A marca de autor culto e com absoluto domínio técnico é o que se constata na obra poética em si e em toda a prosa que Bandeira escreveu a respeito da poesia, sua e alheia. Assim, foi ele também um crítico — tanto como poeta (exercendo a crítica nos próprios

1 *In*: *Homenagem a Manuel Bandeira*, (cinqüentenário do poeta, 1936). Rio de Janeiro: Oficinas tipográficas do Jornal do Comércio, 1936, 238 p. Edição fac-similar: São Paulo: Metal Leve/Hamburg, p. 221. Como será citado outro livro chamado *Homenagem a Manuel Bandeira* (com textos comemorativos do centenário do poeta e dos vinte anos do seu falecimento), as referências levarão as datas respectivas: 36 e 86-88).

poemas) quanto como prosador (memorialista, cronista, articulista, ensaísta etc.). Como poeta (ou seja, em composições poéticas propriamente ditas, em exercício de metalinguagem e arquitetura de uma arte poética), manifestou-se criticamente em textos como — principalmente — "Os sapos" (do seu segundo livro, Carnaval, poema lido publicamente, com bastante escândalo, na Semana de Arte Moderna de 22), "Poética" (do seu quarto livro, Libertinagem) e "Nova poética" (incluído em Belo belo, seu sétimo livro). Quanto à prosa, revelou-se como pensador da poesia em inúmeros ensaios, artigos, prefácios, crônicas, organização de antologias — e, particularmente, em Itinerário de Pasárgada, volume de memórias e reflexão estética, uma espécie de história da construção — nos limites do que pode ser captado e expresso racionalmente — do poeta Manuel Bandeira. Para aproveitarmos o título admirável de Jorge de Lima, uma invenção de Orfeu. E ainda há o Bandeira correspondente: muitas de suas cartas são importantes para melhor conhecimento de sua poética. Sobretudo — como veremos especialmente no Capítulo 5 — as cartas enviadas a Mário de Andrade, com quem manteve uma correspondência de 22 anos (1922-1944).

É principalmente para esse seu lado crítico — o seu pensamento estético — que pretendo dirigir mais, aqui, a atenção, procurando mostrar que o lirismo e a limpidez de Bandeira (já presentes nos três primeiros livros e intensificados na fase propriamente moderna) são, na verdade, resultantes de uma elaboração sofisticada (conhecimento técnico e aplicação excepcional de técnicas). Que sua evolução se deu com bastante reflexão e estudo. Enfim, com intencionalidade. Embora, como criador, Bandeira fosse bem mais o fatalizado de que tanto falou Mário de Andrade. Ou seja: o contrário do construtor a frio — o ourives bilaqueano que criticou em "Os sapos".

Não tinha ele nenhuma tolerância para com o que lhe parecesse fácil, partindo logo para combater os equívocos. Como quando *escreveu sobre o verso livre, de "enganosa facilidade", argumentando que é bem mais complexo do que o verso medido, tendo o autor de "criar o seu ritmo sem auxílio de fora".*[2] *Com "a ilusão de que uma série de linhas desiguais é poema"* (ib.)*, muita gente começou a perpetrar crimes "poéticos" (os quais, na verdade, continuam a ser perpetrados) seguidamente, indignando o poeta.*

Autor que tanto produzia sua arte quanto refletia sobre ela, Bandeira estava sempre questionando fórmulas consagradas, experimentando, abrindo novas possibilidades de expressão. E debatendo, polemizando, teorizando. Alfredo Bosi se refere à importância de sua prosa crítica, observando que temos muito o que aprender em seus ensaios sobre os nosso poetas, "lidos não só de um ponto de vista histórico, mas por dentro, como às vezes só um outro poeta sabe ler."[3]

A trajetória literária de Bandeira já é, por si só, um longo exercício crítico — pois ele se iniciou sob influências parnasianas e simbolistas, as quais caracterizam, com domínio cada vez menos marcante, os seus três primeiros livros — A cinza das horas, Carnaval *e* O ritmo dissoluto. *Assim, a presença mais forte dessas influências se mostra em* A cinza das horas, *como destaca Joaquim-Francisco Coelho, em seu estudo sobre o pré-modernismo bandeiriano, quanto observa, após abordar os ditames simbolistas, que o poeta se deixa levar pela tendência, provindo do Parnasianismo, de sobrepor o verso à poesia, fomentando o surgimento de uma "écriture artiste" em que o "meio" predomina ostensivamente sobre a "mensagem".*[4]

---

2 "Poesia e verso". *In*: Bandeira, Manuel. *Poesia e prosa*, v. II. Rio de Janeiro: Aguilar, 1958, p. 1282. (Daqui por diante este volume será sempre referido como *Poesia...*, seguindo-se os números das páginas citadas.)

3 Bosi, Alfredo. *História concisa da literatura brasileira*. 32. ed. São Paulo: Cultrix, 1994, p. 365.

4 Coelho, Joaquim-Francisco. *Manuel Bandeira pré-modernista*. Rio de Janeiro: J. Olympio/INL-MEC, 1982, p. 20.

Só aos poucos o ideário do Simbolismo (que, na verdade, continuará, aqui e ali, emergindo através de certos termos, cacoetes e algumas metáforas) e a frieza formal do Parnasianismo (que permanecerá também em algumas recorrências) vão abandonando suas composições.[5] *E, com novas leituras (e mesmo velhas, como a da poesia camoniana) e reflexões, vai também aos poucos o poeta descobrindo sua própria poesia, ou seja: as técnicas — linguagem, ritmos, harmonias — mais apropriadas para a condução do seu sopro lírico. Processo que o levou de simbolista-parnasiano a se firmar como um dos poetas mais modernos e pessoais da nossa história literária.*

Essa trajetória pode ser facilmente seguida através dos poemas, assim como dos inúmeros textos em prosa que Bandeira deixou sobre literatura, particularmente poesia. Na verdade, devido a essa trajetória, poderíamos falar em estéticas, no plural, já que ele se serviu de várias. Podemos mesmo afirmar que seguir o itinerário poético-crítico bandeiriano é como acompanhar o desenvolvimento da poesia brasileira no século XX. A este respeito, escreve Ribeiro Couto, em 1936:

Na obra de Manuel Bandeira a matéria se apresenta com as mais diversas variações prismáticas. Ela condensa as principais fases da poesia brasileira nestes últimos trinta anos. Se por ali seguimos, antes de tudo, a evolução de uma personalidade que foi pouco a pouco identificando seu ser profundo com a poesia, seguimos também, por tabela, a evolução da poesia nacional nesse largo período: poesia que viveu a aventura dos valores formais

---

5 Ivan Junqueira questiona a influência parnasiana habitualmente atribuída a Bandeira, a qual lhe parece "sem qualquer importância". E acrescenta: "Na verdade, a primeira poesia de Bandeira deve ser entendida como parte integrante do processo literário da reação simbolista contra a tirania métrica e o preciosismo vocabular do ideário estético parnasiano, cujas premissas o poeta jamais subscreveu." *In*: Bandeira, Manuel. *Testamento de Pasárgada*. Seleção, organização e estudos críticos de Ivan Junqueira. Rio de Janeiro: Nova Fronteira, 1980, p. 49. É fato que Bandeira superou o parnasianismo, sobretudo a partir de 1912, mas também é verdade que ele não resistiria, por várias vezes, à retomada das técnicas parnasianas, como veremos.

exclusivos, oportunamente substituídos pelos valores essenciais; poesia que passou da simples composição para a criação total.[6]

Nenhum outro poeta (nem mesmo Mário de Andrade, que foi mestre de todos) absorveu tanto em sua obra os movimentos dos últimos cem anos, assim como as vozes que ainda chegavam do século XIX, além da tradição milenar. Também nenhum poeta calou mais fundo na alma brasileira do que o autor de "Evocação do Recife". Esta preferência dos leitores (que vão dos mais sofisticados aos de formação mais simples) certamente é devida ao fato de ser a poesia de Bandeira feita de — para usarmos uma frase de Harold Bloom — "sentimentos humanos descritos em linguagem humana".[7]

Num país em que o individualismo e o subjetivismo costumam ser atacados como exemplos de inferioridade, Bandeira conseguiu ser aclamado como um dos nossos maiores. Certo que alguns ainda tentam negá-lo, classificando-o como poeta menor, mas isto porque confundem tema com qualidade estética — e acreditam que arte é uma espécie de artimanha feita fora da vida, não sabendo que arte e vida se confundem, que são uma coisa só — por mais que queiramos ver apenas truques, ficções, personas, máscaras.

Falando de si, Bandeira obteve aquela aceitação emocionada e agradecida dos leitores a que se referiu na correspondência e nas memórias. Individualista, subjetivo, ele fala de todos, por todos. Não precisamos ser tísicos para sentir sua tísica. Ela é um mal, e todos nós temos os nossos males, não importa quais sejam. Quanto aos sentimentos (amor, desamor, esperança, desesperança etc.), são também de todos. Bandeira conquistou os leitores desde o primeiro momento. Foi uma afinidade imediata, digamos assim, como ocorreu no caso de Augusto dos Anjos.

---

6 Couto, Ribeiro. *Dois retratos de Manuel Bandeira*. Rio de Janeiro: Livraria São José, 1960, p. 13-14.

7 *In*: *Como e por que ler*. Rio de Janeiro: Objetiva, 2001, p. 24.

Na verdade, o lugar da arte é sempre a interioridade. Não foi por outro motivo que Mário de Andrade, acompanhando a carreira de Tarsila do Amaral, temendo que ela perdesse a autenticidade, a originalidade, escreveu-lhe certa vez: "Tarsila, Tarsila, volta para dentro de ti mesma."[8] *Na carta enviada a Mário em 12 de janeiro de 1944, dizia Bandeira:*

Lembro-me que hesitei em publicar o meu primeiro livro de versos porque eram tão pessoais na sua tristeza de doente todo voltado para a sua doença. Depois, com o tempo, vi que as minhas queixas exprimiam queixas de outros, davam consolo a outros. Recebi confidências nesse sentido. Fiquei muito confortado porque não me senti mais inútil. Um poeta que se exprime ingenuamente, mesmo que tenha a ilusão de fazer arte pura, age socialmente.

Talvez tenha igualado Bandeira, na consagração do público, Carlos Drummond de Andrade. Mas Carlos Drummond de Andrade admirava, no Brasil, acima de todos, um poeta: Manuel Bandeira. Esta admiração ele proclamou inúmeras vezes, não aceitando ser comparado ao amigo mais velho, o qual tinha na condição de "mestre" — como se vê, por exemplo, na entrevista publicada pela Folha de São Paulo *em 19 de abril de 1986, quando da comemoração do centenário de Bandeira.*[9]

Em suma, este trabalho busca oferecer um acompanhamento do pensamento de Bandeira sobre poesia, da sua reflexão poética. Um Manuel Bandeira em processo: experimentando, questionando, polemizando, realizando. No Capítulo 1 — "Fatalidade, Inspiração e Verso Livre" —, são tratados temas ligados às condições existenciais

---

8 *In*: *Correspondência: Mário de Andrade & Tarsila do Amaral*. Organização de Aracy Amaral. São Paulo: Edusp/IEB, 2001, p. 79.

9 *In*: Carvalho e Silva, Maximiano de (org.). *Homenagem a Manuel Bandeira (1986-1988)*. Rio de Janeiro: UFF – Sociedade Sousa da Silveira/Monteiro Aranha/Presença, 1989, p. 6.

do poeta e ao seu processo de criação. No Capítulo 2 — "Influências e artes poéticas" —, são examinadas questões de artesanato, arte, influências e relação com "novas" escolas. O Capítulo 3 — "A poesia em tudo" —, levanta problemas de tema e assunto, acompanhando o poeta no rumo de uma poesia mais "interessada". O Capítulo 4 — "Poéticas revolucionárias" — visita o poeta em luta estética através de sua própria poesia. O Capítulo 5 — "Um diálogo de 22 anos" — lê parte da correspondência entre Manuel Bandeira e Mário de Andrade, na qual há uma intensa troca de ideias e críticas, com direito a "incomunicabilidades", mágoas e "encrencas" variadas. A informalidade do diálogo ("de chinela e pijama", argumento que eles às vezes usavam para justificar uma crítica mais violenta) nos permite uma visão privilegiada do pensamento de ambos, de suas pesquisas, tentativas, hesitações, dúvidas, descobertas — enfim, de sua evolução poética. Encerrando, o Capítulo 6 enfoca as três naturezas — ou as três mortes — do poeta, isto é, sua relação com a morte (e com a vida, naturalmente) expressa nos primeiros poemas, nas obras de maturidade e na velhice.

De rapaz desenganado a um dos autores mais amados e respeitados de seu País, cultor sofisticado das técnicas tradicionais e um dos mais ousados vanguardistas da história de nossa literatura, Manuel Bandeira foi um grande combatente, não fugindo a desafios e polêmicas, o que contraria a imagem de fragilidade que dele se costuma ter, devido aos seus problemas de saúde. Convivendo com várias gerações de escritores, absorvendo ou rejeitando proposições estéticas, jamais traiu sua sensibilidade ou suavizou seu juízo crítico. Estudou, estudou muito, e muito aprendeu. Ao contrário de certo poeta, que por isso lhe mereceu censura numa carta a Mário de Andrade, não estudou "para repetir" — mas para melhor poder criar.

* * *

Assim escreveu Miguel Sanches Neto a respeito do ensaio, no mesmo ano da publicação:

Ruy Espinheira Filho. Forma e alumbramento: poética e poesia em Manuel Bandeira. *Rio de Janeiro: José Olympio, 2004.*

RETRATO DE CORPO INTEIRO

Miguel Sanches Neto

Poeta completo é aquele que atinge várias faixas de leitores. Esta pluralidade de gosto é um dos segredos para afirmação no presente e sobrevivência no futuro, nesta breve eternidade (a expressão é de Jorge Luis Borges) que a literatura concede a poucos. Fernando Pessoa levou ao extremo a arte da mutação do eu, funcionando como símbolo da despersonalização lírica. Outros poetas, mais centrados na própria biografia, também conseguiram fazer poesia para todos os gostos, sem se despersonalizar. É o caso de Manuel Bandeira (1886-1968), sempre atento às expectativas de seus leitores sem deixar de ser ele mesmo. Bandeira viveu num entre-espaço, produzindo poemas com técnica e com impressionismo, como artesão e como vidente, como modernista e como sobrevivente do século XIX, experimentando a vanguarda num tom moleque e fazendo poemas encomendados. Testou as principais formas de seu tempo e as dos mestres do passado. Apesar de modernista, adaptou-se bem ao fardão da ABL. Tudo isso ele fez sem se perder, sem simulação, porque era avesso a viseiras, sabia criticar e ao mesmo tempo contemporizar, soldando estilos diversos, conquistando admirações à esquerda e à direita, tanto em termos políticos quanto estéticos.

Sofreu, é bem verdade, rejeições por sua linguagem subjetiva, mas recebeu também a homenagem — por seus poemas visuais

— deste grupo extremamente racionalista e seletivo que formou a poesia concreta. Bandeira é hoje um poeta nacional, num sentido que talvez Carlos Drummond de Andrade e João Cabral de Melo Neto não tenham sido. Acredito que esta sua posição na poesia brasileira do século XX seja pelo fato de ele ter sabido trafegar nas duas mãos, na que vinha do passado e na que ia contra o passado, e isso concomitantemente. Ficou como poeta-maior, apesar de sua aparente menoridade temática e linguística, como alguém que encanta crianças e ao mesmo tempo alimenta ensaios de críticos rigorosos, projetando-se nas gerações mais novas e alterando os rumos da própria geração, sendo lido com amor pelo intimismo brasileiro de sua linguagem e cultuado pelo domínio técnico.

Se cada um tira de Bandeira o que lhe interessa, muitas vezes negando suas outras qualidades, Ruy Espinheira Filho valoriza a complexidade do pernambucano, buscando as suas duas principais faces em Forma e alumbramento: poética e poesia em Manuel Bandeira (José Olympio/ABL: 2004). No poeta não houve uma oposição destas duas posturas, mas uma soma. Explique-se o título. O autor, estreando no crepúsculo de uma arte formalista, soube ser modernista logo em seguida, sem nunca se entregar cegamente a qualquer ideário. Tinha poética (domínio técnico) e poesia (estado lírico), unindo o que ele era, sua comovedora latitude humana, ao que herdara, sua sólida formação literária, tanto tradicional quanto moderna. Ruy Espinheira lê Manuel Bandeira como unificador de polos, um servindo para corrigir os excessos do outro.

Uma das passagens elucidativas é a da publicação de seu livro Ritmo dissoluto (1924) junto com os anteriores (A cinza das horas e Carnaval). O poema "Os sapos" tinha gerado um alvoroço no front dos passadistas, tornando-se o ataque poético mais memorável porque paródico, mas nem este seu poder destrutivo o afasta dos leitores tradicionais, admiradores do bardo que fazia a passagem *para a vanguarda de 22. Em carta de 11 de dezembro de 1923, Bandeira relata a Mario de Andrade:*

"E agora esta é de estrondo: quem vai editar o meu livro é Laudelino Freire, Scilicet [a saber] a Revista de língua portuguesa, *e quem me arranjou isso foi Goulart de Andrade que ataquei nos 'Sapos' mas que gosta de mim por causa dos 'Sapos'. Viva o passadismo!"*

*Acima dos ataques, é isso que Ruy Espinheira percebe, estava a qualidade poética de Bandeira. Mesmo modernista, os seus poemas eram ricos em lições líricas estabilizadas no gosto mais conservador. E Bandeira vai lembrar em suas memórias que ele já era conhecido como autor de "Poética", poema que aparecerá no volume seguinte (*Libertinagem, *1930), cuja primeira versão pública ostentava um verso altamente bélico, anunciando o fim de um tempo: "Abaixo a* Revista da língua portuguesa". *Mesmo satirizados, os representantes da* Revista *irão publicar o poeta, que em seguida diminui o caráter agressivo do verso, mudando-o para um generalizante: "Abaixo os puristas."*

Todo o ensaio de Ruy Espinheira é um levantamento desta nacionalidade ampla da poesia de Manuel Bandeira, poeta que contentava até mesmo os seus opositores em arte. Recuperar esta grandeza de Bandeira é a tarefa a que se dedica o autor, explicando o porquê de "num país em que o individualismo e o subjetivismo costumam ser atacados como exemplos de inferioridade, Bandeira conseguiu ser aclamado como um de nossos maiores" (p.19).

As qualidades do texto de Ruy Espinheira são conhecidas. Linguagem agradável, ritmo suave, amor ao tema. Isso permite ao autor baiano estabelecer uma sintonia com o outro poeta, revelando que a voz que fala não é a de um crítico distante, mas a de um oficial do mesmo ofício, interessadíssimo nas posições de Bandeira sobre a arte poética, o fazer da poesia. É ponto para o autor do ensaio, pois ele nos coloca diante das razões de Bandeira.

*Seu estilo crítico é, como no livro anterior (*Tumulto de amor e outros tumultos: criação e arte em Mario de Andrade. *Record, 2001), o da conversa livre com o leitor. Para tanto, o ensaísta deixa de ocupar os principais espaços de discussão, preferindo acompanhar a fala do poeta e de seus interlocutores. Dando voz aos mestres, ele nos aproxima da fonte. O livro é, portanto, marcado pela incorporação da voz alheia, num rosário de citações administradas pelo autor. Todas estas características são qualidades, pois a autoria se manifesta, no ensaísmo de Ruy, mais na organização do material do que na invenção de sentido.*

Tal opção tem, como toda e qualquer opção, o seu risco. No caso: incorporar como verdade definitiva aquilo que foi dito dentro de um contexto. Ruy Espinheira quase não cai nesta armadilha, mas parece que voou alto sobre certas passagens, lendo, por exemplo, o "Prefácio interessantíssimo", de Mario de Andrade, sem valorizar a ironia modernista. Outra coisa que o leitor fica esperando do livro é um norte crítico mais determinado, pois o ensaio cresce em parênteses, afastando-se em alguns momentos de sua preocupação central.

Estas, no entanto, são marcas humanas de um ensaio crítico--amoroso que nos devolve Manuel Bandeira de corpo inteiro.

23/08 de 2004. Curitiba: Gazeta do Povo.

Miguel Sanches Neto é poeta, ficcionista, crítico, ensaísta e professor de Literatura da Universidade Estadual de Ponta Grossa, Paraná. Entre os seus livros, Hóspede secreto (contos), *Prêmio Nacional de Literatura Cruz e Sousa, de Santa Catarina.*

Uma das grandes críticas de MSN à minha literatura, agora sobre ensaio, o que complementa os dois textos que antecedem o livro — uma bela apresentação do Ivan Junqueira e as não menos belas palavras das orelhas de André Seffrin. Da apresentação do Ivan, intitulada "Extenso e minucioso trabalho", destaco esta parte final:

É praticamente impossível, senão mesmo leviano, sumariar aqui todos os aspectos do extenso e minucioso trabalho de Ruy Espinheira Filho, de modo que nos deteremos numa breve análise do último capítulo do livro, "As naturezas do poeta", onde o ensaísta, já sem o amparo das fontes de que anteriormente se servira, nos proporciona uma visão mais pessoal da poesia de Bandeira. E, curiosamente, é onde mais acerta e mais acrescenta à fortuna crítica do autor de Libertinagem, *concluindo, com rara lucidez, que é preciso distinguir entre as três naturezas do poeta. A primeira seria a de um Bandeira "saudável, dinâmico, alegre e esperançoso"; a segunda, que se lhe segue do ponto de vista cronológico e lhe impôs a doença, configuraria aquela que dá origem ao poeta; a terceira, que surgirá mais tarde, se confundiria com a "da plácida aceitação* do fim de todos os milagres, *como se pode ver no conjunto poemático de "Preparação para a morte". É no mínimo astuciosa a investigação a que procede Ruy Espinheira Filho no sentido de descer às origens escatológicas dessas três naturezas, de nos revelar como elas se justapõem em determinados poemas e como dominam certos períodos da poesia bandeiriana, e de nos provar, ao cabo, que, sem o fundo conhecimento de cada uma delas, jamais será possível descortinar e compreender o* continuum *de sua obra poética, que não comporta propriamente fases, mas faces que nos contemplam, ora claras, ora esfíngicas, desde* A cinza das horas *até o último verso que Bandeira escreveu.*

Ivan Junqueira

Presidente da Academia Brasileira de Letras

Do texto de André Seffrin, intitulado "Os poetas conversam", apanho estes momentos:

Forma & alumbramento *é livro-irmão de* Tumulto de amor e outros tumultos, *que o precedeu em 2001. Antes, Mário de Andrade. Agora, Manuel Bandeira. Dois personagens. E como seria de esperar, Ruy Espinheira Filho interpreta a obra de Bandeira com a mesma devoção com que interpretou a obra de Mário. Trata-se de uma conversa de poetas, um diálogo de criadores, evidente desde as epígrafes, onde tudo está dito no trecho de uma carta de Mário a Oneyda Alvarenga: "Poetas e romancistas foram sempre os melhores propulsores de compreensão estética. Muito mais até que os críticos profissionais técnicos de suas artes, porque estes são levados fácil e insensivelmente para o lado didático, em vez de para o lado criador, da crítica." (...) Apoiado por esse verdadeiro manancial que é a correspondência Mário/Bandeira e por todo um aparato crítico que, nos últimos decênios, veio comprovar e consagrar muito do que esses dois grandes artistas disseram e fizeram, Ruy aos poucos coloca cada coisa em seu lugar.*

Um livro escrito com convicção, honestidade e envolvimento de alma. Um livro no qual os poetas conversam.

Enfim, contando com a companhia de tais autores e leitores, como Miguel, Ivan e André, sinto-me muito bem amparado.

E, já que estamos ainda com Miguel, vejamos sua crítica ao meu último livro.

O POETA AOS OITENTA

O poeta completou 80 anos, com reconhecimento mas sem badalações, porque este é um momento de invisibilidade da cultura letrada. Maior poeta lírico contemporâneo do Brasil, o baiano Ruy Espinheira Filho (1942) é um autor proustiano, em permanente diálogo com o passado, mas sem jamais renunciar ao presente. Poeta do "ontem agora", para usar a expressão cunhada por Helena Kolody, esta tensão se manifesta de maneira magistral em sua mais recente coletânea – A invenção da poesia *(Record, 2023).*

No volume II de Em busca do tempo perdido, *Marcel Proust cria um pintor ficcional, Elstir, que trabalha com ilusões de ótica, mostrando no mar paisagens da cidade e na cidade, paisagens marítimas. Em suas telas, os espaços e os tempos se misturam. Esta mecânica é o centro do grande romance de Proust, o maior da história da literatura ocidental.*

Ruy também usa esta ilusão de perspectiva, fazendo ressurgir como um presente vivo acontecimentos de outrora. Em seus poemas, o que restou como memória não é algo imaterial, mas uma paisagem humana que nunca termina de acontecer em uma realidade subjetiva. Estará eternamente neste agora sem fim. O poeta escreve movido pela "comoção do efêmero", que pela palavra se torna estável. Só permanece aquilo que acabou mas ainda é real na sensibilidade humana.

Esta duplicidade de tempo também se materializa formalmente nos poemas. Ruy domina as formas fixas, entre elas o famigerado soneto. Mas sua grande contribuição estrutural está na ilusão de perspectiva que ele cria em poemas espraiados em prosa, que lemos como se fossem conversas, crônicas, relatos de memória, e no entanto são linguagens concentradas.

É isto que vemos na última série de poemas, "Anotações sobre almas ilustres", reflexões a partir do cão Brás Cubas e da cachorra Baleia (personagens da literatura nacional), que dão à prosa, no caso ensaística, um valor de poesia para retratar a alma de animais demasiadamente humanos.

Ruy fez da poesia uma forma de deslocar lugares, tempos, seres, formas literárias, etc., sobrepondo suas manifestações como um elogio da existência que não cabe em uma única dimensão.

Miguel Sanches Neto
Jornal da Manhã/ portal A Rede.
Ponta Grossa, PR, julho de 2023.

50
DEPOIS DE TANTAS VIAGENS

Onde e como estou hoje, depois de tantas viagens? Transcrevo abaixo uma crônica que fala de um personagem muito parecido comigo...

HABITANTES

Ele às vezes pensa que um dia terá que deixar a casa em que mora há bastante tempo. Pensa e se preocupa, porque já fez mudanças e sabe que não é nada fácil. Para certas pessoas, com alguns móveis, cama, quadros, cadeiras, televisão, tudo bem. Ele mesmo já fez mudanças assim, na juventude, mas de lá para cá as coisas mudaram muito. Tanto que o fato de pensar em se mudar novamente se aproxima do absurdo, pois já viveu mais do que pensava ser possível e é bem provável que a necessidade de mudança apareça quando ele já não estiver mais aqui. E, se assim for, quando chegar esse tempo ele não terá mais com que se preocupar...

Bem, são duas possibilidades: a mudança em sua presença e em sua ausência. No segundo caso, já sem as suas preocupações, mas certamente com preocupações para a família que deixará. Porque não se tratará mais de mudança como as antigas, a casa é hoje um problema que o preocupa e preocupará os demais. Porque não é uma casa como as de antes, com somente alguns objetos para transporte, mas algo que se foi transformando ao longo do tempo e agora é mesmo forte motivo de preocupação. Enfim, mais cedo ou mais tarde o problema se apresentará e exigirá solução.

Ele caminha pela casa. Sim, os móveis normais são poucos, até escassos, mas existem aqueles habitantes da casa que são diferentes e muitos, multiplicando-se incansavelmente. Nos últimos dias, por exemplo... Mas vamos diretamente aos tais habitantes: livros. Milhares e milhares, que ele vem reunindo nos espaços das casas desde a infância. No início possuía apenas uma estantezinha, oferecida pelos avós paternos, que logo transbordava de livros e exigia outras. Como moravam inicialmente numa cidade sem livrarias nem biblioteca, o pai lhe comprava, nas viagens, as publicações que o filho desejava ou que ele, o pai, achava que seriam bem recebidas, o que sempre acontecia, pois ele, o pai, era também um grande leitor desde a infância.

Sim, caminha pela casa, o que é caminhada pela própria vida. O tempo é marcado por cada volume que olha, tempo que às vezes é mais de um, pois vários tiveram releitura, como aconteceu com Proust e Tolstói, por exemplo. Sem falar nos poetas, sempre lidos e relidos, noutros ficcionistas, nos teatrólogos, nos pensadores... Uma vida reunindo inúmeras leituras. E também os seus próprios livros, a prosa, a poesia... Os volumes com seu nome na capa... E então recorda dois versos de Marina Tsvetáieva: "Para meus versos, como os vinho raros/ seu tempo chegará." E ele sorri, duvidoso: grandes esperanças... Mas, enfim, foi o que semeou ao longo da vida — e ali habitando aqueles milhares de livros, os verdadeiros habitantes da casa. Como continuam também habitando aquele homem que aqui, mais uma vez, escreve...

51
NOVAMENTE VIAGENS

Recordo a abertura deste livro lembrando que Pedro Nava inicia seu *Baú de ossos* dizendo ser "um pobre homem do Caminho Novo das Minas dos Matos Gerais". Estava, claro, como se vê na epígrafe, cirandando, como escrevi, com uma frase célebre de Eça de Queiroz em carta a Pinheiro Chagas: "Eu sou um pobre homem da Póvoa de Varzim." E, na página anterior, epígrafe de *Le livre de Mon Ami*, de Anatole France: *Ainsi, il me paraît, em ce moment, que la mémoire est une faculté merveilleuse et que le don de faire apparaître le passé est aussi étonnant et bien meilleur que le don de voir l'avenir.* E, em seguida, lembrei: *O que é o nosso passado senão uma série de sonhos? Que diferença pode haver entre recordar sonhos e recordar o passado?* Era o que perguntava Jorge Luis Borges em *O livro*. E recordemos Shakespeare em *A tempestade*: "Nós somos do tecido de que são feitos os sonhos."

* * *

Mas percebo que algumas coisas ficaram esquecidas, como as viagens que fiz ao exterior com Maria da Paixão. Na primeira, em 2010, ela, grande viajante, serviu-me como guia exemplar ao longo — pela ordem — de Paris, Roma, Nápoles, Capri a Anacapri, Pompeia, Grécia, Veneza e novamente Paris.

Muitas aventuras para um parco andarilho como eu.

Lembro-me de que, chegando a um hotel de Atenas, ela me guiou ao restaurante, que ficava no alto, e, enquanto eu examinava o ambiente, falou:

— Olhe para trás!

Olhei, e fiquei emocionado com a visão próxima da Acrópole iluminada. Só a conhecia de relatos, filmes e fotos. E ali estava ela, ao meu alcance. Fiquei longamente fitando a maravilha. E, no dia seguinte, fomos lá, a pé. Mas havia uma greve de funcionários, e o local estava fechado. Fiquei só vendo o lado de fora, com imensa frustração, e ouvindo uma mulher fazendo um indignado discurso... em grego! Não entendi nada, mas senti a emoção do trabalhador injustiçado e, portanto, apreciei muito.

E Maria da Paixão falou:

— Voltaremos amanhã. Até lá vão abrir.

E, de fato, abriram. E logo estava eu visitando aquela história de tantos séculos, em torno de 1.500 anos, inclusive seu fabuloso museu. Adiante, fomos a Delfos, caminhei sobre algumas ruínas do templo de Apolo e estivemos no também belo museu. Naquelas alturas, eu já vinha escrevendo versos que seriam publicados depois sobre Atena, um auriga, Apolo, a pítia, Pã e as demais grandes dádivas da cultura helênica. Por ela, o soneto seguinte:

SONETO HELÊNICO
OU
DO INFINDÁVEL

Mnemósine envolve com seu manto
a Acrópole, serena, iluminada
de séculos. Mais no alto, a deslumbrada
lua reflete em si a luz de um canto

tão vasto como o mar, um acalanto,
às vezes, como às vezes desatada
fúria de monstros e de heróis cantada
em prosa, em verso, em prece, em sonho, em pranto.

Uma história sem fim. Corcel alado,

deuses, ninfas, Quimera... Tudo é lida
pulsando intemporal no que é contado

de homens, titãs, sereias, no encantado
de ares, terras, oceanos. Vasta vida
de que nunca talvez se cumpra o Fado.

Salvador, dezembro de 2010,
lembrando a Grécia em outubro passado.

A seguir, versos sobre Pompeia, na ordem da escrita, porque os primeiros foram feitos antes da viagem. Vejam a datação.

Salvador, julho de 2009, ao retornar Maria da Paixão de visita a Pompeia, trazendo emoção e mapas, o que me reenviou aos textos de Plínio, o Moço, e Umberto Eco, quando sequer sonhava com a viagem.

PLÍNIO O VELHO E A NUVEM MISTERIOSA
SEGUNDO PLÍNIO O MOÇO
E UMA ANÁLISE DE UMBERTO ECO
COM BREVES CONSIDERAÇÕES FINAIS
DE UM POETA SEGURAMENTE
PERSONA NON GRATA

I
Era o nono dia
antes das calendas de setembro.
Embora comandasse a frota
Plínio o Velho apenas estava
em Miseno
posto em sossego.

Tomara um banho de sol
em seguida um banho frio
comera reclinado uma leve refeição
agora estudava. E foi quando
cerca da sétima hora

a mãe de seu sobrinho
Plínio o Moço
indicou-lhe ao longe a aparição.

E ele pediu as sandálias
e subiu a um lugar de onde poderia
ver melhor
o que se elevava e se abria
como uma estranha árvore
no horizonte.

II
Acesa a chama da alma
das interrogações da ciência
Plínio o Velho pediu que preparassem
uma liburna
para ver de perto a
nubem inusitata
como escreveria seu sobrinho a Tácito
25 anos mais tarde
(o que bem poderia não ter ocorrido
não houvesse ele
o Moço
ao convite do Velho
sentido mais forte a flama
dos estudos que fazia em casa).

E então se ia o Velho
mas uma mensagem de Rectina
mulher de Casco
chegou-lhe com pedido de socorro
pois
de sua vila ameaçada só
poderia fugir pelos caminhos
do mar. E o Moço conta
que aquilo para que estava preparado
com ânimo de estudioso
o Velho passou a executar em espírito
heroico.
                    E ordenou trirremes
em rota de salvação.

III

E lá se foi
até que começaram a vir
pedras e cinzas sobre as naves
quando
contra os conselhos do seu piloto
manda o Velho manobrar
a Stabia
observando que a sorte
ajuda os corajosos. Lá
ao medo de Pomponiano
abraçou-o
confortou-o
encorajou-o
fez-se conduzir ao banho
depois reclinou-se e jantou
alegremente
dizendo que aquelas labaredas
não passavam de fogos deixados acesos
por camponeses em fuga
e que lhes queimavam os casebres. E assim ditas
tais palavras
foi descansar
dormiu profundamente
enquanto o pátio de acesso ao quarto
subia tanto
com as sujas nuvens que desciam
que um pouco mais lhe impediria
a saída. E quando então
saiu
a casa se movia
dançava
e todos puseram travesseiros na cabeça
atados com lenços. E em meio às vozes
do medo
o Velho era a razão
mais forte. E foram à praia
porém o mar não se submeteu
ao almirante. Era tudo noite
em pleno dia. E ali, na praia,
o Velho
deitou-se sobre um lençol

e bebeu duas vezes água fresca
mas um cheiro de enxofre pôs em fuga as pessoas
que o acordaram
e ele
apoiando-se em dois servos levantou-se
para logo cair. E quando
voltou a luz do dia
(o terceiro desde que o vira
pela última vez)
seu corpo foi encontrado
ileso
coberto pelas vestes
como se estivesse apenas
adormecido.

IV
Com espírito heroico
escreveu o Moço
sobre a decisão de navegar
do Velho. Mas não sabia
ele
o Velho
o que o Moço saberia. Via apenas uma
nubem inusitata
talvez um incêndio (como concluiu) de casebres
de onde vinham as cinzas
nas proximidades de um vulcão (já o dissera)
extinto. Assim,
por que não banhar-se
cear e dormir
tranquilamente? Logo seria uma luminosa
manha.

Fora-se o Velho
até ali
nas ondas

sem nada saber
da estranha árvore no céu.

Sem nada desconfiar
do engano de sua ciência.

Sem nada pressentir
da morte à sua espera
na praia. A morte
sem heroísmo algum
talvez apenas
um especialmente incômodo
desapontamento.

V
Mas o Moço escreveu a carta
25 anos depois. Ele amava o Velho
que lhe era um herói mesmo bem antes
daquela viagem. Um herói do espírito.
E um herói há de ser sempre
heroico
e heroicamente findar. E assim,
sem dúvida,
aquilo que estava preparado com ânimo de estudioso
executou em espírito heroico. E assim foi
na carta
e apenas nela
ficou
que dos relatos de Tácito só sabemos
até nove anos antes
da nuvem à qual viajou
o Velho.
Aquele ilustre
ali
no sono da morte
desamparado pela ciência
e pelos deuses
que nenhum deles o advertira das fúrias
da Terra
nem mesmo o deus mais jovem
ressuscitado não havia
50 anos
e que
na verdade
nunca dera muita importância às coisas do reino
deste mundo.

POMPEIA

I
Não naveguei até aqui
na liburna de Plínio
o Velho,
nem mesmo mereci
ver apenas de longe
a nubem inusitata,
como Plínio
o Moço.

Porque chego tarde,
tarde.

E pensando que, em certo sentido,
sempre é tarde.

II
Sim, chego muito depois
das pedras de fogo e das cinzas,
mas aqui, finalmente, estou,
terra do Poeta Trágico,
vendo que a morte
súbita
te contemplou com permanência
bem mais longa que a das cidades
que contigo trocaram alimentos,
manufaturas,
vinho,
arte e,
sem dúvida,
confidências de amor.

III
Medito sobre estas coisas,
eu, que chego aqui
quase dois mil anos
depois. E então caminho
por tuas ruas,
entre casas que regressam ao sol

e vejo
como cultivaste o calor dos corpos
e das almas
com lupanares, teatros, cores e formas
comoventes. E,
enquanto caminho,
saudando estátuas que um dia respiraram,
sinto, principalmente,
o pulsar da vida
nas marés renovadas
do Tempo.

IV
Sim, chego tarde,
tarde. Mas então penso que,
num certo sentido,
nunca é tarde.

Pompeia, outubro de 2010.

Um poema antes, outro já em Pompeia. Também na viagem, colhi poemas sobre Anacapri (o Dr. Munthe...), registrando sempre o Vesúvio, que a qualquer momento poderá sair mais uma vez do seu sono... E na primeira ida a Paris, visitando a Torre Eiffel, em cuja entrada vi um corvo, confiando-lhe um abraço a Edgar Allan Poe, e, já na descida, no penúltimo andar do alto, vinho quente, relembrando um verso de Baudelaire: *il faut être toujours ivre...*

52
DOIS ANOS DEPOIS

Sim, dois anos depois, dez dias fabulosos em Paris, Maria da Paixão e eu em companhia de Cida e Carlos Barral e Vera e Florisvaldo Mattos. Aventuras por vários locais, como ruas, praças, museus, restaurantes — inclusive o Procop, onde se alimentaram e beberam figuras imortais como Voltaire —, o lindo jardim de Monet em Giverny, a casa conservada no tempo, a construção para a venda de lembranças, onde comprei várias canetas que ainda uso, e, depois, no mesmo dia, comidas e vinhos no Café de Flore e belas cervejas no Les deux Magots.

E ainda, na véspera do retorno, deslizando à noite pelo Sena, na proa de um Bateau Parisien, com direito e comidas e champanhe, celebramos Paris e o aniversário de Maria da Paixão naquela data, 25 de abril. E, um pouco antes, visitamos o Père Lachaise, onde fui fotografado por Maria da Paixão respeitosamente sentado no túmulo de Marcel Proust...

Mas também, dois anos antes, houve Veneza. Logo na chegada, um veleiro aportado em uma rua e que ancorei depois em um poema. E havia a bela ponte do Rialto e, bem perto, um lugar que servia algumas bebidas. Ficamos lá, mais de uma vez, com espumantes. E eu disse à minha mulher:

— Veja só, vem acompanhado de uns tira-gostos e custa somente R$18. Não acha barato?

Ela respondeu:

— É, seria, se não fossem euros...

Eu havia esquecido que não eram reais, mas respondi que continuaria pensando em reais. Do contrário, acabaria considerando a viagem impossível...

E houve um momento em que tivemos que caminhar, levando a bagagem, sobre tábuas armadas acima das águas que invadiam a praça São Marcos e outros lugares. Na TV, às vezes revemos pessoas fazendo o mesmo, o que, na verdade, não seria motivo para saudosismos... Bobagem, fez parte da bela viagem. Lá, comprei um binóculo, bem menor do que o que tentaram me vender em Atenas, mas, enfim, mais barato, que está agora mesmo ao meu lado, na mesa em que escrevo. E quase comprei uma máscara de Carnaval veneziano. Havia uma vitrine repleta delas, todas belíssimas. Mas como eu precisava economizar, e o Carnaval já me tendo abandonado...

Sobre a cidade, escrevi este poema:

VENEZA

I
É como um templo à Soberba.
E eis que então a alma foge,
em ânsia de ar e dia,
dos vastos salões do Doge.

II
Nesta Ponte dos Suspiros
talvez tenha suspirado,
ante a arrogância e a tortura,
algum meu antepassado.

III
Mas bebemos um prosecco,
vendo gôndolas. Por elas,
sempre assim teria sido:
sem sonhos de caravelas.

IV
Tantas riquezas e glórias
de que os séculos nos falam...
Sabem bem mais as gaivotas,
que, por saberem, se calam.

V
E as águas vêm, lentamente,
lavar as pedras impuras,
que, puras, serão a Atlântida
do azul das lendas futuras.

No palácio intimidante dos doges, depois de ver armas e cárceres, deparei-me com um pequeno espelho de parede. De imediato, veio-me um verso do soneto "O pavão vermelho", de Sosígenes Costa: "É o próprio doge a se mirar no espelho." Sim, porque os doges se paramentavam de rubro. A diferença é que o pavão vermelho significava a alegria, ao passo que os doges eram o poder judiciário muitas vezes implacável ao qual os processados iam com todos os motivos para suspirar na famosa ponte, antevendo as mais duras sentenças. E eu, aproveitando a oportunidade, também me mirei naquele espelho dos doges — e era apenas eu mesmo me mirando, nada mais. Infelizmente, distante de um alegre pavão vermelho; felizmente, porém, ainda bem mais distante de ser um doge...

Depois, houve um momento em que, chegando à praça São Marcos, demos com uma pequena orquestra tocando... Aquarela do Brasil!!! Aí perdi a timidez. Aproximei-me e cantei a música. Os músicos gostaram, como as demais pessoas presentes, meio espantadas. E Maria de Paixão, que me fotografaria com Proust, tentou fazer uma foto. Mas algo aconteceu, e a imagem não ficou. Perdi a oportunidade de me imortalizar como grande cantor brasílico-veneziano...

Assim, caminhamos nós, dia após dia, noite após noite, longamente...

Enfim, fechei partes dessas viagens com o poema a seguir.

DEPOIS

1.
Fotografias.
Estou à frente do Vesúvio,
bem no alto,
mas chegamos no final da tarde
e não nos deixaram subir até a cratera.

E aqui ele em outras imagens:
visto de uma rua de Nápoles,
e do meio da baía, quando navegamos a Capri,
e a guia observa que se trata do vulcão mais perigoso da Europa
e uma turista argentina fica tensa
comentando que não se deveria dizer aquilo quando estávamos
balançando indefesos nas águas.
(Como se não estivéssemos sempre indefesos,
como se o mundo não houvesse sido várias vezes
destruído
por seus próprios estertores,
sem necessitar de ajuda de meteoros ou cometas
postos em nosso caminho pela Estrela da Morte,
porque moramos num planeta vivo
e por isso mesmo nele a vida
acontece
e morre.)

Bela baía de Nápoles.
Para o bem da turista,
a guia não disse que sob aquelas águas azuis,
às vezes de um verde límpido,
há também grandes forças ígneas concentradas
buscando passagem.
Mas nada aconteceu enquanto navegávamos,
a não ser uma certa inquietação das águas
ao vento e à chuva.

2.
Ali estava o Vesúvio

com nuvens cândidas bem no alto,
sobre sua boca emudecida
há quase dois mil anos
e que alguns vulcanólogos dizem que pode voltar a falar
a qualquer momento
porque seu ciclo é de cerca de dois mil anos,
do que, aliás, duvidam as pessoas que continuam
tranquilamente
junto a Pompeia e Herculano,
como no tempo de Plínio o Velho,
Plínio o Moço
e do Poeta Trágico com seu cão de guarda.

E o monte continua em silêncio
e as nuvens ali estão como a embalá-lo
suavemente
para que repouse ao menos por mais
vinte séculos.

3.
Anacapri também encoberta,
mas ascendemos às nuvens e vemos o que escondem,
o que é como uma
epifania.

Algumas esperanças,
como ocorre acontecer a algumas esperanças,
falham: como a minha de encontrar
o gnomo que apareceu no quarto de Axel Munthe
e com ele conversou longamente.
Sim, eu sabia
que fora noutro quarto e noutro tempo,
mas isso, na verdade, não importava,
porque tais circunstâncias só são importantes em nosso cotidiano
menor,
opaco,
os gnomos são seres superiores,
embora haja quem não acredite neles, como nos deuses,
como em Troia,
mas eu continuo lendo as histórias dos deuses
e visitando a lendária Troia,
desde que a ela fui levado,

inicialmente por Homero,
depois por Schliemann
e vezes incontáveis pelos próprios sonhos,
que me fazem conviver com os guerreiros na praia
e nas muralhas.

Não, não vi o gnomo,
mas sei que ele estava no quarto do doutor,
como outros de sua espécie estão em outras partes,
e, se creio neles,
eles existem.
E não morrem nunca,
como os deuses,
como Troia.

4.
Caminhar, caminhar.
Subir e descer por velhos degraus muito espaçados
e grandes pedras
que certamente foram movidas por vontade divina
de sua longínqua origem àquelas alturas.

Ver no alto
a Acrópole
e dela
a Ágora
com sua vasta e profunda História
de cintilações de arte
e pensamento.

Em Delfos
sonhar visitantes milenares vindo buscar a ajuda
de Apolo e Atena
e outros,
caminhando entre ninfas,
musas,
centauros,
querendo descortinar
desde trabalhos de amor
à fortuna de guerras.

5.
Continuar.
Navegar pelo Mediterrâneo até Veneza,
onde carregamos e puxamos malas
subindo e descendo escadas e pontes
e nos perdendo em ruas labirínticas
e bebendo vinho e cerveja
e ouvindo música brasileira na Praça São Marcos
antes que tudo afunde de uma vez nas águas.

(A humanidade de depois não acreditará
na cidade das gôndolas,
como não acreditamos nos deuses,
em Troia,
nos gnomos,
na Atlântida.)

6.
Trens em greve.
Dormir em Milão.
Voar na manhã seguinte sobre
os Alpes Suíços.

7.
Paris.
A Torre Eiffel pondo à prova
os corações terrestres. E aqui estamos,
bem acima dos corvos,
olhando a grande cidade,
séculos de cultura e lutas,
nossa mãe de tantas maneiras.

Faz um frio de doer, mas pedimos
vinho quente.
Sobreviveremos.

8.
Rive Gauche.
Não vejo Sartre e Simone,
nem Fitzgerald, nem Hemingway.
No Les deux Magots não há lugares,
mas bebemos e comemos

no Café de Flore
(mas depois voltamos a comer e beber
no Café de Flore
e em seguida saboreamos bela cerveja
no Les deux Magots),
comentando o atraso costumeiro, há já muitos anos,
de Apollinaire e Camus.

E em minha saudade passa, murmurando
il faut être toujours ivre,
Baudelaire.

9.
Trago comigo os lugares onde estive.
Não sou como os antigos que falavam
em sacudir das sandálias a poeira dos caminhos.
Não, guardo tudo,
sempre guardo tudo,
e especialmente guardarei das últimas caminhadas
o seu espesso pó de iluminar a alma.

10.
Das viagens não regresso
jamais.

Salvador, dezembro de 2010.

53
CERTAS REFLEXÕES

Como podem ver, não regresso mesmo, jamais...

No início do livro: revelar o passado, sim; com ele conviver profundamente. Que fabulosa magia...! Mas se o Nava era aquele pobre homem do interior mineiro e o Eça era um pobre homem da Póvoa de Varzim, volto a perguntar: Sou eu o quê? Eis que, considerado um poeta da memória, sou agora um memorialista em prosa, embora com irrupções poéticas. Ou seja: bem ou mal, sou um escritor. Lá atrás, no Capítulo 2, citei um livro chamado *Escrever é muito perigoso*, de Olga Tokarczuk, ao qual retorno agora. Ao fim da parte intitulada *Sobre o* daimonion *e outras motivações para escrever* há algumas linhas acerca do escritor e da escrita. Segundo ela, a escrita é um inferno e um paraíso, levando o autor a sempre perguntar a si mesmo: “Quem sou?”

Sim, quem somos nós, escritores? A própria Olga vai a um texto de Virgínia Woolf em *Ficção moderna:*

Não escrevemos melhor. A única coisa que se pode afirmar é que seguimos avançando, agora nesta direção, depois naquela, mas com uma tendência circular, se olhar para toda essa trajetória de um pináculo bem alto. Não é necessário dizer que não pretendemos, nem por um instante, adotar aquele ponto de vista. Em um terreno plano, no meio da multidão, meio cegos pela poeira, olhamos com inveja para trás, para aqueles guerreiros mais felizes, cuja batalha foi ganha e cujos sucessos têm agora um ar tão sereno de grandes feitos que mal conseguimos nos impedir de sussurrar que a luta deles não deve ter sido tão dura como a nossa.

Bem, sem dúvida a luta dos autores de antes, que chegaram à consagração, foi, muitas vezes, mais dura do que a nossa. E muitos, se não todos, se perguntaram, uma ou muitas vezes: Quem sou? As biografias estão aí e nos contam muitas de suas desventuras — incompreensões, dúvidas, desamores, frustrações, fome, solidão, doenças, perseguições, prisões e até execuções. E, às vezes, tão grandes angústias que levaram alguns ao suicídio, como viria a acontecer com a própria Virgínia. Penso que o escritor é uma pessoa comum à qual cabe um daqueles destinos de que falava Platão. Para ele, todos teriam um destino — e, como dizia, o fio do destino seria irreversível. Não devemos acreditar em destino? Tenho minhas dúvidas. Na verdade, para mim a arte é um destino — ou não é nada. Ninguém "se torna" artista: tem que já nascer assim. Com seu destino. Ainda que acabe sendo um fracasso.

Em outro momento do livro, Olga fala de uma moça que entrevistou e que, ao lhe perguntarem por que queria ser escritora, ela respondeu: "Porque não sei fazer mais nada." Ora, sem dúvida ouvi coisa semelhante dita por vários escritores e artistas. Muito me engano ou o mestre Manuel Bandeira falou assim em dado momento. Como sei que a frase também me pertence e que, como tantos, ando, para voltar ao texto de Virgínia, meio cego pela poeira...

54
UM ROMANCE?

Quando me sugeriram escrever memórias, perguntei-me se não poderia escrever um romance em vez disso. Bem, romances já escrevi quatro; memórias... enfim, só do jeito que já falei, em ficção ou poesia. Estas lembranças dariam, sim, um romance. Mario Quintana escreveu a *Canção para uma valsa lenta*, que começa desta forma: *Minha vida não foi um romance...* E fecha dizendo que que aquela "pobre vida" dependia de um sorriso, de um gesto, de um olhar.

Coisa de triste e obscuro estado de espírito, pois toda a vida é, ou foi, ou será um romance. Vida feliz, infeliz, trágica, inexpressiva... Mas um romance sempre. E por que essa impossibilidade na canção? Porque a vida dependia *De um sorriso... de um gesto... de um olhar...* Mas que vida jamais teve um sorriso, um gesto, um olhar? Bem, compreendo que, às vezes, na vida falta mesmo *aquele* sorriso, *aquele* gesto, *aquele* olhar... Mas a falta desse sorriso, desse gesto e desse olhar já seria um romance... O poeta estava em um momento, digamos, dominado por um estado depressivo, altamente dramático. Aliás, as condições da vida que conta ali dariam, sim, um comovente e vasto romance, mesmo tendo ele dito que a vida "passou sem enredo"... Como sem enredo? Se gerou uma canção, por que não um romance? Sim, toda vida, por mais pobre e desiludida que seja, poderá ser um romance. E essencialmente já é, mesmo não escrito. Na verdade, a vida do poema era um romance, concentrado em forma de canção, só necessitando, claro, de um romancista para contá-la de outra maneira, que a recordação já estava naquele desalentado poeta que Quintana encarnou. No caso destas memórias que escrevo, material bom também não faltaria. Faltou o romancista. Mas quem sabe se, havendo ainda tempo, eu, um dia, não...?

Mas devo dizer que este livro é também mesmo um romance, porque toda memória é às vezes ficcional. O narrado não é exatamente o vivido. É uma narrativa dele. E toda narrativa carrega consigo o narrador, com suas virtudes, suas falhas e o que restou — às vezes uma colcha de retalhos — no decorrer do tempo. Não, não escrevi este livro como ficção. Não se trata aqui de *criação*. Contudo, a memória também lida com ficções, como já foi dito. E neste livro também entraram criações — de outros e minhas —, estas de diversos tempos, até de outros *eus*, já que não somos os mesmos existência afora. A complexidade humana é infinita... na chamada vida real e na ficção. Sim, também na ficção, que, para Aristóteles, é sempre uma forma de verdade. Verdade às vezes dura, o que nos lembra Macbeth dizendo que a vida é uma história contada por um idiota, cheia de som e de fúria, não significando nada. E o que a vida real pode dizer deste desabafo desesperado? Nada, porque não sabe o que dizer. Ou não quer dizer, preferindo desprezar (ou nada percebendo por deficiência de sensibilidade e cultura) tal julgamento da condição humana. Pois é, o que foi dito não pode ser levado a sério. É ficção. Ah, eis que não sabem que a ficção é sempre uma forma de verdade...

Mas, enfim, este é mesmo intencionalmente um livro de memórias. Aliás, penso que muita gente, que de alguma maneira teve contato comigo e não se encontra aqui registrado, há de dizer: "Ah, eu merecia também ter sido citado." E teria razão, mas, como escrevo com o que me ocorreu à memória... Sim, a memória, o que me leva a um antigo professor meu, de língua portuguesa, conhecedor de gramática e Machado de Assis, de nome Raul Sá, que, quando achava ter esquecido algo, queixava-se da sua "velhaca memória". Ou melhor: "A velhaca da minha memória." Assim, levado ao esquecimento, vingava-se da memória velha denominando-a velhaca. Sorria sempre ao pronunciar a frase, pois brincava. Mas parece que quase ninguém notava essa brincadeira na sala de aula.

Voltando ao que dizíamos, não somos os mesmos ao longo da existência. Nem um minuto ou um segundo depois ou antes. Os de maior sensibilidade percebem bem tal condição. E no mundo das artes, onde vivem os mais sensíveis, há surpresas a todo instante! Exemplo? Leiamos isto de Álvaro de Campos:

> *Depois de escrever, leio...*
> *Por que escrevi isto?*
> *Onde fui buscar isto?*
> *De onde me veio isto? Isto é melhor do que eu...*

Belo exemplo de ser e não ser... Claro, está falando de poesia, mas tratando das alterações do ser. Em arte ou qualquer outra atividade: Quantas vezes nos falta inspiração até para fazer a barba ou cortar a unhas? E quantas vezes nos surpreendemos porque tudo o que fazemos sai bem, facilmente, alegremente? Sim, muitas vezes somos *outros*, ainda que sem desconfiar... Afinal, quem sou?

Não, não escrevi aqui um romance. Tudo o que fiz foi colher eventos guardados pela memória.

55
AINDA SOBRE LIVROS

Bem, alguns podem achar que há alguma melancolia na crônica "Habitantes", que transcrevi há pouco, mas não alimentem tal impressão, pois não se trata de melancolia. Trata-se simplesmente da vida como ela é... sobretudo a vida de um leitor desde a infância, o que, como resultou em uma crônica, resultaria também em um romance — ou mais de um. Várias vezes escrevi sobre livros, em versos ou em prosa. E até na forma sintética do soneto, como este que abre *Uma história do Paraíso & outros poemas*:

SONETO DA BIBLIOTECA

São todos estes livros. Vasta vida
pulsando forte aqui, era após era
de pensamento nítido, quimera,
certezas, corvos de ilusão perdida.

Sim, esta é a sala nunca anoitecida.
Nada adormece. Tudo freme e gera
luzes e trevas do santo e da fera
que é o homem, sempre, de alma dolorida.

São todos estes livros que se falam,
singrando o tempo, em alegria ou pranto,
de tudo o que se criou ou se perdeu.

E em seu silêncio eles jamais se calam
de Beleza e Verdade. E ornam de espanto
o sonho de uma sombra que sou eu.

56
DE MAIS UM SONETO

E agora mais um tanto de emoção neste poema de *A invenção da poesia*:

SONETO CORDIAL

No sono, como em vigília, duramente ele trabalha
(seja em valsas com a Musa, seja em campos de batalha).
Duvida, como um qualquer — adulto, velho, criança
(porém no mais fundo da alma cultiva a sua esperança).

Na pele do papel branco, traça histórias encantadas
(e inventa suaves caminhos por encostas escarpadas).
Sim, luta, luta no peito, luta vasta como a vida
(que sem este denso esforço estaria logo perdida).

Vai de doce cordeirinho a tiranossauro louco
(e, vivendo a interrogá-lo, só percebo muito pouco).
Talvez nem mesmo perceba desse pouco coisa alguma

(em seus rumos nos perdemos, são mais veredas de bruma).
Assim é... Mas sempre nobre, sempre amante coração
(que só ao relembrar teu nome fulgura de solidão...).

57
ASSIM SOMOS NÓS

No geral, as biografias e autobiografias são repletas de aventuras amorosas e, em certos momentos, casos de grandes sofrimentos e até tragédias — e talvez algum leitor exigente ache que nas recordações daqui fui pobre de tais momentos. Ledo engano: as aventuras e as desventuras estão presentes, sim. Poucos amores? Nem tanto. É que só falei dos recordados... E quantas perdas... E há também outras figuras que vão surgindo de passagem, umas afetuosas, outras indiferentes, outras quase invisíveis ou mesmo invisíveis (ao menos para o leitor), outras tenebrosas, algumas repugnantes, outras que retornam com seu antigo esplendor. E há os que não sei se já partiram e me dá vontade de investigar tais casos, mas passou muito tempo, e não sei como estarão; se vivem bem ou se não desejariam que eu visse a que ponto chegaram... Voltando aos amores, aqui recordo um trecho do poema "As sombras luminosas", que deu título ao livro vencedor do Prêmio Nacional de Poesia Cruz e Sousa. Apenas neste poema, há três casos amorosos. Transcrevo o número III:

III - Moça na Fazenda

Trazias a chuva
nos cabelos.

Nos olhos o campo
verde.

O cavalo lá fora
aguardava
tempo melhor para partir.

Nunca mais, porém.
Ali ficamos
assim
e ficaremos, enquanto a estrela d'alva
adiar sua queda
sobre mim.

E este outro, algum tempo depois, em *A canção de Beatriz e outros poemas:*

SONETO DO ANJO DE MAIO

Então, em maio, um Anjo incendiou-me.
Em seu olhar azul havia um dia
claro como os da infância. E a alegria
entrou em mim e em sua luz tomou-me

o coração. Depois, suave, guiou-me
para mim mesmo, para o que morria,
em meu peito, de olvido. E a noite, fria,
fez-se cálida — e a mágoa desertou-me.

Já não eram as cinzas sobre o Nada,
mas rios, e ventos, e árvores, e flamas,
e montes, e horizontes sem ter fim!

Era a vida de volta, resgatada,
e nova, e para sempre, pelas chamas
desse Anjo de maio que arde em mim!

E há momentos como de uma brisa muito antiga, antiga desde a infância, mas só recentemente publicada em meu último livro: *A invenção da poesia & outros poemas* — quase uma vida inteira depois e se transformando em um poema. Leiamos.

TRANÇAS

Ela veio
com longas tranças quase rubras como
as nuvens do poente
um sorriso leve
numa destemida
timidez.

E passaria por ele
passaria
apenas passaria
na tarde.

Mas não passou
porque não passou a tarde
em que ela caminhava.

E continuam ambas
aqui
no menino
diante da noite que não desce
nunca
naquele horizonte de longas tranças
quase rubras.

Uma menina, um menino. Onde e como estará ela agora? Nunca soube o seu nome. E ela certamente já me esqueceu, se é que alguma vez se lembrou de mim.

Versos de sonhos doces, belos e tristes...

Quanto às tragédias, várias vezes me referi às perdas, sendo certamente a referência mais marcante o poema "O pai", que transcrevi na íntegra. Poderia transcrever ainda muitos outros, mas confio em uma espiada dos leitores em minha obra... Sim, com toda a certeza fui ao que Camões chamou em um verso (que Rubem Braga considerava o mais belo na língua portuguesa):

A grande dor das coisas que passaram.

A grande dor... Entre outras, esta que fala das casuarinas, como já em outras referências, em *Uma história do Paraíso & outros poemas:*

POÇÕES REVISITADOS: OUTRAS NOTAS

1 - Escrevi, há muitos anos,
que haviam ficado as casuarinas,
acenando
quando o vento chegava à praça,
como se ainda existisse o menino
que entendia o seu código de ramos.

2 - Não, já não há o menino,
mas uma memória continua
guardando tudo,
especialmente o canto das
casuarinas
ao sopro do vento que vinha
dos campos e dos distantes morros
azuis.

3 - Sim, a memória.
Que ficará sempre além do massacre
das casuarinas. A memória
da plena sonoridade dos ramos
e elegância dos troncos,
a memória das arraias, dos piões,
da bola chutada com a fé da infância,
dos corações comovidos com o canto
das meninas
brincando de roda.

4 – Derrubaram primeiro o obelisco,
que ficava no centro da praça.
Com degraus onde nos sentávamos
para conversar,
ou descansar das brincadeiras,
ou ver passar a procissão ou
o mastro da festa

do Divino Espírito Santo,
ou qualquer cachorro vagante,
ou o lento adormecer
da tarde,
ou o tempo, o tempo, o tempo...

O obelisco.
Em viagens por outras terras, sempre que via
obeliscos
sentia saudades dele.
Bem mais humilde, sim, porém nosso.

5 – Depois derrubaram as casuarinas.
Em seu lugar, construções vulgares
e uma pista de skate...

6 – Morto o obelisco. Mortas as casuarinas.
Mas em nós continuam.

7- Contra o que guardamos conosco,
carinhosamente,
não podem mais nada os destruidores,
que já vão bem adiantados no caminho que leva,
por uma selva escura, ao reino de
Belzebu.

Nessas alturas, alguém poderá me perguntar se a minha foi uma vida feliz — o que me reconduz a Ângelo Sobral. Passo a ele novamente a palavra.

Feliz? Recordo o caso de Abderrahmã III, oitavo emir de Córdova, cujo reinado foi longo — mais de cinquenta anos — e glorioso. Pois bem: ao sentir o fim próximo, ele disse ter gozado de todos os prazeres, honras e bênçãos possíveis no mundo; e revelou ter anotado os dias em que se sentira verdadeiramente feliz: somavam catorze. Em quase trinta mil dias, sobraram catorze. Mais de setenta anos de vida e apenas duas semanas de felicidade. E Abderrahmã foi, por todas as evidências, um homem feliz...

Sim, a felicidade é algo complicado, mas com toda certeza tive mais, bem mais, do que catorze dias felizes. Muitíssimos dias e noites a mais. Portanto, infinitamente melhor ter vivido a minha vida do que ter sido emir de Córdova por mais de cinquenta anos. Aliás, ser emir sempre esteve fora dos meus sonhos... E nem mesmo ousou se aproximar sequer em sombras de pesadelos...

Se às vezes sofri, foi muito menos do que sofreu, por exemplo, Cioran, sobre o qual escrevi certa vez no artigo seguinte:

INTENSIDADES

Já havia muito tempo não lia o filósofo romeno E. M. Cioran e fiquei seduzido por uma publicação sua anunciada na internet. Um livreto de 53 páginas, mas prometido, na divulgação e na quarta capa, como obra das "mais intensas e radicais". O volume se intitula "Caderno de Talamanca" e é mesmo uma série de anotações do que vai ocorrendo ao autor em dias que passa em Ibiza, Espanha, para onde parece ter ido em busca de tranquilidade. Sobretudo com a ajuda das belezas naturais. Tranquilidade que estava muito difícil, como ele escreve em dado momento: "É em meio a paisagens muito belas que sentimos a putrefação e ficamos desgostosos do cadáver que levamos conosco."

Sim, palavras mesmo muito intensas. Cioran se mostra bem maltratado pela existência — e, para piorar, não consegue dormir. Logo na primeira página deparamos com a insônia: "Esta noite acordei exatamente às três da manhã. Impossível continuar na cama. Saí para caminhar à beira-mar, sob o impulso dos pensamentos mais sombrios. E se eu pulasse do topo do penhasco? Vim aqui por causa do sol, mas não suporto o sol." Pensamentos sombrios, com a rejeição do que fora buscar: o sol. Coisas do desgosto que consigo carregava e era ele mesmo.

Sendo filósofo, Cioran filosofava: "Esta noite, para me consolar por não conseguir dormir, disse a mim mesmo que, se o sono me tivesse sido dado, como para os outros, eu não poderia contemplar essas árvores contrastando o céu, com as ondas de pano de fundo, nem ter tampouco, de modo tão intenso, o sentimento de dessemelhança com os seres, de minha completa solidão no meio deles." E manifesta certas críticas que considero mais do que aceitáveis. Por exemplo: "Quando um filósofo fala de linguagem, eu não leio: quando é um escritor, jogo o livro fora." E mais adiante: "Meditar sobre qualquer assunto, exceto a linguagem." Não, não dá mesmo para aguentar essas filosofanças universitárias sobre a linguagem.

Cioran sofre. Há muita solidão em toda parte e um grande cansaço de viver. Trata-se de um caderno muito pessoal, não sei se pretendia vê-lo publicado. Mas, em meio a tais sofrimentos, às vezes para e escreve: "Ouvir o vento dispensa a poesia, é poesia." Um sentimento claro da poesia — que é o vento, como, igualmente, ao menos em certos momentos, o ser humano em suas paixões e seus sofrimentos, e o mundo inteiro.

Para finalizar aqui, outro instante de lúcida intensidade: lembra uma garotinha inglesa de oito anos que disse, ao ver uma estrela cadente: "Eu não gostaria de viajar numa estrela cadente." Uma sábia menininha, sem dúvida. Como deve ter pensado Cioran, que sofria também por saber, como muitos parecem ignorar, que viajamos todos nós numa estrela cadente...

Não, viver não é brincadeira. Por isso, sempre me vou à primeira canção de *Viagem*, de Cecília Meireles, que é uma obra-prima. Nela, diz a poeta que pôs o seu sonho em um navio, o navio em cima do mar e, depois, abriu o mar com as mãos para o seu sonho naufragar. Bem, muitas vezes fazemos assim com os nossos sonhos que. com frequência, não podemos conservar conosco. Não conseguimos deixá-los em navegação. E, quando assim é, no fim, estaremos com os nossos olhos secos como pedras e com as nossas duas mãos quebradas — aquelas mãos que usamos para abrir o mar e fazer naufragar o sonho... Muito triste, sim, mas talvez a história mais frequente de nossa vida...

E então repito: este é um livro de memórias de um escritor. Mas o que é um escritor? Quem somos nós? Tanto já nos perguntamos aqui e ao longo de séculos, milênios... Bem, o que sinto como escritor creio que talvez possa ser encontrado no meu poema "Epígrafe", que abre *A cidade e os sonhos*, de 2003. Vamos à leitura.

EPÍGRAFE

Sonha que escreve;
escreve que sonha;
quando sonha, escreve;

quando escreve, sonha;
tudo é o mesmo sonho;
fala em sonho: escreve.

Escreve em papel;
escreve no chão
do quintal, nos pássaros;

escreve nas nuvens;
escreve na água,
nos risos, nas mágoas;

escreve na lua,
no sol, no horizonte,
nas pedras, nos ramos;

escreve nos muros;
na falta de rumos;

escreve no escuro,

no claro; desperto
ou dormindo, escreve;
e escreve no vento.

Tudo escreve, escreve;
tudo e sobre tudo
escreve, escreve; e

depois ainda escreve
mais; escreve (e até
escreve que escreve)

para que a vida
seja um pouco menos
obscura e breve.

Sim, é o que eu *sinto* ser o escritor: aquele que cumpre uma missão

para que a vida
seja um pouco menos
obscura e breve.

Assim somos nós.

E então encerro essas navegações e travessias de minha vida.

Terei esquecido algo? Talvez, pois não sou nenhum memorioso de Borges.

E também há certas coisas que é melhor não lembrar.

Enfim, aqui estamos na chegada — por enquanto...

AGRADECIMENTOS

Ao romancista, contista e poeta Carlos Barbosa, grande amigo, pela leitura cuidadosa do texto, identificando "cochilos" que me haviam escapado e fazendo importantes sugestões que enriqueceram o livro.

A Mario, meu filho, jornalista e compositor (letra e música), cuja leitura, sempre rigorosa e lúcida, ilumina-me os muitas vezes nebulosos caminhos da aventura literária.

A André Seffrin, por sua ajuda de sempre, inclusive na batalha desta edição.

DO AUTOR

POESIA

Poemas (com Antonio Brasileiro). Feira de Santana-BA: Edições Cordel, 1973.

Heléboro. Apresentação de Antonio Brasileiro. Feira de Santana-BA: Edições Cordel, 1974.

Julgado do vento. Apresentação de Mário da Silva Brito. Rio de Janeiro: Civilização Brasileira, 1979.

As sombras luminosas. Florianópolis: FCC Edições, 1981. Prêmio Nacional de Poesia Cruz e Sousa.

Morte secreta e poesia anterior. Rio de Janeiro: Philobiblion/INL, 1984.

A guerra do gato (infantil). Salvador: Jornal da Bahia, 1987. 2ª ed. Rio de Janeiro: Bertrand Brasil, 2005. Selecionado pelo programa Minha Biblioteca, da Câmara Brasileira do Livro e do Governo de São Paulo.

A canção de Beatriz e outros poemas. Apresentação de Olga Savary. São Paulo: Brasiliense/Jornal da Bahia, 1990.

Antologia breve. Apresentação de Jayro José Xavier. Rio de Janeiro: Universidade do Estado do Rio de Janeiro (col. Poesia na UERJ), 1995.

Antologia poética. Salvador: Copene/Fundação Casa de Jorge Amado, 1996.

Memória da chuva. Apresentação de Alexei Bueno e introdução de Paulo Henriques Britto. Rio de Janeiro: Nova Fronteira, 1996; 3ª impressão 1999. Finalista do Prêmio Nestlé de Literatura Brasileira e do Prêmio Jabuti, ambos em 1997; Prêmio Ribeiro Couto, União Brasileira de Escritores/RJ, 1998.

Livro de sonetos. Feira de Santana-BA: Edições Cordel, Coleção Poiuy, 1998.

Poesia reunida e inéditos. Apresentação de Alexei Bueno. Rio de Janeiro: Record, 2ª ed., 1998.

Livro de sonetos. 2ª ed. revista, ampliada e ilustrada por Itamar Espinheira. Apresentação de André Seffrin e Miguel Sanches Neto. Salvador: Edições Cidade da Bahia/Capitania dos Peixes, 2000.

A cidade e os sonhos/Livro de sonetos. Apresentação de Aleilton Fonseca. Salvador: Edições Cidade da Bahia/Fundação Gregório de Matos, 2003.

Elegia de agosto e outros poemas. Apresentação de Miguel Sanches Neto e ensaio de Ivan Junqueira: *O lirismo elegíaco de Ruy Espinheira Filho*.

Rio de Janeiro: Bertrand Brasil, 2005. Prêmio Academia Brasileira de Letras de Poesia, 2006. No mesmo ano, Prêmio Jabuti (2° lugar), da Câmara Brasileira do Livro, e Menção Especial do Prêmio Cassiano Ricardo – UBE/RJ.

Romance do sapo seco: uma história de assombros. Salvador: Edições Cidade da Bahia, 2005.

A guerra do gato (infantil). Bertrand Brasil, 2006. Selecionado pelo programa Minha Biblioteca, da Câmara Brasileira do Livro e do Governo de São Paulo.

Sob o céu de Samarcanda. Apresentação de Marco Lucchesi. Rio de Janeiro/Brasília: Bertrand Brasil/FBN, 2009. Finalista do Prêmio Jabuti e indicado ao Prêmio Portugal Telecom, 2010.

Livro de canções. Salvador: P55, 2011.

Melhores poemas. São Paulo: Global. Direção de Edla Van Steen, seleção e ensaio introdutório de Sérgio Martagão Gesteira, 2011.

Viagem e outros poemas. Salvador: P55, 2011.

A casa dos nove pinheiros. São Paulo: Dobra Editorial, 2012. Indicado ao Prêmio Portugal Telecom 2013.

Estação infinita e outras estações: poesia reunida. Apresentação de Miguel Sanches Neto. Rio de Janeiro: Bertrand Brasil, 2012.

O pai. Edição artística do poema homônimo, feita por Edson Guedes de Morais. Jaboatão dos Guararapes, PE: Editora Guararapes-EGM, 2014.

Para onde vamos é sempre ontem, antologia. Organização de Leo Cunha. Curitiba: Positivo, 2014. Selecionado pela Fundação Nacional do Livro Infantil e Juvenil (FNLIJ) entre os melhores livros publicados no Brasil em 2014, com participação no catálogo da Feira do Livro de Bologna 2015 e inclusão no acervo básico da FNLIJ.

Poemas de amor & morte. Apresentação de Florisvaldo Mattos. Coleção Mestres da Literatura Baiana. Academia de Letras da Bahia/Assembleia Legislativa da Bahia. P55, 2015.

Noite alta & outros poemas. São Paulo: Patuá, 2015.

Milênios & outros poemas. Apresentação de Alexei Bueno. São Paulo: Patuá, 2016.

Babilônia & outros poemas. São Paulo: Patuá, 2017. Finalista do Prêmio Rio de Literatura em 2018.

Nova antologia poética. Apresentação de André Caramuru Aubert. São Paulo: Patuá, 2018.

Uma história do Paraíso & outros poemas. São Paulo: Patuá, 2019.

Campo de Eros & outros poemas de amor. Salvador: Caramurê, 2019.

Sonetos reunidos & inéditos: 1975-2020. Apresentações de André Seffrin e Miguel Sanches Neto. São Paulo: Patuá, 2020.

Trinta Sonetos. Seleção de Edson Guedes de Morais. Jaboatão dos Guararapes/PE: EGM, 2020.

Para onde vamos é sempre ontem. Edição definitiva. Curitiba: Maralto, 2022.

A invenção da poesia & outros poemas. Prefácio de Ricardo Vieira Lima. RJ: Record, 2023.

FICÇÃO

Sob o último sol de fevereiro (crônicas). Rio de Janeiro: Civilização Brasileira, 1975.

O vento no tamarindeiro (contos). Rio de Janeiro: Codecri, 1981.

Ângelo Sobral desce aos infernos (romance). Rio de Janeiro: Philobiblion/ Fundação Rio, 1986. Prêmio Rio de Literatura — 2º lugar — 1985.

O rei Artur vai à guerra (novela). São Paulo: Contexto. Finalista do Prêmio Bienal Nestlé, 1986.

O fantasma da delegacia (novela). São Paulo: Contexto, 1988; 2ª ed. 1989.

Os quatro mosqueteiros eram três (novela). São Paulo: Contexto, 1989.

Últimos tempos heroicos em Manacá da Serra (romance). Belo Horizonte, Oficina de Livros, 1991.

Um rio corre na Lua (romance). Belo Horizonte, Leitura, 2007. Indicado ao Prêmio Portugal Telecom 2008.

De paixões e de vampiros: uma história do tempo da Era (romance). Reedição de *Últimos tempos heroicos em Manacá da Serra*. Rio de Janeiro: Bertrand Brasil, 2008. Indicado ao Prêmio Portugal Telecom, 2009.

Andrômeda e outros contos. Salvador: Caramurê/Banco Capital, 2011.

O sonho dos anjos (contos reunidos & inéditos). Salvador: Caramurê, 2014.

O príncipe das nuvens: uma história de amor (romance). Carta-prefácio de Carlos Barbosa. São Paulo: Descaminhos, 2016.

Uma alegria na família & outras crônicas. Salvador: Caramurê, 2016.

Os milagres de Madame Jurema & outras crônicas. Salvador: Caramurê, 2017.

O rei Artur vai à guerra. Curitiba: Positivo, 2019. Edição definitiva – Curitiba: Maralto, 2021.

Um rio corre na Lua. Edição definitiva. Curitiba: Maralto, 2022.

ENSAIO

O Nordeste e o negro na poesia de Jorge de Lima. Salvador: Fundação das Artes/Empresa Gráfica da Bahia, 1990.

Tumulto de amor e outros tumultos: criação e arte em Mário de Andrade. Rio de Janeiro: Record, 2001. Finalista do Prêmio Jabuti, 2002.

Forma e alumbramento: poética e poesia em Manuel Bandeira. Rio de Janeiro: José Olympio/Academia Brasileira de Letras, 2004.

EM ANTOLOGIAS

25 poetas/Bahia/de 1633 a 1968. Salvador: Atelier Planejamento Gráfico/Desc, 1968.

Breve romanceiro do Natal. Salvador: Edit. Beneditina Ltda., 1972.

Contos jovens (nº 4). São Paulo: Brasiliense, 1974.

Carne viva: 1ª Antologia Brasileira de Poemas Eróticos. Org. de Olga Savary. Rio de Janeiro: Anima, 1984.

Artes e ofícios da poesia. Org. de Augusto Massi. São Paulo/Porto Alegre: Secretaria Municipal de Cultura do Município de São Paulo/Artes e Ofícios, 1991.

Sincretismo: a poesia da geração 60, introdução e antologia. Org. e introd. de Pedro Lyra. Rio de Janeiro: Topbooks, 1995.

O conto baiano contemporâneo. Org. de Valdomiro Santana. Salvador: EGBA/Secretaria da Cultura e Turismo, 1995.

A poesia baiana no século XX (Antologia). Org., introd. e notas de Assis Brasil. Salvador/Rio de Janeiro: Fundação Cultural do Estado da Bahia/Imago, 1999.

Vozes poéticas da lusofonia. Seleção de textos de Luís Carlos Patraquim. Sintra: Câmara Municipal de Sintra/Instituto Camões, 1999.

18+1 poètes contemporains de langue portugaise (édition bilingue). Seleção de Nuno Júdice, Jorge Maximino e Pierre Rivas; traduções de Isabel Meyrelles, Annick Moreau e Michel Riaudel. Paris: Instituto Camões/Chandeigne, 2000.

Antologia de poetas brasileiros: seleção e coordenação de Mariazinha Congílio. Lisboa: Universitária Editora, 2000.

A paixão premeditada: poesia da geração 60 na Bahia. Seleção, organização, introdução e notas de Simone Lopes Pontes Tavares. Salvador: Fundação Cultural do estado da Bahia/Imago, 2000.

Antologia de poesia contemporânea brasileira. Organização de Álvaro Alves de Faria. Coimbra: Alma Azul/Ministério da Cultura/Instituto Português do Livro e das Bibliotecas, 2000.

O conto em vinte e cinco baianos. Organização, prefácio e notas de Cyro de Mattos. Itabuna (Bahia): Editus, Coleção Nordestina, 2000.

Os cem melhores poetas brasileiros do século. Seleção de José Nêumanne Pinto. São Paulo: Geração Editorial, 2001.

Os cem melhores poemas brasileiros do século. Organização, introdução e referências bibliográficas de Italo Moriconi. Rio de Janeiro: Objetiva, 2001.

Poetas da Bahia: século XVII ao século XX. Organização de Ildásio Tavares, notas biobibliográficas de Simone Lopes Pontes Tavares. Rio de Janeiro: Imago/FBN, 2001.

100 anos de poesia: um panorama da poesia brasileira no século XX. 2 v. Organização de Claufe Rodrigues e Alexandra Maia. Rio de Janeiro: O Verso Edições, 2001.

Antologia da poesia brasileira/antologia de la poesia brasileña. Organização e introdução de Xosé Lois García. Santiago de Compostela – Galiza: Edicións Laiovento, 2001.

Poesia brasileira do século XX: dos modernos à actualidade. Seleção, introdução e notas de Jorge Henrique Bastos. Lisboa: Antígona, 2002.

Poesia straniera: portoghese e brasiliana. Organização de Luciana Stegagno Picchio. Roma: Grupo Editoriale L'Espresso S.p.A., 2004.

Poesia brasileira hoxe. Introdução e organização de Alexei Bueno. Santiago de Compostela: Danú Editorial, 2004.

El mundo al outro lado (ochenta fotografias para ochenta poetas). Espanha: Junta de Castilla y León, 2004.

Antologia panorâmica do conto baiano: século XX. Organização e introdução de Gerana Damulakis. Coleção Nordestina. Ilhéus: Editus, 2004.

Os rumos do vento/Los rumbos del viento (Antologia de poesia). Coordenação de Alfredo Pérez Alencart e Pedro Salvado. Salamanca: Câmara Municipal do Fundão/Trilce Ediciones, 2005.

Quartas histórias: contos baseados em narrativas de Guimarães Rosa. Organização de Rinaldo de Fernandes. Rio de Janeiro: Garamond, 2006.

Ficção: histórias para o prazer da leitura. Organização e introdução de Miguel Sanches Neto. Belo Horizonte: Editora Leitura, 2007.

Contos para ler no bar. Organização e introdução de Miguel Sanches Neto. Rio de Janeiro: Record, 2007.

Roteiro da poesia brasileira: anos 70. Seleção e prefácio de Afonso Henriques Neto. São Paulo: Global, 2009.

Traversée d'océans : voix poétiques de Bretagne et de Bahia/Travessia de oceanos: vozes poéticas da Bretanha e da Bahia. Paris: Éditions Lanore, traduções de Dominique Stoenesco, 2012.

DiVersos 19. Águas Santas, Portugal: Edições Sempre-Em-Pé, 2013.

A poesia é necessária. Poemas publicados por Rubem Braga. Seleção e organização de André Seffrin. São Paulo: Global, 2015.

Histórias dos mares da Bahia. Coleção nordestina. Organização, prefácio e notas de Cyro de Mattos. Ilhéus: Editus, 2016.

Tudo no mínimo: antologia do miniconto na Bahia. Organização de Roberval Pereyr e Aleilton Fonseca. Feira de Santana: Mondrongo, 2018.

XXII Antologia poética de diversos autores. Volta Redonda, RJ: PoeArt Editora, 2020.

Poemas de amor. Coleção Clássicos de Ouro. Seleção e organização de Walmir Ayala. Edição revista e atualizada por André Seffrin. RJ: Nova Fronteira, 2021.

Revolta e protesto na poesia brasileira: 142 poemas sobre o Brasil. Organização de André Seffrin. RJ: Nova Fronteira, 2021.

Nome de mulher. Antologia de contos. Organização de Gerana Damulakis. Datado de 2018 e publicado em 2022. Ilhéus-BA: Editus.

Tudo é sempre despedida: 50 poetas brasileiros contemporâneos. Poesia I Filhos do Vento 22. Organização de Mbate Pedro. Moçambique, 2022.

CRONOLOGIA DA VIDA E DA OBRA

1942 – Em 12 de dezembro, em Salvador, BA, nasce Ruy (Alberto d'Assis) Espinheira Filho, primogênito de Ruy Alberto de Assis Espinheira, advogado — filho de Antonio Coimbra Espinheira, cirurgião-dentista, e Valdomira de Assis Batista Espinheira, professora —, e de Iracema D'Andrea Espinheira — filha de Giuseppe D'Andrea e Matilde Sarno D'Andrea, imigrantes italianos de Trecchina em 1914, início da Primeira Guerra Mundial.

1945 – A família se muda para Poções, no sudoeste baiano, onde o poeta passará a infância. É alfabetizado em casa, pela mãe.

1955/1960 – Cursa irregularmente o Ginásio, primeiro no internato do Ginásio de Jequié, até 1956; depois, no externato; e, finalmente, no Colégio Estadual de Jequié, onde, em 1960, conclui o curso, sendo o orador da turma.

1961 – Matricula-se no Curso Clássico do Colégio Central da Bahia, em Salvador.

1964 – Também cursa irregularmente o CC. Afasta-se por alguns meses do Colégio devido ao golpe militar.

1965 – Presta exame do Art. 99 e, depois, Supletivo.

1966 – Inicia o curso de Direito na Universidade Federal da Bahia.

1968 – Participação em *25 poetas/Bahia/de 1633 a 1968.*

1969 – Começa a colaborar como cronista diário da *Tribuna da Bahia*. Recebe o prêmio de poesia do concurso literário da Universidade Federal da Bahia para estudantes. Abandona o Curso de Direito.

1970 – Faz vestibular para o Curso de Jornalismo na UFBA. Recebe o prêmio de poesia do mesmo concurso.

1972 – Novamente o prêmio de poesia. Casamento com Gilka Bandeira, que viria a ser mãe de seus filhos. Trabalha como copidesque na *Tribuna da Bahia*, depois como subeditor de Cidade e, mais tarde, a convite de João Ubaldo Ribeiro, editor-chefe, passa a ser editor de Reportagem Geral. Participação no *Breve romanceiro do Natal.*

1973 – Participando, ainda no concurso da UFBA, com nova coletânea de poemas e um ensaio (sobre Manuel Bandeira), ganha os dois prêmios. O Quinteto Violado grava "Minha Ciranda", no disco *Berra-boi*, letra para música de Perna Fróes. Publica *Poemas*, com Antonio Brasileiro, e conclui o curso de Jornalismo.

1974 – Inicia o Mestrado em Ciências Sociais, também na UFBA, e publica seu primeiro livro individual de poemas: *Heléboro*. Texto incluído no nº 4 de *Contos jovens*.

1975 – Publica *Sob o último sol de fevereiro*.

1976 – A convite de Jaguar, passa a ser correspondente do *Pasquim* na Bahia. Demite-se da *Tribuna da Bahia*. Começa a ensinar, como professor colaborador, no Departamento de Jornalismo da UFBA.

1977 – Menção honrosa no Prêmio Fernando Chinaglia, da UBE-RJ.

1978 – Torna-se correspondente da revista *Ficção*.

1979 – Faz concurso para se efetivar na UFBA, sendo aprovado em 1º lugar, e publica *Julgado do vento*. É gravada por Joanna, no LP *Nascente*, a composição "Pelos caminhos de abril", letra para música de Perna Fróes.

1980 – Nasce a filha, Matilde.

1981 – Concorrendo com 2.300 poetas, conquista o Prêmio Nacional de Poesia Cruz e Sousa, de Santa Catarina, com *As sombras luminosas*, que lança no mesmo ano. Publica *O vento no tamarindeiro*.

1981/1982 – Novamente nas funções de copidesque, é demitido ao se recusar a trabalhar por não ter recebido o salário das férias. Deixa de escrever a crônica, que, nos últimos anos, passara a sair três vezes por semana, afastando-se definitivamente do jornal.

1983 – Nasce o filho, Mario. Torna-se cronista diário do *Jornal da Bahia*.

1984 – *Morte secreta e poesia anterior*. Participação na antologia *Carne viva:* 1ª antologia brasileira de poemas eróticos, organizada por Olga Savary.

1985 – Recebe o Prêmio Rio de Literatura (2º lugar), com o romance *Ângelo Sobral desce aos infernos*.

1986 – Morte do pai. Sai o livro premiado.

1987 – Publica *A guerra do gato* (Editora Jornal da Bahia, ilustrações de Rogério Blat, republicado em 2005 pela Bertrand Brasil, ilustrações de Raul Fernandes) e *O rei Artur vai à guerra* (finalista do Prêmio Bienal Nestlé, 1986).

1988 – *O fantasma da delegacia*.

1989 – Publica *Os quatro mosqueteiros eram três*. Assume a direção da Faculdade de Comunicação.

1990 – Publica *O Nordeste e o negro na poesia de Jorge de Lima* (dissertação de mestrado) e *A canção de Beatriz e outros poemas*.

1991 – Publica Últimos tempos heroicos em Manacá da Serra (republicado em 2008, pela Bertrand Brasil, como *De paixões e de vampiros: uma história do tempo da Era*). Participação na antologia *Artes e ofícios da poesia*.

1993 – Publica poemas na revista *Poesia sempre* (ano 1, nº 2), da Fundação Biblioteca Nacional.

1994 – Transfere-se para o Instituto de Letras da UFBA, Departamento de Letras Vernáculas.

1995 – Publica *Antologia breve*. Inicia o doutorado em Letras. Participação em *Sincretismo: a poesia da geração 60, introdução e antologia*, organização de Pedro Lyra, e em *O conto baiano contemporâneo*, organização de Valdomiro Santana.

1996 – Publica *Antologia poética* e *Memória da chuva* (finalista, o segundo, do Prêmio Nestlé de Literatura Brasileira e do Prêmio Jabuti, ambos em 1997; Prêmio Ribeiro Couto, da UBE-RJ, 1998). Homenageado em São Paulo, na Biblioteca Mário de Andrade, por indicação de Claúdio Willer, tendo o poeta e crítico Ivan Junqueira lido a palestra *O lirismo elegíaco de Ruy Espinheira Filho*, depois (1998) incluída em seu livro *O fio de dédalo* e, em 2005, na abertura de *Elegia de agosto e outros poemas*, do homenageado. O poema "Marinha" é musicado por Walter Queiroz e gravado por Márcia Short no CD *Grão*.

1997 – Posfácio de *Os pareceres do tempo*, de Herberto Sales (Civilização Brasileira, edição comemorativa dos 80 anos do autor). É convidado a ser um dos fundadores da Academia de Letras de Jequié, passando a ocupar a cadeira 10. Participação em *Cem anos de poesia e prosa* (Jequié-BA).

1998 – Publica *Livro de sonetos* e *Poesia reunida e inéditos*. É eleito um dos vinte poetas contemporâneos mais importantes do Brasil, em consulta, promovida pela Fundação Biblioteca Nacional, a escritores, críticos, professores e jornalistas de Cultura de todo o país.

1999 – Recebe o título de doutor *honoris causa* da Universidade Estadual do Sudoeste da Bahia (UESB), por indicação de Aleilton Fonseca. Participação em *A poesia baiana no século XX*, seleção de Assis Brasil, e *Vozes poéticas da lusofonia* (Portugal), seleção de Luís Carlos Patraquim. Em CD, o poema "História", leitura de Maria Barroso. *Vozes poéticas da lusofonia*. Sintra: Gravisom. Publica poemas na revista *Poesia sempre* (ano 7, nº 11), da Fundação Biblioteca Nacional.

2000 – Publica *Livro de sonetos* (2ª ed. rev. ampliada e ilustrada por Itamar Espinheira, apresentações de André Seffrin e Miguel Sanches Neto). É eleito por unanimidade para a Academia de Letras da Bahia, passando a ocupar a cadeira 17. Participação em *18 + 1 poètes contemporains de langue portugaise, édition bilingue* (França), seleção de Nuno Júdice, Jorge Maximino e Pierre Rivas, traduções de Isabel Meirelles, Annice Moreau e Michel Riaudel, na *Antologia de poetas brasileiros* (Portugal), seleção e coordenação de Mariazinha Congílio e na *Antologia de poesia contemporânea brasileira* (Portugal), organização de Álvaro Alves de Faria, *A paixão premeditada: poesia da geração 60 na Bahia*, organização de Simone Lopes Pontes Tavares, e *O conto em vinte e cinco baianos*, organização de Cyro de Mattos.

2001 – Publica *Tumulto de amor e outros tumultos: criação e arte em Mário de Andrade* (finalista do Prêmio Jabuti, 2002; tese de doutorado defendida em 1999). Sai o CD Poemas, com 48 composições gravadas pelo autor. Participação em *Os cem melhores poetas brasileiros do século*, seleção de José Nêumanne Pinto, *Os cem melhores poemas brasileiros do século*, organização de Ítalo Moriconi, *Poetas da Bahia:* século XVII ao século XX, organização de Ildásio Tavares, *100 anos de poesia: um panorama da poesia brasileira no século XX*, organização de Claufe Rodrigues e Alexandra Maia, e *Antologia da poesia brasileira/ antologia de la poesia brasileña* (Galícia), organização de Xosé Lois García. Participação na antologia *A Sosígenes, com afeto*, organização de Hélio Pólvora.

2002 – Prefácios de *A falta que ama* e *A vida passada a limpo*, de Carlos Drummond de Andrade (Record). Recebe o título de Cidadão Jequieense. Participação em *Poesia brasileira do século XX: dos modernos à actualidade* (Portugal), seleção, introdução e notas de Jorge Henrique Bastos. Participação no projeto Mostra Sul da Poesia Latino-Americana, do Centro Cultural Banco do Brasil, direção de Suzana Vargas, com leitura de poemas no Rio, em Brasília e em São Paulo, entre 19 e 21 de junho.

2003 – Publica *A cidade e os sonhos/Livro de sonetos*. Homenageado como "Poeta e nome da turma" pelos formandos em Letras 2003.2 da UFBA.

2004 – Publica *Forma e alumbramento: poética e poesia em Manuel Bandeira*. A convite do Pen Club da Galícia, vai a encontro de escritores hispânicos, portugueses e brasileiros em Santiago de Compostela e participa da antologia *Poesia brasileira hoxe*, organizada por Alexei Bueno, de *Poesia straniera: portoghese e brasiliana* (Itália), organizada por Luciana Stegagno Picchio, de *El mundo al otro lado (ochenta fotografias para ochenta poetas)* (Espanha), Eduardo Margareto, edição e Prólogo de Alfredo Pérez Alencart e da *Antologia panorâmica do conto baiano*, organizada por Gerana Damulakis.

2005 – Posfácio de *Linhas tortas*, de Graciliano Ramos (Record, 21ª ed.). Publica *Romance do sapo seco: uma história de assombros*. É nomeado, por Muniz Sodré, presidente da Fundação Biblioteca Nacional, editor adjunto da revista *Poesia sempre*, função que desempenhou até 2010, trabalhando com o editor, Marco Lucchesi. Nome de prêmio literário da Universidade Estadual de Feira de Santana. Participação em *Os rumos do vento/Los rumbos del viento*, antologia de poesia (Espanha e Portugal), organização de Alfredo Pérez Alencart e Pedro Salvado. Publica *Elegia de agosto e outros poemas* e a 2ª edição de *A guerra do gato*. RJ: Bertrand Brasil.

2006 – Morte da mãe. Recebe, por *Elegia de agosto e outros poemas*, o Prêmio de Poesia da Academia Brasileira de Letras, o Prêmio Jabuti (2º lugar) e Menção Especial do Prêmio Cassiano Ricardo, da UBE-RJ. Agraciado com a placa de "Personalidade cultural" pelo Conselho Estadual de Cultura da Bahia. Homenageado pelo projeto O Escritor e seus Múltiplos, do Departamento de Letras Vernáculas do Instituto de Letras da UFBA. Nome de concurso literário em Jequié. Participação em *Quartas histórias: contos baseados em narrativas de João Guimarães Rosa e Voix Croisées – Brésil – France* (França), *Poesie d'ajourd'hui, hors-série nº 5.*

2007 – Representa a literatura brasileira na Feira do Livro de Frankfurt, enviado pela Fundação Biblioteca Nacional. Inicia colaboração quinzenal, como articulista, no jornal *A Tarde*. Sai *Um rio corre na Lua* (indicado ao Prêmio Portugal Telecom em 2008). Participa de *Ficção: histórias para o prazer da leitura e Contos para ler no bar,* organização de Miguel Sanches Neto, e *Geopoemas*, organização de Luiz Angélico da Costa.

2008 – Publica *De paixões e de vampiros: uma história do tempo da Era* (indicado ao Prêmio Portugal Telecom em 2009). Preside, em Lisboa, o júri do Prêmio Camões, concedido a João Ubaldo Ribeiro.

2009 – Morte do irmão Gey (Carlos Geraldo D'Andrea Espinheira), sociólogo, professor e ficcionista, autor de ensaios como *Divergência e prostituição* (dissertação de mestrado em Ciências Sociais), *Mal-estar na racionalidade: os limites do indivíduo na medicina e na religião* (tese de doutorado) e literatura: *Ruínas, cinzas e recordações* (contos) e *O relógio da torre* (romance, vencedor do Prêmio Literário Bahia de Todas as Letras, da Universidade Estadual de Santa Cruz – BA); detentor de menção honrosa do Prêmio Jaime Wright de Direitos Humanos de 2005 e do Prêmio Cidadão Benemérito da Liberdade e da Justiça Social João Mangabeira (*post-mortem*, 2014). Participa, no Rio de Janeiro, do júri do Prêmio Camões, concedido a Armênio Vieira. Prefácio de *Cascalho,* de Herberto Sales (Salvador: Ponte da memória/Assembléia Legislativa da Bahia). Publica *Sob o céu de Samarcanda*. É nome do Concurso Literário do Colégio Módulo (Salvador). Professor homenageado da turma 2009.2 do Departamento de Letras Vernáculas do Instituto de Letras da UFBA.

2010 – Aposenta-se como professor-associado de Literatura Brasileira do Departamento de Letras Vernáculas do Instituto de Letras da Universidade Federal da Bahia. Participa de *O prisma das muitas cores* (poesia, Portugal), organização de Victor Matheus. *Sob o céu de Samarcanda* é finalista do Jabuti e indicado ao Prêmio Portugal Telecom. Tendo sua mulher, Maria da Paixão, como guia, faz um giro europeu — Paris/Roma/Nápoles/Pompeia/Capri e Anacapri/Atenas/Delfos/Veneza/ novamente Paris —, do qual se originam, à exceção do primeiro, os poemas de *Viagem*. Recebe, na Academia de Letras da Bahia, a medalha comemorativa Arlindo Fragoso (fundador da ALB).

2011 – Organiza a *Antologia poética* de Affonso Manta. Publica *Livro de canções & inéditos, Viagem & outros poemas e Andrômeda e outros contos*. Escolhido paraninfo da turma 2011.1 do Departamento de Letras Vernáculas do Instituto de Letras da UFBA. Por indicação do conselheiro Washington Queiroz, do Conselho Estadual de Cultura, homenagem, pelo conjunto de obra, da Fundação Pedro Calmon, que instala o Espaço Ruy Espinheira Filho na 10ª Bienal do Livro da Bahia.

No CD *Canções de depois de tanto,* participa com três poemas — "Soneto da lua antiga", "Canção matinal" e "Praça da liberdade" —, musicados e interpretados por Durval Burgos, e uma letra — "História sem fim" —, com música e interpretação de Bráulio Barral. Sai, pela Global, a antologia na série *Melhores poemas,* com direção de Edla Van Steen e seleção e ensaio introdutório de Sérgio Martagão Gesteira.

2012 – Convidado para integrar o júri inicial da 10ª edição do Prêmio Portugal Telecom e a falar sobre poesia na FLICA – Festa Literária Internacional de Cachoeira (BA). Publica *A casa dos nove pinheiros* (poemas de 2009 a 2012) e *Estação infinita e outras estações* (poesia reunida). Poemas em *Traversée d'océans: voix poétiques de Bretagne et de Bahia/Travessia de oceanos: vozes poéticas da Bretanha e da Bahia* — édition bilingue. Traduções de Dominique Stoenesco. Paris: Éditions Lanote, 2012. Na Academia de Letras da Bahia, é homenageado nos dias 27, 28 e 29 de novembro no seminário "Ruy Espinheira Filho: tempo e poesia", com direção de Evelina Hoisel e participação de acadêmicos, professores e estudantes da Universidade Federal da Bahia e da Universidade Estadual de Feira de Santana, além de escritores de fora, como Miguel Sanches Neto e Iacyr Anderson Freitas.

2013 – *A casa dos nove pinheiros* é indicado ao Prêmio Portugal Telecom. Escreve, por encomenda da Global, *Lira dos cinquent'anos: maturidade e juventude,* para o volume *Lira dos cinquent'anos,* da coleção de obras de Manuel Bandeira, organizada por André Seffrin. Participação na antologia *DiVersos: poesia e tradução,* número 19. Águas Santas, Portugal: Edições-Sempre-Em-Pé. Três poemas incluídos, em tradução de Elizabeth Lowe, na *Malpaís Review,* Vol. 4, N. 1, Summer 2013. Placitas, New Mexico, USA.

2014 – Edson Guedes de Morais tira uma limitada edição artística do poema *O pai.* Jaboatão dos Guararapes (PE): Editora Guararapes-EGM. Sai, pela Editora Giostri, a edição revista de *Ângelo Sobral desce aos infernos.* Publicada a antologia *Para onde vamos é sempre ontem.* Organização e apresentação de Leo Cunha. Curitiba: Positivo. Abordando o tema *O papel do escritor,* abre o 1º. Encontro de Escritores de Jequié e Região. Publicado *O sonho dos anjos: contos reunidos & inéditos.* Salvador: Caramurê. Morte do irmão Paulo Jorge D'Andrea Espinheira, geólogo e professor da UFBA.

2015 – Morte do irmão Tuna (José Antonio D'Andrea Espinheira), cineasta, vencedor de inúmeros prêmios com documentários como *A Mulher marginalizada, Viva o 2 de julho: a Festa de Independência na Bahia, Major Cosme de Farias: último deus da mitologia baiana, Dr. Heráclito Fontoura Sobral Pinto, Luiz Gonzaga, O rei do baião, Comunidade do Maciel: há uma gota de sangue em cada poema, Bahia de todos os exus* e o longa metragem *Cascalho,* este a partir do romance homônimo de Herberto Sales. *Para onde vamos é sempre ontem* é selecionado, pela Fundação Nacional do Livro Infantil e Juvenil (FNLIJ), entre os melhores publicados no Brasil em 2014 e participa do catálogo da Feira do Livro de Bologna; pela mesma FNLIJ, é selecionado para o seu acervo básico entre as publicações de 2014. O conto "Estrondos" sai na *Revista Brasileira*, da Academia Brasileira de Letras, Ano IV, n. 82. Publicação de *Poemas de amor e morte (antologia & inéditos)*. Apresentação de Florisvaldo Mattos. Salvador: P55 – Academia de Letras da Bahia/ Assembleia Legislativa do Estado da Bahia, coleção Mestres da Literatura Baiana. Publicação de *Noite alta & outros poemas*. São Paulo: Patuá. Participação na Feira do Livro do Nordeste, Fenelivro, Recife. Poema "Nesta varanda" incluído em *A poesia é necessária*, de Rubem Braga, seleção e organização de André Seffrin (São Paulo: Global).

2016 – Publicação do romance *O príncipe das nuvens: uma história de amor* (São Paulo: Descaminhos), com apresentação de Carlos Barbosa, *Milênios & outros poemas* (São Paulo: Patuá), com apresentação de Alexei Bueno, *Uma alegria na família e outras crônicas* (Salvador: Caramurê). Participação, com o texto "Na ilha", no volume *Histórias dos mares da Bahia*, organizado por Cyro de Mattos (Ilhéus, Bahia: Editus).

2017 – Publicação de *Babilônia & outros poemas*. São Paulo: Patuá. Autor homenageado da Festa Literária Internacional de Cachoeira (BA), FLICA. Lançamento de *Os milagres de Madame Jurema & outras crônicas*. Salvador: Caramurê.

2018 – Participação no volume *Tudo no mínimo: antologia do miniconto na Bahia*, organização de Roberval Pereyr e Aleilton Fonseca. Salvador: Editora Mondrongo. Sai a *Nova antologia poética*. Apresentação de André Caramuru Aubert. São Paulo: Patuá. Finalista do Prêmio Rio de Literatura, 2017/2018, com *Babilônia & outros poemas*.

2019 – Publicação de *Uma história do Paraíso & outros poemas*. São Paulo: Patuá. Reedição de *O rei Artur vai à guerra*. Curitiba: Positivo.

2020 – Publicação de *Sonetos reunidos & inéditos (1975/2020)*. São Paulo: Patuá. Autor homenageado na Vozes de Aço, da PoeArt Editora. *XXII antologia poética*. Volta Redonda, RJ. *Trinta sonetos*. Organização de Edson Guedes de Morais. Jaboatão, PE: Editora Guararapes EGM 2020.

2021 – *O rei Artur vai à guerra*. Edição definitiva. Curitiba: Maralto. *Poemas de amor*. Coleção Clássicos de Ouro. Seleção e organização de Walmir Ayala. Edição revista e atualizada por André Seffrin. RJ: Nova Fronteira, 2021. *Revolta e protesto na poesia brasileira: 142 poemas sobre o Brasil*. Organização de André Seffrin. RJ: Nova Fronteira, 2021.

2022 – *Tudo é sempre despedida: 50 poetas brasileiros contemporâneos*. Poesia I Filhos do Vento 22. Organização de Mbate Pedro. Moçambique, 2022. *Um rio corre na Lua*. Edição definitiva. Curitiba: Maralto Edições. Homenagem, na Feira do Livro Internacional do Pelourinho, BA, pela aproximação dos 80 anos, ao lado do poeta Florisvaldo Mattos, pela chegada dos 90.

2023 – Homenagem similar aos dois na Fundação Cultural Casa de Jorge Amado, pelo mesmo motivo. Homenagem no Sarau do Museu da Justiça, com depoimentos de Miguel Sanches Neto e Ricardo Vieira Lima (RJ). Publicação de *A invenção da poesia & outros poemas*. Prefácio de

Ricardo Vieira Lima. RJ: Record. Homenagem ao autor pela Academia de Letras da Bahia, participação crítica de Ricardo Vieira Lima. Miguel Sanches Neto publica a crítica *O poeta aos oitenta,* sobre *A invenção da poesia & outros poemas.*

SOBRE O AUTOR

AMADO, Jorge. Compre poesia, tão essencial quanto o pão. *In*: *Bahia de todos os santos:* guia de ruas e mistérios. Rio de Janeiro: Record, 1977.

AUBERT, André Caramuru. A poesia de Ruy Espinheira Filho. Apresentação de *Nova antologia poética*. São Paulo: Patuá, 2018.

BARBOSA, Carlos. Carta-prefácio do romance *O príncipe das nuvens:* uma história de amor. São Paulo: Descaminhos, 2016.

BARBOSA, Hildeberto. Esse tesouro de ausências. *O Norte*, João Pessoa, PB, 02/08/1998.

______. A essencialidade perceptiva das coisas. *A União*, suplemento "Ideias". João Pessoa, PB, 28/29/07 de 2001.

BRASILEIRO, Antonio. Um prefácio de Antonio Brasileiro. *In*: *Heléboro*. Salvador: Edições Cordel, 1974. Republicado em *Julgado do vento* (Rio de Janeiro: Civilização Brasileira, 1979) e *Morte secreta e poesia anterior* (Rio de Janeiro: Philobiblion, 1984).

______. Densidade e Leveza. *Poesia Sempre*, Rio de Janeiro: nº 7, 1997.

BRITO, Antonio Carlos (Cacaso) de. Concursos e Concorrentes. *Leia Livros*, São Paulo: 4 (43): 5, 15 fev., 1982.

BRITO, Mario da Silva. Apresentação de *Julgado do Vento*. Rio de Janeiro: Civilização Brasileira, 1979.

BRITTO, Paulo Henriques. Um Poeta Lírico. *In*: *Memória da Chuva*. Rio de Janeiro: Nova Fronteira, 1996, p. 11-14.

BUENO, Alexei. Apresentação de *Memória da Chuva*, cit.

______. Apresentação de *Poesia Reunida e Inéditos*. Rio de Janeiro: Record, 1998.

______. *Uma história da poesia brasileira*. Rio de Janeiro: G. Ermakoff, 2007.

______. Algumas palavras. Apresentação de *Milênios e outros poemas*. São Paulo: Patuá, 2016.

CAGIANO, Ronaldo. *Um virtuoso da linguagem poética*. Sobre *Sonetos reunidos & inéditos* – 1975/2020. Cultura – Jornal Angolano de Artes e Letras. Ed. nº 228. Angola: 20/07/2022.

CAMPOS, Juscilândia Oliveira Alves. O erotismo e suas formas na poesia brasileira. *In*: *Disseminações do desejo:* o erotismo em João Cabral de Melo Neto. Dissertação de mestrado. Feira de Santana, Bahia, 2005, p. 73-74.

CASTRO PINTO, Sérgio de. Ruy Espinheira Filho. *In*: *Jornal da Paraíba*, caderno Vida/Geral, p. 03. João Pessoa: 06/03/2005.

______. A força da poesia lírica. Paraíba: *Correio da Paraíba*, Cultura/ Lazer, 24 de maio de 2011.

______. Registro. *In*: *Contraponto*. João Pessoa, 2016.

______. *A força da poesia lírica*. João Pessoa: União, 14/12/2023

CERQUEIRA, Dorine. *O romance do século XX na Bahia*. Salvador: Egba, 2018.

CRUZ, Edson. Tesouro de ausências. Curitiba: *Rascunho*, agosto de 2015.

DAMULAKIS, Gerana. Livro de Sonetos. Salvador: *A Tarde* (Caderno 2, coluna Leitura, p. 5), 04/12/2000.

EYSEN REGO, Adriano. *Cantos epifânicos da paixão: a poesia lírico-amorosa em Ruy Espinheira Filho*. Dissertação de mestrado, Universidade Estadual de Feira de Santana, 2006.

FARIA, Álvaro Alves de. *Ruy Espinheira Filho, o ofício da palavra*. Vozes de Aço, XXII Antologia Poética de Diversos Autores – Homenagem ao poeta Ruy Espinheira Filho. Volta Redonda, RJ, 2020.

FERNANDES, Rinaldo de. Ruy Espinheira Filho: poeta das perdas. Curitiba: *Rascunho*, coluna Rodapé, fevereiro de 2008.

FERREIRA, Izacyl Guimarães. *Forma conquistada:* a propósito de Ruy Espinheira Filho. http://www.jornaldepoesia.jor.br./izacyl14.html.

______. *Elegia de agosto e outros poemas*. São Paulo: *Revista da UBE* (União Brasileira de Escritores), nº 111, outubro de 2005, p. 85-86.

______. *Brevíssimo panorama da poesia brasileira contemporânea*. http://www.ube.org.br/lermais_materias.php?cd_materias=1423.

______. Mestria, cânone, permanência. São Paulo: *Revista da UBE – União Brasileira de Escritores –* , nº 116, agosto de 2007, p. 61-63.

FIGUEIREDO, Rubens. Precisão. *Jornal do Brasil*, Rio de Janeiro, 22/9/1979, Caderno B, suplemento Livro, p. 11.

FONSECA, Aleilton. Tangências e levezas. Apresentação de *A cidade e os sonhos/Livro de sonetos*. Salvador: Edições Cidade da Bahia/ Fundação Gregório de Mattos, 2003, 132 p.

FREITAS, Iacyr Anderson. Os Reinos Submersos. *Tribuna de Minas*, Juiz de Fora, 22/9/1996, Caderno 2, p. 6. Republicado em *Poiésis Literatura*, Petrópolis-RJ, nº 40, outubro de 1996, e *A Tarde Cultural*, Salvador, BA, 26/10/1996.

______. O Desamparo no Jardim. In: Quatro Estudos. Juiz de Fora, MG: Edições d'Lira, 1998, p. 5-12.

______. *As perdas luminosas: uma análise da poesia de Ruy Espinheira Filho*. Dissertação de mestrado na Universidade Federal de Juiz de Fora. Salvador: EDUFBA/Casa de Palavras, 2001, 148 p.

GESTEIRA, Sérgio Martagão. Lírica da pré-saudade. *In*: Espinheira Filho, Ruy, *Melhores poemas*. São Paulo: Global, direção de Edla Van Steen, seleção e ensaio introdutório de Sérgio Martagão Gesteira, 2011.

GUIMARÃES, José Lázaro. O acaso, a vida e a poesia. *Diário de Pernambuco*, 15/08/2010.

_____. Uma ode à dignidade. *Diário de Pernambuco*, Opinião, 11/11/2016.

GUIMARÃES, Torrieri. Inquietação e verdade na alma deste poeta. *Folha da Tarde*, São Paulo, 13/2/1980.

HERRERA, Antonia Torreão. A lírica de Ruy Espinheira e suas interseções. *In*: *O olhar de Castro Alves: ensaios críticos de literatura baiana*. Salvador: Assembleia Legislativa do Estado da Bahia/Academia de Letras da Bahia, 2008, p. 388-396.

HOHFELDT, Antonio. Os Tempos Piores de Ruy. *Correio do Povo*, Porto Alegre, 13/4/1982.

HORTA, Anderson Braga. *De memória e de sonho*. Vozes de Aço, XXII Antologia Poética de Diversos Autores – Homenagem ao poeta Ruy Espinheira Filho. Volta Redonda, RJ, 2020.

JAGUAR. Prosa e verso. RJ: *O Dia*, caderno Opinião, 5/8/1998.

JUNKES, Lauro. Baiano e mineira conquistam o Prêmio Cruz e Sousa. *Suplemento Literário Minas Gerais*, Belo Horizonte, 15 (808): 4-5, 27/3/1982.

JUNQUEIRA, Ivan. Metro curto, metro longo, alta qualidade. *O Globo*, Rio de Janeiro, 16/9/l979.

_____. Sombras luminosas. *In*: *O encantador de serpentes* (ensaios). Rio de Janeiro, Alhambra, 1987, pp. 180-184.

_____. O lirismo elegíaco de Ruy Espinheira Filho. *In*: *Exu* (revista trimestral da Fundação Casa de Jorge Amado), nº 35. Salvador, BA, 1997. Republicado em: *O fio de Dédalo* (ensaios). Rio de Janeiro: Record, 1998, p. 72-89; e como prefácio de *Elegia de agosto e outros poemas*. Rio de Janeiro: Bertrand Brasil, 2005.

LANZILLOTTI, Luciano. *Presença de ausência: tempo e memória na poesia de Ruy Espinheira Filho*. Dissertação de mestrado. Rio de Janeiro: UFRJ, 2007. Publicado pelo autor em 2023 no Rio de Janeiro.

_____. *Manuel Bandeira e Ruy Espinheira Filho:* poetas da ausência e do alumbramento. Tese de Doutorado. UFRJ, 2012.

LIMA, Ricardo Vieira. Waly Salomão, Ruy Espinheira Filho e Antonio Risério: três faces da moderna poesia baiana. Rio de Janeiro: *Tribuna da Imprensa*, 9/3/1998, caderno Bis, p. 1.

_____. *O lirismo memorialístico de Ruy Espinheira Filho*. Vozes de Aço, XXII Antologia Poética de Diversos Autores – Homenagem ao poeta Ruy Espinheira Filho. Volta Redonda, RJ, 2020.

_____. Poesia do sonho e da utopia. Prefácio a *A invenção da poesia*. RJ: Record, 2023.

LUCAS, Fábio. A literatura que sobrevive fora das manchetes e dos periódicos. Brasília: *Correio Braziliense*, 26/5/1991.

MARINO, Alexandre. Poética da Memória. Brasília: *Correio Braziliense*, 18/7/1996, caderno Dois, p. 2.

MARTINS, Floriano. Memorialismo e Lírica nos versos de Ruy Espinheira Filho. *Jornal da Tarde*, São Paulo: Caderno de Sábado, 27/02/1999, p. 4.

MARTINS, Pauliany Carla. *Memória e autorrestrição na poesia de Ruy Espinheira Filho*. Dissertação de mestrado. Universidade Federal de Goiás, 2016.

MARTINS, Wilson. A teoria e a prática do Soneto. *O Globo*. Caderno Prosa & Verso, 14/01/1997.

______. O tempo e o modo. *O Globo*. Caderno Prosa & Verso, 24/10.1998.

______. Os sonetos. *O Globo*. Caderno Prosa & Verso, p. 4, 24/02.2001.

______. Sobre *De paixões e de vampiros: uma história do tempo da Era*. *Jornal do Brasil* (05/07/2008)

MASSI, Augusto. A nova e a velha poesia. *Folha de São Paulo*, caderno Mais!, 27/4/1997, p. 12.

MATTOS, Florisvaldo. Ruy Espinheira Filho: paixão e prazer da poesia. Rio de Janeiro: Fundação Biblioteca Nacional, *Poesia sempre*, nº. 34, Ano 17, 2010, p. 207-215. Reeditado em *Academia dos Rebeldes e outros exercícios redacionais*. Salvador: ALB/Alba Cultural, 2022.

______. Poeta de claridades. Apresentação de *Poemas de amor e morte*. Salvador: ALB/ALBA CULTURAL, 2015. Reeditado em *Academia dos Rebeldes e outros exercícios redacionais*. Salvador: Alba Cultural, 2022.

MENDES, André di Bernardi Batista. Quase plenitude. Belo Horizonte: *Estado de Minas*, 28/04/2012.

MIGUEL, Salim. Movimentos de uma sinfonia. *O Estado*, Florianópolis, 8/11/1981, p. 26.

MOISÉS, Carlos Felipe. A Canção de Beatriz. *In*: Suplemento Cultura de *O Estado de São Paulo*, ano VIII, nº 560, 4/5/1991, p. 10.

MOREIRA, Virgílio Moretzsohn. Em versos medidos, as cores sóbrias da vida despojada. *O Globo*, 2º Caderno, 11/11/1984.

MOTA, Lígia. Aos 77 anos, Ruy Espinheira Filho lança dois livros. Feira de Santana: *Folha do Estado*, 24/12/2019.

MOTA, Valéria Lessa. *O Inquilino do Incêndio:* poesia e experiência urbana em Ruy Espinheira Filho. Dissertação de mestrado. Feira de Santana-Bahia: 2002, 199 p.

______. Sombras sobre a cidade: uma leitura de “Poções revisitado: algumas notas”, poema de Ruy Espinheira Filho. *In*: *Memória conquistense*: Revista do Museu Regional de Vitória da Conquista. Edições UESB, 2007, p. 199-220.

MOTA, Valéria Lessa. "O exercício do olhar: uma experiência de mão dupla". *Jornada:* revista online. Ano II, nº 2, abril de 2010.

PETRONIO, Rodrigo. Ruy Espinheira Filho e a poesia como diálogo infinito. *Azul Babel:* a escrita e os mundos. SP: Laranja Original, 2022.

PÓLVORA, Hélio. Poeta de Epifanias. Salvador: *A Tarde Cultural*. 13/4/1996, p. 9.

PY, Fernando. Livros de Poesia. Petrópolis, RJ: *Diário de Petrópolis*, 15/12/1996, caderno Domingo, p. 12.

_____. Seis poetas baianos. Petrópolis, RJ: *Poiésis Literatura*, nº 54, dezembro de 1997.

_____. Livros de Poesia. Petrópolis, RJ: *Tribuna de Petrópolis*, 19/12/1999.

_____. Poesia Variada. Petrópolis, RJ: *Tribuna de Petrópolis*, 19/12/2004.

SAMYN, Henrique Marques. *A menina e a morte*. http://www.jornaldepoesia.jor.br/marques.html.

_____. Entre o amor e a ausência. *Cultural A Tarde*, Salvador, 01/10/2005, p. 10.

_____. O poeta, a menina e a morte. Rio de Janeiro: *Poesia sempre*, nº 25. Fundação Biblioteca Nacional, 2006.

_____. Soma de vivências passadas. Rio de Janeiro. *Jornal do Brasil*, 13/03/2010.

SANCHES NETO, Miguel. A Torre e a Lua. *Gazeta do Povo*, Curitiba, 7/10/1996, Caderno G, p. 4.

_____. Memória Enluarada. *In*: *Blau* (revista bimestral de literatura), nº 16. Porto Alegre, 1997.

_____. Quando as sombras são luminosas. Gazeta do Povo, Curitiba, 14/09/1998. Republicado em *A Tarde Cultural*, Salvador, Bahia, 22/05/1999, p. 11.

_____. O Soneto, Ruy e o Idioma da Camões. In: ESPINHEIRA FILHO, Ruy. *Livro de Sonetos*. 2. ed. rev. ampl. Salvador: Edições Cidade da Bahia, 2000, p. 15-19. Republicado em *Sonetos reunidos & inéditos*. São Paulo: Patuá, 2020.

_____. Cidade Memorável. *Gazeta do Povo*, Curitiba, 17/03/2003, Caderno G.

_____. Retrato de corpo inteiro. *Gazeta do Povo*, Curitiba, 23/08 de 2004.

_____. Animal recordativo. *Gazeta do Povo*, Caderno G. Curitiba, 06/06/2005. Republicado no *Jornal do Brasil*, Caderno B, 08/06/2005.

_____. Tempo inteiro. *Gazeta do Povo*, Caderno G. Curitiba, 22/01/2012.

_____. O presente eterno. *Rascunho*, dezembro de 2019, p. 11, seção Perto dos Livros. Curitiba.

_____. O poeta aos oitenta. *Jornal da manhã*. Ponta Grossa, PR. Portal A rede. PR, julho de 2023.

SANTANA, Valdomiro. A grande dor das coisas que passaram. *A Tarde*, Salvador, BA, 30/12/1990.

______. Emoção lírica modulada. Salvador: *A Tarde*, Caderno 2 +, p. 3, 10/04/2010.

SAVARY, Olga. *Ângelo Sobral desce aos infernos*. Resenha para *O Globo*. Consulta a um original datilografado, não à publicação. RJ: 1986.

______. Apresentação de *A canção de Beatriz e outros poemas*. SP: Editora Brasiliense, 1990.

SCHULER, Donaldo. Espinheira, testemunho de um momento. *O Estado de São Paulo*, 29/11/1981.

SECCHIN, Antonio Carlos. *Ruy Espinheira é um grande poeta...* Vozes de Aço, XXII Antologia Poética de Diversos Autores – Homenagem ao poeta Ruy Espinheira Filho. Volta Redonda, RJ, 2020.

SEFFRIN, André. Apresentação de *Livro de Sonetos*. *Livro de Sonetos*. 2. ed. rev. ampl. Salvador: Edições Cidade da Bahia, 2000. Republicado em *Sonetos reunidos & inéditos*. São Paulo: Patuá, 2020.

SEIXAS, Cid. Uma verdadeira antologia poética. *A Tarde*, Salvador, BA, 6/5/1996, Caderno 2, p. 7. Texto republicado *in*: SEIXAS, Cid: *Triste Bahia Oh! Quão Dessemelhante: notas sobre a literatura na Bahia*. Salvador, BA: EGBA/Secretaria de Cultura e Turismo, col. As Letras da Bahia, 1996, pp. 219-222.

______. O lirismo como expressão pessoal. *A Tarde*, Salvador, BA, 14/4/1997, Caderno 2, p. 5.

______. Saltos de invenção. *A Tarde Cultural*. Salvador, 06. 01. 2001, p. 10-11.

SILVA, Vera Maria Tietzmann. Tempo e memória (uma leitura de *Memória da chuva*, de Ruy Espinheira Filho). *O Popular*, Goiânia, GO, 02/10/1998, supl. Vestilivros — A Literatura do Vestibular, p. 5-8.

______. *Memória da chuva:* poemas. *Diário da Manhã*, Goiânia, GO, 06/12/1998, supl. Universidade, p. 2.

SIMÕES, Alex. *O que ler no poema: crítica e criação literária em Ruy Espinheira Filho*. Dissertação de mestrado. Salvador: Universidade Federal da Bahia, 2004, 110 p.

TORRES, Antonio. *Tributo a um santo da minha cabeceira*. Vozes de Aço, XXII Antologia Poética de Diversos Autores – Homenagem ao poeta Ruy Espinheira Filho. Volta Redonda, RJ, 2020.

VARGAS, Suzana. A força lírica de um poeta baiano que não se entrega aos modismos. Rio de Janeiro: *O Globo*, suplemento Prosa & Verso, p. 4, 03/10/1998.

VIANA, Antônio Carlos. *Ítaca* não há mais. *In*: Arte & Palavra, suplemento cultural do *Jornal da Manhã*, Aracaju, SE, nº 11, agosto de 1991, p. 6.

XAVIER, Jayro José. Ruy Espinheira Filho: Julgado do vento. *Colóquio/Letras*, Lisboa, (58): 96-97, novembro de 1980.

XAVIER, Jayro José. Apresentação de *Antologia breve*. Rio de Janeiro: UERJ, Dep. Cultural, Col. Poesia na UERJ, 1995, 30 p.

WILLER, Claudio. Ruy Espinheira, um bom poeta baiano. São Paulo: *Retrato do Brasil*, nº 43, 25/11/1986.